实用对联大全

任宪宝 编著

中国商业出版社

图书在版编目（CIP）数据

实用对联大全/任宪宝编著. —北京：中国商业出版社，2012.10（2019.11 重印）

ISBN 978-7-5044-7669-2

Ⅰ.①实… Ⅱ.①任… Ⅲ.①对联—作品集—中国 Ⅳ.①I269

中国版本图书馆 CIP 数据核字（2012）第 211796 号

责任编辑：于印辉

中国商业出版社出版发行
010-63180647　www.c-cbook.com
（100053　北京广安门内报国寺 1 号）
新华书店经销
三河市宏顺兴印刷有限公司
﹡ ﹡ ﹡ ﹡
710 毫米×1000 毫米　16 开　28 印张　490 千字
2012 年 11 月第 1 版　2019 年 11 月第 3 次印刷
定价：49.80 元
﹡ ﹡ ﹡ ﹡
（如有印装质量问题可更换）

前 言

　　对联又称楹联、对子，是利用汉字特征撰写的一种民族文体。一般不需要押韵（律诗中的对联才需要押韵）。对联大致可分诗对联，以及散文对联。对联格式严格，分大小词类相对。

　　对联是由产生于秦代前后的"桃符"演化而来的，五代时开始在桃符上刻字，后蜀孟昶命翰林学士辛寅逊在桃符板上题写吉祥词句。以后对联盛于明清，至今已有一千多年的历史。

　　三千年前，中国先民就已经开始使用对偶句。商周两汉以来诗人的对偶句及魏晋南北朝以来辞赋中的骈俪句，为后来对联的产生在文字上做了原始积累。汉语词义和汉字字形的特点决定了使用汉语、书写汉字的文人对"对偶"的修辞手法情有独钟。盛唐以后形成的格律诗、律赋，对偶严格精密，对偶句已经是诗文的组成部分，它们的独立性在渐渐加强。至此以后，对联的讲究和学问也越来越多，人们也越来越喜欢用这种形式来表达自己的心声。

　　对联，作为人们喜闻乐见的一种形式，逐渐得到了更加广泛的应用。人们在小至婚丧嫁娶、记事抒怀，大至国家大典、政局分争之时，无不应用。春联、寿联、挽联、贺联、名胜联、宅第联、答赠联、中堂联等，名目繁多。后来，它不仅冲破了一般的喜庆范围，进入了名山大川、佛殿书院、清泉仙洞、画阁芳园、亭榭馆所，而且应用到宗庙祭祀、寿诞生辰、营建修造、落成迁徙、出行远游、入学考第、送往迎来……总之，一应大小事务，都有品题赠答。

所以，本书在编辑过程中既注重实用性，又照顾到全面性。本书对不同类别、不同行业、不同时间、不同身份、不同场合等进行分门别类的梳理和编辑，让读者各取所需、各用其能；同时还针对部分对联进行赏析和说明，让读者能够更好地体会这些对联带给我们的乐趣和精神享受。

目 录

第一章　对联的学问 …………………………………… 1

对联的起源 …………………………………………… 3
选择对联的秘诀 ……………………………………… 5
选择横批要贴切 ……………………………………… 6
张贴对联的窍门 ……………………………………… 6
对对联的方法 ………………………………………… 7
对联的基本特征 ……………………………………… 8
创作对联时应该注意的问题 ………………………… 9
长联的特点与创作 …………………………………… 9

第二章　结婚对联 ……………………………………… 19

贺新婚通用联 ………………………………………… 21
春季新婚联 …………………………………………… 31
夏季新婚联 …………………………………………… 32
秋季新婚联 …………………………………………… 34
冬季新婚联 …………………………………………… 35
一月婚联 ……………………………………………… 35
二月婚联 ……………………………………………… 36
三月婚联 ……………………………………………… 37
四月婚联 ……………………………………………… 37
五月婚联 ……………………………………………… 38
六月婚联 ……………………………………………… 39
七月婚联 ……………………………………………… 40

1

八月婚联 …………………………………… 40
九月婚联 …………………………………… 41
十月婚联 …………………………………… 42
十一月婚联 ………………………………… 43
十二月婚联 ………………………………… 43
贺学界新婚联 ……………………………… 44
贺科技界新婚联 …………………………… 45
贺文艺界新婚联 …………………………… 45
贺体育界新婚联 …………………………… 45
贺医务界新婚联 …………………………… 46
贺政界新婚联 ……………………………… 46
贺农界新婚联 ……………………………… 47
贺工界新婚联 ……………………………… 48
贺商界新婚联 ……………………………… 48
贺军界新婚联 ……………………………… 49
贺旅居异地新婚联 ………………………… 50
贺娶媳联 …………………………………… 50
贺娶孙媳联 ………………………………… 50
贺嫁女联 …………………………………… 50
贺嫁孙女联 ………………………………… 51
贺嫁妹联 …………………………………… 52
贺嫁侄女联 ………………………………… 52
招婿用联 …………………………………… 53
贺再婚联 …………………………………… 54
贺续、复婚联 ……………………………… 54
贺同学结婚用联 …………………………… 55
贺集体婚礼联 ……………………………… 55
贺兄弟同日婚联 …………………………… 56
贺兄妹同日婚联 …………………………… 56
贺夫妇同龄婚联 …………………………… 56
贺夫妇同行婚联 …………………………… 57

贺夫妇同姓婚联……………………………………… 57
贺父子同日婚联……………………………………… 57
贺婚寿同日联………………………………………… 58
贺丧后新婚联………………………………………… 58
贺乔迁新婚联………………………………………… 58
贺邻居婚联…………………………………………… 59
贺男小女大婚联……………………………………… 59
贺老年婚联…………………………………………… 59
其他特殊婚联………………………………………… 60
大门婚联……………………………………………… 61
礼堂宴厅联…………………………………………… 62
重门婚联……………………………………………… 62
内门婚联……………………………………………… 62
后门婚联……………………………………………… 63
祖父母房婚联………………………………………… 63
父母房婚联…………………………………………… 64
兄弟房婚联…………………………………………… 64
姊妹房婚联…………………………………………… 64
厅堂婚联……………………………………………… 65
客房婚联……………………………………………… 65
书房婚联……………………………………………… 65
洞房联………………………………………………… 66
嫁女于归联…………………………………………… 67

第三章　生育对联……………………………………… 69

贺生子通用联………………………………………… 71
贺春日生子联………………………………………… 71
贺夏日生子联………………………………………… 71
贺秋日生子联………………………………………… 71
贺冬日生子联………………………………………… 72
贺双生子联…………………………………………… 72

贺生孙联 ……………………………………… 72
贺生曾孙联 ……………………………………… 73
贺生女联 ……………………………………… 73

第四章　庆寿对联 ……………………………………… 77

男女通用寿联 ……………………………………… 79
庆百日联 ……………………………………… 89
庆周岁联 ……………………………………… 89
十岁联 ……………………………………… 90
二十岁联 ……………………………………… 90
三十岁联 ……………………………………… 90
四十岁联 ……………………………………… 91
五十岁联 ……………………………………… 92
六十岁寿联 ……………………………………… 93
七十岁寿联 ……………………………………… 94
八十岁寿联 ……………………………………… 95
九十岁寿联 ……………………………………… 97
百岁寿联 ……………………………………… 98
双寿联 ……………………………………… 100
外祖父寿联 ……………………………………… 102
外祖母寿联 ……………………………………… 102
岳父寿联 ……………………………………… 102
岳母寿联 ……………………………………… 102
舅父寿联 ……………………………………… 103
舅母寿联 ……………………………………… 103
祖父寿联 ……………………………………… 103
祖母寿联 ……………………………………… 103
父亲寿联 ……………………………………… 103
母亲寿联 ……………………………………… 104
师父寿联 ……………………………………… 104
师母寿联 ……………………………………… 104

亲家寿联 ……………………………………………… 104
邻居寿联 ……………………………………………… 104
僧家寿联 ……………………………………………… 104
道家寿联 ……………………………………………… 105
政界寿联 ……………………………………………… 105
军界寿联 ……………………………………………… 105
学界寿联 ……………………………………………… 105
商界寿联 ……………………………………………… 106
工界寿联 ……………………………………………… 106
农界寿联 ……………………………………………… 106
医界寿联 ……………………………………………… 107
名人贺寿联 …………………………………………… 107

第五章 节日对联 ……………………………………… 109

元宵节联 ……………………………………………… 111
寒食节联 ……………………………………………… 114
清明节联 ……………………………………………… 114
端午节联 ……………………………………………… 115
七夕节联 ……………………………………………… 117
中秋节联 ……………………………………………… 119
重阳节联 ……………………………………………… 121
腊八节联 ……………………………………………… 122
元旦节联 ……………………………………………… 122
妇女节联 ……………………………………………… 125
植树节联 ……………………………………………… 127
劳动节联 ……………………………………………… 129
青年节联 ……………………………………………… 132
儿童节联 ……………………………………………… 135
建党节联 ……………………………………………… 137
建军节联 ……………………………………………… 140
教师节联 ……………………………………………… 143

国庆节联	147
六一国际儿童节联	151

第六章　通用挽联 … 153

通用挽联横批	155
通用挽联	157
挽男性联	160
挽女性联	162
挽父亲联	164
挽母亲联	166
挽女联	169
挽子联	170
挽夫联	170
挽妻联	171
挽祖父联	172
挽祖母联	172
挽岳父联	173
挽岳母联	174
挽伯父联	175
挽伯母联	175
挽叔父联	176
挽舅父联	177
挽舅母联	177
挽兄联	178
挽妹联	179
挽姨夫联	179
挽姨母联	179
挽义母联	180
挽嫂联	180
挽姐夫联	180
挽妹夫联	180

挽侄儿联 ………………………………………… 181
　　挽侄女联 ………………………………………… 181
　　挽甥儿联 ………………………………………… 181
　　挽女婿联 ………………………………………… 181
　　挽侄婿联 ………………………………………… 182
　　挽妻侄联 ………………………………………… 182
　　挽亲家联 ………………………………………… 182
　　挽朋友联 ………………………………………… 182
　　挽师长联 ………………………………………… 184
　　挽友父联 ………………………………………… 185
　　挽友母联 ………………………………………… 186
　　挽英烈联 ………………………………………… 187
　　政界挽联 ………………………………………… 189
　　军界挽联 ………………………………………… 190
　　文艺界挽联 ……………………………………… 191

第七章　新居对联 ……………………………………… 193

　　新居通用联 ……………………………………… 195
　　建房联 …………………………………………… 196
　　新房上梁联 ……………………………………… 201
　　新房落成联 ……………………………………… 203

第八章　开业对联 ……………………………………… 207

　　奠基仪式对联 …………………………………… 209
　　楼盘开工对联 …………………………………… 209
　　敬老院竣工对联 ………………………………… 210
　　农村村综合楼竣工庆典联 ……………………… 210
　　农村道路竣工联 ………………………………… 211
　　计生服务联 ……………………………………… 211
　　开工奠基仪式联 ………………………………… 214
　　小学搬迁工程奠基仪式联 ……………………… 215

7

工商开业联 …………………………………………… 216
饮食开业联 …………………………………………… 219
文卫开业联 …………………………………………… 220
教育开业对联 ………………………………………… 221

第九章 行业对联 …………………………………… 223

服装店联 ……………………………………………… 225
纺织业联 ……………………………………………… 228
鲜花店联 ……………………………………………… 232
雨具店联 ……………………………………………… 233
儿童理发店对联 ……………………………………… 234
玩具店对联 …………………………………………… 235
杂货店联 ……………………………………………… 236
小吃店对联 …………………………………………… 236
宾馆旅社对联 ………………………………………… 238
浴室联 ………………………………………………… 241
百货店联 ……………………………………………… 242
刀剪店联 ……………………………………………… 245
竹木器店联 …………………………………………… 246
搪瓷店联 ……………………………………………… 248
灯具店联 ……………………………………………… 250
煤店联 ………………………………………………… 253
钟表店联 ……………………………………………… 254
眼镜店联 ……………………………………………… 256
化妆品店联 …………………………………………… 257
珠宝首饰店联 ………………………………………… 258
工艺店联 ……………………………………………… 259
扇店联 ………………………………………………… 261
文房四宝店联 ………………………………………… 262
书店联 ………………………………………………… 263
古董店联 ……………………………………………… 264

乐器店联	265
玩具店联	266
花鸟店联	266
茶馆联	268
砖瓦厂联	270
石灰厂联	271
包装厂联	271
纺织厂联	272
印刷厂联	274
酿酒厂联	275
制药厂联	275
发电厂联	276
电镀厂联	276
玻璃厂联	277
水泥厂联	278
钢铁厂联	279
机械厂联	281
汽修厂联	281
银行联	282
信用社联	285
股票公司联	286
信托公司联	287
木材公司联	287
外贸公司联	288
广告公司联	288
信息公司联	289
石油公司联	290
电力公司联	291
汽车公司联	293
轮船公司联	294
木材公司联	294

建筑公司联 …………………………………………… 294
铁路联 ……………………………………………… 295
乡镇企业联 ………………………………………… 296
博物馆联 …………………………………………… 297
报社联 ……………………………………………… 298
工商部门联 ………………………………………… 298
邮政局联 …………………………………………… 300
照相馆联 …………………………………………… 301
医疗通用联 ………………………………………… 302
防疫站联 …………………………………………… 303
医院联 ……………………………………………… 304
图书馆联 …………………………………………… 306
学校联 ……………………………………………… 308
政协联 ……………………………………………… 309
水利电力联 ………………………………………… 309
出版社联 …………………………………………… 310
婚姻介绍所联 ……………………………………… 311

第十章 文艺场所对联 ……………………………… 313

职工俱乐部联 ……………………………………… 315
说书场联 …………………………………………… 316
游艺园联 …………………………………………… 316
戏台联 ……………………………………………… 317

第十一章 横批集萃 ………………………………… 321

春联横批 …………………………………………… 323
婚联横批 …………………………………………… 323
喜　幛 ……………………………………………… 324
寿联横批 …………………………………………… 325
大门横批 …………………………………………… 325
挽联横批 …………………………………………… 325

第十二章　军用对联 …… 327

部队通用联 …… 329
海军联 …… 331
通信兵联 …… 331
烈士联 …… 332
拥军优属通用联 …… 333

第十三章　风景对联 …… 335

日月联 …… 337
四时联 …… 338
山水联 …… 340
动物拟景联 …… 341
花草拟景联 …… 342

第十四章　名胜对联 …… 343

名人故居联 …… 345
长城联 …… 347
楼阁殿堂联 …… 352
名寺名庙联 …… 357
墓碑联 …… 359

第十五章　妙趣对联 …… 361

人名联 …… 363
地名联 …… 364
药名联 …… 367
嵌名联 …… 370
花名联 …… 375
方位联 …… 375
数字联 …… 377
拆字联 …… 378

偏旁联 …………………………………………………… 380

　　叠字联 …………………………………………………… 382

　　谐音双关联 ……………………………………………… 383

　　歇后语联 ………………………………………………… 385

第十六章　修养对联 ……………………………………… 395

　　治学联 …………………………………………………… 397

　　治家联 …………………………………………………… 398

　　处世联 …………………………………………………… 400

　　励志联 …………………………………………………… 401

　　气节联 …………………………………………………… 402

　　修身联 …………………………………………………… 402

附　录 ……………………………………………………… 404

　　一、中国传统节日 ……………………………………… 404

　　二、农历二十四节气 …………………………………… 421

　　三、二十四节气的气候及健康提醒 …………………… 429

　　四、二十四节气表 ……………………………………… 431

第一章　对联的学问

对联的起源

对联（又称楹联、楹帖等），是悬挂或粘贴在墙壁和楹柱上的联语，是用汉语描述客观事物、表达人们思想感情的一种特殊的艺术形式。它具有诗、词的某些特点，但比诗、词更精练、更工整，也更富有自己独特的艺术魅力。因此，它是中国文学艺术中的一种特有的形式，也是汉族文学艺术中独有的一大艺术特色。

汉族语言不同于其他民族语言，其他民族语言很难作出文字上的两两相对和形式工整协调的对联。汉语文字字形方正，结构优美，音节分明，声调匀称。因此，汉字便于形成对句，适合创作对联。

对联是中华民族文化中的优良传统，具有强大的生命力。千百年来，它一直为我国广大人民群众所喜爱、所欣赏，也日益为国内外汉学家所重视。随着中外文化的交流，它已流传到许多国家和地区。

对联，一般是用古典艺术语言造句和修辞的，所以它十分典雅、精练、优美。它的表现手法多种多样：或状物写景，或咏物言志，或抒情寓意，或缅古叙怀，或扬善抑恶等。同时，它又是与书法糅合在一起的综合艺术，两者互相映衬，更显出一种神采飞扬、瑰丽典雅的艺术美。

对联讲究炼字炼意，作者常用精练的文字、巧妙的构思以及画龙点睛的手法，为读者创造出感情丰富、形象鲜明、构思奇特、意韵浓郁的各种作品，因而，它能引人入胜，发人深思，耐人寻味，给人启迪。思想健康、艺术精巧的联语，更是经久不衰，永放光彩。

许多联语，不但和诗、词同样具有高度的文学性和审美意义，而且富有广泛的使用价值，它与诗、词相比，能赢得更多的读者，使用的范围也更为广泛。

从对联发展史看，它萌芽于律诗之前，发展于律诗之后，鼎盛于诗、词日益衰落的清代，至今仍被广泛地使用。

我国对联的形式，其渊源极为久远。早在先秦时代，就出现了雏形的对句。例如《易经·系辞》中，就有这样的句式："乾道成男，坤道成女。乾知大始，坤作成物。乾以易知，坤以简能。"

又如《老子》中，亦有类似的句式："有无相生，难易相成，长短相形，高下相倾，声音相知，前后相随。"这些对句（或称偶句、对仗句），尽管对得还不工整，但对偶形式已开始萌芽。这对以后骈文、律诗和对联的创作，却具有渊源

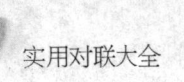

关系。

对联究竟起源于何时，其说不一。有人认为，最早出现的是五代孟昶的春联。据传，古代东海度朔山有大桃树，桃树下有神荼、郁垒二神，主管万鬼，如遇作祟的鬼，他们就把它捆起来喂老虎。后来，民间在春节时，为驱避鬼怪，便在桃木板上画上两个神像，这就是"桃符"。

到五代时，桃木板上的神像就演变为书写文字的对联。宋张唐英在《蜀木寿机》中记载："孟昶命学士为题桃符，以其非工，自命笔题云：'新年纳余庆，嘉节号长春'。"相传，这是我国最早的一副春联。但这种春联，在当时还只是写在宽约一寸、长七八寸的桃木板上，仍称"桃符"。又有人认为，后蜀宫廷题联，早已成为习惯，而孟昶不是最早的题联人。

谭嗣同曾考证：刘孝绰（南朝梁文学家）罢官不出，自题其门曰："闭门罢庆吊，高卧谢公卿。"其三妹令姻续曰："落花扫仍合，丛兰摘复生。"这虽是诗，但语句皆为骈俪，又题于门上，这应是我国最早的对联。

到宋代，春节粘贴对联，已成为一种普遍风俗。如王安石在他的《元日》诗中写道："千门万户曈曈日，总把新桃换旧符。"这里说的"桃符"，其意还是孟昶当时所书写的春联。孟昶是五代后蜀的国君，后蜀不久为宋所灭，但这种在桃木板上题联的形式，在宋代就被广泛地使用。以后，人们又用纸张代替桃木板写联，这与今天的春联，并无什么区别。

又据传，把"桃符"推广为春联的，还是明太祖朱元璋的事。朱元璋定都金陵后，在一次除夕前，他传旨：无论公卿士庶，每家门口都要粘贴一副春联。除夕晚上，他还微服出巡，见到五彩缤纷的春联，他非常惬意。当走到一家庶民门口时，见没有贴出春联，他很奇怪，一打听，原来这家是以"阉猪"为业的，不好意思写春联贴上。于是朱元璋就精心思索，亲自给这家写出一副对联，联云："双手劈开生死路，一刀割断是非根。"全联并未说出"阉猪"二字，但这个"阉"字的含义却充分地体现出来了，而且全联对得工整、确切，曲而不浮。第二天，他又来到这家门口察看，见门框上仍未贴出对联，他更觉得奇怪。当询问时，这家主人说："因这副对联是皇上的御笔，我贴到神龛上供起来了。"朱元璋一听大喜，当即赏给这家主人一些银钱。由于皇帝亲自提倡春联，对联这一艺术形式就被广泛地应用于各种场合。不但婚丧、喜庆使用它，一些名胜古迹、驿店茶亭、官署书院、楼台亭阁等处，也都普遍地使用它。对联就这样流传开了。

对联，作为人们喜闻乐见的一种形式，逐渐得到了更加广泛的应用。人们在小至婚丧嫁娶、记事抒怀，大至国家大典、政局分争之时，无不应用。春联、寿联、挽联、贺联、名胜联、宅第联、答赠联、中堂联等，名目繁多。后来，它不仅冲破了一般的喜庆范围，进入了名山大川、佛殿书院、清泉仙洞、画阁芳园、亭榭馆所，而且应用到宗庙祭祀、寿诞生辰、营建修造、落成迁徙、出行远游、入学考第、送往迎来……总之，一应大小事务，都有品题赠答。

选择对联的秘诀

选择对联，应符合张贴的条件、位置和内容等因素，选择适合自己需要的对联，同时还应注意行业、身份、阅历、场合、欣赏的兴趣爱好，等等。总之，选择对联时应掌握一个原则，即张贴出的对联使人看后皆大欢喜或赞许。基本上应做到如下三点：

第一点：张贴的条件。

选择对联要根据场地的大小，这是最初步的要求。例如：一般家庭对联应选用七言联、八言联、九言联为佳，这样可使字的大小排列与门的大小基本对称，不会给人头重脚轻之感。而机关、单位、学校等大门处张贴对联，则宜选用十言以上二十言以下的行业专用对联。工地及庆典大会的会场等地，选择十言以上的对联较合适。

第二点：使用要求。

根据场合及内容的要求选择对联是很重要的。例如：春联是人们欢庆春节时用的，所以，用词选句要热烈欢快，色彩要鲜艳，内容要健康，要表现出人们对未来生活的憧憬和美好的愿望；新婚用联应以祝贺新婚夫妇团结互助、相亲相爱、共同进步为主要内容，用词要欢快、热烈、端庄、雅而不俗；挽联是追悼死者生平、事迹，要恰如其分地评价死者性格特点，表达对死者的深沉而真挚的悼念、哀惜之情，所以它不能只是歌颂、盛赞，否则，就变成寿联了。

第三点：张贴的位置。

不同的位置贴不同的对联，是选用对联的基本要求。例如：新婚时张贴大门处的对联，应着重表现家人及宾客为新婚夫妻结为秦晋之好和家庭又添新人的喜悦、幸福之情，而张贴在洞房门处的对联应重在激励和祝福新婚夫妇结发之后，互帮互学，相敬如宾，恩爱相处。

除以上三点外，我们选用对联时，还应注意行业、职业乃至身份、年龄、阅历、场合、欣赏的兴趣和爱好等，力求做到张贴出的对联令人皆大欢喜。

选择横批要贴切

有的对联除了上下联以外，还有横批。横批就是贴在上下联中间上面的横联。一般是四个字。好的横批具有总结或补充对联的作用，它与对联浑然一体，使意境更加深远和优美。

因此，横批一定要与上下联紧密联系。比如：上下联是"先抓吃穿用，实现农轻重"，横批是"综合平衡"；上下联是"遍地牛羊六畜旺，满山花果四季香"，横批是"春光明媚"。

所以，横批是全联的总结或者提示，应该是点睛之笔，不要随便就写一个，应该仔细琢磨对联的内容，配上恰当的横批。

张贴对联的窍门

张贴对联，可遵照这样的基本口诀："人朝门立，右手为上，左手为下"。就是说，出句应贴在右手边（即门的左边），对句应贴在左手边（即门的右边）。

因为按传统读法，直书是从右向左读的。出句和对句的辨别，最简单的是记下"上仄下平"。

在汉字的一、二、三、四四种声调中，"一"为平声，"二、三、四"声为仄声，如果对联某一句的最后一字为"三声"或"四声"，则此句为出句，另一句就是对句无疑。

如果对联最后一字都是仄声，那就要从对联的内容和语气上来分辨。

对联的横批，它揭示对联的主题，是一副对联的眉目，起着画龙点睛的作用。所以我们应将它贴在门楣中央，而且要十分醒目。

张贴对联，要选用"浆糊"。如果自己煮浆糊，不要太稠，因为太稠，容易使对联卷起脱落。

对对联的方法

顾名思义，对联是要成"对"的，即由上联和下联所组成。上下联字数必须相等，内容上也要求一致，亦即要上下联能"联"起来，两句不相关联的句子随便组合在一起不能成为对联。

对联的对仗，虽然与诗有相同之处，但它比诗要求更严。对联有宽对和狭对之分。宽对只要求上下联内容有联系即可成联，而狭对则要严格按《笠翁对韵》的标准来撰写。在实用对联中，采用宽对较多，而狭对则往往因为对仗的要求太严，束缚了人们的思维，有因文害意之嫌，故而很少应用。

对联的平仄规律，与诗基本相同，如何断定对联的上下联呢？除了从联文的内容中去辨别外，更为重要的是从联文字尾的平仄声去判定。对联严格规定上联末字用仄声，下联末字用平声，后人称这种规则为仄起平落。必须注意的是：古代汉语和现代汉语的"四声"有些不同。自从推广汉语拼音化和以北京语音为全国通用语言以后，同一汉字的平仄发生了变化。如按《佩文韵府》音韵标准的四声是平、上、去、入。平声列为"平"，上、去、入都归纳进了"仄"。按北京语调，则分成阴平、阳平、上声、去声，这样一来，平声字多了，没有"入"声，把一部分入声字归入了平声，这是学习撰联要注意的。

1. 平——平声平道莫低昂。读时发音平和，尾音长，有余韵。
2. 上——上声高呼猛烈强。读音响亮，声音短促，无尾音。
3. 去——去声分明哀远道。去声读音婉转，尾音短，高昂。
4. 入——入声短促急收藏。入声读音质朴而急，收音短促，低沉，无尾音。

为了练习辨别四声的本领，古人列举了如下三十二个字，作为平仄基本知识锻炼的文字，只要能够熟练地掌握这些字的平仄，那么其他字的平仄就可触类旁通，一读即知了。

1. 一二三四五六七八九十。这十个数字按次序分别为：入去平去上入入入上入。
2. 甲乙丙丁戊己庚辛壬癸。这十字的平仄分别为：入入上平去上平平平上。
3. 子丑寅卯辰巳午未申酉戌亥。这十二字的平仄分别为：上上平上平上上去平上入上。

有些汉字，历来是平仄互用，既可作平声，也可作仄声，如看、教、为、思、傍……略举数例如下：

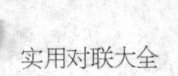

(1)"看"作平声：日照香炉生紫烟，遥看瀑布挂前川。飞流直下三千尺，疑是银河落九天。"看"作仄声：梅子流酸溅齿牙，芭蕉分绿上窗纱。日长睡起无情思，闲看儿童捉柳花。

　　(2)"教"作平声：樱杏桃榴次第开，故教一一傍窗栽。毵毵竹影依依柳，分得清阴入户来。"教"作仄声：粉笔生涯亦快哉，因材施教育良材，满园桃李生机盎，化雨春风次第开。

　　(3)"为"作平声：一为迁客去长沙，西望长安不见家。黄鹤楼中吹玉笛，江城五月落梅花。"为"作仄声：本为汉王建大功，未将自我置胸中。早知兔绝终烹狗，悔不淮阴坐钓终。

　　对联上下联的词组和结构，应保持一致和统一，上联是动宾结构的词组，下联也必须是动宾结构的词组，如"摇红涤翠。"上联是偏正词组，下联也必须以偏正词组与之相对，如"同心结"与"并蒂花"，就是相同的词组结构。在谋篇布局对联词组时，一定要注意上下联的词组结构必须相同，这亦是对联作者必须遵循的一条重要规则。

　　对联的起句有仄起和平起两种规则，与律诗相同，对联的第二个字为"仄"声的称为仄起，第二字为"平"声即为平起。

对联的基本特征

　　上联与下联字数相等，对仗整齐。工对联（即要求对仗结构很严谨）要做到两句字字对应、词类相同、平仄相反、互为对仗，要求十分严格。而宽对联不像工对联严谨，虽不讲求对仗，但好的宽对联也是很工整的，从实用角度看，用宽对较多，不论是正对（上、下联语意相同）、反对（上、下联语意相反）或串对（上、下联相连惯，意思相同），都是平仄相反，词类相同。

　　平仄要协调。对联中的平仄要一一相对，不能一平到底或一仄到底，要求上联句尾为仄声，下联句尾为平声。但实用联也有不用平仄这个尺子去测量的。

　　节奏要一致。一般来说，四言联是2-2，五言联是2-3或3-2，六言联是2-2-2，七言联是3-4或4-3，八言联是4-4，字数多的联一般均由以上几言组成。例：四言：吉星——高照

　　五言：一轮——秋夜月

　　七言：三春月照——千山路，十里花开——一夜香

　　上联下联出对的句子主题意思要统一，相反的对句也有内在的必然联系。

例：横眉冷对千夫指，俯首甘为孺子牛。

创作对联时应该注意的问题

注重构思就是要讲究新、巧。一般要从所写的对象本身出发，考虑采取适当的表现手法，或正反相对，或虚实相衬，或俗中见雅，以期更好地表现客观对象、抒发主观情感。

把握特点，就是要有针对性。从情调上讲，春联应激情满怀，喜联须喜气洋洋，挽联应情意深厚，讽喻联应战斗性强，山水寺庙联应文学色彩较浓。

讲究格调。对联要有健康的思想内容，奋发向上的精神，充实而真挚的感情，雄放而高昂的格调。要体现出时代特色，万不可陈词滥调。

锤炼语言。对联的语言要精练，具有高度的概括性，同时要给人鲜明而深刻的印象，具有直观形象感，还要富于音乐美，即要求写作对联讲究平仄格律，注意节奏。

长联的特点与创作

一、长联的基本特征

长联，因为字数较多，篇幅较大，可以更加充分地表情达意，因而是最能体现创作者文学修养的楹联形式。另外，随着字数的增加，长联在对仗、平仄安排等方面会遇到更多的困难。历代的长联创作者通过不断的摸索积累，形成了撰写长联的一系列经验，也构成了长联的五个方面的特点。

一是容量大，可以包含比一般楹联更丰富的内容。楹联越长，一般地说内容就越丰富。有人说有的长联简直就像一篇赋，这是一点也不过分的。

二是较多地使用排句。昆明大观楼长联，用排句的地方就有两处（上下联各一处）共八句。这就是："东骧神骏，西翥灵仪，北走蜿蜒，南翔缟素。""汉习楼船，唐标铁柱，宋挥玉斧，元跨革囊。"屈原湘妃祠联中的"焉知他是雾锁吴樯，焉知他是雪消蜀舵，焉知他是益州雀舫，是彭蠡鱼艭"也属这一类。排句便于铺陈，用得好不仅富于节奏感，而且腾挪跌宕，颇有气势。若用得过多过滥，也会显得单调。

长联在使用排句时，不是杂乱无章的。昆明大观楼长联之"东骧"、"西翥"、

"北走"、"南翔",是按方位排句;"汉习"、"唐标"、"宋挥"、"元跨"是按朝代先后排句。仅此一联,排句就有两种方式,足以启发我们在研究和创作时,作进一步的归纳与思考。

三是常用自对。自对就是当句对,自对多用于长联之中,构成了长联的一大特色。例如兰州甘肃某院长联:

二百年草昧破天荒。继滇黔而踵湘鄂,迢迢绝域。问谁把秋色平分?看雄关四扇,雉堞千寻,燕厦两行,龙门数仞。外勿弃九边桢干,内勿遗八郡梗楠。画栋与雕梁,齐焜耀于铁马金戈以后;抚今追昔,饮水思源,莫辜负我名相怜才,如许经营,几番结撰。

一万里文明培地脉。历井鬼而指斗牛,翼翼神州,知自古夏声必大。想积石南横,崆峒东矗,流沙北走,瀚海西来。淘不尽耳畔黄河,削不成眼前兰岭。群山兼众壑,都奔赴于风檐寸晷之中;叠嶂层峦,惊涛骇浪,无非为尔诸生下笔,展开气象,推助波澜。

在这副长联中,上下两联各有七处地方自对。上联自对的地方是:"继滇黔而踵湘鄂","继滇黔"与"踵湘鄂"都是联合结构作宾语。"雄关四扇,雉堞千寻,燕厦两行,龙门数仞",这四句都是主谓结构,主语是个名词,谓语是个数量词。"外勿弃九边桢干,内勿遗八郡梗楠",这两句都是主谓结构,主语部分是一个方位词;谓语部分主要是动宾结构。"画栋"与"雕梁",两词都是偏正结构,"偏"的部分是动词作定语。"抚今追昔""饮水思源",这两句都是联合结构,而联合的两项又都是动宾结构。但"今"与"昔"为时间名词自对,"水"与"源"为普通名词自对。"如许经营,几番结撰",这两句都是偏正结构。下联的自对,所在位置与上联相同,但结构不一样:"列井鬼而指斗牛",结构与"继滇黔而踵湘鄂"同,但"滇黔"与"湘鄂"是地域名词自对,"井鬼"与"斗牛"则为星宿名词自对。"积石南横,崆峒东矗,流沙北走,瀚海西来",这四句也是主谓结构,但谓语是个偏正结构,"淘不尽耳畔黄河,削不成眼前兰岭",这两句都是动宾结构。动词部分是一个后补结构,宾语部分是一个偏正结构。"群山"与"万壑",两词都是偏正结构,"偏"的部分是数词作定语。"迭嶂层峦","惊涛骇浪",这两句也是联合结构,联合的两项都是偏正结构,但"迭嶂层峦"乃数词性形容词修辞表山的名词,"惊涛骇浪"却为动词性形容词修饰表水的名词。

"展开气象,推助波澜",这两句都是动宾结构。在这副不到两百字的长联中,至少有十四处地方自对,这个特点就够显著了。

长联在自对中,不时使用隔句对(即第一句对第三句,第二句对第四句)。成都望江楼长联之"花蕊飘零,早埋了春闺宝镜;枇杷寂寞,空留着绿野香坟",青城山天师洞道观长联之"夜朝群岳,圣灯先列宿柴天;泉喷六时,灵液疑真君唾地"等，皆属此类。有一点应当注意：像昆明大观楼长联之"趁蟹屿螺洲，梳裹就风鬟雾鬓；更萍天苇地，点缀些翠羽丹霞"，因"蟹屿"与"螺洲"、"风鬟"与"雾鬓"、"萍天"与"苇地"、"翠羽"与"丹霞"，句中已经自对，就不能再视为隔句对。

长联中用自对，既可以使上下联某些地方求对的困难得以避免，也可以使对仗灵活多样，因此，其意义是积极的，而不是消极的。

四是喜欢用典。应当说在联中适当用典，可以增加楹联的深度和色彩。若用典过多，变得晦涩难懂，就有副作用了。可是有些长联作者，似乎都没有考虑到这一点。他们在联中一个接一个地堆砌典故，有的用得很冷僻，有的甚至拐着弯用，以致有时查到了典故，还难以明白作者的用意。这样的长联在今天就不可能有多少读者。由此看来，长联的喜欢用典，是一大特点，处理得不好的话，也会成为一大缺点。

五是注重贯气。蔡东藩《联对作法》云："凡句与句相逮，句分而意相连属，或二句或三句乃尽者，谓之节。"又云："长联必有节奏。即如以四句为一联，亦多分两节。起二句为一节，末二句为一节；或起三句为一节，末句总束为一节。"从"句分而意相连属"一语看，所谓节，就是一层意思。长联因其长，联往往含有两层乃至多层意思，因而也就往往出现两节乃至多节来。但每副长联都有一个主旨，融注于上下联中。这样，不仅上下联之间，而且各层意思之间，都不是孤立的而是连贯的了。不懂得这一点，就易流于拼凑。而要不流于拼凑，就要注意体现因长联主旨的融汇而产生并贯穿于节与节之间的逻辑联系，使全联浑然一体。这个功夫就是所谓贯气。长联若不贯气，必然破碎支离，越长越令人生厌。《清稗类钞》在介绍西湖彭刚直祠长联时说："长联最难作，盖不难于长而难于一气贯注也。"这确是经验之谈，也说明贯气在长联写作中的重要性，必须倾心尽力去做好它。但是，长联要气贯得好，里面还有一个"势"的问题。有些长联，意思也连贯，但读起来就是平淡无奇，一个重要原因就是有气而无势。大凡有气无势的长联，节与节之间都只有静止乃至机械的衔接，没有活力。有些长联，读之如高屋建瓴，飞流直下，即使婉转曲折，也能欢然畅通。这是有气又有势者。长联只有做到有气又有势，才能像吕云彪在《楹联作法》中说的"如长江之水，自西而东一泻千里，涌往无阻"，也才能达到林昌彝所说"如悬绳千尺崖，坠而不断；又如骑五花快马，奔山绝涧，一勒便转"（林庆铨《楹联述录》）的上乘境界。为此，除了文字表达的技巧上必须着力而外，长联在酝酿时，就要把起点放高，不仅应于气盛时作之，而且开首的句子，最好就要能给上下联开出一条顺畅的运行之路。这需要作者有比较开阔的艺术构思和比较坚实的底蕴力量。如果没有这种构思和力量，那就还是先写短联为好。

二、长联的领字

长联还有一个特征是多用领字。所谓领字，指用于联中一些句子的开头，单

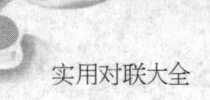

独停顿、起承启、统领等作用的词语。古人没有语法学上的"词"的概念，所以以"字"称之。只用一个字的领字叫一字领，用两个字的领字叫二字领，用三个字的领字叫三字领。

领字长短联都用，但以长联使用最为常见。以昆明大观楼长联为例，上联一字领有"喜"、"看"、"趁"、"更"；二字领有"何妨"；三字领有"梳裹就"、"点缀些"、"莫辜负"。下联一字领有"叹"、"想"、"尽（儘）"、"便"；二字领有"费尽"；三字领有"卷不及"、"都付与"、"只赢得"。再以兰州举院长联为例，上联一字领有"继"、"问"、"看"、"齐"；二字领没有；三字领有"莫辜负"。下联一字领有"历"、"知"、"想"、"都"；二字领有"无非"；三字领没有。

一般来说，上联某个位置用了几个字作领字，下联相应的位置上也要用多少个字作领字，结构才对称。昆明大观楼长联就是如此。但有时候个别地方也有例外。兰州举院长联上联倒数第三句开头用"莫辜负"三字作领字，下联相应的位置上却只用了"无非"两字作领字。严格地说，这种情况是不允许的，尤其在表现出明显不协调时。但是若无明显的不协调，也可以原谅过去，不算大的失误。

长联的所谓贯气，就是要使全联的各层意思能自始至终有机地联系起来。要达到这个目的，在写作时就要特别注意各层意思间的过渡与衔接。而过渡与衔接，即上下的承启，除了各层意思之间要有内在的逻辑联系而外，对领字正确而巧妙的运用，就是一个关键。

领字的承启作用，表现是多方面的。或者表示连贯，或者表示递进，或者表示转折，只看语意上的需要。昆明大观楼长联中，上联一个"看"字，就把人们的视线由滇池转向四周；下联一个"想"字，又把人们引入了历史的回顾。除此而外，这两个字还分别表示统领。"看"字统领了东、南、西、北四方，"想"字统领了汉、唐、宋、元四代。"更"字把对滇池美景的描述推进了一层，而"便"字对封建王朝衰败的描述也有深化的作用。

除了承启、统领之类的作用而外，领字也可以增强联语的节奏感。如"高人韵士，何妨选胜登临。趁蟹屿螺洲，梳裹就风鬟雾鬓"这几句，由于领字的多少不等，时而二字领，时而一字领，时而又三字领，使联语的节奏呈现出轻重缓急，读起来抑扬有致，流畅自然。

领字还使楹联的句式变得多样化。就以上例来说，若去掉领字，就只剩下"高人韵士"、"选胜登临"、"蟹屿螺洲"、"风鬟雾鬓"，全是一些四字句，不仅不连贯，而且非常单调。而领字一加，句子的字数变为四、六、五、七，一种变化和错综的美就产生了。

领字有只领一句（或者一个词组）的，如"趁蟹屿螺洲"；有领两句（或者两个词组）的，如武昌黄鹤楼联之"直吞八百里洞庭，九百里云梦"；有领三句（或者三个词组）的，如某地孟子庙联之"能富贵不淫，贫贱不移，威武不屈"；有领四句（或四个词组）的，如"看东骧神骏，西翥灵仪，北走蜿蜒，南翔缟

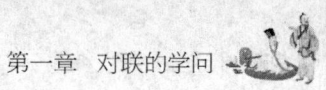

素"；有领多句（或者多个词组的）的，如南京妙相庵联之"犹剩得半折磬，一卷经，五更钟，六月凉风，三冬积雪"。其中又以领一句（或者一个词组）、两句（或者两个词组）和四句（或者四个词组）者最为常见。

领字的平仄，要求比较松宽。像某君挽邹韬奋联之"孤愤韩非，离骚屈子"，从其平仄为"仄仄平平，平平仄仄"自成对应来看，其前面的领字"无非是"是独立于后八字之外的。又"积石南横，崆峒东矗，流沙北走，瀚海西来"，也是如此。其平仄为"仄仄平平，平平仄仄，平平仄仄，仄仄平平"，也自成对应，其前面的领字"看"也独立于十六字之外。正因为领字一般都是独立于联语正句之外的，其平仄一般也就不受正句的约束。也正因其不受正句的约束，平仄就比较自由，要求就比较松宽了。一般来说，领字的平仄，只要做到与所领的部分交错和谐、上下联彼此对立就可以了。

梁章钜在《楹联丛话》中批评大观楼长联说："此联虽一纵一横，其气足以举之，究未免冗长之讥也。"毛泽东说："（大观楼长联）从古未有，别创一格，此评不确。"梁章钜对大观楼长联的这个批评虽然错了，但其谓写长联应避免冗长的观点却是应当记取的。

三、钟云舫的长联创作

中国古典格律文学，从楚辞汉赋开始，经南北朝骈体文，至唐诗、宋词、元曲，一路吟旌，至明、清楹联兴盛，云蒸霞蔚，成为文言世界最后也是最美的一段风景。在这古典文学最后的晚餐桌上，出现了一个曾经湮没不闻，如今又重新被发现的伟大名字——钟云舫，他以三副惊世骇俗的长联在中国楹联史上占有崇高地位。

光绪二十年（1894年），47岁的钟云舫写诗嘲讽县令朱锡藩狎妓嫖娼，品行不端，被朱革去廪银，关闭了他执教多年的塾馆，为避祸流落成都，有家难归，写下了《望江楼长联》。

光绪二十八年（1902年），四川江津已连续遭受了"两岁三秋"大旱，人民生计十分艰难，而县令武文源却篡改粮章，加征租税，致使"六万户灾黎"怨声沸腾。

邑内举人张泰阶联络士绅上告，钟云舫列名其上，经川督岑春煊派员查实，武文源被革职。不数月，岑奉调移督两广，于光绪二十九年（1903年）三月舟下东下过江津，钟云舫与张泰阶等士绅登舟致意，赠诗赠联，武文源得知后，对钟、张更加恨之入骨，遂以重金贿赂重庆知府张铎，断章取义摘录钟云舫诗中一些句子，罗织罪名，于同年五月由重庆府将钟、张收质，解至省城成都，囚禁于提刑按察使司待质所。张泰阶用金钱暗通关节，关押几个月后获释；钟云舫一介寒儒，无力行贿，名为"待质"而一押三年，有理难申，有冤难诉。在南冠生涯中，受尽摧残。遂于被拘禁的第二年即光绪三十年（1904）春写下了天下第一长联，即《拟题江津临江城楼联》，以抒"飞来横祸，理所不解，偶一触念，痛彻心肝"的愤激之情。此时钟云舫已年届57岁，又出监无期，"念及行年六十时，不能不自作寿联"，遂预拟了《六十自寿联》。

13

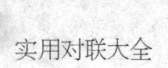

光绪三十年（1906），经他的学生钟长春多方奔走，他才得以从待质所中释放，结束囹圄生活。出狱后，自觉人生迟暮，在弟子、友人的鼓动下，开始编辑他"大多佚失"而仅存的诗、文、联作《振振堂集》共八卷，其中《楹联稿》收入楹联1805副。宣统三年正月三十（1911年2月28日），钟云舫在贫病交加中溘然长逝，葬于重庆江津油溪灯油坪。享年64岁。

钟云舫的一生，生不逢时，命途多舛。他少有壮志，"韶龄酷嗜简篇"、"便欲支撑宇宙"（《六十自寿联》），要学成"上马杀贼，下马作檄"（《六十自寿联》）的本领，为国为民有所作为。但经几十年苦苦追求，终因"误落乾坤圈套"（《六十自寿联》）而潦倒一生。正如他的一副自题联：

侠烈一层，刚傲一层，愚拙一层，懒惰一层，屈指人间谁似我；
功名相厄，银钱相厄，疾病相厄，患难相厄，伤心命运不如人。

悲愤起骚人。在那个灾难深重的黑暗时代，钟云舫"虚负凌云万丈才，一生襟抱未曾开"，他只好"就诗词歌赋，权谋站住千秋"（《拟题江津临江城楼联》）以楹联为武器，抒发他的深广忧愤。他一生大约写下了4000副联作，其中超长联三副，以其博大精深的思想内容，奇横包举的语言艺术为举世推崇，可谓"横览九州，无出其右者"。钟云舫本人也赢得"长联圣手"的美誉。下面逐一分析一下他的三副长联。

拟题江津临江城楼联

地当扼泸渝、控涪合之冲，接滇黔、通藏卫之隘，四顾葱葱郁郁，俱转入画江城。看南倚艾村，北裹莲盖，西撑鹤岭，东敝牛栏，燗纵横草木烟云，尽供给骚坛品料。欹斜栋楠，经枝梧魏、晋、隋、唐，仰睇骇穹墟，疆鬼宿间，矮堞颓堙，均仗着妖群祟夥。只金瓯巩固，须防劫火憯腾；范冶炉锤，偏妄逞盲捶瞎打。功名厄运数也，运数厄运名也，对兹浑浑茫茫，无岸无边，究沦溺衣冠几许？登斯楼也，羽者、齿者、羸者、介者，胆臆鸣者、傍侧行者、忿翅抉抢、喜啮攫扣者，迎潮揭揭趋去，拂潮揭揭趋来，厘然坌集，而乌兔撼胸，揶目空空，拍浪汹汹，拿橹嗷嗷，挞鼓冬冬，慑以霹雳，骤以丰隆。溯岷蟠蜿蝰根源，庶畅泻波澜壮阔胸怀耳。试想想还榛朴噩，俄焉狂荡干戈，吴楚睢盱，俄焉汪洋觳觫；侏离腾跨，俄焉渺瀁球图。谓玄黄伎俩蹙蹙，怎恒怯挛挛努眼。环珮铿锵之日，盈廷济济伊周，忽喇喇掀转鸿沟，溪谷淋漓膏液。蚩氓则咆哮虓虎，公卿则谨视幺豚，熊罴鹅鹳韬钤，件件恃苍羲定策。迨橄枪扫净，奎璧辉煌，复纱帽下瘫瞌睡虫，太仓里营狡猾鼠，毛锥子乏肉食相，岂堪甘脆肥浓？恁踹踊凤凰台，踩躏鹦鹉洲，距蹭麒麟阁，靴尖略踢，惨鸡肋虔奉尊拳，喑呜叱咤之音，焰闪胭脂舌矣。已矣！余祈蚖变巴蛇矣！斑斑俊物，孰抗逆䶊谈凶麟？设怒煽支祁，例纠率魑魅魍魉；苟缺锯牙钩爪，虽宣尼亦慑桓魋，这世界非初世界矣。爰情情上排阊阖，

第一章 对联的学问

沥诉牢愗，既叨和气氤氲，曰父曰母，巽股艮趾，举钦承易简知能。胡觇轴折枢摧，又嫉儿孙显赫，未容咳笑，先迫号咷，恪循板板规模，诸任雷霆粗莽。稽首，稽首，稽首，吁侬恩派归甲族；侣伴虾蟠，泡响昙嘘，尚诩蜉蝣光采；罔缘香藻，喧噇闹铁板铜琶；快聆梅花，潇洒饫琼箫玉笛；疏疏暮苇，瀛寰隔白露蒹葭。嗟嗟！校序党庠，直拘辱士林羑里；透参妙旨，处处睹鱼跃鸢飞。嗜欲阵，迷不着痴女呆男，撞破天关，遮莫使忧患撩人，人撩忧患。懵懂自吉，伶俐自凶，脂粉可乱糊涂，乔装着丑末须髯；彼愈肮脏，俺愈邋遢。讪骂大家讪骂，某本吟僧一个，无端堕向泥犁。恰寻此高配摘星，丽逾结绮，咬些霜，咽些雪，俾志趣晶莹，附身楫帆樯，晃朗虑周八极。听，听，听，村晴莺啭，汀晚鸥哗，那是咱活活泼泼、悠悠扬扬的性。久坐，久坐，计浊骸允该抛弃，等候半池涨落，拣津汁秘诀探挦，挦至乳洽胶溶，缩成寸短灵苗，妪煦麑卵，倏幻改钳发珠眸，远从三百六度中，握斧施斤，与渠镌囫囵没窍混沌；

　　蒙有倾淮渍、溢沪渎之泪，堆衡鲷、压泰岱之愁，满腔怪怪奇奇，悉属我心涕泗。念蚕龟启土，刘孟膺符，轼辙挥毫，马扬弄墨，泄涓滴文章勋绩，遂销残益部精华。逼狭河山，怎孕育皋、夔、契、稷？俯吟欹剑栈，除拾遗外，郊寒岛瘦，总凄煞峡岛巫猿。故卧龙驰驱，终让进蛙福泽；阴阳罗网，惯欺凌渴鲋饥鹏。英雄造时势耶？时势造英雄也？为问滔滔汩汩，匪朝匪夕，要漂零萍梗何乡？涉臣川耶，恍兮、惚兮、凛兮、冽兮，变潙洞兮、突漩涡兮，迤逦欧亚、辽夐奥斐兮，帝国务垄民愚，阿国务诱民智，奋欲乘桴，而拜昇掣楫，履冰业业，寒裳惕惕，触礁虩虩，擎舵默默，动其进机，静其止屈。蕍湎湃湟污行潦，谁拔尔抑塞礧砢才猷乎？叹区区锤凿崖鬼，夸甚五丁手段？组织仁义，夸甚费蒋丝纶？抽玩爻占，夸甚谯程卜筮？在冈底峥嵘脉络，应多少豪杰诞身。沱潜澎湃之余，依旧荒荒巢燧，硬苦苦追踪盘古，弹丸摭拓封疆。累赘了将军断头，凄怆了苌弘葬碧，礼乐兵农治谱，纷纷把尧舜效尤。及滟滪衮平，黎邛顺轨，苐薛蕊代芙蓉增色，杜鹃伏丛棘呼冤，峨眉秀鲜桢干材，勉取氊毡橦布。反猢狲美面具，豺狼巧指臂，狮狻盛咸仪，口沫微飞，统辑叙骨惊灭顶，锦纨绔綮之服，宁称穷措体哉？伤哉！予安获贡蜀产哉？业业巉岩，类钟毓嶙峋傲骨。即肖形凹凸，早娵訾邑贵朝官；假饶赤仄紫标，虽盗跖犹贤柳惠，庶贫贱弗终贫贱哉？冀缓缓私赴泉官，缴还躯壳，诳说神州缥缈，宜佛宜仙，虹彩霓辉，都较胜幽冥黑暗。讵识铅腥锡臊，遍令震旦襁褓，甫卸翳胞，遽烦汤饼，愧悔昏昏曩昔，泣求包老轮回。菩提，菩提，菩提，愿今番褪脱皮囊；胚胎蝼蚁，堂砌殿穴，永教宗社绵延；虿脑虮肝，垂拱萃蟪螅胖蚕；蚊毛蜗角，挤眉拥蛮触馀舲；小小旃檀，妻妾恣红尘梦寐。噫噫！牂柯僰道，乃稽留逐客夜郎；种杂僮傜，喷喷厌鸦啼鵐叫。丘索坟，埋不尽酸齑醋饹，猜完哑谜，毕竟是聪明误我，我误聪明。宇宙忒宽，瞳眶忒窄，精魂已所修炼，特辜负爹娘鞠抚，受他血肉，偿他髑髅。浮沉乐与浮沉，荤由酷滥九经，始畀投生徽裔。且趁兹沙澄洗髓，渚潋濑肠，啼点月，哦点风，倩酒杯斟酌，就诗歌词赋，权谋站住千秋。瞧、瞧、瞧，蓼瘠砧敲，荷癯桨荡，却似仆凄凄恻

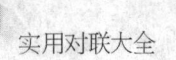

恻、漂漂泊泊的情。勿慌！勿慌！料蓝蔚隐蓄慈悲，聊凭双阙梯崇，望银涛放声痛哭，哭到海枯石烂，激出丈长鼻腻，搁付龟鳌，嘱稳护方壶圆峤，近约十二万年后，跟踪蹑迹，眠侬斫玲珑别式乾坤。

此联单联806字，全联1612字，为古今长联之冠。联前有段小序："飞来冤祸，理所不解，偶一触念，痛彻心肝，迟迟春日，藉此搜索枯肠，欲其不以冤情撄念耳。以泪和墨，以血染纸，计得一千六百余字。"

可知此联写于狱中，也就是说在条件极其艰苦、没有任何参考材料的情况下写成的，因而显得更加难能可贵。这副长联，从江津的地理形胜，说到蜀中的典章人物，从四川说到全国，从地狱说到天堂，从盘古开天辟地说十二万年后，心游万仞，精骛八极，发乎情而见诸字。述自性，则村晴莺啭，汀晚鸥哗，一片活泼生机；表心志，则握斧施斤，别乾坤；诉冤情，则以泪和墨，长歌当哭。联稿的中心主题，即痛斥社会的黑暗，"这世界非初世界矣！"抒怀自己的血泪悲愁。有一种惊风雨、泣鬼神的艺术效果。联稿的一大特点即佶屈聱牙，晦涩难解，或谓这是这副长联的缺点，其实这是只知其一，不知其二。正是这种晦奥艰深的文字，纷繁奇崛的意象，绘出了一幅令人难解、奇奇怪怪的混浊世道图。这图景的深处，正展示了他对"没窍混沌"的憎恨，流露出他对"别式乾坤"的渴望。

六十自寿联

六十年东碰西撞，误落乾坤圈套，乱烘烘叠床梦，急抢抢架肩愁。编三川草木烟霞，滴滴皆啼痕血迹。长歌代哭，猛惊姬蹶嬴颠；短笛助讴，痛定刘聋赵瞆。嘈嘈廿七史，阿孰算个男儿，意岳粹嵩华，安肯漫钟贤秀。将上马杀贼，下马作檄，开拓往哲之心胸，推倒亚洲之豪杰。岂料文章贾祸，魍魅兴波。即慈傲骨刚肠，早冲犯着奎宿仇星，撄恼着孔兄丑脸。毁者、誉者、诅者、祝者、投石者、设饵者、颂项诗者、御鲁国者，悠悠众口，鲜定评也。而进蹑网罗，退蹊坎壈，无端囚戮管仲，无端谤辱宣尼。懵懂之条科，恁般颠顶。提起我半生鲋辙，历历怆怀。这满腔义胆忠肝，都付于狼吞犬噬。只箧间酒、镜边花、碗底肥胪、桦中瘦鹿，还值得浓餐淡饮，浅唱低斟。好福泽需好精神，奈壮与久受磨砺，浩劫毓奇才，奇才动遭浩劫。已矣！吾其伴赤松子游矣。悔韶龄酷嗜简篇，便欲支撑宇宙。至今日筋疲脑碎，斗末跳毕獭狲。髭髯飘霜，干彻什么经济？罢罢罢，从此卷旗收卒，要利刀阔斧，斫尽情根；秘诀灵符，消除慧业。把些嫠妇恤、杞人忧天、团体欷、同胞叹，掷抛向缥缈虚空。第取一件衣、一盂粥，保护皮囊。那宝贵功名，意属贪嗔痴妄。黄粱熟、黑种滋，问闲常喜怒悲欢，为的是谁家世界？拥被窝呵呵窃笑，自笑某辛辛苦苦，碌碌忙忙，做了吃书蠹，毂了钻纸蚊，狂了采蜜蜂，疯了闹山鹊；

二万里南遑北踹，割残周径球图，霹雳炸铜铁炎，水火弛氢氧骤。听盈庭綦组锦绣，嚷嚷说柱断房谋。裂指叩阶，夸诩擎天手段；咬牙变法，矜持补衮金针。缕缕数千言，非咱难争霸局，谅樵哄烛斗，乌能抵抗旄旃。须左挟虬龙，右挟蛟蟒，仗钹擎謦之窟穴，请缨椎髻之殿庭。宁知压力弗逭，风潮忒逆。就论声光气电，仅剩袭点欧罗糟粕，咀嚼点新学馋涎。英耶？德耶？班耶？葡耶？拒俄耶？联美也？购倭械耶？增比款耶？睒睒凶睛，胡闪烁也。而朝修船政，暮整海军，忽焉偿息京垓，忽焉赔兵亿北。羲农之胄裔，改号野蛮。但闻伊几阵羊鸣，齐齐褫魄。本滥臭行尸走肉，怎禁被舰碾轮研。惟剥间闻、刲土族、搜擒公鳖、攫捉笼鸡，倒足称顶选尖毫，头批脚色。大完全先大破败，计苍昊潜溪运会，英雄造时势，时势亦待英雄。伤哉！予竟以白发翁老哉。念圣主勤劳宵旰，隐求酝酿氤氲。乃诸公蜈蛊蛇妖，骄焰吐来瘴雾。腥臊喷毒，散成各道瘟瘼。哈哈哈，假烧乞借斧柯，当倾泻银河，湔除肮脏；掀翻玉轴，搜捡贞元。虽有测量方、格物致理、工商战、汽化机，殊不是治平浆计。应该两撒腿、两拗捶，剔穿地壳。扫贪污庸懦，悉归斩绞徒流。盘古苏、混沌死，嗟若辈椁穷饕浑，究竟由何处胚胎？登舞台悄悄私看，且看他扰扰营营，轰轰烈烈，跃出五爪狮，吼出独角虎，嗥出四眼狗，现出九尾狐。

单联 445 字，全联 890 字。正文前有一段小序："劳劳人事，数十年来不获一日安居，乃因系我南冠，反得清闲两载。日长无事，因念行年六十，不能不自作寿联。恐一出此门，并无握笔之暇，因预拟如此。"

由此可知作者创作此联时的处境和当时的心情。在这副长联中，作者叙述了自己也曾有过雄心壮志，但因"文章贾祸，魑魅兴波"，结果"半生鲋辙"，"满腔忠肝义胆，都付与狼吞犬噬"。他既后悔自己过去只从书本出发，没有看清社会，以致落入他人的"乾坤圈套"，又痛骂当朝者丧权误国，使我堂堂中华民族处于空前危难之中，他一方面表示自己已"筋疲脑碎"，今后只好去"伴赤松子游"，另一方面又还想"饶乞借斧柯"，"倾泻银河，湔锄肮脏"，"扫贪污庸懦，悉归斩绞徒流"。联稿文字也比《拟题江津临江城楼联》浅近明白，流畅自然。

钟云舫这两副作于狱中的特长联，忧国伤时，痛诉冤屈、牢骚，抨击黑暗社会，自述心志，将神话与现实融在一起，给人以离奇惨淡之感。无论是篇幅、创作背景，还是思想艺术特色，均与《离骚》相类似，同属长歌当哭的悲愤之作。今人王利器曾评曰："联作于狱中，借题发挥，拓开万古心胸，推倒一时豪杰，洋洋巨制，叹观止矣！"（《王利器论学杂著》）

题望江楼联

几层楼独撑东面峰，统近水遥山、供张画谱。聚葱岭雪，散白河烟，烘丹景霞，染青衣雾。时而诗人吊古，时而猛士筹边。最可怜花蕊飘零，早埋了春闺宝镜。枇杷寂寞，空留着绿野香坟。对此茫茫，百感交集。笑憨蝴蝶，总贪迷醉梦乡中。试从绝顶高呼，问问问，这半江月，谁家之物？

千年事屡换西川局，尽鸿篇巨制，装演英雄。跃岗上龙，殒坡前凤，卧关下虎，鸣井底蛙。忽然铁马金戈，忽然银笙玉笛。倒不若长歌短赋，抛撒些闲恨闲愁。曲槛回廊，消受得好风好雨。嗟予蹙蹙，四海无归。跳死猢狲，终落在乾坤套里。且向危梯俯首：看看看，那一块云，是我的天！

此联写于成都。当时作者因撰联讽刺县令朱锡藩而遭其忌恨，远走成都避

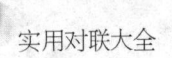

祸。此联亦名《题锦江城楼联》，上写蜀地风物，下叹自身遭遇，表达了满腔激愤之情。艺术上老练、圆熟，没有前面两副晦涩难懂。

东面峰，指成都东南龙泉山。葱岭，即广元东北之龙门山。白河，即白水，嘉陵江支流。丹景，山名，在彭县西北，上产丹砂，云多紫气。青衣，江名，经洪雅至乐山入泯江。花蕊，即花蕊夫人，五代前蜀主王建妃。作有《花蕊夫人宫词》，枇杷，指薛涛所居之枇杷门巷。蝴蝶，典出《庄子·齐物论》。此处指争名逐利而不知醒悟者。岗上龙，指诸葛亮。坡前凤，指庞统，号凤雏，攻雒城时在今德阳白马关下落凤坡中箭而死。关下虎，指刘备。井底蛙，指西汉公孙述，其曾于成都称帝，邓援笑其为"井底蛙"。

钟云舫在长联创作上的艺术特色及主要贡献概括为如下三个方面。

一是极大地拉长了楹联的行文篇幅。楹联属格律文学，上下联要求对仗，写长不易，故通常楹语在五十字以内。孙髯首开长联风气，大观楼联蔚为大观，字数之多冠于海内。而钟云舫更以空前的勇气和才气，再一次大大拉长楹联的篇幅。拟题江津临江城楼联长达1612字，近十倍于大观楼联，堪称楹联创作的恢恢奇迹。仅就篇幅论，其在楹联史上的地位恰如诗中之《离骚》。有了更大的框架，自然能容纳更多内涵。

二是极大地扩展了长联创作的思想内容。以前的长联，多为名胜联或挽联，内容主要是写景、述史、抒情之类，且行文多粗犷的概括之笔，精雕细刻较少。而钟氏的长联，题材空前阔大，内容无比丰富，其中有深厚的历史，广阔的社会，生动的人生，写尽乾坤沉浮，国势盛衰，以及物态人情，悲欢离合。如《六十自寿联》，不仅道尽自己六十年的悲惨人生，更纵横捭阖，把鸦片战争以来60余年的喋血战火、国难民愁，都作了痛快淋漓的披露与刻画。小自蚊眉蜗角，大至天文地理，无不兼容并包，收聚笔下。可谓心游万仞，精鹜八极。前人曾评曰："……其气象蓬蓬勃勃，怪怪奇奇。百灵毕集，笔足以举，力足以扛，词足以远，识见之超，胸罗之富，令人叹息不止。"

三是极大地丰富了长联的表现艺术。钟氏的长联，艺术上挥洒自如，得心应手，无论是气势、学识、情感、文采，无不超越前贤，后人也难以望其项背。其气势恢宏、震今烁古。"将上马杀贼，下马作檄，开拓往哲之心胸，推倒亚洲之豪杰"（《六十自寿联》），大有李白海浪天风之势。其学识过人，骇俗惊世。"近十二万年后，跟踪蹑迹，觍俙斫玲珑别式乾坤"（《拟题江津临江城楼联》），其情感强烈，泣鬼伤神。

"看看看，那一片云，是我的天！"（《题望江楼联》）其文采斐然，无出其右。修辞上多种手法并用，语言精练、圆熟老练，又极富表现力和创造性。如此长篇巨制，音韵上既平仄合整，对仗复工稳之至，前人曾评其《六十自寿联》曰："通畅一气，曲折排奡，亦挺亦秀，亦豪放，亦诙谐，科诨并杂，美不胜收。悲憯之怀，直令千古英雄为之泪下，真大观也。"这段话极好地概括了钟氏长联在艺术上多方面的成就。

第二章 结婚对联

贺新婚通用联

东风入户
喜气盈门

互助互爱
相敬相亲

凤凰鸣矣
琴瑟友之

天高地阔
比翼齐飞

雁鸣旭日
凤哕朝阳

百年合好
五世其昌

夫妻恩爱
琴瑟和弦

互帮互爱
相敬相亲

夫妻恩爱
家庭幸福

庭呈瑞彩
门挹祥光

缘定三生
情归四韵

欢腾彩凤
瑞应祥麟

白头偕老
同心永结

月明金屋
香喷玉屏

鸳鸯对舞
鸾凤和鸣

海誓山盟
同心永结

珠联璧合
凤翥鸾翔

志同道合
花好月圆

三星并耀
五世其昌

夫妻恩爱
家庭祥和

天作之合
文定厥祥

禧凝燕贺
庆肇鸿图

芝兰千茂
鸾凤百鸣

月圆花好
凤舞龙飞

云开五色
户拱三星

花开并蒂
藕结同心

芝泥发彩
兰蕊浮香

射屏得偶
种玉有缘

礼行平等
结婚自由

双燕齐飞
阖家欢乐

志同道合
意厚情长

门迎淑女
户接佳宾

鸳鸯比翼
夫妻同心

良辰美景
赏心悦事

天长地久
花好月圆

书称厘降
诗咏好逑

凤吉叶占
熊祥入梦

萧迎淑女
酒贺新郎

诗题红叶
彩耀青鸾

荷开并蒂
芍结双花

| 白头偕老 | 祥云腾吉地 | 四季花常好 | 欢歌随凤舞 |
| 同道永春 | 瑞气聚华轩 | 百年月永圆 | 笑语伴龙腾 |

| 永偕伉俪 | 志同配佳偶 | 摄成双璧影 | 金凤过清夜 |
| 喜缔良缘 | 道合结良缘 | 缔结百年欢 | 明月闹洞房 |

| 鸳鸯比翼 | 鱼水千年合 | 彩笔题鹦鹉 | 红梅思爱意 |
| 龙凤呈祥 | 芝兰百世荣 | 焦桐引凤凰 | 绿竹贺新人 |

| 蓝田种玉 | 琴瑟春常润 | 凤凰为世瑞 | 雀屏欣中目 |
| 红叶题诗 | 人天月共圆 | 琴瑟谱新声 | 鸿案举齐眉 |

| 乾坤交泰 | 旭日芝兰秀 | 结成平等果 | 三星方在户 |
| 琴瑟和谐 | 春风琴瑟和 | 开出自由花 | 百辆正迎门 |

| 创业成知己 | 吹箫堪引凤 | 锦瑟调鸿案 | 喜气门庭满 |
| 革命结同心 | 攀桂喜乘龙 | 香词谱凤台 | 春光绣帐明 |

| 旭日辉仁里 | 奇缘谐凤配 | 鸳鸯千载偶 | 菊垂金作客 |
| 祥云护德门 | 雄梦叶熊占 | 鸾凤百年和 | 琴瑟谱新声 |

| 笙箫奏凤凰 | 缔美好姻缘 | 文明协嘉礼 | 但愿情长久 |
| 鼓乐迎佳宾 | 创幸福生活 | 家室敦好述 | 何须语蜜甜 |

| 好述偕伉俪 | 芝兰茂千载 | 新春贺双美 | 志于云上得 |
| 嘉礼协文明 | 琴瑟乐百年 | 齐飞庆百年 | 人自月中来 |

| 百年歌好合 | 鸣琴乐佳偶 | 卿云绕绣辇 | 香掩芙蓉帐 |
| 两美结良缘 | 鼓瑟缔良缘 | 瑞气霭祥云 | 烛辉锦绣帷 |

| 并蒂花最美 | 建文明社会 | 恋爱心已合 | 俭朴成婚礼 |
| 同心情更真 | 结美满婚姻 | 结婚情更浓 | 勤劳钟爱情 |

| 绿竹恩爱意 | 喜望红梅开 | 烛照香车人 | 鸟入同行侣 |
| 红梅贺新人 | 乐迎新人来 | 花迎宝扇开 | 花开连理枝 |

第二章 结婚对联

锦堂双璧合　　　　共结美满姻缘　　　　山青水碧风光美
玉树万枝荣　　　　同建幸福生活　　　　酒绿灯红喜气多

齐种爱情树　　　　同德同心同志　　　　云汉桥成牛女渡
同当幸福人　　　　知寒知暖知音　　　　春台箫引凤凰飞

祥光拥大道　　　　喜迎亲朋贵客　　　　一对鸳鸯成好梦
喜气满庭门　　　　欣接伉俪佳人　　　　五更鸾凤换新声

春风琴瑟韵　　　　但求志同道合　　　　云抱玉林芝草茁
旭日芝兰香　　　　何必户对门当　　　　香飘金屋篆烟清

喜见红梅放　　　　喜听琴瑟合奏　　　　云路高翔比翼鸟
乐迎淑女来　　　　欣看凤凰齐飞　　　　龙池深种并蒂莲

祥云辉绣幙　　　　栏外红梅竞放　　　　二姓联盟成大礼
瑞气驻华堂　　　　檐前紫燕双飞　　　　百年偕老乐长春

云恋妆台晓　　　　美鸳鸯看比翼　　　　友情培植常青树
花迎宝扇开　　　　好夫妇结同心　　　　恩爱催开幸福花

金风吹静夜　　　　喜共花容月色　　　　长天欢翔比翼鸟
明月照新房　　　　何分秋夜春宵　　　　大地喜结连理枝

琴瑟千年好　　　　银汉双星庆会　　　　十里好花迎淑女
江山万代红　　　　金凤大礼欢成　　　　一庭芳草长宜男

凤凰鸣瑞世　　　　九畹兰香花并蒂　　　百年恩爱双心结
梅点玉为容　　　　千树梧碧凤双栖　　　千里姻缘一线牵

梅帐同甘梦　　　　小梅香里黄莺啭　　　午夜鸡鸣欣起舞
兰房送异香　　　　玉树荫中紫凤来　　　百年举案喜齐眉

银河双星庆会　　　互敬互爱春永驻　　　玉树风前夸并倚
金屋大礼观成　　　同心同德乐无穷　　　绣帷月里看双飞

23

映日红莲并蒂开	并肩同走幸福路	良缘喜结鸳鸯谱
朝阳彩凤比翼飞	携手共绘锦绣春	春色永驻劳动家
今日结成幸福侣	百年佳偶今朝合	宜国宜家新妇女
毕生描绘锦绣图	万载良缘此日成	能文能武好男儿
兰浥瑶阶花并蒂	汗水共浇理想树	志向远大双飞燕
光耀华屋户三星	勤奋共尝爱情果	花香艳丽并蒂莲
今日结成并蒂莲	正是莺歌燕舞日	相亲相爱新伴侣
明朝共栽幸福花	恰逢花好月圆时	互帮互学好夫妻
百岁夫妻常合好	两情鱼水春作伴	赤诚招来飞鸿落
千秋伴侣永和谐	百年恩爱花常红	深情激得玉石开
对对莲开映碧水	金屋春浓花馥郁	海阔天空双比翼
双双蝶舞乘东风	琼楼夜永月团圆	月圆花好两知心
合欢花花花欢合	欢庆此日成佳偶	青丝共少最亲热
双飞燕燕燕双飞	且喜今朝结良缘	白头偕老更恩爱
杯交玉液飞鹦鹉	连理枝结同心果	桃符新换迎春帖
乐奏瑶笙引凤凰	比翼鸟奔四化程	椒酒还斟合卺杯
吉人吉时传吉语	和睦门庭风光好	花好月圆欣喜日
新人新岁结新婚	恩爱夫妻幸福长	桃红柳绿幸福时
文挥锦绣珠垂璧	红叶题诗欣赠嫁	画眉笔带凌云气
粉傅兰胸云压梅	青梅煮酒庆于归	种玉人怀咏雪才
两朵红花争艳丽	金鸡昂首祝婚礼	柳暗花明春正半
一对鸳鸯比翼飞	喜鹊登梅报佳音	珠联璧合影成双
百子帐开留半臂	红花并蒂相映美	花深处鸳鸯并立
五丝缕细结同心	娇燕双飞试比高	稀枝间凤凰共栖

第二章 结婚对联

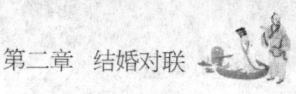

画眉喜有临川笔
举案欲看德耀妆

鸾凤和鸣昌百世
麒麟瑞叶庆千龄

红花并蒂相映美
紫燕双飞互比高

花月新妆宜学柳
芸窗学友早栽兰

爱情因事业增美
青春靠知识闪光

枝头梅绽春来早
堂前榴开福满门

家庭和睦歌声溢
琴瑟相偕乐事多

一对佳人兴大业
万千志士振中华

杏坛春暖花并蒂
兰闺日晴燕双飞

联翩丹凤舒新翼
并蒂红花攀高枝

堂上画屏开孔雀
闺中绣幕隐芙蓉

相敬如宾四季乐
钟情似海百年长

银镜台前人似玉
金鸾堂中语如花

携手栽培长青树
精心浇灌爱情花

互敬互爱好伴侣
同心同德美德缘

情歌唤醒水中月
喜酒润开庭前花

爱情凭忠诚美好
力量靠理想发光

志趣相投花亦笑
感情融洽月常圆

莫道无才便是德
须知治国在齐家

玉宇欣看金鹤舞
画堂喜听彩鸾鸣

意似鸳鸯飞比翼
情如鸾凤宿同林

鸾凤双栖桃花岸
莺燕对舞艳阳天

大雁比翼飞万里
夫妻同心乐百年

爱貌爱才尤爱志
知人知面更知心

爱长长得长长爱
情深深知深深情

碧岸雨收莺语柳
蓝田日暖玉生烟

喜看两小成佳偶
乐生一个树新风

鸾凤和鸣昌百世
鸳鸯合好庆三春

万载良缘此日成
百年佳偶今朝合

莺声日暖鸣金谷
麟趾春深步玉堂

新岁新婚新起点
喜人喜事喜开端

长杨日暖祥光集
细柳风高喜气融

银镜台前人似玉
茜纱窗下语如诗

爱情贤贞花正好
意气相投月常圆

同心结闪红叶色
连理花飘金桂香

婚礼只须歌燕尔
计生不复咏螽斯

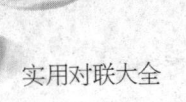

良缘永结心花放　　十里好花迎淑女　　巧借花容添月色
喜气方升岁月欢　　一庭芳草贺新郎　　欣逢秋夜作春宵

谙人谙世能经国　　今日画眉春在手　　欣逢佳节迎淑女
亦淑亦贤最可人　　他年攀桂月当头　　聊备村醪谢亲朋

勤劳手足忧患少　　金屋笙歌偕卜凤　　百年佳侣今朝合
恩爱夫妻欢乐多　　洞房花烛喜乘龙　　两姓良缘此日成

如意香生红玉宇　　琴瑟永偕四化曲　　种就福田如意玉
明珠光入紫微垣　　芝兰同茂百年春　　养成心地吉祥云

引凤才高应跨凤　　双星牛女窥银河　　皓月描成双剪影
屠龙技绝自乘龙　　并蒂芙蓉映彩霞　　寒霜映出并头莲

燕舞莺歌春得意　　琼楼月皎白如玉　　月下彩娥欣咏凤
志同道合遂初心　　绣阁花香酒似诗　　云间仙客喜乘龙

绣阁凰和箫引凤　　碧沼红莲开并蒂　　芙蓉镜映花含笑
蓝田日暖玉生烟　　芸窗学友结同心　　玳瑁筵开酒合欢

窗前共揽三春月　　丹山凤凰双飞翼　　庆良缘山欢水笑
灯下同吟一卷诗　　东阁梅开并蒂花　　成佳偶女淑郎才

昔日同栽连理树　　门对青山含远翠　　伉俪好合般般好
今朝共举合欢杯　　窗含嫩柳画浓眉　　家庭新建样样新

爱有缘由情有种　　偕老佳偶同心结　　喜看伴侣偕欢日
学无止境业无穷　　并蒂花开向阳红　　恰是风华正茂时

同跨骏马驰千里　　共举红旗兴骏业　　笙歌彻夜香车过
共植梅花乐百年　　相期白首缔鸳盟　　箫鼓元宵宝镜圆

天上笑看星伴月　　瑶琴喜奏凰求凤　　日暖金兰来群燕
人间喜见凤求凰　　玉笛横吹蝶恋花　　春玉和柳发新枝

第二章 结婚对联

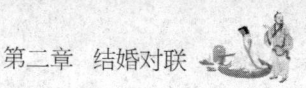

起舞花间娱倩影
但闻天外遏行云

画堂春暖宫花艳
绣阁宵清凤管调

莺燕双栖芳草地
凤鸾对舞艳阳天

堂前奏笛迎宾客
户外吹箫引凤凰

碧海云生龙对舞
丹山日出凤双飞

一朝喜结千年爱
百岁不移半寸心

芙蓉出水花正好
孔雀开屏月初圆

天结良缘绵百世
凤成佳偶肇三多

瑶琴一曲双声奏
月殿三秋五桂香

鸾妆并倚人如玉
燕婉同歌韵似琴

金鸾集规模壮丽
银燕临栋宇嵯峨

五夜芝兰徐入梦
百年瓜瓞渐开祥

喜结鸳盟同咏月
壮怀鹏志共凌云

自去自来梁上燕
相亲相近水中鸥

文窗绣户垂帘幕
银烛金杯映翠眉

海誓山盟期百岁
情投意合乐千觞

春润乾坤花吐艳
情传华宇燕归梁

新笔曾题红叶句
华堂欣咏友琴章

花好月圆羡比翼
天长地久卜齐眉

梅楼翡翠开相语
镜水鸳鸯暖共游

诗歌四喜其三句
乐奏周南第一章

莲子杯中金谷酒
桃花盏上玉台诗

一岭桃花红锦绣
万盏银灯引玉人

五色云临门似彩
七香车辗韵如琴

凤凰枝上花似锦
松菊堂前人比肩

容貌心灵双媲美
才华事业两竞新

秋镜满轮仪凤侣
晓窗听鼓锦鸡鸣

三星在户临花烛
百车盈门灿锦幄

谊如汨汨长流水
情似苍苍不老松

采莲君子新求偶
雪洁佳人旧有才

共图家国平章事
同咏河洲窈窕篇

华夏腾飞同振翼
征途奋起共扬鞭

琼楼月耀人如玉
绣阁花香酒似兰

碧纱待月春调瑟
红袖添香夜读书

两情雨水春为伴
百脉爱丝谊永联

紫箫吹玉翔丹凤
翠袖临风舞彩鸾

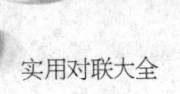

金鹏举翼凌云上　　燕屋才高诗吟白雪　　金玉其心芝兰其室
彩凤含情展翅随　　兰馨芝秀志在九州　　仁义为友道德为师

花径不曾缘客扫　　好鸟双栖嘉鱼比目　　革命姻缘情深似海
蓬门今始为君开　　仙葩并蒂瑞木交枝　　征途伴侣志洁如梅

紫云秀绕芙蓉第　　两门多喜两家多福　　俭朴联婚欢偕鱼水
玉树花飞玳瑁梁　　一对新人一代新风　　勤劳致富喜溢门庭

春窗巧绣鸳鸯谱　　海枯石烂同心永结　　喜溢华堂地天交泰
夜月香斟琥珀杯　　地阔天高比翼齐飞　　香飘桂苑人月双圆

沧海月明珠献彩　　金屋才高诗吟白雪　　春暖花朝彩鸾对舞
蓝田日暖玉生香　　玉台春早妆艳红楼　　风和丽日红杏添妆

黄花艳吐东篱月　　白首齐眉鸳鸯比翼　　鸾凤和鸣春光满目
丹桂香飘北国诗　　青阳启瑞桃李同心　　燕莺比翼壮志凌云

花月新妆宜学柳　　牡丹丛中蝴蝶双舞　　燕尔新婚四月维夏
寒窗好友早栽兰　　荷花塘内鸳鸯对歌　　君子偕老百年长春

爱情纯真月圆花好　　爱雅年年年年雅爱　　美酒盈盅嘉宾满座
目标远大地久天长　　情深岁岁岁岁深情　　春风入户喜气临门

红梅吐芳喜成连理　　知识鼓满青春风帆　　瑞彩盈庭嘉宾满座
绿柳含笑永结同心　　劳动展开爱情羽翼　　祥光当户喜气临门

满室鲜花清香四溢　　互敬互爱互相学习　　美满婚姻情深意重
几盘水果欢乐一堂　　同心同德同建家庭　　和睦家庭地久天长

箫彻玉楼声和凤侣　　同心同德美满夫妻　　艳福增添喜成佳偶
花盈金屋香满蟾宫　　克勤克俭幸福鸳鸯　　新词赞美欢洽来宾

凤凰鸣矣梧桐生矣　　鸿案相庄百年偕老　　山水怡情福门望重
钟鼓乐之琴瑟友之　　凤占叶吉五世其昌　　凤凰娱目鸿案辉生

第二章 结婚对联

尊夫爱妻家庭美满
敬老扶幼生活欢欣

相亲相爱铁肩担宇宙
同心同德妙手绣江山

迨其吉兮毂我士女
式相好矣宜尔室家

爱情并蒂花开开不败
伴侣常偕心乐乐无穷

花烛光中山盟海誓
青春路上道合志同

喜期办喜事喜中有喜
新岁迎新人新上加新

栋起连云庭悬霁月
堂延爱日座满春风

携手绘宏图妙笔生花
并肩兴大业豪情满志

祥云浮紫阁春风暖
喜气溢朱门全家乐

结一世姻缘山盟海誓
祝百年伉俪地久天长

红梅含笑喜成连理
绿柳吐芳永结同心

良冶良弓喜箕裘克绍
宜家宜室欣琴瑟新调

彩集凤毛庆衍麟趾
瑞凝芝草祥发桐枝

白璧种兰田千年好合
红丝牵绣帷万载良缘

东阁诗情西昆雅韵
南华秋水北苑春山

绿叶衬红花花繁叶茂
情歌谱新曲曲美歌甜

红叶题诗蓝田种玉
黄花酿酒黛笔画眉

盛世结良缘火红事业
新人怀壮志高尚情操

春日融融红梅朵朵
花香阵阵彩蝶双双

办喜事喝喜酒皆大欢喜
结新婚闹新房焕然一新

不愿似鸳鸯嬉戏浅水
有志像海燕搏击长风

新社会新人物新婚大喜
好劳动好光景好合百年

白雪无尘如纯贞爱意
红梅有信似美好心灵

东风劲玉宇高鸳鸯比翼
爆竹鸣华灯放龙凤呈祥

29

新婚新偶新人人人如意　　　　鸟恋林鱼恋水情哥恋情妹
佳期佳景佳时时时称心　　　　云配月叶配花佳女配佳男

节约办婚事亲友皆欢喜　　　　蝶恋花花喜蝶花蝶常作伴
勤俭建家园夫妻更和睦　　　　夫敬妻妻爱夫夫妻永相亲

缔结同心日丽屏间孔雀　　　　相敬如宾发奋图强百世乐
莲开并蒂影瑶池上鸳鸯　　　　钟情似海勤劳致富万年长

配佳偶两片赤诚行大礼　　　　大地花繁蜂舞蝶飞相与伴
结良缘百年美满乐长春　　　　画堂春满燕鸣莺唱总成双

新婚新偶新人人人如意　　　　一对鸳鸯湖泊游泳清波水
佳丽佳期佳景景景称心　　　　成双鸾凤森林栖息梧桐枝

蟾影浮光皓月交明花烛　　　　结伉俪婚礼从俭八方齐赞
龙躔应律祥云直逼星桥　　　　迎新人喜事新办四邻尽欢

玉烛生辉喜兆千秋鸾凤　　　　相爱相亲家和人寿吉星照
银灯结彩祥言百代鸳鸯　　　　同心同德水秀山青喜事连

新人办新事新风传梓里　　　　相敬如宾好好和和四季乐
春日布春辉春色满庭园　　　　赐福赐祥结成佳偶今如愿

连理花开看今日鸾俦凤侣　　　钟情似海恩恩爱爱百年长
宜男草长卜他年麟趾螽斯　　　大地香飘蜂忙蝶戏相为伴

手携手建设文明富强祖国　　　图强图奋珍惜春光大有为
肩并肩创造美满幸福家庭　　　婚礼从简三杯清茶谢高朋

你敬我爱你我好比鸳鸯鸟　　　人间春到莺歌燕舞总成双
情投意合情意恰似连理枝　　　成才创业志趣相投同地久

鱼水情深绿叶红花长相伴　　　男女并肩为锦绣江山添异彩
夫妻志笃长征骏马共加鞭　　　夫妻携手向伟大祖国献青春

此日喜成婚海誓山盟期百岁　　　好国好家好夫好妻好日子好了再好
今朝劳玉驾谈今论古饮千觞　　　新春新婚新事新办新家庭新而又新

英才成佳偶杨柳舒新呈美景　　　庆佳节佳节会佳期天朗风和天仙配
良缘联两姓桃花依旧笑春风　　　贺新春新春办新事花好月圆花为媒

大姑娘招亲鸣鞭放炮阖家欢迎
小伙子出嫁敲锣打鼓全村相联

春季新婚联

鸳鸯夜月铺金帐　　　春风春雨春常在　　　伉俪并鸿光竞美
孔雀春风软玉屏　　　喜日喜人喜事多　　　生活与岁序更新

两情于水春作伴　　　春光映院花容艳　　　乐新春丰年宴客
百岁夫妻志相同　　　喜气满堂人意和　　　庆喜日盛世联姻

雨露滋培连理树　　　春花绣出鸳鸯谱　　　柳暗花明春正半
春风吹放合欢花　　　明月香斟琥珀杯　　　珠联璧合影成双

花开并蒂山河暖　　　春临大地迎新岁　　　山青水碧春光好
燕结同心杨柳新　　　喜到人间贺佳期　　　酒绿灯红喜气多

佳节佳期得佳偶　　　蝶趁好花欣结伴　　　桃符新换迎春帖
新岁新春做新人　　　人舞盛世喜成亲　　　椒酒还斟合卺杯

喜鹊喜期报喜讯　　　花开宝镜祥云霭　　　香梅迎春灯结彩
新春新燕闹新房　　　乐奏璚箫彩凤来　　　喜气入户月初圆

十里好花迎淑女　　　佳男佳女成佳偶　　　杏坛春暖花并蒂
一庭芳草长宜男　　　春日春人舞春风　　　兰闱日晴燕双飞

31

一心同步青云路
双手共描大地春

一代良缘九天丽日
八方贵客七色彩虹

春节喜联姻良日良辰良偶
岁朝欣合卺佳男佳女佳缘

正是莺歌燕舞日
恰逢花好月圆时

百花齐放爱情花更美
万木争春连理木常青

大地香飘蜂忙蝶戏相为伴
人间春到莺歌燕舞总成双

花好月圆春风得意
妻贤夫德幸福无边

庆新春新春又办新事
贺佳节佳节喜成佳期

逢佳节择佳偶佳期传佳话
迎新春贺新喜新人树新风

满架蔷薇香凝金屋
依槛芍药花拥琼楼

喜期办喜事皆大欢喜
新春结新婚焕然一新

美酒同斟忠贞爱情春添趣
幸福共享和睦家庭乐无边

美酒盈盅嘉宾满座
春风入户喜气临门

春雨润春色春色处处艳
新人办新事新风人人夸

英才成佳偶杨柳舒新呈美景
两姓结良缘桃花依旧笑春风

妙舞翩翩华灯耀目
深情脉脉春景宜人

日丽风和果结如意树上
春暖冰融花开幸福泉边

日丽风和门庭有喜
月圆花好家室咸宜

新人办新事新风传梓里
春日播春辉春色满门庭

夏季新婚联

荷开并蒂
芍结双花

莲花开并蒂
兰带结同心

绿竹恩爱意
榴花新人情

红烛映红屋
白莲并白头

榴开映碧水
蝶舞乘东风

倚栏芍药艳
满架蔷薇香

朝阳彩凤双双舞 玉宇欣看金鹤舞
向日红莲朵朵开 画堂喜听彩鸾鸣

雏燕呢喃歌大喜 枝上榴花红艳艳
榴花放彩映红妆 帷中凤侣意绵绵

翡翠翼交连理树 并蒂花开莲房有子
藻芹香绕合欢杯 同心缕结竹簟生凉

花间蝴蝶翩翩舞 花烛光中莲开并蒂
水上鸳鸯对对游 笙簧声里带结同心

花开并蒂蝴蝶舞 槐荫连枝千年启瑞
连理同根杨柳青 荷开并蒂百世征祥

酷暑锁金金屋见 麦浪芳菲莺花共艳
荷花吐玉玉人来 桃潭浓郁鱼水同欢

莲开绿雨同心果 云拥妆台和风正暖
香吐红榴幸福花 花迎宝扇丽日方长

千顷金涛迎喜至 新人办新事新风传梓里
一枝红杏入墙来 春日播春辉春色满门庭

双飞黄鹂鸣翠柳 新人办新事新风传梓里
荷塘并蒂当知时 春日布春辉春色满庭园

喜酒香浮蒲酒绿 翠竹碧梧丽色映屏间孔雀
榴花艳映佩花红 绿槐新柳欢声谐叶底新蝉

绣阁烛映鸳鸯立 春节喜联姻良日良辰良偶
花坛影偕蝴蝶飞 岁朝欣合卺佳男佳女佳缘

雅奏鸣鸾谐佩玉 大地香飘蜂忙蝶戏相为伴
佳期彩凤喜添翎 人间春到莺歌燕舞总成双

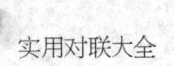

逢佳节择佳偶佳期传佳话
迎新春贺新喜新人树新风

梓舍吉星临独蕊生辉光梓舍
宜人春讯早桃花含笑更宜人

美酒同斟忠贞爱情春添趣
幸福共享和睦家庭乐无边

正过新年传来阵阵欢呼载歌载舞
清如明镜照得双双俪影如玉如珠

英才成佳偶杨柳舒新呈美景
两姓结良缘桃花依旧笑春风

秋季新婚联

喜望金菊放
乐迎新人来

秋色清华迎吉禧
威仪徽美乐陶情

酒酿黄花情联鸾凤
诗题红叶梦协熊羆

新笔红叶句
华堂友琴章

人间好句题红叶
天上良缘系彩绳

鸾凤和鸣秋光满月
雁翔比翼壮志凌云

百合香车迎淑女
中秋朗月照宾朋

诗题红叶同心句
酒饮黄花合卺杯

玉律鸣秋鹊桥路近
金风涤暑鱼水欢谐

不劳鸿雁传尺素
且喜秋声入洞房

双星牛女窥银汉
并蒂芙蓉映彩霞

朗月庆长圆光照庭前连理树
卿云何灿烂瑞符天上吉奎星

丹桂香飘云路近
玉箫声绕镜台高

喜看新郎争采桂
欣迎淑女乐留枫

试问夜如何牛女双星缠碧汉
欲知春几许凤凰比翼下秦台

吉日恰逢桂子熟
新婚喜共月儿圆

银汉一泓看鹊渡
金风万里待鹏飞

九华灯映销金帐
七孔针穿彩绿帷

玉镜人间传合璧
银河天上渡双星

冬季新婚联

凤振双飞翼
梅开并蒂花

吉日花开梅并蒂
良宵家庆月双圆

摇落红梅毡铺地
飘来瑞雪花缀帷

红梅开并蒂
雪烛照双花

交柯松树傲腊雪
并蒂梅花报新春

咏雪庭中迎淑女
生花笔下是才郎

雪里红梅放
门前新人来

梅花芳讯先春试
柏叶吟怀小雪初

载雪梅花飘绣阁
临风兰韵入香帷

雪飘双飞蝶
灯映并头梅

梅雅兰馨称上品
雪情月意缔良缘

青松枝头白鹤为偶
紫竹园里翠鸟成双

遗风雄雀化
明月凤凰飞

评花赋就梅妆额
咏絮诗成雪满阶

白雪无尘如爱情纯洁
红梅有信似婚姻初新

彩日流辉迎凤辇
祥云呈瑞覆鸾妆

偕年佳偶同心结
凌雪梅花并蒂开

合卺交杯洞房花烛三冬暖
并肩携手佳偶英名四季香

苍松翠柏沐喜气
玉树银枝迎新人

雪案初吟才女絮
玉盆新供水仙花

大雁比翼飞万里
夫妻同心乐百年

雪雁双飞严寒退
红梅并放坚冰融

一月婚联

新婚吉庆日
大喜艳阳春

元旦行嘉礼
新年结良缘

元旦佳节成吉日
新婚妙龄结良缘

已睹春云笼彩鬓
还窥夜月映金莲

良辰占尽无双福
新岁初一第一筵

天上四时春作首
人间百事婚当先

春临大地迎新岁
春到人间贺佳期

佳节良宵行佳礼
新年美景庆新婚

一元复始祯喜庆
万象更新瑞福祥

月圆花好欢今夕
道合志同贺盛年

春正快睹三阳泰
首岁欣看长子婚

人喜家欣天下喜
山欢水笑神州欢

伉俪并鸿光竞美
生活与岁序更新

桃符新换迎春怡
椒酒还斟合卺杯

淡白梨花堪人脸
娇红桃粉可凝腮

银烛光浮元夜月
才贴桃符梅王艳

乐新春丰年迎喜
庆吉日盛世联姻

嘉礼欣逢元旦节
新婚喜放自由花

人对艳妆饶艳福
樽倾春酒醉春光

风纪书元门庭有喜
鸡声告旦夫妇同心

一代桃符宜春共写
万家柏酒合卺同斟

吉语饼蓍祥征彩胜
韶华燕喜辉映春灯

风暖丹椒青鸾起舞
日融翠柏彩凤来翔

佳节娶佳人频传佳话
新年更新貌同谱新篇

彩灯照洞房新年共饮交心酒
华筵款嘉客宾主同端贺喜杯

二月婚联

春暖花香鸟语
夫英妻俊家欢

鸟弄芳圃传韵巧
花明丽月映娇姿

同心同步百年路
双手共描二月春

景值仲春联双美
婚结两姓合一心

银灯光摇金缕紫
玉楼人映杏花红

一对璧人开吉席
二分春色到华堂

二分春色九霄月
一对新人百载情

鹁鹏鸟唤春当仲
比目鱼游水正温

前程辉煌同事同心同喜

春光明媚新人新岁新婚

仲阳绿柳飞鹦鹉
花月新风迎凤凰

柳絮新词传绣阁
杏花春色丽妆台

夫妇缔姻缘二月结婚花竞放

鸟弄芳园传巧韵
花明丽月映娇姿

并翅金莺初织柳
双飞紫燕未衔泥

宾朋同祝贺百年偕老月长圆

红杏枝头春意闹
彩门楼下玉箫清

姻缘缔结三生久
旖旎平分一半春

燕把春泥筑宝垒
莺穿杨柳织翠丝

妆阁红腮桃艳艳
镜台绿鬓柳丝丝

苑内桃花开并蒂
檐前燕子习双飞

云拥妆台和风正暖
花迎宝扇丽日初长

三月婚联

乐和笙箫吹夜月
花开桃李笑春风

名花艳映同心侣
美酒春留婪尾杯

万紫千红十分春色
双声叠韵一曲新歌

桃花人面红相映
杨柳春风绿更多

景丽三春璇闺日暖
祥开百世金谷花娇

四月婚联

蔷薇香绕屋
芍药喜拥门

采莲词调更新曲
咏絮才华写入诗

绕屋扶疏杯映绿
照人欢爱独摇红

美满姻缘天作合
清明时节日初长

且喜种田添助手
更欣中馈得佳人

青草池塘歌声两部
黄梅时节比翼双飞

牡丹香里人如玉
喜字门前笑绽花

月应瑞萱增一叶
丝添长缕结同心

满架蔷薇香凝金屋
绮兰芍药艳映琼楼

探花幸际辰初夏
梦燕欣逢麦至秋

满架蔷薇香凝绮阁
倚阑芍药艳映琼楼

新妇羹汤樱厨初试
美人香草兰佩相贻

榴火烧天符系赤
荔云笼院叶题红

满架蔷薇香浮白酒
沿街芍药放拥红妆

儿媳好姻缘四月结婚荷衬绿
宾朋同祝贺百年佳侣叶题红

首夏为翁难设宴
麦秋醮子喜成家

麦浪芳菲莺花共艳
桃潭浓郁鱼水同欢

林鸟声声催布谷
席宾码码兴猜拳

玉轸风薰琴声和畅
金闺日永花气细漫

五月婚联

绿竹恩爱意
榴花新人情

绣阁烛映鸳鸯立
花坛影偕蝴蝶飞

抬头欣见金莺舞
侧耳喜听彩凤鸣

榴天映碧水
蝶舞乘东风

佳期临近端阳节
乐园长开吉利花

云开兰叶香风起
火灿榴花暖意融

榴花添爱意
仲夏暖衷情

月满槐厅人意好
江深草阁客人单

五月石榴红似火
同心夫妇贵如金

妆匣尚留金翡翠
麝香数度绣芙蓉

薄酒冷春迎淑女
榴花影日宴嘉宾

爱情因劳动溢美
智慧靠勤奋闪光

五星旗下青春健
一德诗中情谊长

五世共昌歌燕尔
一双恩爱乐新婚

只因菡萏连枝发
惹得鸳鸯比翼游

镜里彩鸾留倩影
钗头艾虎助新妆

凤管音谐金缕曲
蝶衣粉溅石榴裙

榴花似火灼杲日
香蒲如云迎丽人

劳动节迎来劳动女
幸福天常光幸福家

才子凌云佳人咏月
榴花映日蒲叶摇风

艾绥舒风榴花耀火
鸣鸾歌日彩凤翔云

夫妻似胶漆恩恩爱爱
光景如榴花火火红红

劳有所获一勤天下无难事
动之以情二南句中有作为

喜酒醉榴花面容未似榴红杯莫放
爱情舒柳眼妇眉欲如柳细笔轻描

六月婚联

荷花并蒂
芍结双花

池塘荷花发
锦屋人月圆

莲花开并蒂
兰带结同心

午窗双喜帖
长夏并莲开

荷花香六月
佳偶乐百年

荷塘新蕊放
月色慧心圆

已向蓝桥收白璧
还于绣幕引红绳

双飞黄鹂鸣翠柳
并蒂红莲映碧波

六月红莲双争艳
一堂好友共举杯

情重意浓双飞燕
花红叶绿并蒂莲

沼上莲花已并蒂
庭中荔子又连枝

柳叶眉添京兆笔
藕丝纱罩美人裳

恩爱自徵双美合
风光大好一年中

梧桐枝上栖双凤
菡萏花间立并鸳

新花瑞色浮妆阁
早稻薰风入洞房

39

牡丹丛中蝶对舞　　　鲜花乡幕消暑气　　　雪藕调冰两情蜜月
荷藕塘里鱼双游　　　皓月绮窗对金樽　　　鼓琴被衿一曲薰风

碧沼荷垂开并蒂　　　玉树连枝百年启瑞
绣帏凤侣结同心　　　荷花并蒂五世征祥

柳荫双栖莫忘晓　　　并蒂花开莲房有子
荷塘并蒂当知时　　　同心缕结竹箩多孙

七月婚联

二美百年好　　　燕子漫疑钗作玉　　　引入凤凰歌雅曲
双星七夕逢　　　牛郎应司鹊为桥　　　奠来鸿雁喜新秋

天上双星会　　　同心永结幸福果　　　才子佳人世间两美
人间两姓婚　　　并蒂新开合欢花　　　牛朗织女天上双星

欢声偕鱼水　　　云汉桥成牛女渡　　　银汉双星金秋七月
喜气溢门庭　　　春台萧引凤凰飞　　　人间巧节天上佳期

云汉鹊桥牛女渡　　　玉镜人间传合璧
秦台玉箫凤凰飞　　　银河天上渡双星

路入桃源花灿烂　　　两朵红莲开并蒂
桥横银汉水涟漪　　　一生忠贞结同心

八月婚联

月掩芙蓉帐　　　花容羞月色　　　中天一轮满
香添锦绣帏　　　秋夜作春宵　　　秋日两姓欢

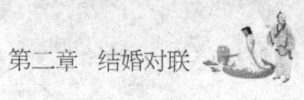

妆阁试呈双凤舞　　金凤已渡黄金屋　　黄花艳吐东篱月
蟾宫先折一枝香　　玉露还滋白玉田　　丹桂香飘北国诗

桂苑月明金作屋　　十色缀地花香久　　巧借花容添月色
蓝田日暖玉生香　　五光映天恩爱长　　欣逢秋夜作春宵

云楼欲上攀丹桂　　新涌思潮枚乘笔　　桂依蓝田生美玉
月殿先登晤素娥　　初成密月吕生书　　月照红叶咏新诗

吉日恰逢桂子熟　　婚时月圆心更满　　才子佳人词填月谱
新婚喜共月儿圆　　饮当桂馥兴尤浓　　人间天上曲奏霓裳

今夕月圆花开好　　人逢喜事尤其乐　　玉律鸣秋鹊桥路近
明朝道合志长同　　月到中秋分外明　　金风涤暑鱼水欢谐

喜把桃禾歌八月　　玉种蓝田偕佳侣　　丹桂香飘姻联两姓
翼将桂酒醉千盅　　香飘丹桂谱华章　　蟾宫月满喜照人间

瑶琴一曲双声奏　　紫箫吹月翔丹凤　　志同道合金菊吐艳
日殿三秋五桂香　　翠袖临风舞彩鸾　　花好月圆丹桂飘香

九月婚联

喜望金菊放　　扫洁庭院迎淑女　　不劳鸿雁传情信
乐迎新人来　　酿成菊酒宴佳宾　　喜伴菊香入洞房

菊花艳放迎淑女　　三三美酒庆联璧　　间届冬前迎淑女
竹叶香浮宴贵宾　　双双玉燕喜齐飞　　时交秋末宴嘉宾

菊时把盏斟美酒　　菊酒对饮欢两姓　　诗题红叶授衣月
月令联姻庆齐眉　　月华结盟喜一心　　酒酿黄花合卺时

高会后重九九日　　几朵秋花簪凤髻　　凤髻黄花添秀色
佳偶是无双双星　　一弯新月画娥眉　　蛾眉斑管画新妆

叶放满山题妙句　　不劳鸿雁传尺素　　秋水银堂鸳鸯比翼
花香飘节衬新妆　　且喜秋声入洞房　　天风玉宇鸾凤和声

笑把黄花轻插凤　　诗题红叶同心句　　鸾凤和鸣秋光满月
闲拈黛笔淡描蛾　　酒饮黄花合卺杯　　雁翔比翼壮志凌云

鸿足天边传尺素　　合卺欣逢人送酒
雁弦堂上协商音　　开筵喜见客题糕

十月婚联

国庆家婚庆　　秋红双喜十月夜　　两姓良缘天作合
月圆人团圆　　华月共丽佳人妆　　三冬好景月初圆

小春迎雅客　　梅花芳讯先春试　　五星旗展映红日
阳月惠佳人　　柏叶吟怀小雪初　　欢鹊声高染庆云

十分美好日　　翡翠帘垂初月夜　　锦帐梅花初入梦
一往深情时　　鸳鸯被卷小阳春　　妆台蓉镜早生辉

向阳花并蒂　　座有清风添酒兴　　梅花芳讯长春试
幸福结同心　　门迎皓月映梅妆　　柳絮吟怀小雪初

此日花开梅并蒂　　百族万方歌国庆　　合卺喜逢双十节
今宵人庆月双圆　　一门二秀唱家祥　　齐眉好合百年期

同心盟证三生石　　十里凯歌传吉庆　　几度新诗题红叶
连理树开十月花　　一堂鸿喜染祥祺　　十分恩爱到白头

点额新妆香飘梅岭　　枫艳堂前芳连玉叶
同心佳偶喜溢兰闺　　梅开岭上瑞霭琼英

翡翠帘前数声鹦鹉　　绡阁联吟诗成柳絮
芙蓉池畔一对鸳鸯　　罗帏同梦赋就梅花

十一月婚联

雪案初吟才女絮　　画眉笔带凌云气　　健步家庭夫妻好合
玉盆新供水仙花　　种玉人怀咏雪才　　雪花六出梅蕊飘香

雪中句丽征才女　　偕年佳遇同心结　　箫引凤凰律回葭琯
林下风清识大家　　凌雪梅花并蒂开　　杯斟鹦鹉香挹梅花

雪雁双飞严霜退　　一线日长量晷影
红梅并放坚冰融　　二南曲奏叶徽音

十二月婚联

菊垂金作屋　　红灯高照鸳鸯舞　　阖家欢庆腊月禧
梅点玉为容　　鸾凤和鸣岭上梅　　并蒂盛开一枝梅

交柯松树傲腊霜　　合欢共辞黄封酒　　吉日红花梅并开
并蒂梅花报新春　　度岁新添翠袖人　　良宵家庆月双圆

腊月梅花勿让雪　　腊粥试调新妇手　　良缘一世花开艳
新春玉步待迎人　　春醅初熟阖家欢　　美景三冬月更圆

载雪梅香飘绣阁　　并蒂红梅相映美　　咏雪才高欣谐绣口
临风腊鼓入兰闺　　双飞紫燕试比高　　凌云华妙雅擅画眉

节到满年人满意　　腊梅怒放新婚好　　金屋才高诗吟白雪
阳开生泰旦生元　　月色欣逢美酒香　　玉台春早妆点红梅

今宵年满心尤满　　霜妆竹叶藏青缕　　锦瑟瑶琴房中奏乐
明日人新岁变新　　雪压梅花点黛眉　　腊梅天竹堂下生春

合欢共醉围炉酒　　雪案初吟才女絮　　宝镜辉生语听吉利
度岁新添结发人　　玉盆新种水仙花　　金钱夜卜颂献嘉平

腊梅怒放联佳偶　　凤管吹成三弄曲
瑞雪纷飞庆良辰　　熊占吉协一阳生

婚宴留客情弥重　　筮近新年丝牵翠幕
腊鼓催春酒始酣　　缔成佳偶玉种蓝田

贺学界新婚联

盟书早订三生石　　　　爱情如几何曲线
彩笔新开五色花　　　　幸福似小数循环

河鸠声里饶诗意　　　　育李育桃夫妻乐洒两身汗
花笔窗前好画眉　　　　为家为国园丁喜伴一盏灯

灯下畅叙夫妻爱　　　　同培桃李恩爱夫妻情意重
洞房尽飘桃李香　　　　共献青春热衷教育幸福长

贺科技界新婚联

志于云上得　　　　同心果满千秋树　　　　日月合璧映出光明世界
人自月中来　　　　比翼鸟飞四化程　　　　伴侣同心迎来美好家庭

天台路近逢仙子　　爱情因事业增美
科海波平渡鹊桥　　成就靠知识闪光

并肩奋进长征路　　协力同心巧织九洲锦
携手攀登科技峰　　并肩携手精描四化图

贺文艺界新婚联

松竹梅兰同相爱　　女慧男才原是对　　　诗歌南国好述句
琴棋书画共抒情　　你恩我爱总相联　　　书赋东莱博议篇

得意唱随山水外　　英男慧女结佳偶
钟情拓入画图中　　玉管金弦赞独生

贺体育界新婚联

体坛同获锦　　　　百尺竿头齐比翼　　　宜国宜家新伴侣
婚礼共开樽　　　　千般情谊共登科　　　能文能武好英才

45

午夜鸡鸣欣起舞　　　运动场并肩竞赛两遂志愿
百年虎啸勇攀登　　　家庭里携手同行一往深情

武术有源千流一脉　　一双爱侣乐为祖国添光彩
婚姻守信百年同春　　两颗红心争替体坛夺锦标

贺医务界新婚联

橘井龙吟月　　　　　今夕交杯传蜜意
杏林凤唱春　　　　　来朝出诊送温馨

春暖杏林花并蒂　　　妙手回春传趣话
日照兰阁燕双飞　　　青梅竹马结良缘

愿期天下人长健　　　治国齐家和衷共济
何吝洞房夜永甜　　　杏林花好之子于归

乐为病人尝百草　　　婚尚文明喜溢华堂双合璧
喜与情侣话三更　　　术称精湛乐汲橘井万家春

贺政界新婚联

箫歌竞赛霓裳曲　　　千秋大业挥双手　　　箫引凤凰听雅乐
淑女相偕掌权人　　　四有新人结同心　　　鼓催政绩谱新声

喜看洞房贤淑玉　　　且欣绣幕联双璧　　　立志同挑革命担
争羡政界德才人　　　但愿春风溥万家　　　同心共写振兴诗

众仙竞奏霓裳曲
淑女争看象服宜

以国为怀喜连理
成家立业永同心

男女合栽连理树同心
同德亦同志
夫妻共育一枝花利国
利民又利家

香梅融雪扬正气
淑女伴郎治清风

美女才子天成佳偶
洞房花烛月庆团圆

堂上鸣琴留政绩
房中鼓瑟缔良缘

缔结姻缘相亲相爱
振兴祖国同德同心

两袖清风办喜事
一身正气宴宾朋

贴心伴侣共创千秋业
同志夫妻齐做四有人

贺农界新婚联

手开翠岭双锄落
眉剪青山比翼飞

勤劳致富宜同勉
和顺理家贵相帮

尽孝事亲天宜降众
饷耕有妇喜听鸣鸠

相爱喜逢同读伴
结缘恰是共耕人

四境谐良风俗美
百年庆佳偶天成

自谈自恋不收彩礼新风尚
结爱结亲注重情缘共旅程

久勤耕作事农圃
新有室家长子孙

佳偶同偕百年老
好花共育一枝红

良缘喜结同心谱
春光永驻五好家

琴瑟永调月圆花好
家风不改女织男耕

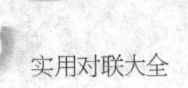

贺工界新婚联

经营春夏秋冬货
喜惠东南西北人

经营有道金为信
恋爱无瑕贵守诚

秦晋百年新结好
婚姻四美共遵行

合作制成新作品
勤工斯见好功夫

璋瓦伫看新制造
羹汤初试好调停

文明模范春难老
建设标兵志永恒

商界有名精货殖
姻缘守义尚新风

三尺柜台情结伴
一腔热血惠来人

贺商界新婚联

事业成功商界内
爱情美满家庭中

起家勤俭添中馈
宜室贤能配合欢

汇集蝇头行元礼
独亏雀舌宴三亲

经营有助添中馈
缔结良缘裕后昆

光荣榜上争模范
幸福家中做夫妻

同心织出鸳鸯锦
妙手染成幸福花

生财预卜前程远
握算还须内助贤

喜气萦回双美合
爱情贞洁百年长

商店今喜添春色
洞房相宜增德辉

商店承欢联二美
洞房充喜耀三星

商界有名精货殖
吴门偕隐似神仙

三尺柜台新伴侣
百年光景好夫妻

梅花应笑异姓侣
瑞木新成同心缘

经商得法添中馈
宜室贤能融合欢

纯洁爱情千梭织
青春伴侣一线牵

女武英贤誉盈巾帼　　　入户三星辉增天市
郎诚杰俊业务陶朱　　　盈门百辆喜溢华堂

店铺腾欢利增百倍　　　事业兴隆甘流千滴汗水
门庭有喜福享百年　　　爱情甜蜜奉献一片丹心

贺军界新婚联

大道并肩携手　　　两颗红心相映美　　　威武将军风云际会
军营易俗移风　　　一对情侣笑联姻　　　窈窕淑女冰雪聪明

军号声和房中乐　　　帷房曲奏军中乐　　　营柳风清巢栖鸟鹊
情歌薰调帐外风　　　军帐盟成石上缘　　　井梧月朗枝集凤凰

军民同谱凯旋曲　　　钢铁长城千里固　　　占凤协祥有情眷属
夫妇共浇恩爱花　　　丝罗佳偶百年春　　　闻鸡起舞尚武精神

日暖军营春试射　　　十五月明连理树　　　朗朗将星银河驾鹊
风和礼室夜开樽　　　万千灯照合欢花　　　洋洋军乐彩辇迎鸾

荣耀门庭添凤彩　　　战地月圆看比翼　　　边关受奖喜配百年偶
英雄战士喜鸾鸣　　　洞房花好结同心　　　伟业立功精描四化图

梦虎联姻曾射虎　　　睹面霞光胜宝盖　　　并蒂红花盛开军营
屠龙有技好乘龙　　　画眉春色上征衫　　　路上
　　　　　　　　　　　　　　　　　　　　振翮俊鸟比翼生活
军营月色黄金缕　　　鸿案相庄鸡鸣戒旦　　途中
新屋花香碧玉箫　　　凤占叶吉虎帐生春

军营栽下连理树　　　好男儿立志当英雄
蜜月绽开合欢花　　　新妇女决心做模范

49

贺旅居异地新婚联

家乡阻隔云千里　　　　　蟾圆全美可免思乡
客邸团圆月一轮　　　　　燕侣双栖何妨作客

贺娶媳联

一索得男占取妇　　三星在户百辆盈门　　弹琴咏风宜其家室
大邦有子咏宜家　　琴瑟在御凤凰于飞　　承欢侍膳贻厥子孙

贺娶孙媳联

翁上为翁翁不老　　序列三阶孙娶妇　　饴座承欢兰苏茁秀
妇前称妇妇皆贤　　祥开四叶子为翁　　卺杯叶吉瓜瓞赓绵

贺嫁女联

桃面喜陪嫁　　　　　　名流喜得名门婿
梅香和衬妆　　　　　　才女欣逢才子家

宝马迎来云外客
香车送出月中仙

书卷为奁宜爱女
清茶当酒谢亲朋

出闺宜守我家风
往送高歌必戒章

日丽风和门庭有喜
琴耽瑟好金玉其相

此去婆家应俭朴
当思慈母久劬劳

联谊联亲何必门当户对
择婿嫁女只求道合志同

养女已传针线术
适人再授桑麻经

此去有家切记克勤克俭
再来无议才算乃贤乃良

玉镜能谐温峤志
荆钗甘为伯鸾容

女因亲老赡养终生难容辞
婿尽子职情通四海理不亏

有缘过门聚白首
同步偕婿结青鸾

红颜今日自有琴棋助雅兴
白发他年还求书画伴遐思

应要睦邻和妯娌
更须敬老奉翁姑

无物添奁诗书笔砚随身带
有言嘱女俭朴勤劳致力行

嫁女喜逢良好日
送亲正遇吉祥年

无物可陪五讲四美随身带
有言相嘱百好一勤致力行

贺嫁孙女联

喜溢重闺瞻祖竹
乐居老屋附孙枝

绣阁春风催嫁杏
香闺喜兆报征兰

瑟鼓房中凫翔静好
箫吹楼上凤律归昌

愧无玉具陪孙嫁
却有良言赠晚闺

喜见凤雏亲老凤
笑看枝杈育孙枝

凤律归昌克绳其祖
雀屏获选附列于孙

51

贺嫁妹联

赠嫁当夸钟进士
联吟不让鲍参军

聊陪诗笺东坡礼
暗助少游西月联

家人易卜占归妹
君子诗词咏好逑

作赋擅清才压奁定有香茗笺
于归偕妙偶宜室合咏敬老诗

贺嫁侄女联

虽分伯仲两家灶
胜似爹娘一样亲

车轮鸟翼联同体
伯爱叔思脉一源

满堂溢彩嫁犹女
香奁添妆送新娘

柳絮擅清名也应犹子比儿相攸喜中雀屏选
棣华敦雅谊最是于归所得孔怀不负鸰原心

招婿用联

骄客不劳萧史凤
佳人即是女元龙

借说秦楼偕弄玉
今知甥馆是萧郎

东吴曾此招亲女婿男嫁
西阁于今开户花好月圆

声送玉箫来引凤
影摇银烛照乘龙

结彩张灯迎贵婿
开筵举祝宴嘉宾

男尊女女尊男，男女平等
夫敬妇妇敬夫，夫妇相亲

淑女迎夫除旧俗
美男落户树新风

他山之石可攻玉
就地栽花勉动根

东吴曾此招亲，女婿男嫁
两厢只今开户，花好月圆

大开贰室为甥馆
略设粗肴作客筵

腹袒东床歌琴瑟
樽开北海宴友朋

婿是儿，儿是婿，两全齐美
媳当女，女当媳，亲上加亲

得赘贤郎即是子
生来好女胜于男

秦楼引凤传佳话
鲁酒邀宾任健谈

吉日良辰，欣逢佳节迎佳婿

贤婿作儿福中福
爱女为媳亲上亲

祖腹床东歌荇藻
承颜堂北拜椿萱

男到女家，喜办新事树新风

好女娶夫破旧俗
英男落户树新风

自古都云凰依凤
于今却尚凤求凰

凤求凰往时佳话
男嫁女今日新风

扫净巷门迎戚友
粉刷茅屋迓萧郎

欣看晋殿乘龙婿
喜听秦楼引凤箫

梧桐滴翠，欣闻引凤去
丹桂飘香，喜见乘龙来

贺再婚联

改嫁有勇破旧俗
续弦无妨建新家

人间甚爱月轮满
梁上欣欢对燕亲

千里姻缘一夕会
半生结偶百年亲

海燕引雏朝凤阙
江鱼带子跃龙门

鸾胶今日续驾交依旧是名门淑女
凤小将来扬凤彩还须应丹穴佳雏

贺续、复婚联

苑上梅花欲再度
房中琴韵自重调

桃花苑里花仍灼
柳放江头絮又新

温峤良缘窥玉镜
庐陵佳偶续金弦

堂前乍见浑如昨
帐里回思恍似新

珠帘月影重辉夜
锦阁花香又度春

再续姻缘春溢丽
重调琴瑟韵尤谐

前情幽然都如梦
后景红艳胜似春

黛眉青山春不老
香添绣阁月重圆

梅开二度花复艳
月缺重圆光尤明

烛照洞房缺月依旧成满月
名登金榜故人而今做新人

琴瑟重弹前情尽释都如水
姻缘再续来日方长总是春

夜复同眠从此夫妻合更好
桥重再架自今恩爱结尤牢

旧情重好同心协力献余热
鹊桥再架并肩携手度晚年

贺同学结婚用联

同校同行同侣
知人知面知心

相爱常忆同桌事
结婚总怀依旧情

昔日同窗青梅竹马谈理想
今宵合卺高山流水话知音

常忆窗前吟妙句
好谈学友传趣闻

花好月圆昔日曾共砚
志同道合今宵庆合欢

碧沼红莲开并蒂
芸窗学友结同心

我爱你同窗共读高中课
你恋我齐心同进大学门

花月新妆宜画柳
同窗好友巧栽兰

贺集体婚礼联

九蜿兰香花并蒂
千年梧碧凤双栖

同心同德为同一目标结成同伙伴

水好儿男破千年旧俗
风贤淑女开一代新风

双双蝴蝶随风舞
对对鸳鸯戏水游

男男女女恩恩爱爱
对对双双喜喜欢欢

对对红莲齐开碧
双双彩蝶共舞春

簇簇春花映千家春景
对对新侣开一代新风

贺兄弟同日婚联

同奏鸾笙分画阁
双排燕翼到天台

伯仲阶前分姊妹
弟兄花下各东西

序列雁行郊祁媲美
迎来凤辇钟郝齐辉

窗前各叙柔情暖
堂上共尊长辈亲

同胞今日齐成礼
妯娌此时共相亲

如足如手如宾如友
大宋小宋大乔小乔

贺兄妹同日婚联

兄婚妹嫁同日同禧
男娶女娉皆佳皆欢

喜一家兄妹同日各成佳偶
祝两对夫妻协力共描宏图

喜喜喜嫁妹适逢祥庆日
新新新娶妻正遇德嘉时

嫁女娶媳喜盈门庭不多不少
送往迎来春满大地皆福皆祥

贺夫妇同龄婚联

同庚男女同时代
一对夫妻一颗心

双林飞出同龄鸟
异姓结成百岁缘

同龄巧结同心偶
并世喜开并蒂莲

同岁男交同岁伴
有才女配有才郎

贺夫妇同行婚联

同学加同志　　　　诚托肝胆同谋事
同伴又同行　　　　乐酬寒窗共枕盟

互励互学齐上进　　同行同心相促进
相亲相爱共争荣　　新事新办不铺张

贺夫妇同姓婚联

同姓英男交淑女　　同姓巧遂同道侣
一心凤侣结鸾俦　　并肩喜结并头梅

缔佳偶原为一姓　　心存赤志本同德早已相爱
结良缘更得同心　　姓有源流分百派原不近亲

贺父子同日婚联

父婚衬映儿婚喜　　少是夫妻老是伴
雏凤相偕老凤欣　　新来媳妇乍来婆

红梅吐秀绽新蕊　　未经十月怀胎苦
老树迎春发绿枝　　却有千声叫娘亲

贺婚寿同日联

寿辰联璧双重喜　　父寿儿婚双庆度　　当谢高朋来贺寿
菽水承欢百世昌　　婆欣媳娶满庭馨　　更欣愚子既完婚

贺丧后新婚联

吉期欢娶红颜女　　　完婚恨晚亲无在
合卺倍思白发亲　　　开宴未退客复来

权展喜容迎客友　　　丧后款嘉宾仍旧笑容满面
强开笑脸闹花烛　　　吉期迎淑女依然喜气盈门

贺乔迁新婚联

燕过喜门留好语　　新屋落成迎大喜
莺迁乔木报佳音　　花堂设筵接鸿宾

此日新居迎巧妇　　篷门换旧迎佳女
他年瑞气伴卿云　　陋室更新作洞房

贺邻居婚联

早已钟情同邻里
不须恋爱共知心

恋爱隔墙不隔意
新婚同屋更同心

青梅竹马男偕女
户对门连妇嫁夫

双喜相映喜上喜
对门联姻门冲门

两姓结成百年偶
对门吉庆双喜婚

互帮互助好邻里
相爱相亲美鸳鸯

贺男小女大婚联

妻大良缘天作合
夫小吉辰海誓盟

天意作媒牛郎小弟多英才
恩爱为基织女大姐更德贤

良缘自有媳妇大
恩爱何不丈夫小

贺老年婚联

晚年成美事
老骥结良缘

暮日欣交贴心伴
余生乐度幸福秋

正喜老龙胜锦浪
更看新凤集琼枝

红线牵来新伴侣
鹊桥搭就老夫妻

晚年喜成形影伴
夕阳乐与晚霞红

老年缔结良缘好好好
晚辈玉成美事佳佳佳

欢度晚年成佳偶
发挥余热立新功

新知长相知知心知意知冷暖
老伴永作伴伴读伴游伴春秋

夕阳无限光景美
萱草有根晚花香

其他特殊婚联

恋爱自由无三角
人生幸福有几何

红线常牵来妹妹情意好
裁尺准量出哥哥恩爱深

燕莺穿柳矿山舞
鹊鸟搭桥煤海歌

芙蓉牡丹皆是花中骄子
启明长庚尽为星里美郎

松竹梅兰同相爱
书画江山更风流

大圆小圆同心圆心心相印
阴电阳电异性电性性相吸

夫妻恩爱成几何直线
儿孙孝顺似小数循环

红颜今日自有琴胡助雅兴
白发他年还待书画伴遐思

亚非欧美风云尽收眼底
中外古今大事罗列心头

大门婚联

户进新人岁月甜　　朝阳彩凤喜双飞　　绣阁花香酒似兰
爱到纯时品自高　　劳动夫妻与天长　　月圆花好两知心

佳偶百年共天长　　银燕比翼凌空飞　　芝兰同介百岁春
门书喜字乾坤乐　　向晓红莲开并蒂　　琼楼月皎人如玉

花从静处香能久　　勤劳伴侣同地久　　海阔天空双比翼
良缘一世同地久　　红花并蒂向阳开　　琴瑟永谐千年乐

兰桥蒙订百世缘　　春台箫引凤凰飞　　展翅相期凌云志
热热闹闹满堂春　　孔雀开屏月初圆　　种玉人怀咏雪才

永谐琴瑟地天长　　于地乐为连理枝　　君子攸宁于此日
银河喜看今夕会　　云汉桥成牛女渡　　引吭高唱海誓歌

吹吹打打盈门喜　　芙蓉出水花正好　　画眉笔带凌云志
共结丝罗山河固　　在天愿作比翼鸟　　佳人作合自天缘

花满瑶池艳并头　　看金屋大礼观成　　种就福田如意玉
蜜月应存立业心　　龙池涤种并头莲　　人共月圆天作合

大地喜结连理枝　　百年恩爱花常红　　养成心地吉祥云
枝生玉殿美连理　　祝银河双星庆会　　志同家富土生金

交杯勿忘青云志　　云路高翔比翼鸟
长天欢翔比翼鸟　　两姓鱼水春永驻

礼堂宴厅联

合欢宴上对芹杯
喜酒润开庭前花

喜鹊登梅报好音
愿他年玉树生枝

绣阁增辉两烛燃
榴花艳映佩花红

户外吹笙引凤凰
连理枝头腾凤羽

桃花盏上玉台诗
金鸡昂首祝婚礼

黄花酿酒三杯醉
喜酒香滔蒲酒绿

情歌唤醒水中月
堂前奏笛迎宾客

喜今日银河初渡
莲子杯中金各酒

重门婚联

友喜戚欢个个欢
光增陋室迓宾车

喜溢重门迎凤侣
绿蚁浮杯邀客醉

莺过乔木报佳音
喜烧花烛映重门

蓝田得玉喜婚成
吾欢子喜重重喜

深愧设席少肉鱼
喜至邀宾多车马

难有茅台酬上客
燕过重门留好语

内门婚联

盗者莫来道者来
来岁新生床上啼

双对喜双对对双
闲人免进贤人进

今朝淑女台前笑
喜联双喜联联喜

暖寝留熊待梦征　　筑巢紫燕春歌早　　院宅祥云参化育
室中喜气乐阳春　　交颈鸳鸯柔情浓　　秦台有凤凭吹引

后门婚联

松月对宾筛　　　　　　　后院福绥掩翠园
门前大道飞龙马　　　　　花开院后吐芳馨

门前绿水流将去　　　　　韶琴颂古又歌今
竹风留客饮　　　　　　　前堂鸿禧笼华筵

屋后崇山憩凤凰　　　　　日照门前添喜气
宅后紫莺祝贺来　　　　　美德光前而裕后

祖父母房婚联

孙为快好慰余年　　我爱媳孙媳爱我　　不厌怀中揣上孙
家门有幸孙为婿　　宾客尤欢子作翁　　慰我翁姑常满意

宾来宴酒宴来宾　　愿他婆媳永和颜　　五桂堂前身并茂
子作阿翁舒晚景　　一兰阶下引丛芳　　还虞月下身高子

父母房婚联

来年欣看绍裘人　　　了却爹娘心上事　　　适门淑女孝高堂
喜迎儿女意中人　　　子媳有缘歌雅韵　　　望子媳齐眉举案

翁姑含笑唱宜家　　　酬亲朋弄盏传杯　　　媳儿立志奔小康
今岁乐栽连理树　　　礼乐于今歌大雅　　　在户吉星昭喜气

兄弟房婚联

弟阅诗书伴绿窗　　　完璧弟邀千里凤　　　十雨夏滋并蒂莲
勤劳兄伴五更鸡　　　乡邻皆道新人好　　　顺睦齐家和乃贵

戚友咸夸老嫂贤　　　忠诚处事乐与欢　　　为余舍弟庆鸾俦
兄持烛灯招红影　　　谢我亲朋来燕贺　　　五风春绿双枝树

姊妹房婚联

堪夸堂上鸳鸯侣　　　　　小妹应知四美篇
喜慰闺中姊妹花　　　　　合家协力争当四美户
　　　　　　　　　　　　姑嫂齐心共建百花园

高风门第女儿孝
和睦人家姑嫂贤　　　　　嫂姑姊妹亲兰房窃窃传笑语
　　　　　　　　　　　　杨柳燕莺伴春意融融唱丰年

长兄已却三生愿

厅堂婚联

座上漫谈同志爱　　　文明诗友厅间客　　　把盏能抒宾主意
堂前合庆自由婚　　　亲睦朋邻座上宾　　　现书方晓古今情

举杯未饮情先醉　　　堂前奏乐迎宾客　　　座上飘香飘上座
奋笔疾书语更新　　　门外吹箫引凤凰　　　堂中溢喜溢中堂

客房婚联

高朋来四面　　　　　琼浆佳肴酬上客　　　客自八方祝大礼
贵客喜八方　　　　　金箫银管对新人　　　酒酌三盏贺新婚

贵客频来祝大禧　　　千声唢呐迎宾至　　　薄酒酬宾图图热闹
礼房笑语贺佳人　　　三盏祥醇把客酬　　　烟糖敬友表表衷情

书房婚联

雪案联吟诗有味　　　满庭兰桂称心愿　　　书到用时方恨少
冬窗伴读墨生香　　　几架诗书乐韶年　　　喜临心上更知甜

万卷诗书宜子弟　　　娱情笔墨写双喜　　　世事洞明皆学问
一帘明月喜新人　　　含意诗书歌百福　　　人情练达即文章

65

洞房联

| 百年伴侣 | 金风过清夜 | 屏中金孔雀 |
| 千秋良缘 | 明月悬洞房 | 枕上玉鸳鸯 |

| 道合志同 | 志于云上得 | 情叙西厢月 |
| 花好月圆 | 人似月中来 | 喜气满新房 |

| 鸳鸯福禄 | 于飞调凤卜 | 喜气满庭院 |
| 鸾凤吉祥 | 维梦叶熊占 | 恋歌盈洞房 |

| 柔情似水 | 清风入蜜月 | 喜满芙蓉帐 |
| 佳期如梦 | 喜气来洞房 | 花香锦绣堂 |

| 赏心悦事 | 爱情香蜜月 | 云拥妆台晓 |
| 美景良辰 | 乐曲唱新人 | 花迎宝扇开 |

| 月明金屋 | 琴和瑟亦雅 | 凤凰为世瑞 |
| 喜上玉屏 | 花好月为圆 | 琴瑟谱声新 |

| 鸟语纱窗晓 | 并蒂花尤俏 | 良宵良辰良景 |
| 莺啼绣阁春 | 同心爱更深 | 佳男佳女佳缘 |

| 琼楼新春属 | 花间金作屋 | 玉楼光辉花并蒂 |
| 洞府美鸳鸯 | 灯下玉为人 | 金屋春暖月初圆 |

| 情山栖鸾凤 | 和风大地暖 | 一朝喜结两姓爱 |
| 爱水浴鸳鸯 | 春意新房浓 | 百岁不移半寸心 |

| 玉室新人笑 | 鱼水清泉伴 | 良缘一世同地久 |
| 洞房喜气浓 | 夫妻白首和 | 佳偶百年共天长 |

花烛银灯鸾对舞　　岁月春新地泛绿　　兰引香风归绣幔
春归画栋燕双飞　　洞房花妍影摇红　　燕寻佳梦到新轩

一岭桃花红锦绣　　月圆花好鸳鸯笑　　玉树风前花并蒂
百盘银烛引新人　　璧合珠联鸾凤飞　　绣帷月下鸟双栖

大好年华成美事　　凤落梧桐梧落凤
文明世景结良缘　　珠联璧合璧联珠

伉俪云临门结彩　　文鸾对舞合欢树
夫妻志铭心如磐　　俊鸟双栖连理枝

嫁女于归联

今日黄花少女　　门当户对三生幸　　于归路上三星照
明天红粉新娘　　女嫁男婚五世昌　　喜庆庭前百辆临

相思树结于归果　　丹桂飘香凝绣阁　　于归鸾凤春心动
连理枝开幸福花　　碧云焕彩映妆台　　道喜亲朋玉口开

金鸡起舞乾坤晓　　小女于归非彩礼　　养恩德大离亲友
玉女于归鸾凤鸣　　大人陪嫁少妆奁　　恋爱情深去外乡

净扫篷门迎婿客　　雪里红梅传喜讯　　月正圆时花正艳
于归鲁酒宴佳宾　　窗前绿柳动春心　　人逢喜事岁逢春

玉烛生辉归淑女　　自由恋爱无媒妁　　跨凤令娇登凤阁
金舆结彩娶新娘　　送往于归有婿迎　　乘龙快婿步龙门

佳期已定乾坤喜　　快婿乘龙攀月桂　　绣阁月圆同望月
之子于归秦晋欢　　令娇跨凤引嫦娥　　深闺花好共观花

春暖花开欣结果
男婚女嫁喜成亲

嫁女欣逢黄道日
求亲喜遇小康家

惟有薄奁宜爱女
愧无盛馔宴佳宾

此去夫家勤内助
莫忘母训久勤劳

为妇持家勤俭好
养儿教子德才贤

睦邻亲友和妯娌
敬老尊贤奉翁姑

莺歌燕舞三春暖
女嫁男婚五世昌

天公巧作于归赋
月老欣吟嫁娶诗

虽无香车归淑女
但有贤婿接佳宾

出闺前路风帆顺
回首娘家事业兴

姊妹亲情长记忆
爹妈教诲最难忘

鉴古良缘皆凤缔
观今佳偶自天成

东床彩笔描鹦鹉
南国文箫引凤凰

宝马迎来云外客
香车送出月中仙

聊陪小妹东坡对
暗助少游西月联

嫁女何须求重聘
选郎惟欲择良才

择亲喜得勤劳婿
待客聊筹忆苦餐

嫁女婚男百年合
传宗接代五世昌

大驾来宾光荜户
于归之子喜宜家

妇顺须将崇四德
婿贤不必聘千金

陋室开筵酬大驾
嘉宾满座庆于归

看意中人满意，乾坤已定
得心上婿真心，嫁娶完成

高朋满座，举杯畅饮于归酒
陋室生辉，谈笑欣吟嫁娶诗

娶亲奏乐，无非使客人高兴
嫁女陪奁，总是为门婿发财

第三章　生育对联

贺生子通用联

天上长庚降　　锦绣生辉征喜兆　　桂子呈祥多厚福
人间英物啼　　文明有种育宁馨　　兰孙毓秀兆嘉征

麟书征国瑞　　英物啼声惊四座　　天送石麟祥云绚彩
熊梦兆家祥　　德门喜气洽三多　　怀投玉燕呈梦应昌

荀氏八龙薛家三凤　　以似以续克昌厥后　　庆益桑弧四方有志
燕山五桂蜀国双珠　　维熊维罴长发其祥　　祥征兰梦一索得男

贺春日生子联

风飘羽帐青云暖　　净地月明生秀草　　佳气弃间倍添春色
春在壶天白日馨　　芳阶风暖长兰芽　　英声载路喜得宁馨

贺夏日生子联

泉流东海千层浪　　瓜瓞绵长征夏日　　子种莲房多多益善
日照南山万树云　　芝兰新茁似春初　　梦延瓜瓞久久长绵

贺秋日生子联

川媚山辉蓝玉朗　　一朵芙蓉凝玉露　　月朗天高桂宫结子
天高月满蚌珠肥　　三秋桃实映流霞　　地灵人杰崧岳生甲

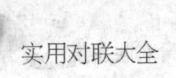

贺冬日生子联

雪映梅花杯映柏　　花前笑看獐书帖　　瑞雪盈庭石麟降世
日添宫线屋添芝　　梅下欣听鹤和声　　祥云护舍玉燕投怀

贺双生子联

玉种蓝田征合璧　　两美同生家声毓凤　　两美同生祥开达适
树栽碧海喜交柯　　一李竞秀世德征麟　　一李竞秀誉迈效祁

贺生孙联

瓜瓞欣看绵世泽　　分杯河饼倍重庆　　天赐石麟祥开四时
梧桐喜报长孙枝　　拄杖桑榆乐再孙　　庭投玉燕瑞庆一堂

兰桂齐芳添麟趾　　喜见红梅新结子　　声美凤毛绳其祖武
玉堂兴旺衍龙孙　　笑看绿竹又生孙　　诗赓燕翼贻厥孙谋

庭前兰吐芳春玉　　美济凤毛兰荪茁秀　　有道明时兰为贵
掌上珠生子夜光　　谋贻燕翼瓜瓞绵长　　天涯福气竹生孙

月窟早培丹桂子　　燕翼谋贻兰荪茁秀
云阶新毓玉兰芽　　凤毛济美瓜瓞绵长

贺生曾孙联

梧桐开四叶
燕翼孙添丁

美济凤毛家多令子
谋贻燕翼孙又添子

一门绕五福
四代庆同堂

堂构象贤一门锡类
云龙继起四代同堂

喜见梧桐开四叶
福陈箕范祝三多

曾孙之穑黍稷翼翼
君子有谷瓜瓞绵绵

一门五福陈箕范
四代同堂庆瓞绵

天赐石麟祥开四叶
庭投玉燕瑞霭一堂

贺生女联

梅帐寒消花益寿
萱帏春护早生香

华堂设帷绵瓜瓞
水榭开筵赏藕花

蔷薇香送清和月
芍药祥天富贵花

艾叶香浓笼彩帷
榴花色艳映斑衣

喜看梅黄逢腊月
寿添萱绿护春云

今日正逢萱草寿
前身合是香花仙

萱帏日永添长楼
葭官灰飞舞彩衣

穿针乞巧添长缕
舞彩承欢有老莱

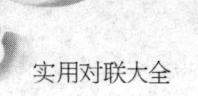

丹桂飘香开月阙　　　　　　　　　　　萱茂华堂辉生锦帷
金萱称庆咏霓裳　　　　　　　　　　　桂开月殿曲奏霓裳

天上掉下林妹妹　　　　　　　　　　　葭官飞灰璇闱溢喜
人间喜得千金美　　　　　　　　　　　萱闱爱日宝婺腾辉

喜迎嫦娥入新户　　　　　　　　　　　婺焕重霄时呈五福
欢庆掌珠初满月　　　　　　　　　　　时维九月序属三秋

翠邑慈篁辉锦帷　　　　　　　　　　　顿教萱庭庭添春色
香分篱菊点斑衣　　　　　　　　　　　记取蓉屏屏写寿文

黍谷回春椒盘献瑞　　　　　　　　　　梅馥岭南小春有信
萱堂称庆柏酒延禧　　　　　　　　　　萱荣堂北寿算无疆

萱庭春长良辰设帷　　　　　　　　　　日丽萱闱祝无量寿
杏林目丽绮席称觞　　　　　　　　　　香傅梅岭届小春天

曲水湔裙春光正好　　　　　　　　　　芝帷呈祥共春旗一色
慈闱设帷寿算无疆　　　　　　　　　　椒觞献瑞祝寿母千秋

露湛芝田萱荣堂北　　　　　　　　　　喜邀嫦娥满月来弄瓦
日长蓬岛桃熟池西　　　　　　　　　　兴拜麻姑瑞年庆千金

首夏清和长春富贵　　　　　　　　　　男女平等弄瓦喜迎千金喜
慈云庇护爱日绵长　　　　　　　　　　移风易俗度晬欢庆宾朋欢

兰阁风薰绮琴解愠　　　　　　　　　　五福骈臻萱草并水仙竞艳
萱庭日丽彩缕延龄　　　　　　　　　　一阳初动算筹与宫线同添

荷诏风清良辰揽揆　　　　　　　　　　腊月颂嘉平祝堂上金萱日茂
萱堂日永大庆称觞　　　　　　　　　　婺星明灿烂喜庭前翠柏冬荣

鹊驾填桥天孙赐寿　　　　　　　　　　萱室发荣光寿祝箕畴备五福
兕觥进酒王母临筵　　　　　　　　　　菊篱绽秋色天教晚节傲群芳

午月庆芳辰堂前萱草分眉绿
婺星耀瑞彩阶下榴花照眼红

萱草祝长春奏乐新翻金缕曲
莲花庆生日称觞合献碧筒杯

七发助文潮祝词愧乏枚乘笔
三还居仁里励学长留孟母机

十月值小春看岭上梅花初放
一星悬宝婺祝堂前萱草长荣

千金千金不换，喜庆掌珠初满月
百贵百贵无比，乐得头冠贺佳年

第四章　庆寿对联

男女通用寿联

德宏益寿　　名高北斗　　云山风度　　福同海阔
心阔延年　　寿比南山　　松柏气节　　寿比天齐

星辉南极　　秀添慈竹　　耀腾宝婺　　如松如鹤
霞焕椿庭　　荣辉萱花　　香发琪花　　多寿多福

天地同寿　　梅开北海　　立功立德　　德为世重
日月齐光　　曲奏南薰　　寿国寿民　　寿以人尊

人增高寿　　春云霭瑞　　喜逢盛世　　慈母温柔
天转阳和　　宝婺腾辉　　乐享遐龄　　宜家受福

心清益寿　　萱堂日永　　人歌上寿　　芝荣五色
德厚延年　　兰间风薰　　天与遐龄　　图献九如

人间二老　　鹤翔百寿　　寿考征洪福　　松苍柏翠
天上双星　　盘献双桃　　和平享天年　　人寿年丰

华堂衍庆　　仁慈殷实　　云鹤千年寿　　筹添沧海日
海屋添寿　　获寿保年　　苍松万古春　　嵩祝老人星

华封三祝　　寿同山岳久　　玉树盈阶秀　　露滋三秀草
天保九如　　福共海天长　　金萱映日荣　　云护九如松

福禄欢喜　　花争秋后美　　慈萱春不老　　青松多寿色
长生无极　　人敬老来红　　古树寿长青　　丹桂有奇香

仁爱笃厚　　萱草千年绿　　佳辰逢岳降　　盛世长春树
积善有征　　桃花万树红　　瑞气霭春晖　　农家不老松

颐性养寿 屡获喜祥	征途心不老 峰顶景长青	冰清还玉洁 松寿更萱荣	菊水人皆寿 桃源境是仙
人老心不老 年高志愈高	鹤鸣千年寿 松号万古春	春风挥翰墨 佳气接蓬莱	松柏老而健 芝兰清且香
人间春酿熟 天上寿星明	沧海一轮月 骅骝万里心	壮猷为国重 元气得春光	松高显劲节 梅老正精神
与乾坤并寿 共日月同辉	九如天作保 五福寿为先	松龄长岁月 鹤语记春秋	平安添百福 长寿价千金
上苑梅花早 仙阶柏叶荣	北斗临台座 南山祝寿杯	绿琪千岁树 明月一池莲	庆云呈五色 寿礼献九如
松心长耐雪 鹏力会冲天	榴花红献瑞 柏叶翠凝香	泰岱松千尺 鹤山桂九苞	四化开新景 百花献寿诗
人老一身劲 花明满目春	雅室人不老 高山柏长青	寿同山岳永 福共海天长	南山欣作颂 北海喜开樽
福同东海阔 寿共南山齐	松龄长岁月 鹤语寄春秋	紫气通南极 青云动北莱	佳辰逢岳降 瑞气焕春晖
慈竹青云护 灵芝绛雪滋	寿添沧海日 松祝小春天	泰岱松千尺 丹山风和苞	松鹤千年寿 子孙万代长
愿持山作寿 应供酒为年	澄潭一轮月 老鹤万里心	瑶池春不老 寿域日初长	岁寒知晚翠 春暖蕙先芳
青松多寿色 丹桂有丛香	蓬壶春不老 萱室日原长	萱花欣永茂 梅蕊庆先春	瑞霭全家福 光耀半边天

第四章 庆寿对联

享共和幸福　　慈竹荫东阁　　愿涌南山寿
作自在神仙　　灵萱茂北堂　　熙如北海春

喜福微寿考　　松龄长岁月　　乃文乃武乃寿　　福临寿星门第
大年享乐平　　鹤算纪春秋　　如竹如松如梅　　喜到劳动人家

性情陶乐礼　　众仙团大会　　老骥志在千里　　华封进三多祝
年力富春秋　　天姥仰高峰　　暮年心向长征　　月恒颂九如歌

四时调玉烛　　树老多神韵　　红带雅宜华发　　还我青春年少
千算祝瑶觞　　年高有雅情　　白醪光泛新春　　问君古往今来

如梅花挺秀　　大德得无量寿　　福同天地共在
似松树长青　　此老有当世名　　寿比日月同辉

清言多妙理　　仁者无量寿　　仁者有寿者相　　福临寿星门第
令德有遗芳　　此翁更精神　　福人得古人风　　春驻高龄人家

三呼应封人祝　　闲居足以养老　　如冈如陵如阜
九如颂天保诗　　至乐莫如读书　　多福多寿多男

桃花已发三层浪　　自是牡丹真富贵　　春放百花晴献寿
玉树长含万里云　　果然松柏老精神　　云呈五色晓开樽

心地高明宜福寿　　南极星临衡岳朗　　人上征途心不老
精神爽朗自康宁　　北堂萱映海天明　　志向峰顶景长春

丹室晓传青鸟宇　　幸福门前松柏秀　　但得夕阳无限好
瑶池时进白云霞　　安乐堂中步履轻　　何须惆怅近黄昏

霄汉鹏程腾九万　　寿同松柏千里碧　　晚景弥坚松柏节
锦堂鹤算颂三千　　品似芝兰一味清　　好风常度桂兰香

81

百花齐献南山寿　　莫道夕阳光太少　　堂前燕舞迎春舞
四化同歌盛世春　　无穷余热力还多　　院内莺歌祝寿歌

天上星辰可作伴　　白云欢歌翻寿曲　　三千蟠桃开寿域
人间岁月不知年　　淡风坚石傲松年　　九重春色映霞觞

柏节松心宜晚翠　　芝兰气韵松筠操　　体健神恰晚景好
童颜鹤发老精神　　龙马精神海鹤情　　书声墨韵老来红

春光满地人增寿　　福禄寿三星共照　　长寿幸逢新社会
喜气盈门国肇昌　　天地人六合同春　　高龄全靠艳阳天

顶霜傲雪苍松劲　　年高喜赏登高节　　青山不老人长寿
沐雨经风翠柏葱　　秋老还添不老春　　华夏常春花永红

朱颜醉映丹枫色　　大鸟鹏飞九万里　　举酒同歌无量寿
华发疏同老鹤形　　蟠桃子熟三千年　　开怀共醉小阳春

佳作莫谈随老去　　栽竹尽成双凤尾　　琼岛尚存千岁果
彩笔偏映夕阳红　　种松皆作老龙鳞　　商山旧有五云芝

人如天上珠星聚　　琥珀盏斟千岁酒　　从古称稀祝上寿
春到筵前柏酒香　　琉璃瓶插四时花　　自今方始老益健

海屋有筹多附鹤　　古柏根深枝更茂　　瑶台牒注长生字
春林无处不飞花　　青松岁久叶常妍　　蓬岛春开幸福花

活百岁松钦鹤羡　　北苑春风挥翰墨　　德如膏雨都润泽
数一生苦尽甘来　　南山佳气接蓬莱　　寿比松柏是长春

杏花雨润韶华丽　　室有芝兰春自韵　　坐看溪云忘岁月
椿树云深淑景长　　人如松柏岁常新　　笑扶鸠杖话桑麻

第四章　庆寿对联

心地光明宜福寿　　寿考维祺征大德　　藏山事业三千牍
精神爽朗自康强　　文明有道享高年　　住世神明五百年

南极星辉南岳客　　既效黄忠不服老　　梅子绽时酣夏雨
九龄人晋九如歌　　更同孟德有雄心　　萱花称满霭慈云

松风高驻千年鹤　　琼林歌舞群仙会　　雨润萱花添秀色
玉露长滋五色兰　　海屋衣冠百寿图　　风和兰竹报平安

紫气东来膺五福　　丹桂飘香开月阙　　萱草千秋荣玉砌
星辉南耀灿三台　　金萱称庆咏霓裳　　桃花方树映琼枝

人在家梓心在国　　芝兰玉树竞娟秀　　福护慈萱人不老
操如松柏节如梅　　青鸟蟠桃共岁华　　喜弥寿树岁长春

常思进取忘年老　　椿树大年宜有庆　　蟠桃子结三千岁
何敢蹉跎度岁迟　　莲花生日正当时　　萱草花开八百春

一阳喜见天心复　　愿慈母百岁不老　　少坚不负青云志
五福还推人寿先　　祝萱花万古长青　　老壮何甘白首心

喜逢盛世频增寿　　天朗气清筵晷景　　萱花挺秀辉南极
乐遇晚年再建功　　辰良日喜祝慈龄　　梅萼舒芬绕北堂

天护慈萱人不老　　山清水秀春常在　　仙居十二楼之上
云弥寿树岁长春　　人寿年丰福无边　　大寿八千岁为春

占得梁园为赋客　　南极星临五岳动　　红梅绿竹称嘉友
修成商岭采芝仙　　北堂萱映九州明　　翠柏苍松耐岁寒

惟盛世才能长寿　　佛说无边寿者相　　其人为泰山北斗
是贤良始可兴家　　易称有庆善人家　　是日也天朗气清

革命老人人人敬　　仙悦紫云南岳丽　　春风绛帐谈家国
良辰美景景景新　　绮筵红雪北堂开　　绕膝扶床戏子孙

萱草千秋荣玉砌　　青松增寿年年寿　　兰桂腾芳开寿域
桃花万树映琼枝　　丹桂飘香户户香　　儿孙贤俊振家声

兰桂腾芳开寿域　　高桂丛兰花锦绣　　天护慈萱欣不老
儿孙英俊继家声　　方瞳绿鬓玉精神　　云弥古树庆长青

自是荀郎堪继志　　黄花拟节凌秋晚　　瑶台牒注长生字
原是陶母善贻谋　　谏果回甘索味长　　蓬岛春开富贵花

西望瑶池降王母　　祥鸾仪羽来三鸟　　岭上梅花报春信
南极老人应寿昌　　慈姥峰峦出九霄　　庭前椿树护芳龄

玉露常凝萱草翠　　天朗气清延暑景　　青鸟飞来云五色
金风远送桂花香　　辰良日吉祝慈龄　　碧桃献上岁三千

宝婺辉联南极晓　　萱草含芳千岁艳　　瑶池桃熟登琼席
斑衣彩舞北堂春　　桂花香动五株新　　玉树柯荣绚彩衣

年抛造物甄陶外　　瑶池喜晋千年酒　　芝兰气味松筠态
春在先生杖履中　　海屋欣添百岁筹　　龙马精神鸥鹤姿

天朗气清延暑景　　芝兰玉树竞娟秀　　宝婺辉联南极晓
辰良日吉祝慈龄　　青鸟蟠桃共岁华　　斑衣彩舞北堂春

南极星临衡岳动　　东海白鹤千秋寿　　高桂丛兰花锦绣
北堂萱映海天明　　南岭青松万载春　　方瞳绿鬓玉精神

高龄稔许同龟鹤　　仙居十二楼之上　　梅子绽时酣夏雨
瑞世应知有凤毛　　大寿八千岁为春　　萱花称满霭慈云

足食丰衣晚景好　　喜逢盛世频增寿　　文移北斗成天象
勤耕苦读老来红　　乐战晚年再立功　　日捧南山作寿杯

第四章　庆寿对联

筠深慈竹荫东阁　　鹝飞瑶阶来仙祝　　琼林歌舞群仙会
花庆椿萱茂北堂　　瑞霭锦屏见寿星　　海屋衣冠百寿图

蓍英洛社万家佛　　年丰喜看花千树　　春意初衍梅色浅
草木平泉一品诗　　人寿笑敬酒一杯　　和风选试彩衣鲜

冰如碧玉山如黛　　堂前燕舞迎春舞　　福星高照满庭庆
凤有高梧鹤有松　　院内莺歌祝寿歌　　寿诞生辉合家欢

白发朱颜登上寿　　三千岁月春常在　　屏风家尽香山老
丰衣足食享高龄　　九十丰神古所稀　　笠雨人称玉局仙

万里云霞开寿域　　东方先生善谐谑　　万户春风为子寿
满地桃李颂春风　　南极老人应寿昌　　半窗松雪谓天伦

金母晋桃开绮席　　光明心地恒增寿　　松风高驻千年鹤
素娥分柱酿琼浆　　爽朗精神自健康　　玉露长滋五色芝

长享忠厚无量福　　莫道彩毫随老去　　心底无私宜福寿
欣承积善有余家　　佳篇喜映夕阳红　　胸中有胆自康强

一阳喜见天心复　　春日融和欣祝寿　　万壑松风增寿色
五福还推人寿先　　寿星光耀喜迎春　　四时花色壮高情

香山梅鹤饶清福　　露邑青松多寿色　　长寿幸逢新社会
宅地神仙占大春　　月明丹桂酿灵根　　娱亲喜有好儿孙

周天行健人常健　　苍龙日暮还行雨　　五色云中三瑞草
秋日登高寿更高　　老树春深更着花　　九重天上万年松

年高喜看花千树　　何忧白发头中满　　南极星临衡岳动
人寿笑斟酒一杯　　且喜青云足下生　　北堂萱映海天明

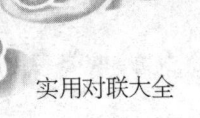

天朗气清延暑景　　八旬祖母瑶池瑞　　报国不愁生白发
辰良日吉祝慈龄　　四世儿孙庭院辉　　读书哪肯负苍生

祖父高龄满院乐　　风和璇阁恒春村　　桃熟三千祝父寿
喜宾祝寿合家欢　　日暖萱庭长乐花　　椿荣四世庆仙龄

家严鹤发无量寿　　桃献池西侯逢浴佛　　堂北萱荣馆甥舞彩
吾父童颜不老星　　萱荣堂北荫庇馆甥　　池西桃熟王母称觞

家父添筹松延暑景　　祝慈母享百年长寿　　杏苑风和长春不老
南山献寿鹤祝长龄　　教儿孙做四化尖兵　　椿庭日永上寿无疆

南山峨峨生者百岁　　天与长春灵芝献瑞　　东坡雅人宜作生日
天风浪浪饮之太和　　人传济美宝树敷荣　　西方寿佛长取新年

德祖寿高苍松不老　　立德立言于兹不朽　　四化尽责松青鹤白
贤孙志远事业长春　　寿人寿世共此无疆　　中华振兴景泰时和

白发朱颜喜登上寿　　百年长寿祝吾岂敢　　序届阳春春同松柏
丰衣足食乐享晚年　　终岁勤劳惟我不辞　　寿称国瑞瑞献芙蓉

柏翠松苍咸歌五福　　志大年高一身干劲　　寿酒盈樽春风满座
椿荣萱茂同祝百龄　　童颜鹤发满脸春风　　嵩山比峻南极腾辉

壮志凤飞逸情云上　　东坡雅人宜作生日　　鸠杖引年椒花献瑞
赤心麟趾矢志天边　　南田秋兴相期岁寒　　鹤筹添算椿树留荫

花好月圆庚星耀彩　　兰阁风薰瑶池益算　　老当益壮雄心未已
云蒸霞蔚甲第增辉　　萱堂日永彩蜕延龄　　晚节坚贞伟业何休

颂献嘉平诗歌福禄　　大德仁翁多福多寿　　乐庆丰收又庆母寿
人称寿考乐叙伦常　　南山松柏愈老愈坚　　高歌盛世先歌党恩

第四章　庆寿对联

贞良温厚宜家爱福
仁爱笃恭获寿保年

福禄欢喜长生无极
仁爱笃厚积善有征

彩绚琼枝萱堂日暖
春生玉砌鸾佩风和

亲友登堂祝翁长寿
儿孙绕膝满室腾欢

花灿金萱瑞凝堂北
星辉宝婺彩映弧南

恭俭温良宜家爱福
仁爱笃厚获寿保年

诗谱南山筵开西序
樽倾北海彩绚东阶

花发金辉香蜚玄圃
斑联玉树春永瑶池

乃冰其清乃玉其洁
如山之寿如松之贞

曲水湔裙春光正好
慈闱设帨寿算无疆

春酒迎樽春风满面
南山比峻南极腾辉

市隐四明楼高百尺
明颂三寿思沐九霄

爱国赤诚当享上寿
持家勤俭欢度晚年

红杏在林寿征二月
碧桃满树时待三春

璞玉浑金是寿者相
碧梧翠竹得气之清

红灯高照福庆长乐
爆竹连声寿祝久安

长乐未央朱颜华发
延年无极柏寿松新

膏透凝珠萱荣堂北
莱衣考彩菊满陔南

福寿双全国思家庆
新旧对比苦尽甘来

安保九如富贵寿考
幸封三福吉祥子孙

彩帨增辉情联姻眷
璇闱称庆光耀婺星

满目青山攀登无止境
长江春水接力有来人

白发朱颜喜登上寿
丰衣足食乐享高龄

称觞逢今旦喜且期颐
哺乳忆当年欲酬抚养

暮年逢盛世体康人寿
华夏颂德政国安民乐

修通家子弟仪班随莱彩
说老母期颐寿福备箕畴

玉露常凝瑶池春不老
金风送远寿域日开祥

葭琅应时梅花多姿吐艳
鹿车表德母寿不老长生

老境福临恩归共产党
新风喜降光照老来红

卓尔不群教育亦资内助
贤哉惟母康强可致长生

举酒称觞祝二老长寿　　天上太阳光照山河万里
高歌引吭喜四化同春　　人间高寿喜看兰桂盈庭

祝上寿期颐迭晋椿萱　　得一为贞寿世寿身寿国
交荫班随莱彩颂升恒　　持三不朽立言立德立功

一曲讴歌笑指南山作颂　　长寿人饮长寿酒年年益寿
几回醉舞喜倾北海为椿　　富强国唱富强歌岁岁富强

人寿年丰生活似糖似蜜　　酒冽花香幸有丰功酬壮志
风和日丽风光如画如诗　　时和人瑞喜从盛世祝遐龄

胜友如云同颂党恩深重　　水秀山明八节四时颜不老
寿筵从简不忘国事兴隆　　风和日丽千年万古景长春

飒飒金风声奏丰收乐曲　　儿孙团聚落座满酌健康酒
朗朗秋月光照长寿人家　　亲友远临绕席朗诵长寿诗

老寿星长寿长寿再长寿　　一片冰心柏节松贞持晚景
众同志祝福祝福还祝福　　两只铁手兰芳桂秀灿朝霞

人道魏舒为宁氏外家宅相　　雪冷霜寒万里劲松曾傲岁
天留郄鉴看献之祝嘏随班　　风和日暖千年古柳尚争春

曲谱南薰四月清和逢首夏　　人逢盛世人添寿寿高五岳
樽倾北海一家欢乐庆长春　　地献丰年地纳祥祥漫三江

日永萱堂称觞合醉延龄酒　　长寿人饮长寿酒年年长寿
春长蓬岛设帨多簪益寿花　　常春国唱常春歌岁岁常春

乔木长青幸福只因逢盛世　　爱日喜长留多种萱花祝纯嘏
流水不腐勤劳端合享遐龄　　慈云欣永庇高擎桃实献华筵

世运维新赖有老成作砥柱　　姻好附孙枝当年幸列东床选
华封晋祝欣将诗句咏莱台　　瞻依同祖竹今夜辉增南极星

第四章　庆寿对联

福地人勤荷锄戴月三星期　　世谊属通家晚辈宜为长者寿
南山寿考傲霜凌雾一柏坚　　良辰逢令诞今宵喜见老人星

同德同心修到梅花原是福　　齿德仰兼尊杖履追踪崇父执
多福多寿种来萱草可忘忧　　期颐宜得寿矢弧在望庆年龄

慈母逾遐龄寿天寿地赖孝道　　介寿值良辰春满蓬壶延暑景
活佛修善德荫子荫孙留美中　　引年征盛典寿添海屋祝长龄

愧无外祖风一片婆心爱自出　　看娱老彩衣莱子并承诗礼训
忝附诸孙列二门婚媾祝重闱　　侍传经绛幔韦母来亏视听能

慈竹茂长春宴启西池蟠桃献瑞　　仙花明益寿浆斟北斗萱草忘忧
异姓如一家至戚相关无分畛域　　洪畴备五福长春不老迓晋期颐

庆百日联

转瞬新婴迎百日　　新家百日添英物　　百天初入茫茫路
展眉老幼庆天伦　　福院三更哄俊娃　　三代同倾眷眷情

啼歌几唱金莺晓　　啼声无语时牵众
情照一张绣被春　　娇面如花总快心

庆周岁联

新开周岁蹒跚步　　鹊唱晨祝周岁喜　　万里鹏程先初步
初启此生浩荡云　　家欢风送众亲临　　一生大业待开局

即日初庚已有数　　周岁新添阖院乐　　迎喜一帧周岁照
自此记岁不从零　　娇声又引睦邻来　　同欢三代全家福

89

十岁联

慧质父书工缮写　　蚤识之无字　　玉胜嘉祥碧茵雕龙
潜心母教善听从　　先征富有年　　多銮幼慧紫石书成

席上裁诗惊座客　　胜成征祥看喜溢门楣良缘待祖东床腹
枕中偷秘轶群伦　　金銮毓秀知幼承家学妙年能写北山文

二十岁联

弱冠征年始学礼　　设帨二旬闺门喜　　射策方应如贾传
清通人选已知名　　双笄五载岁月新　　请缨志不让终军

自传英年勤苦学　　双旬岁月缫丝美
薰常弱冠著贤声　　五度春秋笄饰新

三十岁联

壮怀三十而立年　　芝兰玉树竞娟秀
志在九旬且加月　　青鸟蟠桃共岁华

词赋登坛三十寿　　事业登坛方半甲　　琼阁年华蟾圆一度
功名强壮而立年　　功名得路正英年　　瑶池桃实鹤算三春

心阔如海三十年　　室内芝兰三十春　　壮志可行年方而立
德高似山立新功　　国运昌盛树常青　　修名自永寿祝无疆

第四章　庆寿对联

辉腾宝婺三十寿　　绮岁及笄双璧合　　璇阁年华蟾圆一度
春发奇葩而立年　　良辰设帨百年新　　瑶池桃实鹤算千春

三十初进延龄酒　　三十而立正青春　　燕桂谢兰年轻半甲
百年喜开益寿花　　百年事业勇担负　　桑弧蓬矢志在四方

璇阁数年华恰合赡圆一度　　而立正当年且从壮岁求一举
瑶池看桃实预期鹤算千春　　相逢皆铁血但得此生报五星

四十岁联

历四承欢年养志　　宝婺星辉歌四秩　　渭水春秋今得半
瑞气康宁杏争春　　蟠桃瑞献祝千秋　　商山日月正悠长

不惑但从今日始　　蟠桃捧日三千岁　　蓬岛春浓开丽景
知命犹得十来年　　古柏参天四十围　　桑弧彩焕庆强年

何年宏开旬历四　　七篇道德称尧舜　　涵养已征心不动
养气蔚立祝多三　　四十功名耀古今　　芳辰初度仕方强

桃花雨润四十春　　纪事桑弧当胜日　　际此欣逢设帨日
椿树云深淑景长　　挑梁栋木正强年　　而今初倍及笄年

不惑但从今日始　　纪事桑弧当胜日
明哲犹带甲子来　　韬光市井正强年

四化方兴但得此身长报国　　四海蒸腾承先启后顶梁柱
十功来半惟求大举终成全　　十州振奋继往开来破浪船

相夫教子壶范久钦际此欣逢设帨日
积福筵龄期颐预卜而仿初倍及笄年

91

五十岁联

五十华筵开北海　　五岳同尊嵩极峻　　二回甲子春初度
三千朱履庆南山　　百年大寿日方中　　举国笙歌醉太平

云龙长驻三春景　　五秩康强志如铁　　花开周甲征全福
安石平分百寿筹　　十分健旺气若虹　　星耀长庚祝大年

志仰宣民勤学易　　年齐大衍经纶富　　春秋不老臻高寿
韵同周子爱观莲　　学到知非德器成　　甲子重新晋古稀

百岁期颐刚一半　　半百光阴身更健　　杯倾北海辰初度
九畴福寿已双全　　几番风雨志弥坚　　颂献南山甲再周

百寿开来先百半　　大衍宏开筮羲易　　羲易数推占大衍
五福备至已五十　　知非伊始进尧年　　慈龄日晋颂无疆

蟠桃捧日三千岁　　读书砥行堪知命　　温公正人耆英会
萱树参天五十围　　安富尊荣且慕亲　　马氏咸称矍铄翁

璧合珠联征百岁　　花甲待圆十年再造　　海屋添筹算周花甲
悬弧设帨祝千龄　　林壬人颂百岁半临　　华堂舞彩庆洽林壬

天边客送千秋节　　不雕不琢年当服政　　瑞启芳辰香生桂子
庭下人翻五色裳　　有为有守学到知非　　算周花甲颂进林壬

一生事业今过半　　伯玉同修问年日艾　　学易假年符算大衍
百岁光阴日再中　　黄金合铸其寿如松　　知非进德庆协长生

燕桂谢兰年经半百　　骏德遐昌龄周甲篆　　年齐大衍经纶富
桑弧蓬矢志在四方　　鹤筹无算彩绚庚星　　学到知非德器纯

艾绶阳辉期颐益算　　五秩征年高门设帨　　一心为公继前业
兰阶舞彩诗礼趋庭　　百龄益算海屋添筹　　五旬传艺有后人

五岳同尊惟嵩峻极　　甲子重新如山如阜　　婺宿腾辉百龄半度
百年上寿如日方中　　春秋不老大德大年　　天星焕彩五福骈臻

德行齐辉一门集庆　　瑞集高堂鸳鸯宜福　　五福演畴庆逢周甲
福畴大衍百岁同符　　筹添大衍松柏长春　　百龄祝纯嘏化治伏庚

屈指三秋天上又逢七夕　　银汉泛仙槎天上双星并耀
齐眉百岁人间应有双星　　箕畴逢大衍人间百岁同符

甲篆一杯酒进咒觥祝纯嘏　　吾辈当惜阴百八千日莫虚度
庚星重耀筹添鹤算庆长生　　君台更尽酒四十九年应知非

记八千为一春萱草千年绿　　设帨遇芳辰百岁期颐刚一半
再五十便百岁桃花万树红　　称觞有莱子九畴福寿已双全

六十岁寿联

甲子重新新甲子　　延龄人种神仙草　　一家欢乐庆长寿
春秋几度度春秋　　纪竹新开甲子花　　六秩安康醉太平

不纪山中花甲子　　春秋不老冈陵颂　　玉芽久种春秋圃
应知天上老人星　　甲子重添福寿花　　青液频浇甲子花

八月秋高丹枫色　　祝遐龄三千岁月　　六秩华筵新岁月
六旬人健老鹤形　　游化日六十春秋　　三千慈训大文章

桃熟正逢花甲茂　　一阳复体及耳顺　　一家欢乐庆长寿
兰开又遇寿龄添　　万物同春近眼来　　六旬康泰宴蟠桃

前寿五旬迎花甲　　重循甲子春初度　　纪寿欣逢新甲子
待过十载祝古稀　　乐奏笙歌寿又登　　培香喜掇早丹花

八月秋高仰玉桂　　花乃金萱开六甲　　祝颂遐龄椿作纪
六旬人健比乔松　　星其宝婺焕中天　　筵开寿樽海为壶

桃熟正逢花甲茂　　青松翠竹标芳度　　骏德遐昌龄周甲篆
兰开几阅寿筹添　　紫燕黄鹂鸣好春　　鹤寿无算彩绚庚星

宝婺星辉延六秩　　杯倾北海辰初度　　过去春光只两月
蟠桃献寿祝千秋　　颂献南山甲再重　　算来花甲已初周

七十岁寿联

风徽为今之范　　三千岁月春常在　　七旬岁罢身依健
仁寿乃古所稀　　六一丰神古所稀　　十度风经烛仍明

寿衍七旬辉宝婺　　入国正宜鸠作杖　　月满桂花延七秩
堂开三代乐薰风　　历年方见鹤添筹　　庭留萱草茂千秋

庆贺三多开寿域　　七色云霞献寿锦　　杖国老人增景福
祥开七秩映霞舫　　十分酒意溢华堂　　舞衣莱子更精神

金桂生辉老益健　　当看九州今正盛　　此日萱庭登七秩
萱草长春庆古稀　　谁言七十古来稀　　他年阆苑祝期颐

养成毛羽凌霄汉　　盛世祥征长寿宇　　童颜鹤发寿星体
并茂椿萱迈古稀　　华堂庆衍古稀年　　松姿柏态古稀年

年过七旬称健妇　　国中从此推鸠杖　　花甲重新今晋十
筹添三十享期颐　　池上于今有凤毛　　莱衣竞舞古来稀

七度菊香秋后献　　福寿康宁登堂祝嘏　　庆颂三多琼筵晋爵
五云花洁日边来　　尊荣安富杖国征年　　祥开七秩玉杖扶鸠

彩舞稀龄诗歌五福　　日月双辉惟仁者寿　　圣世恩颁欣杖国
花开益寿缕续长生　　阴阳合德真古来稀　　华诞庆衍快稀年

称觥祝鸠齐眉介福　　日煦萱花云征异彩　　翠柏苍松寿者相
苟龙薛凤绕膝承欢　　天留婺宿人庆百年　　童颜鹤发古稀年

鸠杖引年典隆二膳　　鹤算频添七旬览揆　　年逾七旬体神康健不服老
鹤筹添算庆洽七旬　　鹿车共挽百岁长生　　心联四化少长贤能共贴心

忆平生德风高尚心灵美　　莫道古来稀年齿已堪告杜老
届古稀身体安康福寿长　　花甲鼓征帆满目青山花明柳

八十岁寿联

喜登八旬高寿　　岁过古稀多十载　　菱花当面照黄发
乐享四化大福　　预祝期颐二十年　　竹叶入唇醉鲞龄

四代斑衣松不老　　八旬且献瑶池瑞　　鸾笙合奏和声乐
八旬宝婺岁长春　　四代同瞻宝婺辉　　鹤算同添大耋年

杖朝步履仪容古　　卓尔经纶传渭水　　春酒流香酣寿酒
钓渭丝纶日月长　　飘然风致入香山　　耆龄添美祝遐龄

天边将满一轮月　　杖朝步履春秋水　　八旬鹤发同超母
世上还钟百岁人　　钓渭丝纶日月长　　七秩斑衣学老莱

耆年可入香山寿　　蟠桃已结三千岁　　沧海月莹寿母相
硕德堪宏渭水滨　　上寿还期二十春　　瑶台仙近老人星

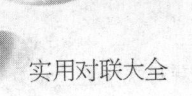

奉觞载进常珍酒　　桃熟三千欣献瑞　　渭水一竿闲试钓
设帨多簪益寿花　　旬开八秩庆添筹　　武陵千树笑行舟

八秩康强春不老　　八秩康强春秋永在　　八秩寿星孚盛国
四时健旺福无穷　　四时健旺上寿期颐　　十全老宿乐昌家

东方善谐南极昌寿　　极婺齐耀同登大耋　　白发朱颜八旬大寿
千龄予宴九老图形　　椿萱并茂备致嘉祥　　贤孙孝子四世同堂

礼合告存荣邀天禄　　梦叶渭滨鸸鵼上寿　　八方锦绣寿逢泰
年当梦卜光显国琛　　筹添海屋鸠杖逾期　　十亿祥和富肇荣

天赐期颐长生无极　　海屋添筹筵前众祝　　萱寿八千八旬伊始
人间丰岁积庆有余　　绛人城杞算欠六龄　　范福九五九畴乃全

帷幔风和星辉宝婺　　设帨兰陔祥征八秩　　八旬且献芝兰春自韵
金闺日暖膳进常珍　　奉觞萱室诗颂九如　　四代同瞻松柏岁长青

八月称觞桂实投肴延八铁　　白发朱颜登八旬大寿
千声奏乐萱花迎笑祝千秋　　丰衣足食享五福晚年

逾古稀又十年可喜慈颜久驻　　盘献双桃更熟三千甲子
去期颐尚廿载预征后福无疆　　畴添五福庚同八十春秋

百岁能预期廿载后如今日健　　羡高年精神康健花甲重添二十载
群芳齐上寿十年前已古来稀　　居上寿齿德俱尊松年永享八千秋

八十岁葆素全真自是申公迎驷马　　望三五夜月对影而双天上人间齐焕彩
五千言修身冶性须看老子跨青牛　　占八千春秋百分之一椿庭萱合共遐龄

华幔霭彤云宝婺腾辉合奏仙埚聆雅乐
绮筵浮绿醑常珍纷列高悬彩帨祝长龄

梓合功高庆麟阁双登寿母八旬跻八座
荪枝荫大值霓裳同咏名经千佛祝千秋

九十岁寿联

歌人生三乐　　山中桃熟九旬银　　九旬鹤发同金母
颂天保九如　　海上莲开七朵金　　七秩斑衣学老莱

一乡称寿母　　九志曾留千载　　寿耄耋齐眉春常在
九十颂奇萱　　十年再进百岁　　人孙曾绕膝福自多

庆花甲一周添半　　九如已应拳拳颂　　愿效嵩呼歌福寿
祝萱堂百岁有奇　　十度再飞频频杯　　还随莱舞祝期颐

南极桑弧悬九一　　蟠桃经三千岁月　　人生五福当推寿
东方桃实奉三千　　鹤算历九十春秋　　天保九如合献诗

南极桑弧悬九一　　九旬寿鹿舔黄者　　九老寿留千载笔
东方桃实献三千　　十镇乡贤奉颂词　　十年再进百龄觞

三祝筵开歌大寿　　自古花甲膺殊遇　　九五殿开迎杖履
九如诗诵乐嘉宾　　而今百岁亦寻常　　十常安举敬冻梨

桃实三千献仙果　　松柏常滋仙掌露　　鸳弄笙喉同歌四化
椿荫九十驻春光　　凤凰新浴璧池春　　篁摇凤尾齐颂九如

悦动春风寿延九裹　　三千美景添筹算　　凝眸极婺腾双彩
萱标绛色庆诞千秋　　九十风光乐有余　　屈指期颐晋一旬

桃熟三千樽开北海　　大好良辰春光明媚　　颂献九如门楣喜溢
春光九十诗颂南山　　重开令甲上寿期颐　　图陈五福寿字宏开

宝树灵椿三千甲子　　慈寿延龄日增康乐　　堂北萱花荣九秩
龙眉华顶九十春光　　旬年屈指岁允期颐　　天南宝婺耀千秋

九十春光永赐难老　　寿宇宏开图陈百福　　桃花已发三层浪
三千甲篆悉数未终　　名楣喜溢颂献九如　　人瑞先征五色云

桃熟三千老人星耀　　算益卅年重周花甲　　设悦溯当年喜花甲一周又半
春光九十喜鸟歌喧　　丹成九转喜遇芳辰　　称觞逢此日祝萱龄百岁添十

开上寿初筵九十曰耄　　乐仰晚年漫道世间难逢百岁
乐余年安康八千为秋　　喜登上寿且看堂上再庆十年

丘壑足烟霞九十年来留逸老　　松菊并年高衍出箕畴增五福
庙堂多雨露八旬寿后又生春　　椿萱同日茂算来花甲合三周

爱日伫期颐兰阶早酿十年酒　　鸿案久相庄还欣三祝华封九如天保
慈云周海岳菜彩犹栽一树花　　鹤筹同益算预识十年转瞬百岁期颐

百岁寿联

家中早酿千年酒　　莫道人生无百岁　　古稀已是寻常事
世上长歌百岁人　　须知草木有重春　　上寿尤多百岁人

百岁为高寿　　百岁人歌长寿酒　　寿同山岳歌百岁
一言乃万金　　万载花开太平春　　福共海天祝千秋

天边将满一轮月　　乐奏寿弦歌百岁　　君子有诗歌偕老
世上同尊百岁萱　　德辉彤史祝千秋　　上寿自古称大齐

瑶池喜晋千年酒　　百岁人歌长寿酒　　九老曾留千载笔
海屋欣添百岁筹　　万年花放太平春　　十年再进百龄觞

第四章 庆寿对联

人生不满公今满　　盛世频开千叟宴　　鹤算添筹逾百岁
世上难逢我竟逢　　芳辰遥拜五云天　　鱼轩绚彩永千秋

蓬莱盘进长生果　　称觞共庆千秋节　　里乘流芳荣褒绰楔
玳瑁筵开百岁觞　　祝嘏高悬百寿图　　君子偕老景驻蓬壶

天赐期颐长生无极　　妇德交称百年殊寿　　天姥高峰期颐祝庆
人间百岁积庆有余　　孙荣竞秀五世其昌　　婺星朗耀日月舒长

家中早酿千年酒　　天边已满一轮月　　人瑞同称耀联弧帨
盛世长歌百岁人　　世上还多百岁人　　天龄永享庆溢期颐

百历延龄留曩景　　上寿期颐庄椿不老　　天上三秋婺星几转
九天华彩护慈云　　君公福履洪范斯陈　　人间百岁萱草长荣

桃熟三千瑶池启宴　　古柏长春寿高百岁
筹添一百海屋称觞　　蟠桃嘉会果熟千年

六十年度似芙蓉出水　　风危仰坤仪欢呼共祝千秋节
二次甲辰如桃面方开　　期颐称国瑞建筑应兴百岁坊

凤凰枝上共庆千秋节　　九世同居如木之长如流之远
松菊堂中高悬百寿图　　百年偕老吾闻其语吾见其人

孙子生孙五世其昌称国瑞　　上寿逾期颐一片婆心应锡谷
老人偕老百年共乐合家欢　　大龄绵岁月千秋仙果为分香

百岁大齐年偕老期颐绰楔褒荣称人瑞
双佛无量寿绵长日月瀛洲驻景傲仙家

99

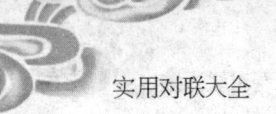

双寿联

二老共道　　双星天象　　岗陵并祝　　星云同献瑞
双寿齐祥　　全福人家　　日月双辉　　日月互争辉

日月双辉　　椿萱并茂　　家中全福　　鹤筹添屈禄
河山并秀　　庚婺同明　　天上双星　　卺酒介齐眉

神仙联眷属　　交柯树并茂　　鸳鸯歌福绿
日月仰升恒　　合卺筵同开　　麟凤纪征祥

益寿花开并蒂　　双星竞渡瑶池月　　梅竹平安春意满
恒春树茁连枝　　五桂争开玉海秋　　椿萱昌茂寿源长

人近百年交柯树　　桃李齐开春正好　　瑶觞春介齐眉寿
天留二老合卺筵　　屋堂合曜寿无疆　　锦砌晖承绕膝花

天上人间齐焕彩　　椿萱并茂交柯树　　千岁桃开连理木
椿庭萱合共称觞　　日月同辉瑶岛春　　万年枝放太平花

凤凰枝上花如锦　　华堂晓振云璇响　　鹤鹿同春人长寿
松菊堂中人比年　　鸿案新餐雪藕新　　日月放彩岁大丰

少得情缘为伉俪　　园林娱老儿孙好　　勤俭持家由内助
老而高寿颂平康　　夫妇同耕日月长　　康强到老有余欢

凤引斑衣人绕膝　　红梅丝竹称佳友　　南极星辉牛女渡
觞飞绿醑案齐眉　　翠柏苍松耐岁寒　　北堂萱映凤凰枝

庆佳节双欣长寿　　乐府重重歌并寿　　紫电辉煌双鹤寿
贺新春五谷丰登　　莱衣两两颂双星　　春风浩荡百花开

第四章 庆寿对联

并蒂花开瑶岛树　　兰桂俱芳逢盛世　　齐眉笑倚鸠头杖
合欢酒进寿星杯　　椿萱并茂遇高龄　　绕膝欢擎鹤口杯

松木有枝皆百岁　　期颐百岁称人瑞　　丹凤传来王母使
蟠桃无实不千年　　福寿双全蔚国华　　青牛驾递老君书

松柏常滋仙掌露　　饮来甘谷何云老　　凤箫合奏双成曲
凤凰新浴璧池春　　比到香山尚有期　　鸿案相庄二老人

堂上椿萱夸并茂　　二经甲子春初度　　自古倡随勤不倦
壶中日月庆双辉　　一奏笙歌乐人怀　　于今老健福能齐

霞觞对举齐鸿案　　极姿当天皆福曜　　双栖珠树千年鹤
莱彩联行舞凤雏　　艾蒲应候即良辰　　三秀琼田五色芝

鸾笙合奏华堂乐　　碧桃和露骄枝发　　白首相应多乐事
鹤算同添海屋筹　　青鸟传书比翼飞　　朱颜并驻祝长生

勤俭起家由内助　　荫茂椿萱连理树　　同林娱老儿孙好
康强到老有余闲　　厨开樱笋合欢席　　松菊堂中人比年

凤凰枝上花如锦　　年享高龄夫妻同健　　妇德交称上寿允享
松炙堂中人比年　　时逢盛世兰桂齐芳　　孙荣竞秀五世其昌

堂上椿萱夸并茂　　南极星辉牛斗度　　五色云封连理树
寿中日月庆双辉　　北堂萱映凤凰枝　　万年枝放并头花

高士东篱年齐八秩　　志大年高一腔热血　　煆祝千秋国家祥瑞
寿星南极光照千秋　　童颜鹤发满面春风　　筹添百算福寿双全

瑶草琪花骈陈左右　　算益二旬重周花甲　　绕膝承欢图开家庆
木公金母辉映东西　　寿登百岁永庇椿荫　　齐眉至乐福备人间

101

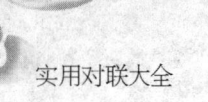

弧帨同悬室家相庆　　日升月恒天运兆长生之庆　　行乐及时已得三万六千日
极婉前耀福寿兼全　　椿荣萱茂地灵钟不老之祥　　大德必寿预祝一百有廿年

二老并高年不让神仙眷属　　百岁祝期颐为半将来为半将过
九畴衍洪范兼全福寿儿孙　　重光瞻日月曰如其升曰如其恒

八千岁为春天上碧桃正骈枝结实
九五福曰畴云开青鸟亦比翼飞来

百岁庆期颐绰楔褒荣尊崇真是人中瑞
九如歌日月蓬壶驻景逍遥为做地行仙

外祖父寿联

人道魏舒为宁氏外家宅相
天留郤鉴看献之祝嘏随班

念己身出自外家应许燕谋歌祖德
惟仁者必得大寿喜随冀尾附孙行

岳父寿联

仰丈人峰名高北斗
修半子礼寿献南山

为多士师半子及门公冶
惟仁者寿一言写照宣民

外祖母寿联

彩帨高悬福全箕范
重闱大喜忝附兰阶

愧无外祖风一片婆心爱自出
忝附诸孙列二门婚媾祝重慈

岳母寿联

桃熟池西图呈王母
萱荣堂北荫庇馆甥

甥馆护慈云喜进桃觞开绮席
馆甥叨福荫孙行附列祝千秋

舅父寿联

咏渭阳诗献冈陵颂
承宅相誉陈洪范篇

足征盛德如公寿可必得
若说不才像舅我何敢当

舅母寿联

葭琯应时梅花多姿吐艳
鹿车表德母寿不老长生

自渐乏舅风小子无知久仰慈云叨庇护
今喜祝母寿长生不老永留爱日乐献娱

祖父寿联

祖翁喜享南山寿
孙崽捧来西域桃

祖父高龄满院乐
嘉宾祝寿合家欢

德祖寿高苍松不老
贤孙志远事业长春

祖母寿联

祖母今朝称寿母
慈龄盛世享遐龄

八旬祖母瑶池瑞
四世儿孙庭院辉

祖母添寿福星高照
嘉宾满堂喜气咸宜

父亲寿联

桃熟三千祝父寿
椿荣四世庆仙龄

家严鹤发无量寿
吾父童颜不老星

家父添筹松延晷景
南山献寿鹤祝长龄

乐地乐天福如东海
如松如柏寿比南山

母亲寿联

天护慈萱母永健
云垂玉树岁长青

王母承欢瑶池锦
慈颜不老萱圃香

祝慈母享百年长寿
教儿孙做四化尖兵

堂室生辉荣萱志喜
慈龄长乐获寿延年

师父寿联

椿树延龄南山献颂
极星耀彩北海开樽

门下荷栽培无当日安有今日
堂前祝纯嘏愿先生不老长生

愧小子樗材幸蒙雕琢方成器
祝尊师椿寿长许追随不计年

达材成德幸相期坐小子春风一月
耳顺从心无止境祝先生杖履千秋

师母寿联

卓尔不群教育亦资内助
贤哉惟母康强可致长生

看娱老彩衣莱子并承诗礼训
侍传经绎幔韦母来亏视听能

亲家寿联

精神爽朗会享福福如东海
心地光明登高寿寿比南山

喜亲家白发朱颜喜登上寿
好光景丰衣足食乐享晚年

邻居寿联

睦邻一家福海朗照千秋月
古稀七旬寿域光涵万里天

僧家寿联

百道泉光飞锡杖
一轮月影人霞舫

开蟠桃花祝无量寿
证菩提果观自在心

散天女花证菩提树
拜观音佛祝罗汉松

真心悟如来祝嘏称觞四座同参无量佛
空中现自在歌功颂德十方都是有缘人

经济匡时昭一代
功名寿世足千秋

一路福星口碑载道
万家生佛万寿无疆

策杖挟鸠善人征寿相
调琴伺鹤仙署驻长春

道家寿联

壶里洞天藏日月
山中甲子自春秋

庭畔古松多寿色
树间幽鸟少凡声

九转丹成三生果证
千年桃熟百岁芝荣

气满函关骑青牛过去
筹添海屋招白鹤飞还

军界寿联

勋业光日月
精神富春秋

庆洽悬弧娱晚景
恩周挟纩驻春晖

帐下东风开寿域
椰前皓月照严城

寿算长绵甲子从人间溯及
武功丕振将军自天上飞来

政界寿联

人间留驻神仙驾
天上颂来父母官

自是君身有仙骨
无如极贵又长生

学界寿联

文名高北斗
颂话献南山

千首诗堆青玉案
九宵去覆紫芝林

105

百年日月长生园
万卷诗书不老丹

云近蓬莱成五色
花开桃李列千行

文星彩放三千界
人寿欣逢八百春

万春方华千龄始旦
群流仰境大雅扶轮

立德立言于兹不朽
寿人寿世同此无疆

执教鞭有年乐得英才济济
奉寿觞祝嘏欣来髦士峨峨

商界寿联

长者绝无市井气
寿翁久有牛山名

有志经营善人是富
无疆悠久寿考维祺

献桃实三千年刚征瑞应
演箕畴九五福德致嘉祥

喜庭前生意偏多瑶草琪花春自
瞻堂上寿翁不老珠颜玉色日方

工界寿联

堂构相承椿庭介寿
输巧娄明得天独厚

其裘克绍梓舍腾欢
彭年绛甲长乐未央

大匠经营群推老手
高年颐养共祝长春

绛老疑年二首六身稽亥算
朱颜转少八材九职耐辛勤

农界寿联

香稻清肠仙桃适口
奇花益寿佳果长生

春酒介眉祝无量寿
秋田茂稼歌大有年

羡煞田舍翁岁月优游得长生秘诀
胜彼富家子晨昏定省博老父欢颜

医界寿联

著手成春夙精妙术
存心济世永享遐龄

医国医人同兹医意
寿民寿世亦以寿身

寿享遐龄仁心仁术
功同良相医国医民

药圃生香别有壶中日月
芝田纪算俨然世上神仙

妙手回春脉理精通能益寿
存心济世活人多处自延年

科学专家刀圭巧擅西欧术
仁心济世寿算明添南极星

名人贺寿联

海为龙世界
云是鹤家乡
　　——齐白石贺毛泽东寿联

寿比萧伯纳
功追高尔基
　　——叶挺贺郭沫若五十寿联

七十更强歌战士
万方救难赖人师
　　——吴玉章贺徐特立七十寿联

南山峨峨生者百岁
天气浪浪饮之太和
　　——朱德贺冯玉祥寿联

言论文章放之四海皆准
功勋伟业长与日月同光
　　——徐悲鸿贺毛泽东六十寿联

写诗写文章亦庄亦谐如口出
反帝反封建不屈不挠见胸期
　　——周恩来、董必武、邓颖超贺马寅初六十寿联

第五章　节日对联

元宵节联

一曲笙歌春似海　　　　　　　光腾月殿流蟾魄
千门灯火夜如年　　　　　　　花灿星桥吐凤文

及时大放光明夜　　　　　　　凤盘双阙壶天外
与物同游浩荡天　　　　　　　鳌驾三山陆海中

飞龙舞凤成夜市　　　　　　　凤舒五彩龙衔烛
击鼓踏歌皆春声　　　　　　　鳌驾三山蜃结楼

一曲笙歌春似海　　　　　　　玉烛长调千门乐
千门灯火夜如年　　　　　　　花灯遍照万户明

天空明月三千界　　　　　　　玉宇无尘一轮月
人醉春风十二楼　　　　　　　银花有艳万点灯

天空明月一轮满　　　　　　　玉宇无尘千顷碧
人醉春风万里明　　　　　　　银花有焰万家春

中天皓月明世界　　　　　　　匝地楼台春富贵
遍地笙歌乐团圆　　　　　　　喧天歌舞夜风流

五夜星桥连月殿　　　　　　　乐同万户金吾驰
六街灯火步天台　　　　　　　夜是三元玉漏停

火树光腾城不夜　　　　　　　华灯灿烂逢盛世
银花焰吐景长春　　　　　　　锣鼓铿锵颂丰年

火树银花家家晓　　　　　　　灯火交辉元夜里
淑气鸿禧处处春　　　　　　　笙歌簇拥月明中

灯同月色连天照　　　　　　　　赏月极乐繁华地
花怯春寒傍月开　　　　　　　　秉灯同游不夜天

轮影暂移花树下　　　　　　　　溶溶月色连灯市
镜光如挂玉楼头　　　　　　　　霭霭春色满夜城

金市灯光游子月　　　　　　　　蜃楼海市落星雨
珠帘香袭美人风　　　　　　　　火树银花不夜天

明烛送来千树玉　　　　　　　　碧树银台万种色
彩云移下一天星　　　　　　　　野花啼鸟一般春

明月皎皎千门秀　　　　　　　　舞凤飞龙成夜市
华灯盏盏万户春　　　　　　　　踏歌击鼓助春声

银花火树开佳节　　　　　　　　耀眼宏图灯映月
紫气丹光拥玉台　　　　　　　　动人春色画中诗

雪月梅柳开春景　　　　　　　　万点春灯，银花有色
花灯龙鼓闹元宵　　　　　　　　一轮皓月，玉宇无尘

笙歌声拂长春地　　　　　　　　玉宇无尘，碧波万顷
星月光映不夜天　　　　　　　　银光有焰，喜气盈庭

淑气鸿喜家家乐　　　　　　　　灯火良宵，鱼龙百戏
彩灯春花处处新　　　　　　　　琉璃世界，锦绣三春

寒笳送走人间腊　　　　　　　　灯火万家，良宵美景
晓角吹回雪里春　　　　　　　　笙歌一曲，盛世元音

晴空一镜悬明月　　　　　　　　明月一轮，天开清淑
夜市千灯照碧云　　　　　　　　春灯万盏，人乐太平

街头灯影逐花影　　　　　　　　美好前景，春色美好
村中梅香伴酒香　　　　　　　　火红年代，华灯火红

第四章 庆寿对联

远景近景,良宵美景
灯花礼花,火树银花

千门挂红灯,灯火迎佳节
万树绽银花,花团闹元宵

不夜灯光,便是玲珑世界
通宵月色,无非圆满乾坤

灯月交辉,庆三元而开极
花树并茂,贺六合以同春

放出花灯,天上银河失色
听来箫鼓,人间茅屋生春

复旦重赓,已被薰风之化
分阳可惜,何须秉烛而游

三五良宵,花灯吐艳映新春
一年初望,明月生辉度佳节

太白清狂,好对金樽邀月饮
更生勤读,自有藜杖照书来

玉宇无尘,月明碧玉三千界
银河有影,人醉春风十二楼

玉树银花,万户当门观瑞雪
欢歌笑齾,千家把酒赏花灯

龙烛凤灯,灼灼光开全盛世
玉箫金管,雍雍齐唱太平春

乐事逢春,装成锦绣辉元夜
歌声彻晓,引得嫦娥动春心

乐事无边,万户春灯传五夜
太平有象,一天晴雪兆三丰

地乐天乐,地天共乐元宵夜
灯辉月辉,灯月交辉太平春

光耀银花,一刻千金春对酒
清传玉漏,五更三点月留人

灯月交辉,伫听笙歌欢四野
雨旸时若,式观丰阜乐群黎

时际上元,玉烛长调千古乐
月当五夜,花灯遍照万家春

皓月满轮,玉宇无尘千顷碧
紫箫一曲,银灯有焰万里春

宝烛散春辉,挹清光于灯月
金吾开夜禁,同乐事于钧天

春夜灯花,几处笙歌腾朗月
良宵美景,万家箫管乐丰年

火树银花,今夜元宵竟不夜
碧桃春水,洞天此处别有天

乐事无边万户春灯明彻夜
安定有相一天瑞雪兆丰年

庆此良辰任玉漏催更还须彻夜
躬逢美景不金鱼换酒尚待何时

113

寒食节联

冷节传榆火
前村闹杏花

残月晓风杨柳岸
淡云微雨杏花天

扫墓犹循旧规
游园可觅芳丛

烟销皓月临江浒
日出晴霞亘海门

悯介推而禁火
怅崔护之题门

雨过平添三尺水
风寒为勒一分花

三月光阴槐火换
二分消息杏花知

玉柳风斜寒食节
银花月朗上元宵

寒食雨传百五日
花信风来廿四春

桐叶枣花风四月
蓼洲苹淑露三秋

寒食芳辰花烂漫
中秋佳节月婵娟

秀野踏青晨行早
芳草拾翠暮忘归

杨柳旌旗春色晓
海棠时节曙光新

姓在名在人不在
思亲想亲不见亲

星稀月落长天晓
日暖风和大地春

广市卖饧，箫声吹暖
前村禁火，雨意催晴

清明节联

春风重拂地
佳节倍思亲

烟景催槐叶
风期数楝花

燕子来时春社
梨花落后清明

先烈功垂千古
英名留传万年

英雄万民尊敬
烈士百世流芳

流水夕阳千古恨
暮云春树一天愁

流水夕阳千古恨
春风落日万人思

年年祭扫先人墓
处处犹存长者风

山清水秀风光好
月明星稀祭扫多

英雄功绩昭百世
烈士芳名耿千秋

每思祖国金汤固
常忆英雄铁甲寒

继往开来追壮志
光前裕后慰英灵

国运昌隆，英雄胆壮
金瓯无恙，烈士心安

绿水悠悠，缅怀老一辈革命家
红旗猎猎，争当新长征突击手

端午节联

日逢重五
节序天中

兰汤试浴
蒲酒盈眉

钗符艾虎
蒲剑蒿人

海国天中节
江城五月春

酒酌金卮满
盘盛角黍香

千古诤臣罹祸
尔今屈子开颜

忆曹娥兮江上
吊屈子乎湘潭

艾人驱瘴千门福
碧水竞舟十里欢

艾叶如旗招百福
菖蒲似剑斩千妖

千载招魂悲楚仕
万人抚卷叹离骚

汨罗沉没一流恨
湘楚长怀千古羞

我为他哭屈落水
他为我辈壮升天

不畏汨罗河水深
甘冒东海浪涛激

时逢端午思屈子
每见龙舟想汨罗

芳草美人屈子赋
冰心洁玉大夫诗

堂前萱草舒眉绿
石上榴花照眼红

五月端阳春穗黄
八月中秋月儿圆

生子兴宗王镇恶
良辰竞渡屈灵均

冰盘错出仙人掌
珠履频窥处士星

青粽嘉旬称益智
赤符灵术善驱邪

端午池莲花解语
夏晨岸柳鸟能言

节启朱明榴图南瑞
辉增翠葆艾绥翔华

画鼓朱旗，锦标竞夺
粉团角黍，绮序欣逢

葛细含风，罗香叠雪
钗头颤虎，屋角盘蛛

艾叶吐幽芳，香溢四海
龙舟掀巨浪，气吞八荒

石榴映红日，千门喜庆
鼓乐催龙舟，万水欢歌

艾叶吐幽芳香溢四海
龙舟掀巨浪气吞八荒

应悬虎艾赛龙舟吃粽子
莫赋闲诗撒怨气叹屈公

龙舟竞渡，不忘楚风余韵
诗台抒怀，更忆圣哲先贤

龙舟竞渡，凭吊屈子怀古恨
赤县雄飞，喜谱今朝爱国篇

艾可驱邪，处处庆天中令节　　箬叶飘香，一粽尝来千古事
粽能益智，家家逢地腊祥光　　龙舟逐水，百桡划出四时情

令节届天中，处处辉增艾绶　　美酒雄黄正气独能消五毒
良辰逢地腊，家家乐饮蒲觞　　锦标夺紫遗风犹自说三闾

美酒雄黄，正气独能消五毒　　焚艾草饮雄黄，清瘴防病别为邪祟
锦标夺紫，遗风犹自说三闾　　飞龙舟裹香粽，奠忠招魂是效楷模

赛龙夺锦，鼓声催发健儿奋
端日弄波，浆拍浩汤舟队威

七夕节联

五星照天汉　　　　　　牛郎织女银河会
双星会牛女　　　　　　尘客仙娥玉宇歌

闻香能乞巧　　　　　　双星欢聚七夕日
对月学穿针　　　　　　千鹊腾飞五彩河

郭公果膺寿考　　　　　鹊桥长虹通爱路
杨妃私语长生　　　　　天卷纤云化梦桥

晨起曝衣凭小阁　　　　银河浮彩双星影
宵来设果拜中庭　　　　云汉飞霞合璧空

缘何玉露生兰夜　　　　两星欢度言风月
为有金风渡鹊桥　　　　千语传情话斗天

并蒂莲朵香云汉　　　　群云拱斗嘻空眼
七彩霞光映鹊桥　　　　七巧穿针亮锦头

117

葡萄藤下听星语
杨柳池边看斗春

梦回织女人间事
趣画牛郎鹊渡天

年年巧日天天盼
岁岁七夕夜夜思

笑观桥影云汉落
醉渡牛郎织女飞

迢迢牛斗遥云岸
皎皎织辰近雾河

人间鹊渡观扬子
银汉云桥看水涟

醉问玉帝云桥渡
梦禀蓝图做鹊仙

云汉秋高，凉生七夕
天街夜永，光耀双星

帝女合欢，水仙含笑
牵牛迎辇，翠雀凌霄

疏星残梦，梭影瑶池，缕缕相思天河畔
澹月长空，秋期银汉，年年聚散此宵中

天上幽期，人间乞巧，光转银绳垂玉露
千年守望，一朝相逢，泪飞河汉沐金风

天上幽期，人间乞巧，光转银绳垂玉露
梦中欢会，河畔凝眸，泪垂彩锦掷金梭

好语到来，云輧星驾
巧思乞到，瓜果几筵

织女牛郎，阅尽此间春色去
卧龙凤雏，借得银河鹊桥来

香满春台，乘逢七夕求相娶
声和凤侣，羞道今朝是嫁时

一水相隔，往日牛郎常拭泪
七夕已至，今宵织女欲过桥

心无旁骛，鹊桥也把相思渡
情有所钟，玩偶还将蜜意传

帝女合欢，盈盈泪水天桥溅
牵牛含笑，脉脉情思喜鹊传

两地相隔，往日牛郎常拭泪
七夕已至，今宵织女要停工

情人节里无情人，奈何都是无情人
相思夜中有相思，怎说全部有相思

明月皎皎，白露团团，牵牛渡水，帝女停梭，朗朗星桥翩翩鹊
素心幽幽，银河澹澹，鸿雁传书，鱼笺寄恨，盈盈珠泪剪剪风

中秋节联

月夕	中天一轮满	绿窗明月在
霜容	秋野万里香	青史古人无
献镜	白云随鹤舞	薄帷鉴明月
饮羹	明月逐人归	高情属云天
巫山丝竹	半夜二更半	明月本无价
翰苑金莲	中秋八月中	高山皆有情
明月映天	尘中人自老	皓月无幽意
甘露被宇	天际月常明	清风有激情
袁宏法渚	尘中人自老	泛渚怀袁子
庾亮登楼	天际月常圆	登楼学庾公
一天秋似水	冰壶含雪魄	清光同会合
满地月如霜	银汉漾金辉	秋色正平分
二仪含皎洁	冰壶含雪魄	露从今夜白
四海尽澄清	银汉漾金波	月是故乡明
天上一轮满	亭空千霜月	国强家富人寿
人间万家明	水续万古流	花好月圆年丰
天上一轮月	春秋多佳日	一曲霓裳传玉笛
人间万里明	山水有清音	四围云锦拥金徽

人逢喜事精神爽
月到中秋光辉增

占得清秋一半好
算来明月十分圆

爆竹声中千家月
红藕香里万颗珠

人逢喜事精神爽
月到中秋玉镜明

占得清秋一半好
应推明月十分圆

桂子自金蟾而细落
涛声逐白马以齐来

几处笙歌留朗月
万家箫管乐中秋

叶脱疏桐秋正半
花开丛挂树齐香

三五良宵，秋澄银汉
大千世界，光满玉轮

三五良宵开玉宇
大千世界涌冰轮

金鸡啼鸣天破晓
嫦娥起舞月高悬

桂花开时，香云成海
月轮高处，广寒有宫

三五良宵澄银汉
大千世界光玉轮

鱼戏平湖穿远岫
雁鸣秋月写长天

庾亮登楼，平分秋色
袁宏泛渚，遍洗寰瀛

天上则琼楼玉宇
人间亦贝阙珠宫

叫月杜鹃喉舌冷
宿花蝴蝶梦魂香

衮冕羽衣，上方奏曲
琼楼玉宇，高处生寒

中天皓月明世界
遍地笙歌乐团圆

明月清风景物秀
神州春色画图新

银汉流光，水天一色
金商应律，风月双清

玉轮光满大千界
银汉秋澄三五宵

轮影渐移花树下
镜光如挂玉楼头

琼宇高寒，捧出一轮月影
冰壶朗澈，平分五夜天香

日射晚霞新世界
月临天宇玉乾坤

笙歌曲中千家月
红藕香里万颗珠

月静池塘桐叶影
风摇庭幕桂花香

喜得天开清旷域
宛然人在广寒宫

月满一轮辉宇宙
花香千里到门庭

霓裳舞起终宵朗
玉女歌扬彻夜辉

重阳节联

黄花宴　　　　　　院闭青霞入　　　　　熟是题糕手
红叶诗　　　　　　松高老鹤寻　　　　　徒夸赐菊荣

三三令节　　　　　黄花开正好　　　　　一片秋香世界
九九芳辰　　　　　秋雨落宜时　　　　　几层凉雨阑干

凤岭设赏　　　　　黄花如有约　　　　　菊花金秋傲霜
龙山落冠　　　　　秋雨即时开　　　　　梅花隆冬斗雪

愁闻风雨　　　　　秋奉椿萱茂　　　　　三径归时秋菊在
譕会湖山　　　　　菊同兰桂馨　　　　　满城近日雨风多

登高赋诗　　　　　敬老成时尚　　　　　三径归时岁月在
含饴弄孙　　　　　举贤传德风　　　　　满城近时风雨多

三三迎节令　　　　拈菊欣忆旧　　　　　黄菊绮风村酒熟
九九乐芳辰　　　　抚幼励承先　　　　　紫门临水稻花香

东篱开寿菊　　　　观菊来瑞鹤　　　　　年高喜赏登高节
南陌献嘉禾　　　　绕膝戏玄孙　　　　　秋老还添不老春

有人来送酒　　　　题糕惊僻字　　　　　话旧他乡曾作客
容我去题糕　　　　飞屐发豪情　　　　　登高佳节倍思亲

冒雨先寻菊　　　　避恶茱萸囊　　　　　登高喜度老年节
迎晴便插萸　　　　延年菊花酒　　　　　赏秋畅饮菊花酒

临风乌帽落　　　　鼓琴仙度曲　　　　　乌帽凌风，参军举止
送酒白衣香　　　　种杏客传书　　　　　白衣送酒，处士风流

121

败兴无端，满城风雨
登高何处，插鬓茱萸

高阁滕王，何人赋就
曲江学士，此日齐来

习射谈经，天高地爽
佩萸插菊，人寿花香

双庆临门，家庆欣逢国庆
三阳播彩，小阳喜叠重阳

九九芳辰，幸未遇满城风雨
三三佳节，好共登附郭云山

孟参军举止偏闲，九日快登高，眺望龙山，何虑狂飙吹落帽
陶处士风流不朽，三秋赋归隐，栖迟栗里，正逢佳节乐衔杯

腊八节联

殷曰清祀
夏号嘉平

侵凌雪色还萱草
漏泄春光有柳条

三代之英，有志未逮
一年得顺，既腊而归

葭灰吹陆北
梅萼破枝南

洛下僧分腊八粥
吴中市有上元灯

戊社酬神喧腊鼓
丁农分肉试鸾刀

祭虎迎猫循旧例
廋羊伏腊纵新谈

元旦节联

一元复始
万象更新

人民万岁
祖国永昌

江山秀丽
人物风流

人逢盛世
岁值华年

行臻康泰
志展宏图

欢天喜地
吐气扬眉

第四章 庆寿对联

喜辞旧岁　　　　　旧岁已呈彩　　　　　国强家富人寿
笑迎新春　　　　　新年始到门　　　　　花好月圆年丰

岁将更始　　　　　正朔参三代　　　　　鞭炮声声报喜
时乃日新　　　　　春旸煦万邦　　　　　红灯盏盏迎春

励精图治　　　　　庆一元肇始　　　　　九州喜度元春日
振兴中华　　　　　祝四化图新　　　　　四海欢呼大有年

一夜连双岁　　　　启一元复始　　　　　人歌四化金鸡唱
五更分两年　　　　待四序更新　　　　　岁乐千春紫燕飞

一年春作首　　　　新风遍华夏　　　　　天开美景春光好
万事公为先　　　　美景展神州　　　　　人庆丰年节气和

天心随律转　　　　腊随一夜去　　　　　风吹大地迎春绿
人事逐年新　　　　春逐五更来　　　　　日照人心向党红

天开新岁月　　　　梅花闹春意　　　　　六花喜映丰收果
人改旧乾坤　　　　爆竹贺新年　　　　　四化欣期大有年

元旦人同乐　　　　春风迎新岁　　　　　四化宏图壮春色
神州地共春　　　　瑞雪兆丰年　　　　　十亿神州浴朝晖

四化宏图展　　　　春风传捷报　　　　　旧岁扬鞭已跃马
九州春意添　　　　梅韵贺新年　　　　　新年折桂再乘龙

四海皆淑气　　　　一夜连双岁　　　　　旧岁乘风传捷报
九州尽春晖　　　　五更分两年　　　　　新年飞雪送征程

风正民心顺　　　　江山千秋永固　　　　旧岁创千秋大业
人和国自安　　　　大业百世其昌　　　　新年描四化蓝图

节日人共乐　　　　祖国与天齐寿　　　　去岁欣欣收硕果
神州地皆春　　　　人民同地永宁　　　　今年跃跃绘宏图

123

腊梅朵朵迎新岁　　　国运兴隆如旭日　　　载舞载歌辞旧岁
瑞雪飘飘兆丰年　　　事业发达胜阳春　　　同心同德贺新年

神州伟业歌不尽　　　祖国长天皆丽日　　　载歌载舞辞旧岁
祖国春光画难赢　　　神州大地总春风　　　自唱自乐迎新年

国历欣逢元旦节　　　登高望九州春色
新春合唱吉祥歌　　　著力绘四化蓝图

一代英豪，九州生色　　　　万户千家，齐奔现代化
八方捷报，四海增辉　　　　五湖四海，共庆胜利年

一元复始，九州同庆　　　　日月知心，人民大团结
八方和协，四季平安　　　　春风得意，江山起宏图

万里江山，增奇添彩　　　　创千秋伟业，一日千里
四化图景，流翠飞红　　　　描四化蓝图，万众一心

中华腾飞，鹏程万里　　　　献身四化，鲸鱼跃大海
民族崛起，彪炳千秋　　　　实现两番，雄鹰击长空

风纪书元，人间改岁　　　　东西南北中，处处传捷报
鸡声告旦，天下皆春　　　　徵羽宫商角，声声奏佳音

四海同心，惠风和畅　　　　辞旧岁，爆竹声声人添喜
万民交庆，化日舒长　　　　迎新春，红灯闪闪国增辉

庆佳节，千门赞国策　　　　迎新年，满园春色满园锦
迎新年，万户颂党恩　　　　辞旧岁，遍地鲜花遍地歌

政通人和，百业俱兴　　　　迎新年，三江春水三江酒
春暖花开，千山呈荣　　　　干四化，一寸光阴一寸金

鞭炮齐鸣，一元复始　　　　一夜连双岁，岁岁花红果大
笙簧迭奏，万象更新　　　　五更分二年，年年月异日新

万国飞花，八方齐摘丰收果　　　新岁雪晴，祖国红梅争怒放
九天溢彩，四海共度胜利年　　　故园春好，台湾紫燕盼归来

元超于一，一心耿耿创大业　　　新岁举杯，两岸同胞遥祝福
旦就是朝，朝气勃勃奔小康　　　春风得意，九州赤子话团圆

文明古国，励精图治新崛起　　　年年进财，年年添福年年乐
东方巨人，雄姿勃发创奇功　　　岁岁丰收，岁岁有余岁岁欢

河山毓秀，古国春色耀青史　　　佳节思亲，倍思台湾亲骨肉
岁月更新，中华雄姿震寰球　　　新月望满，同望春色满神州

老一辈开天辟地，恩泽四海　　　天道本循环，正朔合推阳曜定
新梯队启后承前，功贯千秋　　　人民同鼓舞，春光好共物华新

祖国富饶，煤海粮山堆西北　　　旧岁不旧，四野山青红梅正俏
江山秀丽，水多泽国遍东南　　　新年更新，八方水碧翠柳含情

展宏图，九州英才扬鞭跃马
创伟业，四海豪杰破浪飞舟

四序更新，巍巍乎，万里长城三春不老
一元复始，灿灿兮，千年古国九鼎生光

天上月圆，人间月半，月月月圆逢月半
今夜年尾，明日年头，年年年尾接年头

上上下下，男男女女，老老少少都添一岁
家家户户，说说笑笑，欢欢喜喜同过新年

妇女节联

凤毛济美　　　　　　　　　　　花满三八
麟趾呈祥　　　　　　　　　　　瑞凝长春

一心为人民
双手绣乾坤

三八红旗手
四化实干家

三八宏图展
九州春意浓

凤毛春济美
麟趾贵呈祥

庆三八佳节
绘十五宏图

丹心悬日月
巧手绣春秋

喜三八添锦
向四化进军

良辰三八节
妇女半边天

淑气芝兰茂
春风桃李香

为妇女扬眉吐气
与男儿并驾争雄

巾帼英雄胆气壮
劳动模范心灵美

红心描就四化图
壮志顶起半边天

昔日巾帼多贡献
当今妇女再登攀

中华妇女立壮志
当代巾帼谱新篇

中华巾帼多奇志
当代女流胜伟男

壮志结成四化果
红心顶起半边天

婆媳和睦胜母女
姑嫂亲爱赛姊妹

争做三八红旗手
乐为四化排头兵

争当三八红旗手
敢胜九州胜血男

四化规模，千姿百态
九州儿女，万众一心

志在四化，不愧女中豪杰
胸怀五洲，实为巾帼英雄

建设祖国，全靠心红手巧
勤俭持家，还要女衬男帮

勇夺五连冠，长民族志气
开创四化业，振中华雄风

邀众姐妹，同心建设祖国
与诸兄弟，合力振兴中华

树新风，三八红旗飘万代
立壮志，四化伟业拼一生

中华腾飞，巾帼英雄创大业
神州巨变，各族儿女展宏图

祖国腾飞，巾帼英雄创大业
神州巨变，中华儿女展宏图

发愤图强，为妇女添光争气
同心协力，与男儿并驾齐驱

与各族弟兄，并肩创四化大业
偕全国姐妹，同心建两个文明

巾帼多贡献，两个文明结硕果
妇女有功劳，五好家庭开新花

走出小家庭，争挑祖国千斤担
邀来众姐妹，同织神州四化图

自尊自爱自重自强，挑起时代重任
多才多艺多胆多识，争做巾帼英雄

植树节联

鱼翔水底
鸟唱茂林

万山皆绿化
四海无荒田

草生三径绿
山拥万峰青

松柏有本性
林园无俗情

松竹添翠色
桃李绽春风

青山四面合
绿柳万家春

雪飞梅争艳
春来柳更青

春来千松秀
冬去万木苏

治山常留春色
植树造福后人

绿化中华大地
装点祖国江山

造福子孙后代
绿化祖国山川

植树造林滋沃土
防风固沙护良田

千重林山真宝库
万顷绿海活银行

植树造林山山绿
种草育花处处春

千条杨柳随风绿
万里山河映日红

植树造林绿大地
栽花种草美人间

芳草春回依旧绿
梅花时到自然香

千里松涛，无山不绿
万顷柳浪，有地皆春

荒山秃岭成昔日
绿海青峰看今朝

栽花种草，装点庭院
植树造林，绿化祖国

造林植树山川秀
种草栽花庭院香

年年岁岁，义务植树
世世代代，绿化祖国

处处造林林似海
家家植树树成荫

植树造林，青山不老
种槐栽柳，富水长流

春夏秋冬四季绿
东西南北九州香

翠竹摇风，喧千林翠鸟
红梅映日，吐万树红霞

春夏秋冬四季绿
树果花草遍地香

劲松挺秀，翠撒致富路
疏柳摇风，绿遍小康家

喜观树海葱茏日
笑见山花烂熳时

植树造林，人人有义务
栽松育柳，个个当先锋

敢叫荒山成林海
誓将沙漠变绿洲

植树造林，青山永不老
种草栽花，赤县更增光

胭脂倾地花千里
翡翠垂塘柳万株

植树造林，创造新天地
移风易俗，改变旧乾坤

树木树人，同系千秋大业　　　　翠柏苍松，彩染神州千岭绿
爱家爱国，常昭一片丹心　　　　朝霞夕照，点缀江山万里红

年年义务植树，无山不翠　　　　让丛丛绿树，绿遍文明城市
岁岁绿化造林，有岭皆春　　　　叫簇簇香花，香满美好乐园

屋前宅后栽树，延年益寿　　　　树木又树人，人材出于桃李
荒山隙地造林，利国富民　　　　造林即造福，福泽荫及子孙

绿化祖国，处处山青水秀　　　　植树造林，叫山河长留春色
改造自然，年年林茂粮丰　　　　绿化大地，让前人造福子孙

植树造林，平衡自然生态　　　　绿山绿水绿色美，绿染神州
开源增产，促进社会文明　　　　春风春景春光好，春满人间

植树造林，绿化神州大地　　　　嘉树满山，村村造林年年翠
栽花种草，点缀锦绣江山　　　　鲜花夹道，人人育果处处甜

喜风喜雨，百花千树迎春喜　　　祖国八方，处处春山春水春意闹
新世新人，亿民万户创业新　　　神州十亿，家家新人新事新风高

劳动节联

世界风雷激　　　　　　　劳动葆本色
中华日月新　　　　　　　廉洁育高风

江山披锦绣　　　　　　　美酒敬模范
人物倍风流　　　　　　　红花献英雄

克勤称美德　　　　　　　建国争强者
劳动最光荣　　　　　　　当家做主人

鲜花献模范
美酒敬英雄

勤俭是美德
劳动最光荣

争当劳动模范
勇做改革尖兵

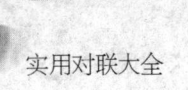

劳动创造世界
人力征服自然

劳动创造世界
工农主宰沉浮

劳动创造世界
春天属于人民

巩固工农联盟
增强民族团结

欢庆五一佳节
建设两个文明

掌握经济规律
发扬改革精神

一代风流怀大志
十亿巨手绘宏图

十亿风流劳动者
九州艳丽英雄花

十亿同心鹏展翅
九州昂首马腾蹄

万民同乐凯歌里
四化共喜锦绣中

中华崛起民幸福
神州腾飞国光明

火炬光辉红五月
东风吹遍好河山

同心同德干四化
群策群力攀高峰

同心续写共运史
异口高唱国际歌

同心兴国谱新篇
合力治邦奏凯歌

四化宏图酬壮志
三番大业树雄心

四化宏图呈曙色
千秋大举布春光

石榴开花花胜火
劳动造福福无边

共树雄心为祖国
同怀壮志建中华

创业精神三山路
光荣传统五月歌

进取途中多志士
拼搏场上尽英雄

第四章 庆寿对联

挥毫大写英雄谱
展卷欣描幸福图

自学成才才可济世
勤劳致富富能兴家

挥毫共写英雄谱
展卷特书大业章

劳动光荣劳工神圣
生产发展生活提高

敢想敢为齐奋勇
边改边革共腾飞

劳动红旗高高举起
革命家谱代代相传

敢想敢为齐奋勇
克勤克俭共腾飞

革命事业鹏程万里
劳动人民力量无边

锦绣江山留胜迹
风流人物看今朝

革命红旗高高举起
劳动本色代代相传

策马登程奔四化
闻鸡起舞有群英

祖国山河飞花点翠
英雄儿女继往开来

新春美景壮国色
盛世英豪皆风流

倒海移山豪情永在
改天换地乐趣无穷

勤俭自古称美德
劳动如今更光荣

向自然索取宝贵财富
为人类开出幸福源泉

工农联盟建设祖国
城乡互助夺取丰收

万象更新，成城集众志
千帆竞发，破浪乘长风

工农生产共同发展
经济舞台全面繁荣

齐心攻难关，心红似火
立志学先进，志坚如钢

当万里长征突击手
做四化建设实干家

创业想英才，芝兰并茂
拓荒看异彩，桃李争芳

百业昌隆鱼翔大海
全民奋发鹰击长空

挥动双手，开创千秋业
建设四化，喜迎万代春

奇迹非奇，劳动可创造　　　　　　有志夺魁，行行业业能拔萃
高山不高，只要肯登攀　　　　　　忘我工作，勤勤恳恳即风流

千方百计创造物质财富　　　　　　走改革路，要除旧破旧弃旧
万众一心建设精神文明　　　　　　搞现代化，须识才爱才用才

一颗雄心，敢创四化千秋业　　　　建设四化，调动豪杰凌云志
两只巧手，能描九州万代春　　　　实现三番，激起英雄创业心

庆祝劳动节，开展生产竞赛　　　　锐意图新，四化大业惊天地
迎接红五月，提高质量指标　　　　立志改革，九州生气恃风雷

庆祝劳动节，人人喜笑颜开　　　　起万里雄风，同心同德建四化
迎接红五月，个个干劲倍增　　　　集十亿英才，群策群力兴中华

五月红花，是前辈英雄热血播种
九州大厦，望工农兄弟同心筑成

指点山河，翻新山河，令山河流金溢彩
热爱祖国，建设祖国，让祖国繁荣富强

新中国工农兵团结一致，建设社会主义
全世界无产者联合起来，坚持革命斗争

青年节联

心灵美好　　　　　　　　　　　　胸怀全局
情操高洁　　　　　　　　　　　　志在四方

品格端正　　　　　　　　　　　　鸿鹄得志
意志坚强　　　　　　　　　　　　桃李争春

志向远大　　　　　　　　　　　　一代新风树
胸襟广阔　　　　　　　　　　　　百年大计兴

江山披锦绣　　　　　　　四有新人创大业
人物倍风流　　　　　　　八方俊彦绘宏图

江山红万代　　　　　　　当代青年多壮志
革命传千秋　　　　　　　今朝学士尽英才

干千秋伟业　　　　　　　壮丽青春绣美景
做四有新人　　　　　　　广阔天地放英华

当五爱青年　　　　　　　创业多蒙先驱者
做四有新人　　　　　　　守成要靠后来人

当改革闯将　　　　　　　革命青年循正道
做时代英雄　　　　　　　赤诚新秀写春秋

创业凯歌壮　　　　　　　革命前辈创大业
攻关胆气豪　　　　　　　长征新秀绘宏图

青春红似火　　　　　　　革命江山兴大业
大志壮如山　　　　　　　风流人物看今朝

学习雷锋精神　　　　　　苦学只嫌时日短
建设时代文明　　　　　　成才全靠志气长

爱祖国爱人民　　　　　　宜将青春献中华
有理想有道德　　　　　　莫让韶光付水流

五四精神惊百代　　　　　莫让韶光付逝水
万千美景待一笔　　　　　宜将烈火燃青春

开华夏千秋盛举　　　　　前辈创业垂青史
展神州万古雄风　　　　　长征接力有后人

立愚公移山大志　　　　　鱼跃碧海赞海阔
学雷锋革命精神　　　　　鸟飞蓝天颂天高

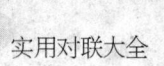

朝气蓬勃争四有　　　　　　　　　　树木树人长成国家梁栋
奋力拼搏翻三番　　　　　　　　　　全心全意攀上科学高峰

锦绣江山留胜迹　　　　　　　　　　老前辈打江山，披肝沥胆
风流人物看今朝　　　　　　　　　　新一代绘蓝图，改地换天

锦绣河山添壮丽　　　　　　　　　　洒汗水，让理想开花结果
英雄儿女着先鞭　　　　　　　　　　献青春，为祖国耀彩增辉

数风流还看当代　　　　　　　　　　乘四化春风，兴千秋伟业
好儿女志在四方　　　　　　　　　　绘九州美景，继万里长征

誓做四化突击手　　　　　　　　　　祖国青年，争创人间奇迹
甘当革命螺丝钉　　　　　　　　　　炎黄儿女，敢超世界水平

一代英豪九州生色　　　　　　　　　奋勇当先，莫负青春岁月
八方儿女四海为家　　　　　　　　　坚贞立志，只争松柏精神

三春雨露共荣万树　　　　　　　　　绿满田野，点缀祖国彩画
一代风流同振九州　　　　　　　　　汗珠晶莹，闪射青春火花

时代青年耀今烁古　　　　　　　　　发愤图强，成材不负青云志
新兴事业继往开来　　　　　　　　　鞠躬尽瘁，报国常存赤子心

学海无涯千舟竞渡　　　　　　　　　英雄辈出，茂林新叶接陈叶
书山有路万众争攀　　　　　　　　　大江东去，流水前波让后波

继承革命光荣传统　　　　　　　　　红心向党，愿将青春献祖国
培养国家建设新人　　　　　　　　　壮志凌云，誓为四化建奇功

效革命前驱能文能武　　　　　　　　振兴中华，甘为长车铺大道
做英雄后代又红又专　　　　　　　　开发边疆，乐在荒原献青春

振兴中华，当改革闯将　　　　　　　承前启后，神州河山皆秀丽
建设祖国，做创新标兵　　　　　　　继往开来，华夏儿女更风流

炎黄子孙，德才兼备建伟业　　　石破天惊，挥笔写最新最美文字
华夏儿女，文武双全展宏图　　　任重道远，立志做又红又专人才

前辈移三山，赢得功业千古秀　　洁心灵整仪态，心灵同仪态并美
今人干四化，何畏征途万里长　　修品德精学业，品德与学业兼优

想四化干四化，投身建设四化　　风华正茂，大干四化，争当红旗手
惜青春献青春，立志不负青春　　飒爽英姿，建设祖国，勇做排头兵

奋勇作先锋，珍惜青春莫虚度　　越千山，过万水，浩荡东风吹大地
坚贞承大业，只争朝夕为人民　　干四化，翻三番，英雄人物数今朝

奋勇当先锋，珍惜青春莫虚度
坚贞承大业，刻苦学习早成才

老一辈打江山，出生入死，功垂史册
后继人创宏业，履艰踏险，志跃青云

心怀凌云壮志，行一腔誓愿，几许气魄
脚踏实地功夫，洒十分血汗，何等光荣

儿童节联

立凌云志　　　　　　　　千秋折桂手
做栋梁材　　　　　　　　一代接班人

向阳花朵　　　　　　　　从小爱科学
茁壮新苗　　　　　　　　长大攀高蜂

好好学习　　　　　　　　早立凌云志
天天向上　　　　　　　　誓当接力人

祖国花朵　　　　　　　　年少宏图远
未来主人　　　　　　　　人小志气高

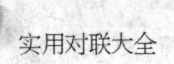

年少宏图远
鸟雏志向高

祖国新花朵
未来小主人

续传接力棒
浇灌向阳花

满园向阳花
一代接班人

创建千秋大业
造就一代新人

寄情德智体美
寓教歌舞游玩

一代英雄从小看
满园花朵向阳开

儿童乐园无限好
祖国花朵别样红

三好学生明志远
一旗火炬映心红

四化新苗经雨秀
三春花朵向阳花

六一儿童庆佳节
万千花朵正宜人

抚育校园新花朵
培植祖国栋梁材

园内桃李年年秀
校中红花朵朵香

绿野新苗苗苗秀
赤县花朵朵朵香

宏伟理想鼓斗志
幼小心灵开红花

学习勤奋争三好
德智优良树一流

博采百花酿蜜汁
广开学路育新苗

绽蕾花树株株秀
破土春笋节节高

勤奋学习争三好
刻苦钻研登高峰

三好学生人人夸奖
模范队员个个赞扬

幼苗逢喜雨，百花吐艳
新树度春风，万木争荣

钢铁铸锤镰，开天辟地
灯烛煌火炬，接力传薪

习习春风，催放祖国花朵
丝丝化雨，陶冶童稚心灵

红孩子红领巾，红心向党
新少年新风貌，新春向阳

严教严管，精心培育新秀
重德重才，全面选拔人才

清脆歌声，有如百鸟枝头叫
天真笑脸，好似梅花雪里红

阳光下，棵棵幼苗长成材
春风里，朵朵红花吐芳菲

春到人间，向阳花朵迎风舞
喜临新岁，幸福儿童带笑来

株株幼苗，好似灵芝出土
张张笑脸，有如春花绽蕾

旭日正初升，到处皆呈新气象
幼苗须爱护，将来都是栋梁材

定教祖国儿童，天天向上走
誓把革命火炬，代代往下传

培育新时期儿童，是光荣职责
建设现代化祖国，乃锦绣前程

一园新蕾逢喜雨，百花吐艳
千顷幼苗沐甘霖，万木争荣

培育新时期儿童，任光荣职责
建设现代化祖国，创幸福前途

看一代少年，人人雄姿英发
为千秋伟业，个个斗志昂扬

爱劳动爱科学，创建千秋大业
讲文明讲道德，造就一代新人

歌舞欢腾，六一儿童庆佳节
薰风和煦，万千花朵正宜人

看一代红色少年，个个雄姿英发
为千秋革命事业，人人斗志昂扬

立壮志，替万株幼苗，灌输文化养料
树雄心，为一代新人，塑造美好心灵

争三好，勤奋学习，全面发展德智体
建四化，钻研科技，努力攀登高精尖

建党节联

万民有庆
幸福无边

党恩浩荡
春意盎然

情深似海
恩重如山

一心跟党走
四化与日新

137

四化永跟党　　　　　　　　　先辈业绩牢牢记
三春不让人　　　　　　　　　光荣传统代代传

红日千秋照　　　　　　　　　光荣归于共产党
乾坤万代红　　　　　　　　　幸福不忘毛泽东

红旗擎天地　　　　　　　　　岁月逢春花遍地
妙手绣乾坤　　　　　　　　　人民有党志登天

花沐春雨艳　　　　　　　　　花木向阳春不老
福依党恩生　　　　　　　　　人民跟党志难移

家家庆年盛　　　　　　　　　国运昌隆民做主
户户颂党恩　　　　　　　　　人心欢愉党指程

党恩春荡荡　　　　　　　　　国策英明千业振
家庆日融融　　　　　　　　　党风纯正万事兴

马列光华耀大地　　　　　　　政策英明开盛世
人民伟业谱新篇　　　　　　　党风纯正奠鸿基

马列光化昭大地　　　　　　　政策英明开盛世
人民伟业启新猷　　　　　　　党风纯正惠民心

中华崛起迎盛业　　　　　　　政策光辉昭日月
巨龙腾飞颂党恩　　　　　　　人民智慧焕河山

东风吹绿三春草　　　　　　　爱党心诚葵向日
党旗映红四化花　　　　　　　孚民德重凤朝阳

共产党恩泽四海　　　　　　　爱党心诚葵向日
毛泽东名重千秋　　　　　　　创业志坚鹤冲天

共祝党与天齐寿　　　　　　　彩笔传情歌伟业
更愿民同地永宁　　　　　　　丹霞达意颂党恩

第四章 庆寿对联

一派新机心向党
满天异彩志凌云

人民英杰党伟大
军队智勇国富强

共产党红旗飘万代
新中国伟业展千秋

七一霖雨，泽润四海
四化蓝图，光耀九州

业绩辉煌，翻天覆地
人民幸福，饮水思源

国策鼎新，人心皆向
党风淳正，众望所归

爱党爱国，全心全意
为公为民，尽责尽心

共产党，伟大光荣正确
好政策，春风时雨甘霖

全党团结，进军现代化
举国安定，阔步新长征

民心党心，心心向四化
国事家事，事事有奔头

葵花托金盘，万民向党
瑞云捧红日，四化朝阳

葵花镶金箔，赤心向党
瑞彩添红霞，丹凤朝阳

整顿党风，春光无限好
调整经济，繁花满园香

干社会主义，想共产主义
抓精神文明，促物质文明

社会主义大道，无限宽广
马列主义真理，永放光明

励精图治，坚持四项原则
选贤任能，建设两个文明

党风正，压倒百邪民气振
政策明，坚持五爱国运兴

党风正民风顺，社会风气好
国事兴人事和，建设事业新

天时地利人和，神州呈福兆
党兴民福国强，中华必腾飞

快马加鞭，协力同心跟党走
葵花吐蕊，栉风沐雨向阳开

旭日东升，党蔚新风树正气
神州飞跃，民为四化展宏图

祖国昌盛，千秋功在共产党
中华崛起，万物荣赖改革风

向阳花花开朝日，越开越盛
共产党党指大路，愈指愈宽

党有良策，人欢马跃新崛起
国当盛世，海啸山呼大腾飞

党恩播福泽，九州昌盛千家乐　　好主义好路线好政策，般般都好
国策赐祯祥，百业兴隆万里春　　新中国新时代新面貌，处处皆新

党风正民风好，巍巍社稷有幸　　党风正世风清，上空有星皆拱北
任人贤用人当，济济良才无穷　　士气高民气顺，大地无水不流东

建军节联

人民卫士　　　　　　　　　　　提高警惕
祖国长城　　　　　　　　　　　保卫祖国

人民战士　　　　　　　　　　　山河金汤固
祖国精英　　　　　　　　　　　官兵铁铠寒

三军浩荡　　　　　　　　　　　不怕流血汗
四化辉煌　　　　　　　　　　　但求安家邦

三军浩荡　　　　　　　　　　　江山金汤固
四化图成　　　　　　　　　　　战士铁甲寒

英勇盖世　　　　　　　　　　　壮士诗言志
壮志凌云　　　　　　　　　　　沙场夜枕戈

英雄军队　　　　　　　　　　　宏谋抒虎啸
钢铁长城　　　　　　　　　　　士气奋鹰扬

鸣炮祝捷　　　　　　　　　　　苦战兵犹乐
举杯庆功　　　　　　　　　　　功高将不骄

烽火捷报　　　　　　　　　　　祖国铁龙阵
关山红花　　　　　　　　　　　人民子弟兵

第四章 庆寿对联

钢枪慑敌胆
炮火振国威

钢铁长城固
英雄军队坚

热血洒疆土
铁臂筑长城

秉丹心报国
举赤手擎天

加强国防建设
保卫世界和平

提高革命警惕
苦练杀敌本领

一颗红心唯保国
万里边陲筑长城

人民战士千古美
革命英雄百世芳

八一军旗红大地
万千劲旅壮河山

千军砺志卫祖国
万众齐心拥长城

天地有情留正气
江山无恙慰忠魂

心贴人民军威壮
胸怀祖国胆气豪

长征道路英雄史
保卫边疆将士功

白云丹桂边关色
明月清风将士心

光荣传统光荣史
钢铁长城钢铁兵

共产党情深似海
解放军功高如山

军号嘹亮将军志
杜鹃花红战士心

军号入云添斗志
战旗映日动豪情

英雄肝胆男儿血
祖国疆土母亲心

保和平有理才打
为正义无战不赢

祖国长城卫祖国
人民军队爱人民

祖国健儿保祖国
人民子弟爱人民

战士血热融冰雪
哨所威高镇边关

战士军中传捷报
英雄故里庆和平

141

神州十亿共明月　　　　　　　　　为国为民，英模奇迹惊天宇
铁军一支振雄风　　　　　　　　　可歌可泣，时代乐章动人寰

一片丹心，九州报捷　　　　　　　风云动鼙鼓，巩固金汤祖国
三军浩气，四海扬威　　　　　　　星火燎原野，毋忘钢铁长城

三大纪律，严格遵守　　　　　　　安邦报国，荣耀一身雄气锐
八项注意，坚决执行　　　　　　　演武习文，人才两用蓝天高

民拥军，意比泰山重　　　　　　　红星绿甲，人民军队猛似虎
军爱民，情似东海深　　　　　　　金城汤池，祖国屏障坚如钢

军爱民，高歌爱民曲　　　　　　　前辈英雄，开创革命千秋业
民拥军，齐唱拥军歌　　　　　　　后代健儿，永保江山万年红

百万雄师，铜墙铁壁　　　　　　　加强战备守国土，森严壁垒
十亿人民，纬地经天　　　　　　　提高警惕保边疆，众志成城

山下清泉，饱含爱民意　　　　　　治国安邦，万户欢欣迎大法
村头脆果，尽结拥军情　　　　　　防边御敌，三军奋勇作长城

战士忠心，铸作铜墙铁壁　　　　　明媚春色满军营，军威雄壮
英雄虎胆，化为彩练红霞　　　　　绚烂朝晖遍国疆，国运兴隆

建设祖国，描绘四化宏图　　　　　铁马金戈，千里征尘安社稷
镇守边疆，保卫万里江山　　　　　寒冬酷暑，一腔热血铸长城

跨骏马保边疆，高山列队　　　　　提高警惕，众志成城保边疆
握钢枪守国土，青松结屏　　　　　加强战备，森严壁垒守国门

握钢枪保边疆，保家卫国　　　　　跃马横刀，观国际风云变幻
穿林莽挂晨露，戴月披星　　　　　枕戈披甲，防边庭虎豹凶狂

人民子弟为人民，赴汤蹈火　　　　沙场夜枕戈，十亿神州共明月
钢铁长城胜钢铁，卫国保家　　　　壮士诗言志，一支铁笔振雄风

练好本领，枕戈待旦，保卫祖国　　马不离鞍，身不解甲，待旦枕戈因卫国
提高警惕，常备不懈，还击敌人　　气可吞房，势可排山，靖边守土为保家

教师节联

碧血催桃李　　　　　　　　培育祖国花朵
丹心育栋梁　　　　　　　　造就建设人才

桃李及时秀　　　　　　　　踏踏实实做人
桔柚应时新　　　　　　　　兢兢业业为师

桃李交谊笃　　　　　　　　一片丹心随世古
橘柚及时登　　　　　　　　千声赞语颂师恩

须尊师重教　　　　　　　　一身许国传科技
待举栋兴邦　　　　　　　　两袖清风作人师

栋梁撑大厦　　　　　　　　人梯巧搭登攀路
桃李遍中华　　　　　　　　心血勤浇栋梁材

栋梁砥大厦　　　　　　　　千篇新诗园丁赞
桃李芳九州　　　　　　　　万首衷曲育人歌

春霖滋沃土　　　　　　　　日暖风和开桃李
矢志育新苗　　　　　　　　笔酣墨浓写春秋

红梅知春早　　　　　　　　丹心一片育新苗
翠柏识岁寒　　　　　　　　赞歌千曲颂园丁

点燃理想火花　　　　　　　乐教梓楠同受范
培育建设人才　　　　　　　喜观桃李广成材

143

乐做人梯通大厦
甘当绿叶托红花

立足三好育桃李
着眼四化出栋梁

且喜满园桃李艳
莫悲两鬓霜雪寒

生敬师有礼有貌
师爱生同志同心

白发喜见迎春柳
丹心笑种向阳花

百年树人成大计
一心跟党献红心

毕生心血哺新秀
一代桃李谱华章

甘做人梯托俊彦
但求薪火有传人

辛勤育得花朵艳
汗水换来桃李香

烛炬昭昭辛燃夜
园丁眷眷总浇花

旭日灿星照学府
春风化雨育新苗

园丁汗香馨苗圃
教师伟绩振中华

园丁辛勤一堂秀
桃李成荫四海春

备课常伴三更月
教书总想四化春

终身育才人人敬
红烛火种代代传

举国尊师兴伟业
全民重教育英才

热血丹心育桃李
栉风沐雨做园丁

热汗染成千顷绿
丹心育出万代红

培育名花香天下
造就栋梁建中华

教育振兴期学校
人才陶冶仰良师

振兴教育期学校
陶冶人才有老师

师无长少皆称老
学有高低总是生

喜看桃李香天下
乐洒甘霖育新苗

喜掬丹心培后代
好研朱墨写春秋

喜捧丹心培后裕 春蚕巧织满园锦绣
愿遣朱墨画春山 红烛点燃一代心灵

尊师重教风尚美 春蚕织出满园锦绣
文明礼貌气象新 烛炬照红一代心灵

尊师重教兴风尚 展宏图基础是教育
育德培才出壮苗 起新步关键在人才

新诗万首园丁颂 培养又红又专后代
明月一轮灯火勤 造就能文能武新人

愿作园丁勤浇灌 为人师表，诲而不倦
甘为烛炬尽燃烧 替国树才，教必有方

愿做人梯育新秀 立足本职，献身教育
甘为孺子当黄牛 为人师表，无上光荣

舞剑吟诗欣笔墨 育才兴邦，百年大计
高歌流水壮雄心 尊师重教，一代新风

勤勤恳恳育桃李 彩笔凌云，腾蛟起凤
兢兢业业做园丁 春风化雨，绽李开桃

人才要靠教师培养 重教尊师，人文蔚起
智力须从根部开发 育才献智，国运昌隆

认真贯彻三个面向 尊重老师，以就懿德
努力培养四有人才 热爱教育，旨成丰功

讲台展开千秋画卷 似黄牛耕耘知识土壤
神州绽放万树蓓蕾 如蜡烛照亮美好心田

忠诚党的教育事业 培养社会主义建设者
培养国家建设人才 当好人类灵魂工程师

145

壮志雄心，攀越峰万仞
春风化雨，催开满园花

发扬尊师重教社会风尚
造就开拓创新建设人才

汗水晶莹，润绿千根竹
丹心透艳，催开满园花

崇高理想和事业实践者
优秀文化与道德播种师

甘做园丁，为祖国添秀
愿化新雨，给桃李送春

老师心血滋润革命后代
园丁汗水浇开祖国红花

壮志雄心，攀岳峰万仞
春风化雨，育桃李三千

习习春风，催开祖国花朵
丝丝化雨，陶冶人类灵魂

重德重才，培养新一代
自尊自强，争当好园丁

沥血呕心，赢来满园春色
精工巧艺，育出一代英才

桃李舞春风，群芳斗艳
雄心逢盛世，众彦舒才

东风拂大地，桃李千枝秀
红日照征程，胸怀一片诚

掏出丹心，谱写园丁曲
洒尽汗水，甘当种树人

育人才，苦口婆心似慈母
授知识，千丝万缕如春蚕

潇潇春雨，润满园桃李
耿耿丹心，育四化英才

从教无私，桃李三千承雨露
感恩报国，芝兰四季吐芬芳

今日十亿人民尊师重教
明朝万里山河增彩添光

道无形，却经风雨传千载，积如山重
师淡泊，皆是尘灰披两肩，备受人尊

节庆双旬，校生百媚，载舞载歌欢玉局
龙飞四海，凤纳千祥，立言立德颂恩师

一粒种，千滴汗，春播秋收，五谷丰登
万卷书，百回讲，谈古论今，桃李满园

国庆节联

九州日丽
四化春新

神州巨变
祖国腾飞

山欢水笑
物阜民康

国光勃发
民气昭苏

山河壮丽
岁月峥嵘

普天同庆
日月增辉

人民万岁
中华长春

山河千古秀
平野万象新

万民有庆
百族共和

山河十月秀
祖国万年春

长城长固
中华中兴

万民皆喜庆
百族共繁荣

龙腾虎跃
燕舞莺歌

五星映日月
四化壮河山

江山永固
日月长恒

文明新社会
锦绣好河山

江山不老
神州永春

江山千古秀
天地一家春

神州奋起
国家繁荣

江山千里秀
祖国万年春

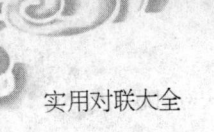

江山生异彩
曝光放光辉

同心兴大业
携手振中华

百族歌同庆
九州喜共荣

国富山河壮
民强天地新

建千秋伟业
描四化宏图

祖国春如海
人民力胜天

人民盛赞祖国
四化大展宏图

风景这边独好
江山如此多娇

开创千秋大业
绘成四化宏图

四化蒸蒸日上
五业欣欣向荣

前程千帆竞发
盛世万象更新

江山春色娇艳
祖国前程辉煌

祖国山明水秀
中华人杰地灵

祖国蒸蒸日上
社会欣欣向荣

祖国河山竞秀
人民天下长春

人民江山千秋固
祖国风物万年春

人逢国庆精神爽
月到中秋玉宇明

又夺丰收迎国庆
再鼓干劲展宏图

大业中兴歌盛世
神州此日正高秋

大聚贤能同治国
广召志士共兴华

五星旗红映日月
四季花放妆山河

云飞神州彩凤舞
霞舞中华巨龙飞

日月光华辉大地
人民伟业谱新天

四化宏开千载业
五星拱照万家春

第四章 庆寿对联

四海笙歌讴盛世
九州爆竹庆尧天

中华儿女，顶天立地
华夏子孙，革故鼎新

民生有幸年年好
国运无疆日日长

中华腾飞，鹏程万里
神州崛起，彪炳千秋

共和国光辉灿烂
丰收年气象更新

中华崛起，宏图大展
民族振兴，伟业长新

龙腾凤起千重锦
地厚天高十亿声

日月光华，红旗万岁
河山锦绣，祖国长春

江山如画千年秀
祖国多娇万代春

四化航程，千帆竞发
九州大地，百花争妍

百族一心同报国
五星万代总描天

四化春色，春盈大地
五星红旗，红满长天

红笺细写千秋浪
彩笔精描四化图

两个文明，神州奋起
一派新风，中华腾飞

国趋昌盛人趋富
花爱阳春果爱秋

两个文明，日新月异
四化建设，国富民强

枫红两岸山河美
光照九州日月新

乐享升平，安居盛世
风拂绿柳，雪绽红梅

祖国山河无限好
人民天下万年长

锦绣河山，倍添锦绣
文明古国，更加文明

祖国江山期一统
人民事业颂千秋

莺歌燕舞，普天同庆
鸟语花香，大地皆春

九州版图，山河锦绣
四化建设，业绩辉煌

神州大地靠彩笔描绘
中华巨龙驾疾风起飞

149

十亿人民，重添百倍劲
四化建设，更上一层楼

四化俱兴，五光十色都成彩
百花齐放，万紫千红总是春

天地自成文，湖山有美
国家期得士，桃李无言

欢度国庆，恰逢稻熟丰登日
喜迎佳节，正值秋高气爽天

年年国庆，庆祝新胜利
处处笙歌，歌唱大丰收

两个文明，春风万里开新局
四项原则，红日千山举大旗

民心党心，心心向着四化
家事国事，事事为了小康

华夏腾飞，时势造就人才广
巨龙昂首，英雄创建业绩丰

双庆临门，家庆欣逢国庆
三阳播彩，小阳喜叠重阳

红日吐辉，伟大祖国更兴旺
江山多娇，锦绣前程倍光明

祖国万里江山，千秋永固
人民四化大业，百世其昌

伟大祖国，景象万千春似锦
英雄人民，奋发向上气如虹

百花争艳，欣望江山千里秀
万民共庆，欢颂祖国万年春

承前启后，神州河山皆秀丽
继往开来，华夏儿女更风流

天时地利人和，神州齐奋进
虎跃龙骧鹏举，祖国共飞腾

祖国昌盛，千秋功在共产党
中华崛起，万物荣赖改革风

不舍昼夜，浩荡江河奔大海
只争朝夕，英雄儿女事长征

昌盛时代，山水腾跃诗画里
大兴年头，人民欢笑歌舞中

四化旌旗报捷，江山添秀色
万家爆竹迎春，大地换新颜

春满九州，大庆欣逢卅五载
人迎四化，小康定看二千年

六一国际儿童节联

绽蕾花树株株秀
破土春笋节节高

六月鲜花,春色满园纳客梦
万家汗水,霞光遍地尽诗情

儿童乐园无限好
祖国花朵别样红

丽日舒新,遍地鲜花遍地锦
惠风和煦,满园春色满园金

宏伟理想鼓斗志
幼小心灵开红花

旭日正初升,到处皆呈新气象
幼苗须爱护,将来都是栋梁材

歌舞欢腾,六一儿童庆佳节
薰风和煦,万千花朵正宜人

第六章　通用挽联

通用挽联横批

福寿全归	祖德难忘	白云望断	大雅风云
典型宛在	风凋祖竹	不泣而伤	大雷音断
典范长存	哀号王父	悲深磐石	斗山安仰
风木悲伤	燕贻恩深	毕生忠厚	道范长存
松柏风凋	孙枝洒泪	半予无依	独剪西窗
挥泪含悲	含饴难再	陈情无地	代父衔哀
苦雨凄风	陈情无地	椿庭日黯	顿失半子
五夜风凄	忍泣桐孙	椿难傲雪	东床月冷
音容宛在	严训难忘	慈颜难再	地下修文
返魂无术	椿庭日黯	慈爱难忘	丹灶云寒
夜月鹃啼	父魂何之	慈颜犹存	斗宿敛光
鹤驾西天	椿难傲雪	慈容永存	福寿全归
碧落黄泉	风摧椿萎	慈竹霜摧	凤落长空
含笑九泉	云掩大椿	慈颜已逝	风木悲伤
痛切五中	母仪千古	慈云失仰	风木与悲
俭朴家风	女史流芳	慈竹风凄	风落长空
德集梓里	慈颜难再	长辞盛世	风范永存
千古流芳	风荡慈云	肠断肺裂	风荡慈云
骑鲸西归	慈竹霜摧	典型宛在	风凋祖竹
宝婺星沉	白云望断	典范长存	风凄泰水
淑德可风	萱堂风冷	典则犹存	风摧椿萎
名留后世	无母何恃	典型足式	风摧桃李
教子有方	慈爱难忘	典型安仰	返魂无术
永垂不朽	哀号王父	典型莫仰	父魂何之
松柏长青	哀过羊罢	德业长昭	芳徽难再
风落长空	默然伤神	德集梓里	芳徽风迈
楷模宛在	阿蜐谁鞠	德及乡梓	芳卉风落
驾返蓬莱	安得钟期	德泽犹存	功业长存
鹤归华表	碧落黄泉	德比倪欧	高山安仰
驾返瑶池	宝婺星沉	大雅云亡	高山婺仰

155

功高德重	名留后世	硕德流芳	葭莩增感
果证西方	母仪千古	生我抱痛	心伤泰水
含笑九泉	母仪足式	手泽空存	绛帐空悬
含饴难再	梅残东阁	陟岵兴悲	星暗上台
浩气长存	门楣风冷	室婺星沉	永垂不朽
后人楷模	南极星沉	山阳闻笛	永垂千古
挥泪含悲	女史流芳	甥馆凄清	遗爱千秋
鹤驾西天	女中丈夫	甥馆风凄	音容宛在
鹤归华表	女宗安仰	伤神立雪	音容已杳
举世同悲	难纡母戚	师表长存	音断渭阳
俭朴家风	茑萝失施	谁复知音	夜月鹃啼
教子有方	蓬岛归真	神伤荼毗	燕贻恩深
驾返蓬莱	捧砚同哀	天人同悲	雁行失序
驾返瑶池	千古长存	痛切五中	严训难忘
节哀顺变	千古流芳	痛切陈情	云掩大椿
精神不死	前世典范	痛抱鸦原	云凄甥馆
巾帼英雄	骑鲸西归	痛寄渭阳	一别千古
教泽永怀	秋风鹤唳	痛切西州	一代英豪
家孙承重	磐石兴悲	痛失女嬰	懿范犹存
鞠我情沧	情伤陟岵	痛萎连枝	因肠断哀
橘井泉寒	青年楷模	彤管流芳	诒谋犹存
竟尔仙游	勤劳一生	彤史留芳	瑶池赴宴
将星陨坠	气贯长虹	同室衔悲	犹子兴悲
苦雨凄风	人琴俱杳	泰水冰寒	月冷空床
楷模宛在	忍泣桐孙	五夜风凄	羊碑犹在
流芳百世	如失重闱	无母何恃	玉楼赴召
留芳千古	如折我手	外氏萱凋	羽化登仙
老成凋谢	如伤手足	吾道安归	钟郝遗风
老成云亡	如失良相	万姓奔号	英灵永吊
梁木其颓	仁风安仰	万古长青	忠厚待人
立雪伤神	松柏风凋	孝慰忠魂	中表神伤
龙门绝笔	松柏长青	萱堂风冷	祖德难忘
蓝言空忆	淑德可风	萱堂月冷	哲人其萎
阑阑风高	孙枝洒泪	西山遗痛	梓里同悲
名垂青史	淑德永昭	璇闺春冷	壮志常存

重如泰山　　　　丈人峰坠　　　　诸孙安问

通用挽联

恩泽四海　　　　严颜已逝　　　　欲祭疑君在
功高九天　　　　风木与悲　　　　无语泪沾衣

花凝泪痕　　　　精神不死　　　　哭灵心欲碎
水放悲声　　　　风范永存　　　　弹泪眼将枯

教诲永记　　　　功德无量　　　　典型如在目
风范永存　　　　青史永垂　　　　悉思向谁宣

常怀典范　　　　名流后世　　　　疼心深似海
寄托哀思　　　　德及乡里　　　　愁绪密如罗

秋日鹤唳　　　　流芳百世　　　　提耳言犹在
夜月鹃啼　　　　遗爱千秋　　　　扪心齿欲寒

寿终正寝　　　　花凝泪痕　　　　淑德标彤史
鹤驾西归　　　　水放悲声　　　　芳踪依白云

寿高德望　　　　花落水流　　　　天下皆春色
子肖孙贤　　　　兰摧玉折　　　　吾门独素风

千秋忠烈　　　　悲歌动地　　　　星离成恨事
百世流芳　　　　哀乐惊天　　　　去散奈愁何

流芳千古　　　　寿终德望在　　　女星沉宝婺
光启后人　　　　身去音容存　　　徒饮千行泪

情怀旧雨　　　　功德国标彤　　　天不留耆旧
泪洒凄凉　　　　史芳依白云　　　人皆惜老成

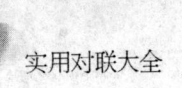

鹤梦归何处　　　高风传梓里　　　安危谁与共
猿啼在此间　　　亮节昭后人　　　风雨忆同舟

百年三万日　　　雨洒天流泪　　　欲祭疑君在
一别几千秋　　　风号地放悲　　　无语泪沾衣

魂魄昭日月　　　门外奠云聚　　　哭灵心欲碎
肝胆映山河　　　堂中悼念多　　　弹泪眼将枯

正气留千古　　　户听凄风冷　　　陇上留芳迹
丹心照万年　　　楼空苦雨寒　　　堂前仰遗容

政绩今犹在　　　芳名垂千古　　　画荻踪难觅
清名终古留　　　丹心照汗青　　　扶桐泪欲倾

忧国身先殉　　　苍松长耸翠　　　遍地皆春色
游仙梦不回　　　古柏永垂青　　　吾门独素风

星沉处士里　　　花为春寒泣　　　一生行好事
月冷瘐公楼　　　鸟因肠断哀　　　千古流芳名

学子失师表　　　落花春已去　　　素心悬夜月
老成有典型　　　残月夜难圆　　　高义薄秋云

知君以忧死　　　玉梅含孝意　　　直道至今犹存
愧我犹独醉　　　金柳动哀情　　　清名终古常留

美德垂千古　　　天不遗一老　　　音容笑貌依旧
忠魂上九霄　　　人已是千秋　　　亮节高风长存

痛心伤永逝　　　寿终德望在　　　青山永志贤德
挥泪忆深情　　　身去音容存　　　绿水长咏雅风

丹心照日月　　　一生树美德　　　浩气长存天地
刚正炳千秋　　　半世传嘉风　　　英灵含笑九泉

第六章 通用挽联

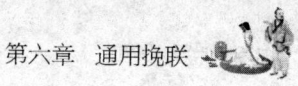

门外红梅绿竹　　　　绿水青山悲陈迹　　　　流水夕阳千古恨
室内白衣素袍　　　　落花啼乌泣化身　　　　秋霜春雨万人思

赤心光照日月　　　　蓬门日影高轩过　　　　人皆贺节双眉喜
清名永世长留　　　　蒿里歌声白马来　　　　我独思亲一片悲

终身辛勤劳作　　　　热泪常濡春雨湿　　　　终生俭朴留典范
一世淳朴为人　　　　愁容暗逐白云飞　　　　一世勤劳传清风

友思今成永别　　　　风号万树子规啼　　　　山耸北郊埋忠骨
笑绪已为悲端　　　　雪积重门白马咽　　　　泽留乡里仰遗风

一生刚直无邪　　　　人间未遂青云志　　　　秋草独怜人去后
终身清白光明　　　　天上先成白玉楼　　　　空林只见日斜时

身逝音容宛在　　　　守孝不知红日落　　　　泪滴千行大地湿
风遗德业长存　　　　思亲常望白云飞　　　　哭声一片墓云低

一夜顶风堆白雪　　　　想见音容空有泪　　　　热血一腔化春雨
三年泪水滴红冰　　　　欲聆教训杳无声　　　　壮志千秋泣鬼神

那知别意随波去　　　　情凝雪片皆飞白　　　　明月清风怀旧貌
无复诗魂入卷来　　　　泪洒枫林尽染红　　　　残山剩水读遗诗

白马素车挥别泪　　　　千山不语齐俯首　　　　三径寒松含露泣
青天碧海寄离言　　　　万水呜咽共吹箫　　　　半窗残竹带风吟

万里云天归落日　　　　祖国山河埋忠骨　　　　英灵已作蓬莱客
一门两泪洒麻衣　　　　神州十亿颂英雄　　　　德范犹薰政乡人

事业已归前辈录　　　　情深风木终天恸　　　　生前爱国勤劳支
典型留与后人模　　　　泪点寒梅触景思　　　　临终嘱儿多节俭

春雨梨花千古恨　　　　三更月冷鹃犹泣　　　　眉间爽气无由见
秋风桐叶一天愁　　　　万里云空鹤自飞　　　　座右清言不再闻

159

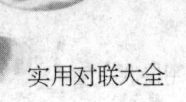

忠节似松凌霜雪
高风如水照苍天

桃华流水杳然去
清风明月何处寻

相逢至今犹可忆
旧游何处不堪愁

犹似昨日共笑语
不信今朝辞我别

凄凉云树愁千里
惆怅春风恨隔年

千里吊君惟有泪
十年知己不因文

彩落萧辰悲夜月
芳留梓里已清风

流水夕阳千古恨
凄风苦雨百年愁

终生俭仆留模范
一世勤劳传好风

白马素车挥别泪
青天碧海寄哀思

九泉有泪流知己
万户同声哭善人

往事昭昭传乡里
精忠耿耿在人间

犹执兼恭延后代
尚留名望忆旧人

地下又添高士伴
生前原当古人看

月霁风光人共仰
山颓木朽天添愁

伤心难禁千行泪
哀痛不觉九回肠

从今不复闻謦亥
此后何堪忆笑容

雨霖杏蕊流红泪
雪压松枝着素装

良操美德千秋在
亮节高风万古存

老泪无多哭知己
苍天何要丧斯人

有灵为子孙成材
多德让后代继业

万里山花凝血泪
一溪流水作哀声

回忆田园欢乐会
不堪樽洒故人稀

有中皆碑留遗范
无言敬奉寄哀思

悼念不闻亲教诲
情怀仍忆旧音容

挽男性联

天不留耆旧
人皆惜老成

壮梁悲落月
鲁殿圮灵光

此日骑鲸去
何年化鹤来

海内存知己
云间涉德音

第六章　通用挽联

庾公楼月冷
处士里星沉

翠色和云悲夜月
鸿雁声哀月一轮

寿终德永在
人去范长存

事业已归前辈录
典型留与后人看

哀慕有余恸
瞻依无尽时

碧水青山认作主
落花啼鸟总伤神

百年三万日
一别几千秋

称觞沿忆登堂事
挂剑难为过墓情

读礼悲风木
吟诗废蓼莪

流水夕阳千古恨
凄风苦雨百年愁

天下遗一老
人已足千秋

何日一梦飞蝴蝶
竟使千秋泣杜鹃

化悲痛为力量
继遗志写春秋

一趄风烛红霞敛
万古仪型碧草埋

以正气还天地
将身心献人民

大雅云亡梁木坏
老成凋谢泰山颓

正喜春园共把盏
奈何南溃正销魂

龙隐海天云万里
鹤归华表月三更

鹤唳三更空月冷
鹃啼午夜咽风寒

明月清风怀旧宇
残山剩水读遗书

鹤驾已随云影杳
鹃声犹带月光寒

遗世文章多灼见
平生业绩足千秋

平生壮志三更梦
万里西风一雁哀

扶桑此日骑鲸去
华表何年化鹤来

161

堪嗟驾鹤归华表　　　　　　　　蒲剑斩邪魔高千丈
深痛骑鲸赴玉楼　　　　　　　　榴花照眼血染双行

箧里诗文疑谢后　　　　　　　　高风送秋飞霜迎节
梦中风貌似潘前　　　　　　　　驾鹤上汉骖鸾腾天

春花正浓人已老　　　　　　　　如此韶华青犹未老
华年刚尽岁方新　　　　　　　　何来噩耗人竟云亡

公去大名留史册　　　　　　　　功勋盖世为举家同悼
我来何处别音容　　　　　　　　精神不殒与事业长存

秋水蒹葭溯回往哲　　　　　　　貌杳音沉身归静府应无憾
春风桃李想象斯文　　　　　　　儿悲女泣泪洒江天恸有余

秋色荒凉乔阴莫仰　　　　　　　驾鹤难回终隔云山家万里
愁云黯淡仙驾难回　　　　　　　骑鲸采石五百年明月重圆

客燕思归悲添秋士　　　　　　　时事伤心风号鹤唳人何处
宾鸿信断梦杳仙乡　　　　　　　哀情惨目月落乌啼霜满天

梅蕊开时噩音忽至　　　　　　　忆杖履追随直节清严犹在望
蔚灰动处大梦难回　　　　　　　怅老成凋谢名贤言行未终篇

挽女性联

音容宛在　　　　　　　　　　　慈颜已逝
懿德长存　　　　　　　　　　　风木与悲

南柯梦里　　　　　　　　　　　寿终内寝
望云思亲　　　　　　　　　　　鹤驾西天

第六章 通用挽联

烛剪西窗
梅残东阁

径扫丹枫皆丧礼
门临白马尽佳宾

花凝泪痕
水放悲声

西竺莲翻云影淡
北堂萱萎月光寒

情怀旧雨
泪洒凄凉

花落萱帷春去早
光寒鹡宿夜来沉

梅含孝意
柳动倭情

倚门人去三更月
立杖儿悲五夜风

落花春已去
残月夜难圆

雨飘翠竹垂红泪
云压青松戴素冠

白云悬影望
乌鸟切思遐

香销夜月梅花寂
韵冷苍天鹤构寒

女星沉宝婺
仙驾返瑶池

雨泣黄花应有恨
风凄翠竹更堪悲

淑德标彤史
芳踪依白云

画地曾传贤母荻
引刀谁断教儿机

蓬岛归仙驾
萱帷失母仪

白马素车挥别泪
青天碧海寄离言

日碧魂依蔓草
雪红泪洒桃花

风吹蕙帐萱花落
月冷吴江杜宇悲

户外红梅绿竹
室内白衣素袍

女宗靡依痛深戚里
母范何恃泪滴慈帷

慈竹当风空背影
晚萱经雨不留芳

绮阁风寒伤心鹤唳
兰阶月冷泣血萱花

163

愁思千缕朵朵梨花含血泪　　泣杖子凄其中夜慈乌三鼓月
离情万种声声哀乐悼芳魂　　断机人远去北堂萱草五更霜

梦断北堂春雨梨花千古恨　　陟怙痛前年方祝萱帷长白发
机悬东壁秋风桐叶一天愁　　辞尘当此日忽悲蓼水隔黄泉

青鸟传来王母归时环佩冷　　夜景写凄清满院寒风声倍惨
玉箫声断秦娥去后凤楼空　　云容归缥缈空庭落月痛何如

风动帷空青鸟降时魂不返　　家有诗仙惜到处名山未能偕隐
潭深波咽乌鸦啼处梦难回　　身常礼佛觉往生净域确有明证

华月光寒韵满庭前含孝意　　相夫挽鹿课子丸熊淑德早标彤史范
愁去寂寞旌飘户外痛哀情　　佛座拈花慈闱摧竹仙纵空溯白云乡

仙去难留望三晋云山德曜未尝偕隐愿
神伤已甚怅一官露冕安仁更赋悼亡诗

忆蟠桃熟时生来多子多孙竞秀阶前承膝下
悟木稚香后此去成仙成佛乐应天上胜人间

挽父亲联

深恩未报惭为子　　音容未远悲愁昔
隐憾难消忝做人　　杖履空存忆老成

多感佳宾来祭奠　　守孝不知红日落
深悲严父去难留　　思父常望白鹤飞

屋内儿哭慈父逝　　想父音容空有泪
门前吊客履霜来　　欲闻教训杳无声

第六章 通用挽联

珠泪滚滚哭家父　　　　　　　　育李桃芳流百世
奠酒滴滴祭英灵　　　　　　　　滋兰蕙德载千秋

父去言犹在耳　　　　　　　　　文采风流传后世
春来我不关心　　　　　　　　　品行端正盖前人

心因父逝心滴血　　　　　　　　品正行端昭日月
月窥吾悲月无光　　　　　　　　德高望重誉村乡

父逝悲从心头起　　　　　　　　亲厌尘纷，寿终正寝归蓬岛
子存教诲记永年　　　　　　　　儿慈手泽，眼流双泪滴麻衣

慎终不忘先父志　　　　　　　　树人有道，李桃吐艳
追远常存孝子心　　　　　　　　教子成龙，兰桂腾芳

只见三秋多苦雨　　　　　　　　终生修德，德载千秋兰桂艳
谁知九月别严亲　　　　　　　　半辈育人，人存百世李桃芬

修身养性鹤龟寿　　　　　　　　习善为人，品德清高名梓里
树栋培梁桃李情　　　　　　　　从严治学，诗文典雅誉寰中

品德才情人共仰　　　　　　　　满腹经纶，歌赋诗词留史册
诗词歌赋日同辉　　　　　　　　虔心哲理，操行德性撼乡邻

于精神富有，言志抒怀，两册诗文扬国粹
关物质贫穷，释疑解惑，全心教育铸师魂

时经数十载，树栋培梁，李桃遍大江南北
书著四篇章，吟诗赋对，风雅垂亘古夏秋

165

挽母亲联

母仪千古
女史流芳

名留后世
德及乡梓

春晖未报
秋雨添愁

慈颜难再
风荡慈云

慈母魂魄远
儿女悠思长

慈爱无疆一慈母
儿女梦里泪盈盈

慈容光照千秋史
懿范美垂四海情

长记慈惠传后世
永留典范在人间

椿树早凋悲未已
萱花才殒泪何穷

春江桃叶莺啼湿
夜雨萱红蝶梦寒

慈母一去杳无影
怜儿千声呼不回

慈竹当风空有影
晚萱经雨不留香

慈竹光风空有影
晚萱经雨仍留芳

深恩未报惭为子
饮泣难消欲断肠

隔世欲望慈母影
三餐嚼碎赤子心

思母苦恨音容杳
永世难酬养育恩

怕看椒花含泪水
空闻箫鼓觅慈容

春近人欢花发早
岁更我哭母长辞

慈晖顿杳肝胆裂
从此废读蓼莪诗

如今不咏涉岯句
从此废读蓼莪诗

第六章 通用挽联

罔极难酬慈母德
挥毫莫路此儿情

思终苦恨音容杳
痛儿难酬养育恩

荆花树上知春冷
萱草堂中不乐年

等闲暂别犹惊梦
此后何缘在晤言

婺星顿失无色黯
美德犹存家景长

但愿此境成梦境
怎奈哀情是真情

良操美德千秋在
亮节高风万古存

花落萱帏春去早
光寒婺宿夜来沉

萱花顿萎厚爱矢
慈恩未报遗憾多

鹤驾已随云影杳
鹃声犹带月光寒

守孝难回佳节礼
思亲仍贺盛世年

疾劳早夺慈母命
悲风难诉儿女情

暗中时滴思亲泪
生前少报慈母恩

惊春花染杜鹃血
倚门深得子规啼

玉洁冰清归泉路
孙贤子肖哭灵台

今生难忘慈母恩
来世再续母女情

恩似海深悔未报
泪如泉涌苦难言

离人世德望犹在
升天堂福乐永享

终天唯有思亲泪
寸草痛无益母灵

良操美德千秋在
亮节高风万古存

心想慈母心有缺
月临中秋月不圆

朗月清风怀旧宇
残山剩水读遗诗

直骨尤超白鹤上
慈教仍存青云中

良心犹存细思量
艰难成家多亏谁

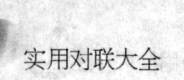

梦里依稀慈母泪　　　　　　　　　慈母辞世梦中依依惠顾影
堂前悲切哭娘声　　　　　　　　　春晖寸草堂前哀哀哭娘声

梅叶玉容含孝意　　　　　　　　　慈祥淳厚如晋中芬芳黄土
柳拖金色动哀情　　　　　　　　　美丽温柔似三月馨香桃花

未报春晖伤寸草　　　　　　　　　祸及贤慈，当年顽梗悔已晚
空余血泪泣萱花　　　　　　　　　愧为逆子，终身沉痛恨靡涯

漫天飞絮从天降　　　　　　　　　天若有情，人伦享受千年少
朵朵白云送母亲　　　　　　　　　家终无幸，慈母别离半日多

空悬月冷人千古　　　　　　　　　慈母东来，绕膝慕深萱草碧
华表魂归鹤一声　　　　　　　　　彩云西去，献觞悲断菊花黄

尽心侍亲竟忍早去遗二老　　　　　纺线织家月下含辛抚寸草
辛苦育儿欲孝不待憾三子　　　　　洁心净子水中茹苦映春晖

空悲切，此生枉负慈母爱　　　　　美德永存，玉洁冰清人千古
徒哀伤，来世再为不肖儿　　　　　名节长在，珍闻佳韵鹤一声

杜宇伤春泣残雪泪悲花老　　　　　春花秋月百年恨，萱堂竟仙去
慈乌失母啼破哀声夜光寒　　　　　流水夕阳千古愁，儿孙请节哀

酒进晨昏怎教儿一滴一泪　　　　　慧心勤身玲珑一生操劳里外家事
香焚朝夕惟祝母如生如存　　　　　慈眉善目仁爱无边抚育子孙成人

怎忍心撇下儿女匆匆而去　　　　　历两朝亲四代相夫教子品如松柏
如有觉梦中母亲常常归来　　　　　超九旬播五德尊老爱幼美似虹云

音容莫睹伤心难禁千行泪　　　　　坤范仰高年何堪仙驭遐升音容永隔
亲恩未报哀痛不觉九回肠　　　　　懿型端薄俗好听人言传述典则长留

慈母辞世苍天动容也落泪　　　　　光明胸襟存正气于公于私可昭日月
春晖寸草终生难报养育恩　　　　　美善心灵蕴大德为国为民堪立古今

凡女不凡，持家有方名冠乡村人皆敬　　疾革尚呼儿，无限关怀，万端遗恨
慈母多慈，含辛茹苦育子成才堪称模　　皆须补
　　　　　　　　　　　　　　　　　　长生新学佛，不能往世，一掬笑容
常想恩情，总忆音容，殒弟含悲长顿首　何处寻
不贪富贵，只求进取，遵言守训永铭心

鹤驾仙乡多少路，一路犹怀儿女多少牵心事
德昭人寰无尽悲，万悲难酬椿萱无尽舐犊恩

含辛茹苦七十载培育六堂儿孙最终含笑九泉
顶礼膜拜十万年难酬一位慈母仅能以泪思亲

命运多舛志坚强求生计夙兴夜寐贤良美德承先辈
心气平和性直爽为儿女东走西奔开明思想惠后人

视儿孙似命，知暖知寒，传矩传规，此恩一路承先辈
爱家国如身，尽心尽力，克勤克俭，斯志千秋励后人

挽女联

秋风鹤唳　　　　　　　　　　花为春寒泣
夜月鹃啼　　　　　　　　　　鸟因肠断哀

独剪西窗　　　　　　　　　　花落胭脂春去早
梅残东阁　　　　　　　　　　魂销锦帐梦来惊

落花春已去　　　　　　　　　西地驾已归王母
残月夜难圆　　　　　　　　　南国辉空仰婺星

女星沉宝婺　　　　　　　　　宝婺光沉天上宿
仙驾返瑶池　　　　　　　　　莲花香观佛前身

白云悬影望　　　　　　　　　蝶化竟成辞世梦
乌鸟切遐思　　　　　　　　　鹤鸣犹作步虚声

169

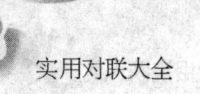

鹃啼五夜凄风冷　　　　　　　　　画堂省识春风面
鹤唳三更苦雨寒　　　　　　　　　环珮空归月夜魂

魂归九天悲夜月　　　　　　　　　壸范垂型贤推巾帼
芳流百代忆春风　　　　　　　　　婺星匿彩驾返蓬莱

绮阁风凄伤鹤唳　　　　　　　　　梦断北堂春雨梨花千古恨
瑶阶月冷泣鹃啼　　　　　　　　　机悬东壁秋风桐叶一天愁

挽子联

痛汝命天儿誉满亲朋始信虚名能折福
份予年老夫默本因果好归定数只由天

谁人毛爱予心堂构休言舐犊私情难自己
世上多拂逆事门庭变故骑鲸不返更何堪

余不德丧余儿胡竟使余祖余父中凋骥种
汝何辜靳汝命最难堪汝才汝志克继书香

挽夫联

花为春寒泣　　　　　　　　　　　每思田园共笑语
鸟因肠断哀　　　　　　　　　　　难禁空房悲泪流

碧水青山谁做主　　　　　　　　　碧水青山谁做主
落花啼鸟总伤情　　　　　　　　　落花遗孀总伤情

鸾飞镜里悲孤影　　　　　　　　鲲鹏云断声千里
凤立钗头叹只身　　　　　　　　杜鹃声哀月一轮

燕阵残斜孤月冷　　　　　　　　何时喜乘龙犹忆床头语
箫声吹断白云愁　　　　　　　　今日化身去竟成耳边风

生前记得三冬暖　　　　　　　　君今先去朝觐天父于天上
亡后思量六月寒　　　　　　　　我亦就来暂因世情住人间

裂肺撕肝小寻老　　　　　　　　无禄才郎，长夜不醒蝴蝶梦
捶胸跺足妻哭郎　　　　　　　　伤心少妇，深宵悲听子规啼

假如我死替你死　　　　　　　　郎果多情，楼上冀迎萧史凤
换来君生代吾生　　　　　　　　妻真薄命，冢前愿作舍人莺

欲殉难抛黄口子　　　　　　　　哭望天涯，愿到黄泉痛洒大乔泪
偷生勉事白头翁　　　　　　　　恨如春水，谁言世上唯独小青悲

生立奇功，死留典范，九泉瞑目君无憾
上侍高堂，下抚子女，一家重担我来挑

君去矣，万事独任艰难，能无追念前徽深为吾痛
儿勖哉，尔父既归泉壤，尚其各自努力克振家声

挽妻联

恩爱良妻，苦雨凄风摧汝去　　　　天何无情，怎能教我丧良侣
可怜儿女，大啼小哭要娘回　　　　人各有寿，不忍听儿啼亲娘

只望儿女成人，生活日美，你我同享快乐
不料人愿难遂，好景不长，夫妻从此永别

挽祖父联

执父杖频添血泪
扶祖灵倍动伤情

北堂椿茂，方期白发三千丈
黄泉路远，忽隔蓬山一万重

叹祖父真心一片
痛小孙空泪两行

怜老父瘦骨支离，焉知鹤背堪任
哀弱息泪尽血继，漫道魂兮难归

眼中泪尽空啼血
堂上人杳漫招魂

寿高哉，古稀子女，白发犹戏彩
福全矣，膝下孙曾，髫龀亦啼鹃

两世一身承重任
三杯九叩奠灵前

菽水虽薄，幸九旬大父常受孙曾奉
黄泉却远，哀一堂儿女永绝椿萱荫

一夜秋风狂催祖竹
三更凉露泪洒孙兰

九十有五龄，堪称上寿，子女犹悲早逝
一七零四日，卜就窀穸，孙曾皆效鹃啼

风起云飞，室内犹浮诫子语
月明日黯，堂前似闻弄孙声

挽祖母联

半世孤苦留典范
一生俭朴树美德

历三朝冬夏，仙游福寿蓬莱岛
度百岁年华，云归极乐西方土

凤展双翅驾鹤西去
莲开万朵子孙满堂

仙游竟成辞世梦，驾鹤犹鸣步虚声
蟠桃尚未贺百岁，菩提已然荫寿星

三朝春秋，克勤克俭，勤俭持家泽后世
百岁日月，能仁能慈，仁慈修为度人瑞

忆古稀耄耋晚得孙子孙女秀竞阶前承膝下
悟勤俭仁慈先应纳福纳寿乐是人间逊天上

挽岳父联

几柱清弦收寂寞
一帆孤影散苍茫

增子无依何所赖
东床有泪几时干

噩耗惊传泪纵横
泰山今日竟骑鲸

苍天有吝余年假
暗地无常逼命真

处世长存忠与孝
平生讲究义和情

蓼莪抑痛悲难尽
聊作悲歌一悼灵

丁年病入黄泉路
午夜惊颓太岳峰

峰顶大人嗟已矣
膝前半子痛何如

泰岳无云滋玉润
东床有泪滴冰清

德比泰伯温良恭俭让
行似虞卿仁义礼智信

德范堪钦，惟冀泰山常荫婿
鹤龄方祝，孰期冰鉴顿捐尘

公不少留，风木伤心分半子
吾将安仰，音容回首隔重泉

半子情深，叨预鲤庭诗礼训
游仙迹杳，忽教鹤驾海天秋

纵乡情梦断，壮志犹存，一生不负湖山约
虽春雨泪泞，哀心难洗，半子何堪泰岳崩

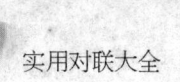

在职唯公，在室唯严，更将大爱遗桑梓
持身以德，持家以俭，长树清风惠子孙

挽岳母联

自入婿乡蒙厚爱
何堪甥馆杳慈云

获选幸乘龙，自入婿乡蒙厚爱
游仙今驭鹤，何堪甥馆杳慈云

凄凉甥馆慈云黯
缥缈仙乡夜月寒

获选昔乘龙，独忆床东初祖腹
游仙今驾鹤，哪堪堂北杳慈颜

冬日乘鹤登仙境
九天化雨祭慈容

甥馆护慈云，爱女情深兼及婿
灵帷瞻泰水，游仙梦去倍伤神

慈竹影寒甥馆月
昙花香杳佛堂云

六十年仙姿玉韵，群仙要请云间住
三春日曲终人杳，此曲待留天上吟

与疾病搏斗经年精神可佳
跟贫困抗争累月风范常存

谢老母，遗一女，虽不贤，独留我用
择良时，到九天，是很好，还请您来

别梦惊闻，长歌当哭，西望桃江思泰水
慈颜顿失，哀乐低回，南来春燕吊萱灵

逾八旬踏遍阡陌雨雾霜雪谱写勤俭诗篇
越万日奔波人生春夏秋冬璀灿子孙风景

海啸也波飞浪卷疾病竟夺寿星悲伤溅千叠
风逝兮树孤林寂松鹤而奔天堂哀思绕万重

寡鹄励操坚，生前无限苦衷，含泪不堪游婿水
分鸾悲命薄，地下若逢娇女，寄言休上望夫山

方期福寿双归，谁料一病不起，阴阳杳杳，难抑悲酸哭无泪
所幸姻缘再续，我惭两地奔忙，来去匆匆，未尽孝心痛断肠

挽伯父联

竹林风月谁相赏
兰桂庭阶我更悲

想当年画虎诫严玉树交亲叮厚爱
痛此日乘鸾去渺竹林挥泪有余悲

伯氏分为尊夙听阿父谈诗春草池塘生意满
吾家传已久愿与诸孤协力棣华原隰友于亲

半生戎马，一世清明，伯驾金风乘鹤去，慈容宛在铭吾辈
万里哀思，千般孝意，侄执香火送亲归，德望永存励后人

挽伯母联

我欲招魂，四五日苦雨凄风，问归何处
情怜犹子，数十年嘉言懿范，痛想生平

慈训夙亲承，高枝秀苗田荆，箕帚无嫌资冢母
遗容今宛在，几树荣分窦桂，埙篪有韵协诸孤

励节等松筠，卅年奉佛归真，直溯马鸣参指月
庇根同葛蕾，一样视余犹子，未酬乌哺泣秋风

175

幼年失恃，仰荷慈云，获画荻贤劳，分得恩情及犹子
数日违和，遽歌薤露，蓬山嗟缥缈，更谁孤苦念零丁

挽叔父联

生前不卑不亢
去后可泣可歌

鹤驾西天云影雪
鹃啼冬夜月光霜

三更月冷梅犹泣
万里云空鹤自飞

雪飘路上，兄弟天堂当挽手
泪洒灵前，儿侄尘世早锥心

结缡施衿，何时再受马援诫
山丘华屋，此日重吟羊昙诗

昔年训诲亲承，犹子鲤庭聆教范
此日音容顿渺，儿曹马诚感遗书

钢铸铜浇，傲骨铮铮，大丈夫顶天立地
言传身教，铭心历历，好儿孙家栋国梁

一家雍睦成风，平日竹林游，屡承庭训
二竖膏肓为祟，霎时蒿里曲，曷罄哀思

硕果羡中郎，箕尾相招，自昔羊碑空堕泪
庸材愧小阮，事言就正，从今马诚孰遗书

第六章　通用挽联

享大年七秩有奇，诸侄过从，共仰鸿慈同顾复
迟亚父一载而逝，九原相见，可能携手又团圆

在五叔中，翁是白眉，年富力强，哪忍一朝撒手
于七贤内，我辜青眼，晴窗雪案，何时重与论文

弱冠即铮铮有声，天赋此绝世聪明，纵不福之，何遽令土木形骸，沉疴早断生人气
小子方茕茕在疚，公逝而吾兄昆季，无复存者，岂惟痛门祚衰薄，回首弥增失怙悲

看子肖孙贤，乐娱晚境，惟公多祜，宜享遐龄，五旬余白发方新，岂期宿疾重侵，药石无灵成永诀
正父亡夫故，恨抱终天，有叔不痴，方资福庇，七月间黄杨厄运，独我伤心曷极，椿庭旁荫竟难寻

挽舅父联

宅相无成明月清风思渭水
乔荫莫仰残山剩水哭西州

有泪洒州门千古白眉增太息
无才成宅相廿年青眼益酸辛

晋重耳车马长辞神伤渭水
谢安石室庐依旧泪洒州门

挽舅母联

母安归乎忍看肖子贤孙日涕泪
余忝甥也不辞凄风苦雨夜招魂

愧小子谋食异乡莫补外甥蹑履礼
叹贤母归真瑶岛忍看舅氏悼亡诗

177

获画凤同遵愧樗栎非才木符宅相
嫡星悲顿陨幸芝兰竞秀丕林家声

挽兄联

顷圮椿庭悲失怙
犹铭慈训怅怀尊

雪殒田荆山外落梅千点恨
冰寒姜被帘前残月一眉愁

春草池塘犹入梦
秋风鸿雁不成行

魂兮归来，夜月楼台花萼影
行不得也，楚天风雨鹡鸰声

游兴年年说旧京
屡违尘俗始成行

训弟课儿，一生辛苦今犹在
持身涉世，十分忠厚古来稀

思亲犹自怀先考
议事还须赖长兄

原上春深，鹡鸰音断云千里
林梢夜寂，鸿雁声哀月一轮

眼角昏花应渐觉
鬓边飞雪亦堪惊

世事无常，雁序参差嗟去渺
音容何在，鹡原寂寞痛归真

江南野趣虽称意
未抵同胞一片情

云路仰天高，谁使雁行分只影
风亭悲月冷，忍教荆树萎连枝

雁阵霜寒悲折翼
鸰原露冷痛孤翔

气谊洽醇醪忍使衰年悲北海
恩情铭积悃不胜儿辈恸西州

亦兄亦父和字弘扬推孝悌
何嫡何庶家门清誉鉴坊邻

堪怜碧汉秋鸿此日分飞辞故土
犹忆池塘春草今生无复梦西堂

弟等何哀无处求医驱恶病
兄虽不语临终含泪表离情

从婿乡几度联欢异姓深情同手足
抚灵榇不堪洒泪空齐遗物感琴书

雅谊托丝萝平时甥馆言欢异姓何尝非手足
故人思风雨此后婿乡寄迹高怀谁与共壶觞

与人何尤，可怜白发双亲，养子聪明成不幸
自古有死，太息青云一瞬，如兄摇落更堪悲

鸰原急难吾争先，喜效追随，门内幸多同辈
雁羽分飞人去早，曷胜悲痛，毫端莫写牢愁

皎月沉沉，令兄弟们空对此绮席华筵，如痴如醉
和风习习，叹子侄辈问谁向青灯绿野，课读课耕

挽妹联

哭望天涯，兄妹六人惟剩我
魂招海角，道仙三岛又添君

蒯家有善根，却缘何兄姐坎坷，弟妹离散，天意从来高难问
桃源惜往事，只剩下楼房残破，沅水如诉，繁华更向何处寻

挽姨夫联

小于有何知惟父母是依童年即谒高门早识邢谭通雅谊
亲情原最厚痛音容顿杳今日来凭灵榇不堪萝茑失乔阴

挽姨母联

恩谊略同甥舅与吾母姊妹相亲顿失慈容劳想象
往来无向邢谭惟小子童䇲承教缅怀懿训寄悲哀

179

挽义母联

兰砌借相依频年仰荷提携恩同保赤
萱花惊卒萎此日衔悲失怙目断垂青

挽嫂联

自愧不才此后议围难遽解
敢忘懿德於个家政复谁操

嫂来归我甫数龄回首当年相依真似母
病不起今只几月伤心至此何以慰吾兄

挽姐夫联

顾我女婴方欣得所丧厥天莫非命
卓尔宅相转瞬成童卜其后必克昌

挽妹夫联

频年觞咏流连相应同声合与茗赋雪诗订成一集
今日壶裴供奉凭灵设奠空取篙歌薤诛哭利千秋

挽侄儿联

少者殁长者存数诚难测
天之涯地之角情不可终

挽侄女联

快婿属南宫选获乘龙方谓于归欣得所
芳踪返西域魂随驾鹤定如此去作游仙

挽甥儿联

天道何知不许阿你留李贺
神仙安在翻教老泪哭羊昙

是学富才优抱负非凡宅相魏舒深属望
讵天违人愿修文邃赴呕心李贺不昌年

挽女婿联

月冷空屎虚负平时冰玉誉
云凄甥馆难回此日雨风魂

锵凤卜其昌方谓之予于归偕老百年欣得所
骑鲸渺何处谁料沉疴不起此行千古剧堪悲

181

挽侄婿联

快婿属南宫一样乘龙方谓于归欣得所
遗容瞻北面千秋化鹤从教之子更何堪

挽妻侄联

行辈忝居尊从荆妻方面言来异姓依然犹子
平生勤励志痛李贺心肝呕出高才竟不昌年

挽亲家联

幸托丝萝荣分椿荫
悲歌蒿薤空奠椒浆

风片雨丝，萧飒忽摧女贞荫
莺啼燕语，凄凉偏杂子规声。

儿女亲事今世如意
两家结缘再生相逢

寥落数晨星，鹤驾云中偏去远
凄凉忆旧雨，蟀吟床下不成声

挽朋友联

友思今成永别
笑绪已为悲端

哭君今天离去
盼友再世重逢

第六章 通用挽联

赤心光昭日月
清名终古长留

平生风义兼师友
永世因缘结弟兄

一生刚直无邪
终世清白光明

壶中日月三生梦
海上云山万里愁

生前不卑不亢
死后可泣可吟

文章卓荦生无死
风骨精灵逝有神

一世深交堪难得
九泉有知念旧情

诔文作自先生友
遗稿归于后死朋

感旧有怀同向丽
招魂何处问巫阳

竹影仍偕身影在
墨花尽带泪花飞

秋草独寻人远去
寒林空见日斜时

悲哉今日成永别
痛兮何时再相逢

岭表玉梅多减色
山阴寒笛不堪听

千里吊君惟有泪
十年知己不因文

幽兰空觉香风在
宿草何曾泪雨干

松柏侣君一生错节风霜苦
同志爱我毕竟深情肝胆知

断稿残编余手泽
白杨衰草尽哀音

廿载契何如犹觉兰言在耳
三秋悲永诀哪堪楚语招魂

犹似昨日共笑语
忧惚今时汝尚存

何处可招魂检箧尚遗玄草
为群欲挂剑登堂空忆白云

回忆田园欢会乐
不堪樽酒故人稀

烟雨凄润满眼山花凝血泪
笑容长杳一溪流水伴哀声

事业已归前辈录
典型留与后人看

时事伤心风号鹤唳人何处
哀情惨目月落乌啼霜满天

183

梁木风摧从此不见尊君影
德星夜坠往后只看仙鹤飞

无缘话永诀知音来时泪泣血
有期解相思苍鸟啼处梦传神

挂剑若为情黄菊花开人去后
思君在何处白杨秋净月明时

管子天下才公论当年青史在
鲍叔知我者故吏此日白头稀
同志最相亲，忆白发青灯，昨岁尚陪连夜话
名山期共往，叹太行盘谷，此生无复并肩游

学术各门庭与子平生无唱和
交情同骨肉俾子后死独伤悲

一日三秋，岂料生离成死别
五湖四海，纵弹流水失知音

有幸结芳邻，友谊真诚逾手足
一朝悲溘逝，家风淳朴付儿孙

挽师长联

执卷寻师空有愿
亲聆赐教更无期

痛失良师箴言常在耳
深铭大义益教再求谁

忆昔日膝下承欢句句诲言铭肺腑
恸今昔灵前哭泣悠悠泪水断肝肠

德重仰高风雅教常萦昔日金言铭肺腑
情长牵后浪恩波永在众生功绩驻人间

望穿秋水恨寒江无情夺我荆楚子弟志
痛断愁云愿苍天有眼安尔国家栋梁魂

日同案夜伙灯几度年华探律求源成益友
忆春风思化雨满园桃李捶胸洒泪哭良师

寿越八旬膝下儿孙闯南北家族亲朋咸敬仰
名扬四海灵前戚友悼贤良近邻远客尽哀伤

挽友父联

福寿全归　　　　　　　　三径寒松含露泣
音容宛在　　　　　　　　半窗残竹带风号

齿德兼并　　　　　　　　仙游极乐乘风去
名望常昭　　　　　　　　神往西方驾鹤行

慈航方痛远　　　　　　　风号鹤唳伤心处
严训始知亲　　　　　　　月落乌啼涌泪时

治圃留春色　　　　　　　有道伤心先长子
挥毫赋晚晴　　　　　　　无声泣泪慰黄泉

慈言犹在耳　　　　　　　真英雄死而无憾
孝子更伤心　　　　　　　孝子女生当有为

悲泣因严考　　　　　　　高风送秋飞霜迎节
孝思闻蒲公　　　　　　　驾鹤上汉骖鸾腾天

惟虔心祷告　　　　　　　北国同悲，无言敬挽
竟无语凝噎　　　　　　　天灵可慰，有子如君

前辈音容宛在　　　　　　读千字先催落地之泪
先生浩气长存　　　　　　留一联也慰在天之灵

孝悌仁慈为人道　　　　　报国无悔，养儿无憾
生老病死大自然　　　　　节化黄花，魂化白云

月色黄，忍见清魂随鹤去　　　日月长悬，天堂永照英雄路
西风苦，不堪孝子断肠悲　　　死生难料，秋夜欲摧儿女魂

红泪洒时，哲人跨鹤归碧落　　不求平仄，直书几字当联挽
白云飞处，后辈焚香祭黄泉　　声难律谐，只因天地共尔哀

遥扶北塞英灵，蒙包闻恸涕　　松鹤无言，江河落泪，悼英灵远去
痛煞南疆后学，粤海泣悲歌　　妻儿勿念，学业休耽，愿志气长存

挽友母联

音容铭记　　　　　　　　　　慈竹当风空有影
懿德永存　　　　　　　　　　晚萱经雨似留芳

传噩耗悲歌动地　　　　　　　巍巍陵山永志芳德
念慈爱恸容惊天　　　　　　　滔滔沭水常怀雅风

福寿荣归垂懿范　　　　　　　古郯传噩耗孟母流泪
音容永记悼慈灵　　　　　　　伊甸散慈云夏娃告哀

先慈谢世天垂泪　　　　　　　看五德人家荣昌夏氏
孝子哀伤地生悲　　　　　　　恸八秩母亲永逝东方

痛夏母遽伤驾鹤　　　　　　　高堂仙逝音容笑貌千秋在
叹侄辈空效啼鹃　　　　　　　晚辈敬祈躯体英灵九泉安

劬勉一生，享年八秩，瑶池落座方安憩
遵从四德，载誉千家，懿范永存未索求

恸母不归，一生任劳，敬老慈儿，音容笑貌恩情在
高堂仙逝，几度伤心，焚香祭奠，德惠聪贤子女承

挽英烈联

千秋忠烈
百世遗芳

不自由毋宁死
无求生以害仁

生为人杰
死作鬼雄

大笔淋漓圬者传
义声澎湃浙江潮

生无媚骨
死留芳名

功业常齐天地永
红旗自有后人擎

忠魂不泯
浩气长存

黄土一抔埋忠骨
心香三瓣吊雄魂

恩泽四海
功高九天

勒马黄河悲壮士
挥戈易水哭将军

为国捐躯
成仁取义

马革裹尸烈士志
捷报传家父母心

光辉齐日月
身影耀河山

浓雾阴沉重庆道
大星陨落黑茶山

杀敌在前方
英名留后世

青山有幸埋忠骨
战士无敌报国仇

铁肩担道义
热血荐轩辕

生经白刃头方贵
死葬黄花骨亦香

正气留千古
丹心照万年

未酬壮志身先死
留取丹心照汗青

星斗芒寒烈士墓
风雷灵护英雄碑

惊回首伟业丰功垂宇宙
抬望眼高风亮节勋人民

已有丰功垂青史
犹存大节誉人民

捐躯献身浩气长留寰宇
舍生取义英灵含笑苍穹

英雄志向实伟大
勇气流血最光荣

青山绿水长留生前浩气
翠柏苍松堪慰逝后英灵

继承先烈革命传统
发扬前辈爱国精神

白昼杀人应有纲常扶正义
赤忱抗日纵然枉死亦光荣

取义成仁民之主也
青天白日人可杀乎

边风急兮去时雪满天山路
男儿死耳何须生入玉门关

舍己为人当仁不让
赴汤蹈火见义勇为

魑魅魍魉残余知法网有漏
琴瑟琵琶炕尽问民权何存

为解放民族而奋斗
是无产阶级之先锋

功同日月先烈英名垂青史
誉满山河英雄遗志展宏图

血洒玉林芳流千古
功高八桂痛切同侪

降志图存岂让汉奸轻借口
盖棺论定只须殉国便成仁

帝国主义残暴之证据
次殖民地惨状之写真

天若有情应寿百年于俊杰
人谁不死独将千古让英雄

铁打均州被红军突破
钢铸头颅为革命牺牲

忠魂不泯热血一腔化春雨
大义凛然壮志千秋泣鬼神

先生为劳苦群众流血
我们替无产阶级报仇

日月行天，忠魄芳留百世
江河流地，英雄功存千秋

一生为人民创造红地
百姓到如今叫你青天

青山绿水，长留生前浩气
翠柏苍松，堪慰逝后英灵

捐躯献身，浩气长留寰宇
舍生取义，英灵含笑苍穹

统治者害治青年遭殃孰能忍
立法的毁法民主扫荡真堪伤

死为鬼雄，笑强房灰飞烟灭
魂掀怒浪，看大江云乱石崩

须有同舟共济之心方能制敌
不明阋墙御敌之道何足救亡

忠魂不泯，热血一腔化春雨
大义凛然，壮士千秋泣鬼神

碧血化长虹清川江浩浩流千古
赤胆吟高歌八号桥巍巍塑英姿

天若有情，应寿百年于俊杰
人谁不死，独将千古让英雄

使非公等牺牲国梦未知何时醒
尚有吾侪奋斗民权定要异时伸

浩气贯苍穹英雄有恨填香海
伤心悲世道吊客何堪问佛山

名垂青简，功耀红旗，万古长怀英烈
气壮丹霄，人埋黄土，千秋共仰仪型

荷竹抚遗图追题曾为士衡感
池塘寻旧梦病起今无灵运诗

碧血洒边陲，青山埋忠骨，忠诚儿女忠诚志
丹心卫祖国，翠柏伴英魂，英雄时代英雄人

继两公精神再接再厉争民主
汇万众悲愤一心一德反独裁

政界挽联

丹心照日月
刚正炳千秋

千行遍插莱公竹
两泪同挥羊祜碑

正气留千古
丹心照万年

令子高才比麟凤
使君厄运遇龙蛇

哀歌动大地
浩气贯长空

家风万石同千古
寿考汾阳逾二牟

耿耿丹心垂宇宙
巍巍功业泣山河

伟绩丰功垂青史
高风亮节励后人

志壮情豪诚可敬
赤诚坦白留美名

鞠躬尽瘁死而已
盛德至善民不能忘

花诰云开懿型足式
萱帷月冷慈范长垂

道行大同不独子其子
福备洪范天亦贤其贤

惟大学问功高心愈下
是真澹泊身殁志益明

奋斗为人民精神不死
光荣留青史百事流芳

惊回首留伟业丰功垂宇宙
抬望眼存高风亮节励人民

风风雨雨为人民终身奋斗
山山水水留足迹风范长存

为国为民如此好官实难得
立功立德至今遗泽孰能忘

遗爱难忘黍雨棠阴皆德政
循声遍诵江云海水尽愁思

霖雨慰苍生谢公系天下望
大星沉碧落传说骑箕尾游

尽瘁鞠躬一息尚存此志不容少懈
遗爱在世九原可作微公其谁与归

军界挽联

中天悬明月
前军落大星

碧血染风采
青史留英明

英明垂千古
丹心照汗青

一身扞胆生无敌

百战威灵殁有神

大树风高万人敌
将军星殒一天寒

于国有功真不世
为民捍患更何人

生子才同班定远
老成痛失鲁灵光

锦里角巾标雅望　　　　　　令子多才韬钤树略
榆关牙纛绍前光　　　　　　母仪足式彤管流芳

南征北战功不朽　　　　　　铁券分封剑气当年横塞北
春去秋来名永留　　　　　　黄梁入梦将星一夜陨江南

南朔战功青史在　　　　　　跨鹤人归旗影不堪风月冷
古今名将白头稀　　　　　　屠龙技在剑光犹映斗牛寒

无私慷慨身殉国　　　　　　夺情本从权为国家从公戮力
含笑牺牲志凌空　　　　　　节哀以顺变愿将军移孝作忠

一代国粹垂青史　　　　　　天上大星沉万里云山同惨淡
千秋美名化金星　　　　　　人间寒雨迸三军笳鼓共悲哀

天坏长城河山变色　　　　　守土共存亡先鞭作我三军气
功称大树风雨惊秋　　　　　挥戈思勇决信史传兹百世名

故老掩涕三军凄感
中原极目千里伤春

千里枚舆白草洁养
三军缟素墨绖衔悲

文艺界挽联

墨云香冷来琴馆　　　　　　朗月清风怀旧宇
蕴露寒生赋鹏文　　　　　　残山剩水读遗诗

文章卓越生无敌　　　　　　锦章留于后世读
风骨精灵殁有神　　　　　　挚友还在梦间交

人间未遂青云志
天上先成白玉楼

雄笔卷苍茫丹青都带风云气
双溪流日夜猿鹤犹闻呜咽声

惊变埋玉，洛水神悲生死恨
还巢失凤，游国遥想牡丹亭

第七章　新居对联

第七章 新居对联

新居通用联

紫微高照勤劳宅第
福气长凝俭朴人家

大地灵钟，肇成文明之运
华堂瑞霭，弘开富贵之基

吉日迁居万事如意
良辰安宅百年遂心

玉柱立天地，天地增异彩
金屋映日月，日月添光辉

创基业门庭祥云卷
展宏图宅第瑞气生

祥发其光，既显高门积庆
大启尔宇，还基奕世宏规

乔迁喜天地人共喜
新居荣福禄寿全荣

小院四方几度春风几度雨
新房一座半藏农具半藏书

家富人和顺如流水
时言乐笑穆若清风

居卜德邻人杰地灵觇瑞气
宅迁仁里珠兰玉桂兆奇英

喜落成华构盈门秀色
庆乔迁新居满屋春风

兴大厦建乐园景色如画美
住新居创家业生活似蜜甜

何必金屋玉堂方称杰构
就此简房寒舍便是安居

春华秋实此处饶有农家乐趣
水抱山环其中别具园林风光

何须大厦高楼方称舒适
就此青山绿水便好安居

乔木好音多远闻莺迁金谷晓
上林春色早近看花报玉堂开

架金梁广，获亲朋助力
立玉柱多，谢戚友帮忙

山河发奇观松茂竹苞涉时秀
庭阶生瑞气兰馨桂馥迁地良

笑语声声，共庆乔迁喜
腊梅朵朵，同吟致富诗

门对青山，群群牛羊嬉绿毯
窗含新月，簇簇鹅鸭荡碧波

195

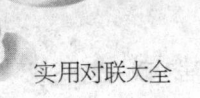

旭日照华堂，风景这边独好　　　　喜临华堂，瑞气缭绕百事顺
红花香大地，江山如此多娇　　　　乐居新屋，祥光普照万代昌

杰地仍幽，水如碧玉山如黛　　　　兴大厦，建乐园，景色如画美
新居不俗，凤有高梧鹤有松　　　　住新居，创家业，生活似蜜甜

春风暖万家，迎来新居落成　　　　醒酒即平泉，何必卫公真陇右
杨柳绿千里，更添华屋生辉　　　　藏书留紫气，可知柱石此传家

栋宇嵯峨，光凌彩凤天边日　　　　山河气象果新奇到处莺歌燕舞
规模壮丽，秀掇金鳌海上春　　　　栋宇规模真壮丽满眼虎踞龙盘

望益何多，卜筑应开蒋氏径　　　　居然海国雄风，层楼暮抱西山雨
安仁故爱，择居将拟孟家邻　　　　疑是滕王高阁，画栋朝飞南浦云

乔木成荫，喜莺谷高迁，松茂竹苞宏气象
瑞芝苗秀，看驷门大启，地灵人杰壮规模

建筑仿欧工，从今美奂美轮，创业共推中外望
经营贻世泽，可卜肯堂肯构，承家喜有子孙贤

建房联

瑞霭佳地　　　　　　　　　　　　物华焕彩
福蕴新居　　　　　　　　　　　　天宝呈祥

华堂昼永　　　　　　　　　　　　山环水绕
乔木春深　　　　　　　　　　　　人杰地灵

地灵人杰　　　　　　　　　　　　门焕奎壁
天宝物华　　　　　　　　　　　　栋接云霞

第七章 新居对联

红日高照
紫气东来

栋宇朝红日
竹帘引惠风

祥麟臻圃
鸣凤栖梧

虎踞龙盘地
夏凉冬暖家

文明开景运
栋宇绕彤云

室有莺适瑞
门多吐凤才

楼台凌碧宇
堂构焕朱门

坚贞瞻柱石
巩固庆苍桑

家种吉祥草
宅开幸福门

甲第崇高闳
天文焕紫微

新基欣奠定
宏运启文明

云霞成五色
彩焕映三台

祥光浮紫阁
喜气绕朱轩

画堂辉新绵
华构霭春晖

云影遮廊阶
花香透珠帘

庭辉联树彩
檐影接云光

门前绿水笑
屋后青山幽

旧宅翻成新宅
今年胜过去年

门庭增气象
堂构毓人龙

龙盘虎踞福乐宅
凤巢鹤乡安宁居

群材成大厦
彩凤宿高梧

新屋新地新气象
好山好水好风光

风和新居暖
日丽甲第安

红日舒辉临吉宅
春风送暖入华堂

门对青山龙虎地
户纳绿水凤凰池

画栋倚云呈异彩
花灯映月放光辉

五色祥云笼甲第
三多景福集门闾

栋拂云霞绕紫气
家传诗礼足春风

香阁聚秀帘霭瑞
奎壁联辉户纳祥

门外青山水流秀
户内人旺财源兴

累仁积德根基厚
对宇望衡光景新

兰室犹然仍旧址
槐堂又喜庆新居

堂构鼎新添新色
箕裘晋步焕文光

堂构森严绳祖武
天葩彩发焕人文

宏图大展兴隆宅
泰运长临富裕家

建成大厦高华宅
留与后人久远居

华构落成千年计
小筑安居四时春

江山聚秀归新宇
奎壁联辉映画堂

华堂耀日燕争巢
大厦连云凤隐栖

甲第鼎新容驷马
华堂钟秀毓人龙

新厦落成增秀色
华门安居进财源

堂构初成千载业
坦墉已筑万年基

玳瑁连云开甲第
霜毫离藻富春华

竹苞秀起云为屋
兰玉香生锦作堂

房建花间风更爽
身居新院苦也甜

高桥落成千载重
华堂永奠万年春

南山户对开黄道
并阙门迎照紫微

阁上金龙腾紫气
堂前彩凤映丹霞

第七章　新居对联

瑞彩盈庭山聚秀
祥光当户斗联辉

鸟革翚飞麟凤起
竹苞松茂桂兰香

日月耀辉光画栋
山川秀丽映雕栏

堂构新开光生梓里
栋梁高建彩焕根基

新屋落成三代喜
全家和睦万般兴

美奂美仑大启尔宇
肯堂肯构长发其祥

承家事业辉堂构
经世文章裕栋梁

喜建华堂春风入座
乔迁新居佳客盈门

春风化雨艳桃李
瑞霭盈屋旺子孙

新居焕彩盈门秀色
华构落成满座春风

玉堂金马家声老
画栋雕梁物色新

高大门闾美仑美奂
绵延世泽丕显丕承

山水朝宗依旧日
堂前集瑞霭新居

新居落成祥云绕室
华堂集瑞旭日临门

华堂建新六亲力
玉宇落成百匠功

画栋雕梁齐称杰构
德门仁里共庆安居

旧裔云祁绵世泽
新居奕叶壮鸿图

合天时祥云连画栋
得地利峻岭对新庭

屋后松竹添秀色
门前梅兰吐幽香

映月红标洁谋清白
凌峦画堂卜胜山川

水为奠基绕玉带
山因落成列翠屏

大地钟灵文明启运
华堂集瑞富有基开

秀宇屋明光日月
朱堂高辟大骈幪

桂馥兰馨子孙永葆
竹苞松茂天地皆春

199

华构初成可称乐上
比邻互助更喜安居

华构新成红霞朵朵映画阁
春风早惠紫燕双双上雕梁

南望飞云雕梁画栋
西来爽气玉宇琼楼

喜临宅地瑞气缭绕百事顺
乐建新居祥光普照万代昌

依山傍水景中胜境
坐北朝南画里新居

华厦落成吉星高照千秋业
宏基永固旭日长延万代荣

画栋雕梁大启尔宇
竹苞松茂聿观厥成

风月天边晴空北望三千里
江山如来爽气西来第一楼

华堂入云江山添一景
大厦落成农家乐三春

山河发奇观彩凤金龙旋地轴
庭阶生瑞气玉兰宝树茁天葩

华堂瑞绕喜光辉栋宇
兰室香生贺锦绣阳春

小舍已落成从此满门添喜气
安居求自力会当生活上层楼

开百世鸿图龙盘虎踞
启千秋大厦凤起蛟腾

杰构地乃幽水如碧玉山如黛
庶民居不俗凤有高梧鹤有松

美仑美奂建在幸福时代
华堂华屋属于勤劳子孙

华构羡经营创业固宜传百代
芳庭供栖息安居还应思千载

沿阶花木著奇观一亭春色
近水楼台多幻景满院祥光

煜耀画堂新后昆得所承先泽
国治家齐本方兴未艾启宏图

映日红标五色云中飞彩凤
凌霄画栋万花丛里耸虬龙

新居面对青山屏障天然定卜人财两好
雅室门朝绿水膏腴地质预占富贵双全

新居落成欣逢旭日初升屋梁燕集歌人杰
华屋构造喜遇紫阳正照乔木莺迁感地灵

雅室前朝笔架高峰地势钟灵预卜财源广进
新居后倚文头大岭天然毓秀定占瑞气长来

新房上梁联

卜云其吉　　　　　　　　　　喜竹苞永茂
奠厥攸居　　　　　　　　　　庆磐石长安

竖千年柱　　　　　　　　　　青龙缠玉柱
架万代梁　　　　　　　　　　白虎架金梁

吉星高照　　　　　　　　　　画锦来三凤
福地呈祥　　　　　　　　　　奎光聚八龙

旭日悬顶　　　　　　　　　　地势开华阀
紫微绕梁　　　　　　　　　　天时焕紫微

梁起户聚瑞　　　　　　　　　埋地奠新业
瓦铺门纳祥　　　　　　　　　基实撑大梁

天眼照宅地　　　　　　　　　上梁喜鹊叫
阳光撑栋梁　　　　　　　　　竖柱彩霞飞

金梁光耀日　　　　　　　　　大竖擎天柱
玉柱力擎天　　　　　　　　　高加创业梁

花发立柱日　　　　　　　　　吉日开黄道
鸟歌上梁时　　　　　　　　　祥星辉紫微

肇启文明运　　　　　　　　　忠诚作柱石
宏开富有基　　　　　　　　　耿直为栋梁

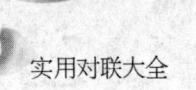

祥云笼吉地
嘉树拂新轩

竖柱遇吉日
上梁逢良辰

玉柱擎红日
金兴入紫微

夯基符地利
上梁合天时

人和大梁正
世盛家业兴

龙腾日有吉
凤舞云呈祥

竖贞瞻柱石
巩固庆苍桑

千秋事业原非易
万代根基由来深

吉日立柱凝百瑞
良辰上梁集千祥

今日玉柱根基固
明朝新房喜庆多

祥云捧日日吉利
瑞气盈门门盛昌

家业振兴凭双手
栋梁凌空靠齐心

旧时燕垒初更换
今日鸿基已奠成

三阳日照平安地
五福星临吉庆家

大梁凌霄云浩荡
家业兴旺日喷薄

紫微高接三台瑞
室砌祥辉五色云

鸣花炮声声道喜
起大梁步步登高

旭日朝临新气象
吉星拱照大文章

驾起祥云连北斗
堂开瑞气焕春光

坤正奠定兴家业
基实撑起继世梁

花开富贵人开眼
日上中天屋上梁

择地适逢中兴日
上梁正值丰收年

金梁灿灿光耀日
玉柱巍巍国擎天

定磉欣逢大好日
上梁正遇幸运时

宝盖呈祥香结彩
银台报喜烛生花

星耀紫微辉生画栋
日占黄道喜建雕梁

门闾恢廓容旋马
筑构轩昂绕瑞云

吉日甚吉大梁宜举
良辰皆良根基固坚

玉柱功撑蓬勃丰采
金梁高回潇洒新姿

砌铜墙粉铁壁华居添彩
上金梁架玉柱庭宇生辉

画栋雕梁大启尔宇
竹苞松茂伟观厥成

大梁鼎起下临福地上承日
鸿基奠成前有德邻后靠山

平安福地紫微拂栋
椿萱亲茂喜溢高堂

新房落成联

新居焕彩
华堂生辉

福临吉地
春满华堂

门迎百福
户纳千祥

门庭多喜气
家室驻早春

千祥云集
百禄并臻

新春迎新气
福地启福门

燕贺新禧
莺歌阳春

风和新居暖
日丽甲第安

春光入户
福气临门

新居迎万福
仁宅集千祥

燕报重门喜
莺歌大地春

旭日临门早
春风及第先

松菊陶潜宅
诗书孟子邻

莺迁乃故里
燕贺即新居

借得山川秀
添来气象新

东风开画栋
旭日映华堂

祥云浮紫阁
喜气溢朱门

宝盖万年在
华厦千秋辉

里有仁风春意永
家余德泽福运长

基实奠定千秋业
柱正撑起万年梁

家居绿水青山畔
人在春风和气中

江山聚秀归新宇
奎壁联辉映画堂

旭日乍临家室乐
和风初度物华新

莺声到此鸣金谷
麟趾于今步玉堂

移门欲就山当枕
迁居常将水作琴

门对青山庭铺瑞雪
屋临绿水窗横腊梅

今冬如春江山吐秀
生财有道栋宇增辉

创基业门庭祥云卷
展宏图宅第瑞气生

家富人和顺如流水
时言乐笑穆若清风

乔迁喜天地人共喜
新居荣福禄寿全荣

松茂竹苞及时而秀
兰馨桂馥迁地为良

庭树花开莺声送喜
阶兰秀茁燕翼贻谋

燕贺新巢双栖画栋
莺迁乔木百啭上林

移取春风门栽桃李
蔚成大器材备栋梁

第七章 新居对联

紫微高照勤劳宅第
福气长凝俭朴人家

三阳日照平安地
五福星临吉庆门

华堂锦乡江山添异彩
甲第祥和农户乐重光

居之安四时吉庆
平为福八节康宁

喜落成华构盈门秀色
庆乔迁新居满屋春风

新屋落成千载盛
阳光普照一家春

笑语声声共庆乔迁喜
腊梅朵朵同妆进取楼

新厦落成增瑞气
华门安居进财源

门对青山庭铺锦绣
屋临绿水窗横彩霞

宏图大展兴隆宅
泰运长临富裕家

甲第宏开美轮美奂
新屋落成多福多寿

江山聚秀归新宇
蓬壁联辉映画堂

喜建华堂春风入座
乔迁新屋喜气盈门

紫气迎祥双阙晓
彤云献瑞五门春

南望飞云雕梁画栋
西来爽气玉宇琼楼

择居仁里和为贵
善与人同德有邻

紫阁祥云物华天宝
朱轩瑞气人杰地灵

燕喜新居春正暖
莺迁乔木日初长

天地钟灵文明运启
华堂集瑞富有基开

一片彩霞迎旭日
满堂春风庆新居

栋拂云霞绕紫气
家传诗礼驻春风

日丽风和锦铺院
冬暖夏爽笑满堂

一代祥光辉吉宅
四面旺气聚重门

吉星高照福安地
盛世促成和睦家

205

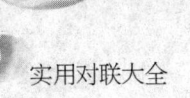

祥云环绕新门第
红日光临喜人家

新屋落成千载盛
阳光普照一家春

江山聚秀归新宇
蓬壁联辉映画堂

宏图大展兴隆宅
泰运长临富裕家

新厦落成增瑞气
华门安居进财源

五色祥云笼甲第
三多景福集门闾

新居焕彩盈门秀色
华构落成满座春风

喜建华堂春风入座
乔迁新屋喜气盈门

安居乐业喜庆乔迁乐
国隆家昌盛赞勤俭家

砌铜墙粉铁壁华居添彩
上金梁竖玉柱庭宇生辉

祥云绕吉宅家承旺世添福禄
瑞蔼盈芳庭人值华年增寿康

第八章　开业对联

奠基仪式对联

五城联创开新纪
整体搬迁出效能

凤舞龙腾效能建设书新页
山欢水笑民心工程育后昆

科技创新卫星上天勘海洋
经济建设信息入海展宏图

卫星上天从此北京相连东北亚
海洋勘察尔后方能造福牡丹江

兴国安邦卫星基站根植雪域奠基伟业
志存高远中国海洋献礼北京再创辉煌

善政福黎元真抓实干精心唱响和谐曲
愿景辉盛世开来继往锐意打造凤城春

民心工程绣虎雕龙，彩笔凌空干气象
和谐盛世腾蛟起凤，宏图耀日灿云霞

政通人和革故鼎新师生齐唱《清平乐》
民安国泰与时俱进干群共吟《正气歌》

楼盘开工对联

世纪初开福盈天地
青山绿水春满人间

新世初纪春回大地
名山秀水意满情浓

遗世仙居纪旅，奇花初生，嫩柳添春碧
环山圣水涵珠，曦阳普照，紫薇泻夏红

敬老院竣工对联

岁月无情催白首
丰衣足食寿弥高

白发满头心不老
丹心一片志弥坚

白发满头心不老
童贞一片志犹坚

时盛世昌春不老
丰衣足食寿弥高

得风得雨得岁月
敬天敬地敬人伦

人在晚年逢盛世
躬于福地享高龄

躬于福地享高龄
有衣有食享天年

无虑无忧度晚年
有衣有食享天年

岁月无情催白首
东风有意焕青春

暮云美，笑语落在养老院
夕阳红，欢歌响遍小关湖

不是国家关照好
何来病老幸福多

岁揽沧桑，年携智慧，心静为平安福地
霞辉黄土，水润黔灵，天怡是快乐家园

农村村综合楼竣工庆典联

七彩缤纷，八音齐奏，燕语莺歌，九域嘉客欣临莅
百门祥瑞，千福咸臻，南泽北惠，万般盛情总戴铭

春色浓郁，客宾堂聚，吉日欢庆典，集英会俊洪声远
人文盛荣，事业上达，群贤启宏图，秀坳兴村厚泽长

群智群策，齐心鼎力，克难趋利，筑就祥楼，村众公益皆欣喜
胜宾胜情，由我戴德，致谢言衷，堆满愧意，今之陋筵多海涵

农村道路竣工联

缩千里为咫尺　　　　　　　　驾水穿山纵横万里
联两地为一家　　　　　　　　过村越国联络四方

道路畅通千里马　　　　　　　踪迹风尘车轮仆仆
班组团结一盘棋　　　　　　　途经海角脚步匆匆

户户相连通大道　　　　　　　纬地经天交织人间锦绣
家家共济建康庄　　　　　　　马龙车水频添大块文章

千里路朝行夕至　　　　　　　何愁雨打风吹双手送迎女男老幼
两地人南往北来　　　　　　　哪怕山高路远四轮连接城镇乡村

计生服务联

少生家幸福　　　　　　　　　顶天莫道男儿汉
优育国文明　　　　　　　　　奥运欣看巾帼英

苗壮方能茂　　　　　　　　　勤劳俭朴创大业
花香不在多　　　　　　　　　少生快富奔小康

男儿有志报国家
女子巾帼更英豪

联翩丹凤舒新翼
并蒂红花攀高枝

勤劳致富春光美
婚育新风福满门

春风披拂优生户
时雨沾濡少育家

凤求凰百年好合
男嫁女一代新风

晚婚兴业除旧俗
优育利家树新风

丹心谱写国策曲
深情奏唱新风歌

晚结丝罗山海固
优生竹笋地天长

优育新花香遍地
少生善策富全民

计生工程心系百姓
保质保量情暖万家

慧质兰心独延美玉
柳诗茗赋奇育清才

晚婚晚育情意深长
少生优生和谐美满

富国富民山欢水笑
优生优育月舞星歌

喜看绿竹独抱新笋
福临红楼双亲育珍

少生优生益母益子
晚婚晚育利国利民

破除千年封建旧俗
树立一代婚育新风

文明之花开遍华夏
婚育新风吹满九州

实施可持续发展战略
描绘跨世纪宏伟蓝图

优生生俊秀民族昌盛
优育育英才国家富强

贴心伴侣共创千秋业
恩爱夫妻同育一支花

喜结良缘无须广宴席
科学优育何必多子孙

自古成栋梁无论男女
而今逞英豪莫分长幼

桃花梨花同结丰硕果
男孩女孩皆成栋梁材

婚事新办立一代新风
计划生育破千年旧俗

第八章 开业对联

男嫁女可喜可贺新风尚
女迎男利国利民好姻缘

多劳多得人人争奔富裕路
少生优生家家倍出栋梁材

新人办新事新办人人赞
春日撒春雨春色处处有

晚婚晚育移风易俗传佳话
优生优教破旧立新唱赞歌

破封建陋习极目楚天舒
树婚育新风尽数神州怡

长空飞雪点点梅花抱春俏
大地争辉个个女娃开颜笑

壮男儿跨马挂刀卫边疆
中华女披花戴带建家园

少生育母健儿壮同享小康
多学习科教兴国共创大业

好政策人民生活添蜜意
新时代青年婚育倡新风

心系国策走村串户累而无怨
情注计生跋山涉水苦亦有乐

计划生育勿忘朝朝夕夕
教育子女切记岁岁年年

绿山绿水世世代代梅香柳新
优生优育子子孙孙龙飞凤舞

男尊女女尊男男女平等
夫敬妻妻敬夫夫妻同心

和和美美三口之家吉祥如意
欢欢喜喜五福临门快乐绵延

春雨润春花春色处处艳
新人办新事新风人人夸

讲文明好女婿夫共创致富路
树新风英男落户同描幸福图

逢佳节择佳期佳偶传佳话
迎新春贺新禧新人树新风

自由恋爱两朵红花并蒂开放
计划生育一代新人茁壮成长

喜洋洋行婚育新风家家乐
笑盈盈倡优生优育处处春

男儿自有顶天立地气贯长宇
女儿更有巾帼英雄万古流芳

生男生女家庭温馨乐永存
晚婚晚育夫妻和睦春常在

红莲并蒂红叶题诗乾坤安定
紫燕双飞紫气凝瑞琴瑟和鸣

少生优育天蓝水清花争妍
国策良计人骄街美鸟争春

晚婚青春年华事业蒸蒸日上
晚育年富力强子女茁壮成长

213

生活得康宁耄耋捷登九重岳
时代在进步妇女顶起半边天

经济发展科技进步综合国力步步高
晚婚晚育少生优生人民生活年年好

夫妻同心生一个子女可喜可贺
佳偶合德创百年事业利国利民

自尊自爱励精图治为妇女扬眉吐气
同心同德开拓创新与男儿并驾齐驱

敲锣打鼓四邻相送小伙子出嫁
载歌载舞全村喜庆大姑娘招亲

游知识海洋千难万险男儿不怕水中蛟
攀科学高峰百折不挠女儿何惧山有虎

开工奠基仪式联

南山上红叶枯柳
柳枯叶红上山南

吕汉李蓝韩张曹
仙仙俱到独缺女

悠悠淡现云和月
月和云现淡悠悠

语数英政史地生
课课皆满独缺体

疏竹虚影小庭院
院庭小影虚竹疏

油盐酱醋茶米面
件件都有就无财

花落葬魂寒塘水
水塘寒魂葬落花

肠肾心肺肝脾胃
件件皆齐就没胆

吹箫弄蝶彩衣飘
飘衣彩蝶弄箫吹

开工奠基名传四海
徐汇软件装遍五洲

凯旋一曲鸣天际
驰骋千里畅云霄

中华门技术园区问世
国家级软件基地奠基

坤坎离震艮巽兑
样样都有偏无乾

领世高端软件基伟业
治家名牌产品拓前程

中华门技术园区问世　　　　　　　独立桥头，人影不同流水去
国家级软件重地奠基　　　　　　　双飞花丛，蝶身随伴落花来

兴国安邦科教兴国奠基　　　　　　兴国安邦科教兴国奠基伟业
志存高远徐汇软件共创　　　　　　志存高远徐汇软件共创辉煌

圆月照方窗，有规有矩　　　　　　五湖废人荡舟五湖，独唱水龙吟
黑云掩白日，不阴不晴　　　　　　天机老人妙参天机，卜算人间运

洪流绕红楼，一动一静　　　　　　出对易，对对难，让出对人先对
楼下对楼上，一雄一雌　　　　　　造酒易，品酒难，让造酒人先品

北斗七星水底连天十四点　　　　　赏画闲，画画累，请赏画者后画
南楼孤雁月中带影一双飞　　　　　做饭繁，吃饭简，是做饭者后吃

心诚业精千国商界任驰骋　　　　　仰之弥高，钻之弥坚，可以语上也
志在非凡万家企业皆凯旋　　　　　出乎其类，拔乎其萃，宜若登天然

一人为大，二人为天，天大人情，人情大过天
一十为土，二十为王，王土天下，天下土多王

长桥不长，断桥不断，孤山不孤，西湖焉得许多虚名
善心有善，爱心有爱，好意有好，人间实有不少真情

渔家偶遇桃花源，碧桃千树，蟠桃千树，处处树树桃之夭夭
诗人徘徊桔子洲，丹桔万棵，蜜桔万棵，时时棵棵桔亦灼灼

小学搬迁工程奠基仪式联

五城联创开新纪
整体搬迁出效能

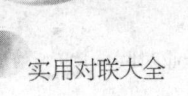

凤舞龙腾效能建设书新页
山欢水笑民心工程育后昆

善政福黎元真抓实干精心唱响和谐曲
愿景辉盛世开来继往锐意打造凤城春

民心工程绣虎雕龙，彩笔凌空干气象
和谐盛世腾蛟起凤，宏图耀日灿云霞

工商开业联

万民便利
百货流通

开张添吉庆
启步肇昌隆

兴隆大业
昌裕后人

利泽源头水
生意锦上花

升临福地
祥集德门

货好门若市
心公客常来

萃集百货
丰盈八方

财源通四海
生意畅三春

鸿图大展
裕业有孚
财源若海
顾客盈门

吉星欣在店
祥霭喜盈门

昌期开景运
泰象启阳春

隆声远布
兴业长新

恒心有恒业
隆德享隆名

同行增劲旅
商界跃新军

第八章 开业对联

货畅其流通四海
誉取于信达三江

门迎晓日财源广
户纳春风吉庆多

迎八面春风志禧
祝十方新路昌隆

事与人便人称便
货招客来客自来

三江顾客盈门至
百货称心满街春

货畅其流通四海
誉取于信达三江

财如晓日腾云起
利似春潮带雨来

迎八面春风志禧
祝十方新路昌隆

五湖寄迹陶公业
四海交游晏子风

三江顾客盈门至
百货称心满街春

友以义交情可久
财从公取利方长

财如晓日腾云起
利似春潮带雨来

文明经商生意好
礼貌待客顾客多

五湖寄迹陶公业
四海交游晏子风

湖海交游凭道义
市场贸易具经纶

友以义交情可久
财从公取利方长

贸易岂无德贤志
权衡须用公正心

文明经商生意好
礼貌待客顾客多

经商不教陶朱富
买卖常存管鲍风

公平交易财源广
合理经营利路长

根深叶茂无疆业
源远流长有道才

货有高低三等价
客无远近一样亲

217

湖海交游凭道义　　　　　　开业经营门庭若市
市场贸易具经纶　　　　　　热心服务寒月如春

贸易岂无德贤志　　　　　　顾客如川川流不息
权衡须用公正心　　　　　　生财有道道畅无穷

经商不教陶朱富　　　　　　经之营之财恒足矣
买卖常存管鲍风　　　　　　悠也久也利莫大焉

根深叶茂无疆业　　　　　　门前大道通八方利路
源远流长有道才　　　　　　店后小溪纳四面财源

门迎晓日财源广　　　　　　礼谦宜贸无论东南西北
户纳春风吉庆多　　　　　　应时便民当分春夏秋冬

事与人便人称便　　　　　　奇货任流通大地何论南北
货招客来客自来　　　　　　商场尽发达中华不分东西

凤律新调三阳开泰　　　　　品类繁多倾注主人殷殷意
鸿犹丕振四季亨通　　　　　价格低廉吸摄顾客颗颗心

荷叶承雨财气益盛　　　　　四面八方客来客往客不断
藕根连绵店门呈盈　　　　　十全九美货进货出货无存

凤律新调三阳开泰　　　　　开张呈喜无边春色融融乐
鸿犹丕振四季亨通　　　　　举业有方不尽财源滚滚来

荷叶承雨财气益盛　　　　　祝开门大吉喜看四方进宝
藕根连绵店门呈盈　　　　　贺同道呈祥欣期八路来财

气爽天高经营伊始　　　　　举鹏程北汇南通千端称意
日增月盛利益均红　　　　　祝新业东成西就万事顺心

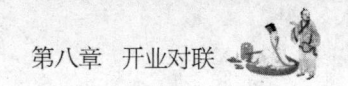

生意通东西财源贯南北经营有道　　兴旺发达文明待客生意沟通四海
新风送冬夏信誉奉春秋盈得多方　　繁荣昌盛礼貌经商财源融汇三江

饮食开业联

生意如春意　　　　　　　色香味形多雅趣
新行胜旧行　　　　　　　烹调蒸煮俱清奇

盈门飞酒韵　　　　　　　生意兴隆通四海
开业会春风　　　　　　　饭肴佳美誉三京

满面春风开业喜　　　　　饭肴誉名三江水
应时生意在人为　　　　　信誉感召四海心

看今日吉祥开业　　　　　路旁小店都沿路
待明朝大富启源　　　　　天下美肴誉满天

公平有德财源广　　　　　待客人诚挚百倍
和气致祥生意兴　　　　　做生意信诺千金

酒店兴宏图大展　　　　　酒楼开业逢盛世
人缘广裕业有孚　　　　　贺客盈门颂吉祥

开张笑纳城乡客　　　　　唯求利若源头水
开业喜迎远近宾　　　　　但得财如锦上花

红梅献瑞祝新店　　　　　花发上林生意盛
瑞雪拥祥贺启门　　　　　莺迁乔木好音多

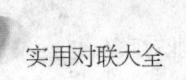

善性经营多得利　　　　　　四座了无尘世在
良心交易广生财　　　　　　八窗都为酒人开

一川风月留人醉　　　　　　雅逸门庭茶逸雅
百样菜肴任客尝　　　　　　清真饭馆菜真清

酒店新开杨柳岸　　　　　　莫笑阳春供一饱
青帘高挂杏黄旗　　　　　　须知风味有三鲜

美酒佳肴迎挚友
名楼雅座待高朋

文卫开业联

文坛生异彩　　　　　　　　心联四化业
艺苑溢花芳　　　　　　　　笔绘九州春

上沃群芳艳　　　　　　　　风月有情常似旧
国宁百艺生　　　　　　　　丹青妙处不可言

雄心开伟业　　　　　　　　妙曲吹开百花艳
妙墨系春秋　　　　　　　　英姿舞得万马腾

大地文风布　　　　　　　　大地山川生笔底
长空墨气存　　　　　　　　神州伟业出毫端

欣文坛喜溢　　　　　　　　荧窗虽小观今古
看艺苑花荣　　　　　　　　屏镜呈方映乾坤

书画诗词歌大治
吹拉弹唱庆升平

妙手两肩担道义
良医三指续春秋

艺苑花开添锦绣
文坛春暖布阳和

誓奉银针开笑面
愿将玉液护春晖

展望文山增智慧
挖掘遗产写新篇

救死扶伤医术高明精道业
励精图治国家昌盛灿春霞

两只起死回生手
一颗安民济世心

沾禧露医林劲旅千花竞秀
迎春晖华夏药坛百草生香

教育开业对联

倾一腔热血
育百代英才

愿作春泥滋嫩李
甘当人梯架金桥

学烛炬气概
效春蚕精神

新校始开全靠春风时雨润
教坛肇庆尽催桃李梓楠新

园丁励志栽桃李
伯乐诚心育英才

庆新校改颜国旗招展腾腾气
祝教园更貌院舍生辉振振歌

乐教梓楠同受范
喜看桃李广成才

第九章 行业对联

服装店联

夹克添潇洒　　　　　　　　俗口夸华服
西装带雅风　　　　　　　　高人赞素衫

剪制千匹布　　　　　　　　同心垂领结
针缝万种衣　　　　　　　　制服称身材

服物从新制　　　　　　　　衣人身自暖
行装改旧观　　　　　　　　被世岁无寒

美女妆华服　　　　　　　　百般节省用料少
高人着布衣　　　　　　　　满面春风顾客多

敢斗心裁巧　　　　　　　　补短截长求经济
全凭手艺工　　　　　　　　裁云剪锦有神奇

接来千丈布　　　　　　　　裁剪旅人身上服
绣出万家春　　　　　　　　免劳织妇手中梭

妙手裁去锦　　　　　　　　刀尺寒生朝剪锦
精心剪春光　　　　　　　　篝灯光照夜缝裳

巧呈千云锦　　　　　　　　肥瘦短长皆有度
点缀万家春　　　　　　　　细精表里尽其能

巧缝千户服　　　　　　　　贵客慧心知货俏
美化四时春　　　　　　　　名师巧手制衣新

时装随节候　　　　　　　　寒衣熨出春风暖
花色似奇葩　　　　　　　　彩线添来瑞日长

好将妙手夸针巧
漫把春光细剪裁

合身服饰方为美
称意衣裳最是佳

剪裁得体称魁手
式样翻新数此家

剪锦裁云夸技巧
飞针走线入时新

剪绿裁红妆彩色
迎男送女美仪容

剪绿裁红妆丽色
挑花绣蕊美仪容

金针度处工夫密
铁剪裁来体制新

量体裁衣真妙手
穿针引线有高才

巧裁锦带鸳头绿
漫剪罗衫杏子红

轻黄淡绿齐生色
姹紫嫣红总入时

人受冻寒非我愿
世皆温暖是予心

时装任我精心制
美服凭君着意挑

铁剪裁开双凤舞
金针引动独鸿飞

一剪喜成千户愿
寸功巧度万人心

吟成秦俗同袍句
留得天香满袖来

欲化人身作蝴蝶
不劳女手绣鸳鸯

愿将天上云霞色
化作人间锦绣裳

云霞托出一轮月
锦绣拥来万朵花

中西内外时装美
春夏秋冬面样新

百般节省用料少
满面春风顾客多

补短截长求经济
裁云剪锦有神奇

裁剪旅人身上服
免劳织妇手中梭

成衣久享精工誉
西服远传巧技名

刀尺寒生朝剪锦
篝灯光照夜缝裳

226

第九章 行业对联

肥瘦短长皆有度
细精表里尽其能

云霞托出一轮月
锦绣拥来万朵花

好将妙手夸针巧
漫把春光细剪裁

中西内外时装美
春夏秋冬面样新

合身服饰方为美
称意衣裳最是佳

补短截长胸怀经济
裁纨剪锦手技神奇

剪裁得体称魁手
式样翻新数此家

春服既成凭君选择
寒衣俱备售价公平

剪绿裁红妆丽色
挑花绣蕊美仪容

荡垢涤瑕还我清白
刷新换旧成乎文章

量体裁衣真妙手
穿针引线有高才

精制罗衫适贤者志
巧缝西服称哲人身

巧裁锦带鸳头绿
漫剪罗衫杏子红

来料加工随时方便
行针走线到处均匀

人受冻寒非我愿
世皆温暖是予心

量体裁衣匠心别具
穿针引线妙手常新

铁剪裁开双凤舞
金针引动独鸿飞

嫩绿娇红上林春色
浅黄淡白老圃秋容

一剪喜成千户愿
寸功巧度万人心

色泽宜人修长合度
款式如意尺寸自量

吟成秦俗同袍句
留得天香满袖来

舍旧谋新悉劳意志
截长补短颇费功夫

欲化人身作蝴蝶
不劳女手绣鸳鸯

盛业经营何嫌机巧
群伦衣被不愧针神

227

选选挑挑人人满意
看看试试件件称心

一寸布一寸丝物尽其用
不自高不自大量体裁衣

服由人由人心悦成服
装任您任您指点制装

剪凤裁龙激情荡漾三江水
飞针走线巧艺温暖万众心

款式美观巧合千家意
时装新颖能欢万众心

巧手裁剪刀刀剪出百花艳
精心缝制针针制成万众春

缺料何难早已为君备货
御寒有道只须量体裁衣

匠心独运花样翻新人人温暖
妙手巧工裁剪入时件件称心

独运匠心裁开七尺锦绢
天成妙手缝就四季新装

规格由你挑大小浅深须合意
式样任君选女男老少尽随时

巧手红心裁出满山锦绣
飞针走线饰成遍地春光

列万件时装装点人间皆秀色
展千幅彩锦打扮天下尽春姿

式样好作工精客人满意
时间短取货快群众欢迎

十指巧生辉打扮千男万女英姿美
一心精裁剪饰装四面八方锦绣春

万线千针化作美中旋律
一尺双剪裁成身上春秋

中西兼备四季服装裁剪出自名师手
老少咸宜八方需要款式顺乎顾客心

纺织业联

白疑叠雪
朱若含春

轻裘被服
罗绮生香

布衣兴国
蓝筚开山

夏宜麻葛
冬用毛棉

第九章 行业对联

经纶天下
衣被苍生

七襄昭物采
五色焕文章

布衣衣大雅
舒服服高才

凤裕经纶志
争看锦绣才

聚来千亩雪
化作万家春

纬经新组织
文采自风流

织成云霞锦
绣出草木花

辛勤弹一曲
温暖送千家

聚来千亩雪
纺出万机云

玉剪忙裁月
金针巧绣天

此中皆锦绣
以外少文章

驭来非朽索
挽去有新缰

功用同菽粟
寒庇见经纶

云锦天女织
霓裳巧妇裁

关弓传绝技
飞絮咏新诗

织成云霞锦
绣出草木花

机逐回文巧
花依锦字明

织来机杼巧
编出羽毛丰

聚来千亩雪
化作万家春

磨来巧匠手
助得美人妆

冷暖随人意
缠绵动客心

凤裕经纶志
争看锦绣才

磨来巧匠手
助得美人妆

冷暖随人意
缠绵动客心

229

此中皆锦绣
以外少文章

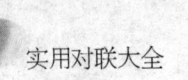

但使精粗分物理
不从冷暖作人情

服以章身为贵
装宜时髦最佳

但向此中工布置
须知世界有炎凉

赠你一身潇洒
回家几许风流

凤吐丝纶成五彩
龙蟠锦绣灿千花

制作维新开世界
裁量有度合时宜

服成每使王嫱羡
装罢能为宋玉惊

直线曲线都开眼
中装西装总入时

服式新颖称你意
装头秀丽乐君心

新装艳丽招顾客
笑语殷勤送友情

何必章身夸锦绣
只须用意费缠绵

时装任我精心制
美服请君随意挑

剪绿裁红装春色
桃花绣朵美仪容

般般式样都时髦
个个衣裳俱称身

金剪裁成丹凤舞
银针绣出彩鸾飞

不待才媛吟柳絮
何愁孝子着芦花

锦绣回文机上织
丹青尺幅袖中藏

不惜春光明锦绣
曾从晓日焕丝纶

锦绣乾坤真事业
经纶山海大文章

财源来自剪刀口
生意兴于针线头

经纶有绪原同帛
衣被群生总赖棉

裁剪合身夸巧匠
衣裳得体赞时装

绿文赤字皆可咏
淡妆浓抹总相宜

第九章 行业对联

论质论优来我店
选红选绿任君挑

掌握千丝织就中天美锦
胸罗万象绣成上苑奇葩

哪让衣冠趋势利
敢将服饰领时髦

洗洗染染胜似西施浣纱
缝缝织织赛过晴雯补裘

男添庄重女添俏
夏透凉风冬御寒

绸缎绫罗历尽炎凉世态
麻棉葛络领教冷暖人情

南国丝纶千缕细
东门池水几人沤

衣料齐全请看琳琅满目
款式咸备都说觟雅称心

南国云丝辉黼黻
中天蜀锦焕文章

时泰年丰四季霓裳添异彩
河清海晏九州风物换新颜

人受冻寒非余愿
世皆温暖是吾心

为公子裳锦带细裘均合度
称佳人体凌霞曳绮倍增颜

细葛含风轻适体
香罗叠翠快生凉

门度彩云银剪裁云分万户
店纳活水玉尺引水接三江

盛传白绁原为美
衣被苍生是此花

利剪频挥巧裁天上云霞彩
飞轮急转精制人间锦绣衣

三尺冰弦弹夜月
一天飞絮舞春风

春夏秋冬四季服装皆溢彩
东南西北八方顾客尽开颜

丝纶阁下文章静
罗绮从中花样新

瑞气盈门凤吐经纶成七彩
祥光洒地龙盘锦绣灿千花

欲知世上丝纶美
且看庭前锦绣鲜

宫锦夺奇满架光明齐日月
物华绚彩盈筐灿烂艳云霞

万国山川藏彩线
四时花鸟贮金针

缎软绸柔老少女男均可用
裘轻葛细春夏秋冬尽相宜

231

鲜花店联

金柳摇翠
玉树摆枝

松竹梅斗雪
桃李杏争春

红花招蝴蝶
绿柳戏鸳鸯

黄鸟枝头落
蝴蝶花上飞

奇花异草增春色
雅菊幽兰缀市容

尽如人意花常好
巧夺天工蝶也迷

秋月春兰夏芍药
唐诗晋字汉文章

堂上鲜花增春色
发间翡翠美仪容

天上明河银作水
海中仙树玉为林

金柳若摇莺欲语
鲜花如绽蝶寻飞

三缕嫩蓝增颜色
一痕新绿助晨妆

塑花常开能迷蝶
翠鸟时鸣不争春

积珍珠装成宝树
聚美玉摆出银花

柏叶几枝祝上寿
鲜花一束贺新婚

过节逢年馈果品
贺婚祝寿送鲜花

几朵白莲浮水面
一枝红杏出墙来

天上明光，银河泻水
海中奇宝，玉树成林

金柳若摇，燕莺欲语
银花如绽，蝴蝶相寻

贡出扬州，宝登三品
质生丽水，名重连城

第九章 行业对联

雨具店联

当头阴匝地
举手影遮天

任是滂沱来大道
偏能坦荡到光天

赖君驱雨伯
护我胜波臣

铁骨根根撑苦雨
绢花朵朵蔽骄阳

路人蒙覆庇
新货赖撑持

往来宛似祥云覆
出入何嫌细雨淋

雨晴皆必备
启放能遮天

喜雨喜浇缺雨地
新伞新遮用伞人

雨中能剪韭
雪里可寻梅

虚心原具冲风力
瘦骨犹怀向日心

绸缪未雨叨君庇
掩护如云胜舶来

映日火云忘上丽
跳珠白雨任旁流

耕田不用蓑衣着
行路无劳瓦盖遮

遮身滑泽同华服
适体轻盈蔽炎凉

耕田不用蓑衣着
行路无劳伞盖张

入手岁荍风日呈彩
当头庇护晴雨随时

看我当头常掩盖
赖君妙手护跳珠

通体包罗水浆不入
满身滑泽风雨难浸

晴时假得扶持力
雨日凭将覆庇功

与客偕行宜晴宜雨
随身不厌可缩可伸

233

与时偕行宜晴宜雨
无往不胜可卷可舒

出门上路希君贵乎有备
烈日骤雨任他袭之何妨

霖雨春多哪怕乌云盖顶
长途夏热何愁烈日当头

不怨弃捐投闲在光天化日
能禁漂泊与人共苦雨凄风

一手撑天万里长空常掩日
双足踏地千行恶雨不淋头

竹为骨纸为皮替赤县生灵遮多少风风雨雨
晴则藏阴则出到黄梅时节望扶持去去来来

儿童理发店对联

虽为毫末技艺
却是顶上功夫

春色常昭志士
才华乐奉勤人

留发时乌云秀士
剃头后白面书生

美仪容从头做起
新形象始于发端

新事业从头开始
旧现象由手推平

旧年添来几个喜
新岁更上一层楼

一帆风顺年年好
万事如意步步高

创大业千秋昌盛
展宏图再就辉煌

百世岁月当代好
千古江山今朝新

长江后浪推前浪
盛世前贤让后贤

一年之计春为早
千里征程志在先

小院和谐承德政
合家幸福话天伦

琥珀杯中盛美酒
迎宾堂上坐佳宾

张灯结彩备美酒
欢歌笑语迎佳宾

剃毛头岁序更新　　　　　　　手剪，电剪，层次剪，剪得青春美貌
穿新装风光胜旧　　　　　　　平削，斜削，乱丝削，削出潇洒仪容

磨砺以须，问天下头颅几许
及锋而试，看老夫手段如何

玩具店对联

费他工匠巧　　　　　　　　　看巧匠翻新手段
博吾小子欢　　　　　　　　　博儿童镇日心欢

具中藏智慧　　　　　　　　　团沙巧捏侏儒相
玩里长精神　　　　　　　　　剪纸新糊傀儡人

频劳工匠巧　　　　　　　　　助宝宝聪明灵巧
博得小儿欢　　　　　　　　　育娃娃活泼健康

玩具藏智慧　　　　　　　　　博得儿童大家欢喜
娱乐长精神　　　　　　　　　造成物具小巧玲珑

吹吹打打般般妙　　　　　　　工妙团沙制传合土
绿绿红红样样精　　　　　　　欢增绕膝乐助含饴

朵娇花朵娇颜艳　　　　　　　物本无知供人玩弄
玩具工人笑语欢　　　　　　　翁真不倒勉力支持

恩物最宜开智慧　　　　　　　吹吹打打敲敲般般好玩
神工尽力作精裁　　　　　　　白白红红绿绿样样精工

剪纸团纱多智慧
肖形像物巧心思

杂货店联

休嫌生计小
聊备不时需

百问百答百挑百选
笑言笑语笑迎笑送

不占天时地利
仅靠拾遗补缺

零零星星，货分南北
大大小小，都是东西

休夸我那样周到
且问你这件可行

子贡经商，取利不忘义
孟轲传教，欲富必先仁

财源不竭长流水
生意欣逢到处春

杂品纷陈，任挑选这样那样
货源足备，决不会买空卖空

百货百样百看不厌
千客千心千选不烦

安于小，精于小，一柜针头线脑
忙其中，乐其中，满店笑语欢声

小吃店对联

饼名五福
糕谓重阳

酒添灯未烬
人静夜方长

银丝玉叶
乳酪膏腴

清言霏玉屑
洁白类银丝

成糜和枣栗
流滑溅珠玑

入夜餐方集
交冬市更忙

第九章 行业对联

无时拘腊八
各自说弓双

任凭盛夏无凉意
毕竟琼宫有冷浆

最宜藏北陆
未必解东风

一人巧作千人饭
五味调和百味香

饭菜好吃客常满
便餐适口座无虚

银馅合成名五福
金酥制就列千枚

饭菜几盘知客味
热情一片暖人心

珍馐好吃客常满
便饭宜肠座不虚

饥火煎来香味好
鼻花吹去浪花生

白雪阳春曲高吴楚
银丝玉树品胜淮扬

精法廉小餐特色
麻辣烫川味正宗

防暑降温何妨一试
生津止渴邀请重来

留得声誉充宇内
巧把牛羊泡馍间

敢试油锅何如气节
几经炉火有此圆光

路旁小店最顺路
家常便饭如到家

明月清风何妨卜夜
红炉绿蚁并可消寒

买醉归来春几许
消闲休问夜如何

努力加餐香分玉粒
谈心促膝光映银灯

馍如玉兔笼中伏
面似银蛇碗里盘

小酌围炉岭南风味
良宵启宴沪上生涯

七子森罗云叶茂
一胸融结月华圆

玉叶翻盘尽堪果腹
银条成缕可以充饥

千条弱柳垂青锁
一片冰心在玉壶

煮出比弓岂真数米
划成几块大好尝畬

237

自饮自斟只要随时方便
小餐小吃何须顿饭成席

面可充饥请坐下品尝两碗
酒能解乏快进来喝上几杯

宾馆旅社对联

大烹以养
小住为佳

居安来客喜
喜客来安居

君行且止
宾至如归

客至烹茶速
朋来煮酒频

南来北往
夜宿晓行

莫言身是寄
能使客如归

到此且歇足
客至便为家

日中行路苦
月下宿宾欢

店中称适意
房内可安身

未晚先投宿
鸡鸣早看天

共对一樽酒
相看万里人

西京常好客
安步以迎宾

鸡鸣声早早
马去意迟迟

相逢似萍水
小住胜亲人

鸡声茅店月
人迹板桥霜

改革住房制度
造福更多人民

进门都是客
到此即为家

接待八方旅客
欢迎四海亲人

第九章 行业对联

备有川滇云贵菜
款待西北东南宾

热心恭迎三江客
笑脸相送四海宾

草席布衾迎远客
香茶淡饭款佳宾

热心接待远近客
笑迎奉送异乡人

地角天涯千里客
五湖四海一家亲

他方岁岁时时好
客路关山日日忙

风尘小住计亦得
萍水相逢缘最奇

他乡故国虽千里
芳草奇花总一春

浮生若寄谁非梦
到此能安即是家

喜待东西南北客
欣捧兄弟姐妹情

卄曲有去皆献瑞
房幽无地不生香

乡梦不随春意厚
客思偏向雨声多

过客相逢应止宿
征途到此便为家

相留四海五湖客
尊重东西南北人

今晚栖身留燕寓
明朝展翅赴鹏程

烟外暮钟催倦鸟
林间残照促归人

楼外楼中皆暖意
客来客往见深情

银星未出先投宿
晓日方明赶前程

茅店月明鸡唱早
板桥雪滑马行迟

迎八面春风入院
接四方宾客归家

萍水相逢如亲友
停车暂住似归家

幽斋特下高人榻
古道频来长者车

仆仆风尘进客店
盈盈笑语上征途

栈曲有云皆献瑞
房幽无地不生香

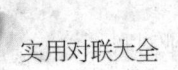

挚意挚情似故友
问寒问暖如亲人

竹席布衾迎远客
香茶热饭款嘉宾

祖国天涯同梓里
神州海角遍亲人

宾至如归声声笑语
客来似喜面面春风

华侨外宾联欢满座
高楼大厦聚会一堂

客从千里而来请进
君自小店而去祝安

小住为佳客来则喜
引人入胜宾至如归

萍水相逢见面如亲友
停车暂住入店似归家

菜美饭香喜供嘉宾醉饱
被温褥净笑迎远客安居

春夏秋冬一岁川流不息
东西南北四方宾至如归

鸿雁远去皆因大地春暖
旅客常来只为小店情深

交以诚接以礼一团和气
近者悦远者来四海春风

良友沓来共赏神州春色
贵宾纷至同观华夏雄姿

以天下为己任丹心似火
把旅客当亲人笑脸如春

红日堕西行客身倦堪止步
群鸦噪离人马疲乏可停骖

门户敞开迎八方春风入院
房舍洁净接九州宾客归家

情深似海国际友好织彩带
誉重如山民间往来架金桥

日返日归莫为鹧鸪行急急
有宾有客且随燕子住依依

甚好风光四季花开迎贵客
优良服务三秦名满待亲人

孰能为之鹏背扶摇几万里
昭其文也瓦当流落二千年

玉宇琼楼迎来春夏秋冬客
锦衾绣被温暖东西南北人

踪迹息风尘满地江湖仆仆
萍踪征会合一肩行李匆匆

南北可安身大好河山为逆旅
东西也适意无边风月是良朋

树几株秦岭松喜聚五洲贵友
掬一片长安春笑迎四海佳宾

第九章　行业对联

食客千人听文者说诗武者说剑
前途一别又车儿向东马儿向西

旅社有灯皆献瑞迎南北东西来往客
床铺无处不生香尽兄弟姊妹友朋情

宾客至上不愧上等民间友好使者
馆堂第一堪称一流国际服务水平

清洁舒适浴洗方便请君未晚先投宿
服务周到报时准确无须鸡鸣早看天

莫道囊空问千里遨游带多少关山风月
特开陋室恐长途辛苦误勾留杨柳楼台

风雨送劳人特为筑室道旁聊避劳人风雨
光阴如过客快去作羹厨下莫延过客光阴

国中尚有人乎夜半鸡声劝英雄莫忘起舞
我亦非无意者雪中鸿爪是佳客尽管题诗

梨花淡白杨柳深青迎来欧美人家玉宇琼楼开世界
山月清辉海涛澎湃陶铸炎黄儿女南张北溥写山河

熙熙攘攘暮暮朝朝可怜他去去来来个个劳劳碌碌
我我卿卿夫夫妇妇但愿得平平稳稳年年喜喜欢欢

浴室联

芙蓉新生水
豆蔻暖生香

洗去满身污垢
增添一派豪情

共沐一池水
分享四季春

常沐浴精神愉快
讲卫生身体健康

华清妃子浴
绰约美人妆

到此皆洁己之士
相对乃忘形之交

241

讲文明莫忘清洁　　　　　　　振衣弹冠遗老语
勤沐浴有利健康　　　　　　　澡身浴德大儒风

金鸡未唱汤先热　　　　　　　池中温泉请君下浴
旭日初临客早来　　　　　　　足下顽疾找我来医

身有贵恙休来洗　　　　　　　泥垢自去身适肤爽
年高酒醉莫入池　　　　　　　洁水涤来心旷神怡

石池春暖人宜浴　　　　　　　温凉恰好堪称泉浴
水阁冬温客更多　　　　　　　寒暑相均可比天池

汤泉里有浮沉客　　　　　　　故园水热洗一路风尘
暖室中多健康人　　　　　　　乡人情深暖万里归心

汤泉中有浮沉客　　　　　　　荡漾香汤和气阳洗心涤虑
水阁旁多徒倚人　　　　　　　淋漓津汉长精神振衣弹冠

晓日芙蓉新出水　　　　　　　芙蓉浴水盈盈亭亭启口嫣然妩媚生
春风豆蔻暖生香　　　　　　　松柏洗心堂堂正正举步矫健雄姿生

百货店联

百货尽有　　　　　　　　　　萃集百货
一应俱全　　　　　　　　　　供应八方

千家便利　　　　　　　　　　丰盈百货
百货流通　　　　　　　　　　萃集八方

振兴百业　　　　　　　　　　交流百货
云集万民　　　　　　　　　　信诺千金

第九章 行业对联

刮磨成妙用
梳栉助新妆

财源不竭长流水
生意欣逢到处春

柜里春风暖
店中百货全

休夸我那样周到
且问你这件可行

柜台花似锦
顾客面如春

百货风行财政裕
万商云集市声欢

浣衣能涤垢
盥手自生香

几缕翠蓝添艳丽
一痕新绿助晨妆

价廉销路广
物美招人多

百货俱全商品好
万方云集店风佳

交流惟道义
贸易有经权

百货商店百般便
一回交易一场欢

镶嵌女子饰
点缀妇人妆

千选不烦随你意
百看不厌称君心

绣鸾能引线
刺凤自成文

百货俱全供需要
一尘不染为人民

云霞呈五色
锦绣展千重

春满柜台宾客至
货盈橱贺利源开

休嫌生计小
聊备不时需

堆金积玉无双美
聚宝藏珍第一家

不占天时地利
仅靠拾遗补缺

柜上喜迎四海客
门前欢送八方宾

保证市场供应
满足群众需求

货物花姿多似锦
经营态度暖如春

243

货殖长才卿小试
经营大业运奇谋

异彩缤纷看不厌
琳琅满目选随心

剪翠功夫殊不小
拔毛利益自然多

百货百样百看不厌
千客千心千选不烦

聚宝藏珍凝瑞气
兴家创业起风光

百问百答百挑百选
笑言笑语笑迎笑送

贸易岂无廊庙志
权衡应有圣贤心

零零星星货分南北
大大小小都是东西

谦恭气象精神爽
和悦形容笑貌多

百货百款百样品种
万问万答万人称心

谦恭有道财源广
和悦无私利泽长

百货百姿百挑不厌
千人千意千拿无烦

人往人来含笑脸
店中店外溢春风

百货无欺经商有德
一尘不染奉公以廉

盛意招呼迎客至
热情服务送君归

擘缕分绒丝添长命
穿针引线花绣并头

桃李春风花有韵
芝兰香气玉无瑕

近悦远来转运百货
水程陆路惠利群商

纹漾水晶帘下坐
样留新月镜中看

乞巧有期迎来七夕
绣花留样刺出双鸾

五湖生意如云集
四海财源似水来

四壁腾辉星罗棋布
八面生春霞蔚云蒸

五纹擅刺绣之长
千缕助针神之巧

治国兴邦红旗似火
丰衣足食百货如山

第九章　行业对联

利己利人君子生财大道
公心公物哲人处世良方

四壁生辉春色一楼争锦绣
八方来客商城百货占风流

细柳重金收尽江南春色
寒梅吐玉广开塞北财源

万紫千红满店春光皆锦绣
树诚守信文明经商通四方

百货商店店里百货如意店
一颗爱心心中一颗为民心

针头线脑小商品轻视不得
布匹鞋帽大路货一应俱全

春满商场五光十色呈春意
货盈橱架万紫千红有货源

杂品纷陈任挑选这样那样
货源足备决不会买空卖空

返朴还淳君子生财有大道
通机达变哲人讲易见天心

开八面窗迎四方客财源茂盛
怀一腔爱解百样难精神文明

柜台内外五彩缤纷添新色
货架上下琳琅满目绽奇花

绫罗绸缎丝纶棉麻真货实价
针头线脑化妆日用童叟无欺

航海梯山汇集五洲各市场
云蒸霞蔚推行百货遍中华

安于小精于小一柜针头线脑
忙其中乐其中满店笑语欢声

人杰地灵滚滚财源从地起
物华天宝滔滔生意自天来

巍巍大厦汇集东西南北热门货
灿灿华灯映照春夏秋冬时髦装

刀剪店联

云霞裁巧手
灯火试寒宵

与丝缕而并赐
应刀尺之同催

不历几番锤炼
怎成一段锋芒

举剪裁花花愈花
抽刀断水水还流

245

能教二月春风至
为取半江淞水来

欲将云锦裁成服
先把金针度与人

跃碧波剪裁青鲤
开翠海刀刻红莲

最宜乡阁裁云锦
恰好银炉锻雪峰

佳制金刀赛银超镍
好将玉手镂月裁云

名重并州推为利器
裁成蜀锦赖此新硎

淞水半江可剪而得
并州双戟其快如何

竹木器店联

量才使用
备货充盈

不辞斧斤苦
好正世间材

储材多白板
有术制青箱

金珠皆可贮
水火也难侵

劲节思君子
虚心应世人

精工为世用
美器在人成

锯分方合用
层积不居奇

锯分量厚薄
得获定丰盈

利用傲竹木
列座倾壶觞

罗陈夸物备
点缀得时新

踏来双中稳
转动一轮圆

虚心成大器
劲节见奇才

第九章 行业对联

用作贮金库
堪称保险箱

谨守还须资固钥
多藏应不外衣裳

有材皆中选
适用乃为宜

锯子裁开新世界
斧头砍去旧东西

枝蔓皆成器
方圆却任心

良工造物惟其巧
大匠诲人必以规

小品堪制桌椅
大材留作栋梁

旅行尽可随身带
便得何妨用手提

参禅更比蒲团好
款客非同草席陈

梦到邯郸酣更好
制传浒墅妙如何

范围尽载梓人意
物用胥归大匠门

妙手如观吴斧月
得心运逞千斤风

高崖古涧千年寿
密蕊精花几许春

莫将不器论君子
能解虚心是我师

古涧凹中引长蔓
良工手上无弃材

莫叹良村多解体
还疑仙术可分身

货无大小皆齐备
物纵零星不厌烦

墨线调成诸器就
斧头落下一梁成

佳木由来堪作器
良工自古不遗材

劈板长材宜短用
服箱终日倩良工

金碧丹青好颜色
门闾陈设闪光辉

曲尺能成方圆器
直线调出栋梁材

金碧丹青颜色丽
门闾陈设光泽新

小木精制桌和材
大材留作栋与梁

247

小品堪为桌并椅
大材留作栋与梁

雨卷珍珠璇阁晓
风开斑竹画堂春

颜色还凝红线女
姻缘莫误赤绳仙

竹木而外有余利
崖壑之中必弃材

一室霞光成家具
满堂春色缀新居

出品必精价廉物美
制器须固外巧内坚

衣橱软椅新式样
雕床画柜硬功夫

点缀新居满堂春色
装成家具一室霞光

衣柜卧椅功夫硬
雕床画橱式样新

雕刻成纹材殊椤栎
琢磨为器品重檀梨

用规折矩多材料
斗角钩心竭艺能

费尽功夫匠心独运
镂成花瓣着手生春

与人相处无非义
生意之间即是春

刮垢磨光成时代器
疏通致用得哲人风

搪瓷店联

搏沙成器
范土为窑

磁窑称旧制
秦缶仿名工

形佳状彩
外秀中坚

光润同珠玉
调和若鼎铛

彩瓷成器皿
优质利民生

江右工成器
楚南善在熔

第九章　行业对联

能工范土术
休笑数坛才

范土为窑团沙成像
挈瓶殊智击壤同歌

青烟浮六合
翠色夺千峰

古帝滨河曾经托业
仙人擎掌常此承浆

团瓷工作器
运甓善操心

古帝生涯远稽虞代
陶之职业上溯周官

质比黄金固
文同彩漆涂

茗饮酒尝同资利用
花明雪洁并作瓖奇

金玉不惭尔质
方圆各范其形

凝即成珠不殊真品
温其如玉当让京华

硗硗难免于缺
礅礅却能不污

巧夺天工物华天宝
制传妙技玉质金相

古帝滨江曾托业
仙人掌上可承浆

是铁是瓷亦陶亦冶
有文有质如漆如胶

壶觞陈列新花样
陶旂勤劳旧职司

一日三餐交情不浅
十盆八碗绮席争辉

投入红炉身软化
选成碧玉质坚凝

一日三餐交通不浅
十盘八碗绮席争辉

惟师杜氏求金术
须有陶公运甓心

虞代远思陶人职业
现时近想巧匠能工

雨过天青千古色
花留水彩四时春

雨过天青珐琅异质
水清沙白抟埴名工

玉嵌金镶呈贵府
花明字显重官窑

雨过天青千年釉色
花留水彩四季和春

249

远思虞代陶人职业
近想现时巧匠能工

产品百态千姿包罗古今万象
瓷城花团锦簇久享中外盛名

规模在竹范金熔而外
声价居鲁壶秦罐之间

满店陶瓷皆十亿人生存所系
百般工艺是五千年传统相承

新型在竹范金熔而外
佳铸居玉壳银瓮之间

灯具店联

不愁红日去
还有夜珠来

日辉丹凤舞
霞焕白龙腾

不愁夕阳去
还有夜珠来

闪影同天笑
流光夺月辉

灯光天欲笔
泡影月争辉

双辉花焕彩
四序玉调辰

高悬如皓月
远照若明星

一炷通诚意
双辉焕宝光

花放山河丽
光照天地新

远处因风飐
宵来替日明

满室明如昼
流光夺月辉

远射无须蜡
高悬不畏风

取材天欲笑
入夜月同明

室外偏能留影
夜中自足生光

第九章 行业对联

百尺高悬如皎月
一灯远照若明星

丝纶阁下文章静
罗绮从中花样新

不是金檠光照烛
还疑玉女戏投壶

万国山川藏彩线
四时花鸟贮金针

观书定假焚膏焰
校籍何须映雪光

细葛含风轻适体
香罗叠翠快生凉

光耀九天能夺目
辉煌一室胜悬珠

新花雪白晴能舞
古调琴声静可弹

炼锤自昔成坚性
激烈临时见热肠

新装艳丽招顾客
笑语殷勤送友情

气吐麝兰香一瓣
影摇龙凤烛双燃

一纬须为仙女恤
半生常与布衣交

千乘宝车珠箔卷
万条银烛碧纱笼

于今已掌丝纶美
他日还看黼黻奇

书生雅爱寒窗味
学士荣分紫禁光

欲知世上丝纶美
且看庭前锦绣鲜

三尺冰弦弹夜月
一天飞絮舞春风

愿将天上云霞服
裁作人间锦绣衣

珊瑚架映鲛绡艳
翡翠橱开凤锦斑

愿为群众经纶业
特著顾客衣被功

盛传白绁原为美
衣被苍生是此花

云锦七襄供组织
华绸五色焕文章

时装任我精心制
美服请君随意挑

运筹欲展经纶业
组织还成锦绣文

251

轧轧机声听巷里
花花世界说人间

绸布尼绒任君选购
中西服饰代客剪裁

直线曲线都开眼
中装西装总入时

大有缦袍适贤者志
岂无罗绮称美人身

志在经纶承少伯
情耽湖海效元龙

寒往暑来功用兼备
棉温葛软表里咸宜

制作维新开世界
裁量有度合时宜

花样翻新服装重任
霓裳绚彩时代精神

紫白红黄皆悦目
麻棉毛葛总因时

欢送亲朋巾翻蛱蝶
情联姊妹印出鸳鸯

蓬脚云开竿头日上
灯光不夜月色同明

茧织细纹别成佳制
丝抽余绪饶有古风

气吐龙涎清香馥郁
花开蜡炬瑞焰辉煌

乱扑晴云相资弓率
静弹长日如听琴声

一缕通诚烧成心字
双辉耀彩照彻眼帘

美富文章云蒸霞蔚
经纶事业锦簇花团

远照高灯明星闪烁
装潢彩饰异焰泥霞

浓比堆云洁疑叠雪
暖增挟纩寒解衣芦

照曲江花不遗纤细
借丰隆镜普放光明

巧手度处天衣无缝
匠心裁来长短合身

珠玉光辉琉璃世界
空中皓月天上明星

暑往寒来功能适好
棉温葛软表里咸宜

自控调光阴晴任变
霓虹显色雅艳随心

蜀锦吴绫改良产品
云罗霞绮表异天章

纬地经天丝纶事业　　　　　　雾谷云巢文君意趣
五光十色黼黻文章　　　　　　月华日彩织女心梭

煤店联

伐薪作炭　　　　　　　　　　气化云烟添春意
合束为柴　　　　　　　　　　炭融冬雪是我情

卧薪励志　　　　　　　　　　售人岂作趋炎态
送炭蒙恩　　　　　　　　　　知我常输献曝诚

无烟推冶炼　　　　　　　　　一味黑时犹有骨
有力助轮机　　　　　　　　　十分红处便成灰

拨灰燃不尽　　　　　　　　　采向山林夸富足
送雪感无穷　　　　　　　　　取来木石得精华

细竿生赤焰　　　　　　　　　雪中送炭家家暖
腐草化青磷　　　　　　　　　锦上添花户户春

逐去千家冷　　　　　　　　　用作火食家家旺
迎来万户春　　　　　　　　　便是财源日日来

情寄万家冷暖　　　　　　　　但资火食家家旺
心怀百业兴衰　　　　　　　　便是财源日日兴

亘古山林余劫烬　　　　　　　矿石成煤风吹大块
万家烟火赖薪传　　　　　　　阴阳为炭火化烘炉

功司造化红炉里　　　　　　　煤黑火旺三餐美味
执掌炎蒸白雪中　　　　　　　炭红光明四季阳春

253

气化云烟功归陶冶
坚同铁石利及舟车

取任四时不须改火
热传一点便尔发光

驮山宝换国宝宝归宝地
以乌金卖黄金金满金门

语似春风吹暖千家万户
心如炉火映红四面八方

运黑炭上门为千家送暖
有乌金遍地供百业所需

钟表店联

可取以准
勿失其时

随时而动
不叩自鸣

分阴宜爱惜
刻漏逊精奇

和时间赛跑
催志士立功

如钟以应也
必表而出之

晨钟令人深省
好书使我开怀

一刻休贻岁月
十分珍重年华

处处凭伊明秒刻
声声劝汝惜光阴

定一十二时标准
作三百六日循环

夺秒争分创大业
同心协力绘宏图

二十四时凭我报
万千百事任君行

功迈周官挈壶氏
制逾汉室浑天仪

刻刻催人勤发奋
声声叹道昨非今

刻刻催人资警省
声声劝尔惜光阴

第九章 行业对联

刻刻催人资醒悟
声声呼汝惜春光

人当珍重年年日日
表亦爱惜秒秒分分

能于细处求精确
惯与时间较短长

事业兴隆于民得利
分秒准确为国惜时

千秋伟业千秋福
一寸光阴一寸金

掌握旋玑胸罗星斗
权衡日月烛照乾坤

人生只论时分秒
历史才分日月年

喜事业兴隆于民得利
看秒分准确为国惜时

万千星斗心胸里
十二时辰手腕间

滴滴声声莫把光阴虚度
圈圈转转并非岁月重回

正秒分不误时刻
争朝夕慎惜春光

好钟表刻刻催人资警醒
精技艺时时助汝惜光阴

制法巧于记里鼓
定时妙胜报更筹

抓紧时间为祖国增加财富
练好本领给人民谋取幸福

钟表名牌销四海
店堂顾客遍三江

要爱惜一分钱给国家增加积累
不放过半秒钟为建设贡献力量

按部就班有条不紊
从晨而暮无懈可攻

钟摆长鸣朋友当珍重年年月月
表弦不懈同志应爱民秒秒分分

夺秒争分时不我待
同心协力事在人为

夺秒争分须知创业艰难时不我待
同心协力莫道攀登非易事在人为

功替铜壶有条不紊
声催玉漏勿失其时

255

眼镜店联

饱览春光
秋毫明察

好句不妨灯下草
高年能辨雾中花

日月重光
无物不照

慧光迎面观无际
暮岁点头转少年

春风常识面
秋水惯传神

慧眼明分真善美
宝光细验假高低

增光察远近
放眼看乾坤

入户有春花秋月
隔窗望山色湖光

胸中存灼见
眼底辨秋毫

少小可观云里月
高年能辨雾中花

悬将小日月
照彻大乾坤

生来日月重华世
业得神仙不老方

远见个中自有
卓识人前不谈

惟愿得来心共照
自然看去眼同明

不是胸中存灼见
如何眼底察秋毫

邀来日月悬隆准
揽得河山入玉眸

察及秋毫如烛照
看来老眼不昏花

有吾将迷雾看穿
助你把秋毫明察

存心为补先天缺
有技能开后世朦

秋水澄清菱花七出
春山浮翠桂月双圆

用之则明形悬日月
配之如意洞察乾坤

视野广开西方科技留心用
秋毫明察北国风光放眼量

远近模糊皆登快境
重光日月幸遇昌时

玉镜信无瑕助尔看穿迷雾
水晶如有识使君明察秋毫

眼里世上沧桑几多忧乐
镜中人间色相格外分明

电脑验光眨眼间就知君底细
精工配镜顾盼后便信我名声

戴上眼增光喜察秋毫之末
用来眸益亮可当月夜而观

慧眼明分真善美君不论中人西人任君挑选
宝光细验假高低镜当分远视近视随你需求

化妆品店联

蝶粉香迷白
胭脂色润红

人传美誉缘施粉
玉比容颜可佩兰

浓淡随人宜
芬芳入座馨

素以为绚花逊色
馨而且暖玉生香

清香飘远近
润色著芳华

香送春风迷我醉
粉添花气袭人香

香水春云润
粉面艳阳开

助尔美容添妩媚
帮汝英俊具雄姿

蝶绕蜂围浑欲醉
花香粉气不分明

蝶粉迷香栩栩成梦
胭脂润色飘飘欲仙

晶瓶香滴黄金露
粉靥膏涂白玉霜

花国经纶不离脂粉
妆楼点缀愈显妖娆

257

天使美容长存信誉
人工抗皱永葆青春

九畹兰馨美人呈秀质
三春日暖天使展华姿

珠宝首饰店联

光腾银汉
辉映宝山

精光射天地
宝气吐虹霓

金钗十二
珠履三千

昆池明月满
合浦夜光回

双南品重
千镒名高

楼阁五云起
金银百宝盈

钿钗夸巧样
风俗斗繁华

楼台翡翠卷
门上珍珠帘

钿钗添异彩
珠宝斗新妆

维扬三品贡
本位九州通

蝶疑唐库出
燕认汉宫来

银花腾异采
宝树斗奇辉

光辉腾满室
金碧耀层楼

珠光腾赤水
宝匣蕴蓝田

佳制玉条脱
新成金步摇

圆匀珠辉照乘
磊落宝贵连城

金乃五行首
银为百样珍

宝盒丛中藏翡翠
金钗队里护鸳鸯

宝气珠光腾异彩
金钗翠钿斗新妆

掌上明珠求合浦
世中环宝识波斯

知君室吉星高照
来我家喜气将临

指上一轮明月满
耳边两朵彩霞飞

珠树一林皆隽品
宝山片石亦奇珍

沧海月明蓝田日暖
怀珠川媚韫玉山辉

翡翠金钗娇添雅髻
鸳鸯宝钿艳助凤鬟

海市云深奇才炫宝
蓝田日暖智者量珠

龙女量珠晶宫耀彩
鲛人贩宝海市罗珍

镂雪镌冰光摇银海
镶珠嵌玉身入宝山

满室鼎彝列陈秦汉
数窗图画璀璨云霞

满室银装匠心独运
层楼耸翠宝气常凝

没齿无言虫雕奏技
铭心刻骨雀报衔恩

一贯薪传金波生色
十分火候银冶腾辉

掌上奇珍来从合浦
椟中佳品出自昆冈

工艺店联

太平毋粉饰
妙制重雕镂

裁取洛阳纸
催开上苑花

烦劳工匠巧
博得众人欢

琴书多古意
水石澹幽居

天孙曾授巧
国土得称奇

骨角切磋同励业
齿牙雕刻亦成材

一轮车上月
半握水中沙

莫道世情如此滑
倘经糅沐更生光

琢玉能为器
点石可成金

巧手扎成珠蛱蝶
匠心嵌就玉鸳鸯

良工能刻桷
利器亦张工

尽如人意花常好
巧夺天工蝶也迷

门阑增喜气
庭院霭新辉

认出庐山真面目
装成罗汉古须眉

琴书多古意
水石澹幽居

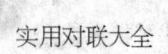

塑花常放能迷蝶
翠鸟时鸣不夺春

朽木生春色
糅工具巧思

膝下披来能悦目
堂中看去亦舒怀

珠名称宝树
花样更时新

绚烂欣看绮席丽
光华添得锦堂春

异皿莹莹似宝
珍禽栩栩如生

玉待切磋方润泽
器宜磨琢始生光

齿牙功利原非小
骨角生涯自不同

缀出珠球光灿烂
扎成花朵巧玲珑

催花不用滋荣术
剪彩能深造物工

裁取鸾笺洛阳纸贵
催来羯鼓唐苍花开

雕龙妙技翻花样
叙雀闲情助竹林

技擅雕龙是君子器
功成刻鹄有哲人风

锦绣纷披焕然成彩
云蒸霞蔚烂以盈门

玉出山中琢而成器
石生水底雕以见珍

刻画能为非同拾慧
切磋有益借鉴修身

玉簇花团混珠鱼目
珠围翠绕光夺蚌胎

切磋琢磨器方可用
玲珑剔透玉汝于成

走线飞针仿制千年文物
经编纬织绣出万里江山

西寺圣人须眉自古
南山妙相面目毕真

扇店联

清风生掌握
爽气满胸襟

九华影动半轮月
六角香生一握风

明月堪持握
仁风待奉扬

不教烈日当头晒
自有仁风拂面来

妙质因风剪
新裁对月圆

举处随时消酷暑
动来常伴有清凉

赋就名声远
挥来风格高

明月入怀团圆可抱
仁风在握披拂当襟

文房四宝店联

展开秦岭月
题破锦江云

古纸硬黄临晋贴
新笺匀碧录唐新

银流鹄白三都贵
墨染鸦青五色奇

幸拜香池为太守
漫研花露佐中书

玉露磨来浓雾起
银笺染处淡云生

贮水养来清玉案
和烟磨成紫溪云

惟有艺文为本业
还将丹青传雅名

词源倒流三江水
笔阵独扫千人军

篆隶真草宫北巷
纸笔陶泓积墨家

文笔凌云描壮景
具眼破雾看宏图

一气呵成凭运腕
五更梦处顿生花

大力可能通纸背
尖毫仍觉吐花香

紫玉池中含雨露
白银笺上走龙蛇

质分蕉叶和烟断
洁并梅花带雪香

笔架山高虹气现
砚池水满墨花香

质本坚贞，频经攻错
体昭温润，好与研磨

放眼橱窗，尽是文房四宝
兴怀风雅，广交学海众儒

第九章　行业对联

书店联

藏古今学术　　　　　　　万口流传新教育
聚天地精华　　　　　　　千秋根柢大文章

东壁图书府　　　　　　　欲知今古千年事
西园翰墨林　　　　　　　且读中西万本书

漱六经芳润　　　　　　　远求海内单行本
储二酉精华　　　　　　　快读人间有用书

图书腾凤彩　　　　　　　远求海内珍藏本
声价重鸡林　　　　　　　快读人间未见书

图书腾凤彩　　　　　　　大块文章百城富有
文笔若龙翔　　　　　　　名山事业千古长留

广搜中外名篇　　　　　　典籍石渠词章艺圃
嘉惠四方来学　　　　　　缥缃锦篆卷轴金题

传播四海新文化　　　　　二曜齐光三辰并丽
推广九州有用书　　　　　酉山启秘乙览呈奇

古今书籍凭君选　　　　　翰墨图书皆成凤彩
中外文章任你观　　　　　往来谈笑尽是鸿儒

列圣精华宵射斗　　　　　锦绣成文原非我有
诸儒冠盖画盈门　　　　　琳琅满架惟待人求

书播四海新文化　　　　　玉检金泥山通宛委
店迎八方有识人　　　　　琼编秘笈地接琅环

263

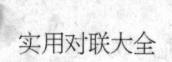

花钱嗜烟酒伤身泯志　　　　　　小小店堂诸子百家皆过客
节资购图书启慧益身　　　　　　皇皇寰宇三才万物入奇书

知识千门宜先专后博　　　　　　为学如掘井九仞无泉难造就
图书万种须细嚼深研　　　　　　求知贵有恒一心致志可成功

文搜百代遗漏迹追虎观　　　　　不戏不怠古今专家皆由学时起
嘉惠四方至学价重龙门　　　　　宜勤宜勉中外硕士都从苦中来

读中外图书普及科学知识　　　　综新旧之编莫谓今文无古文有
研古今典籍提高文化水平　　　　统中西文学请看近者悦远者来

万轴列牙笺待与琅环比富　　　　此书不比那书买去翻翻勤观有益
千秋留玉简任教宛委探奇　　　　我店非同他店进来看看留意是财

文海放舟健儿要敢顶头上
书山探宝志士哪能空手回

古董店联

乘时堪博古　　　　　　　　　　夏鼎秦砖赵国壁
入世亦居奇　　　　　　　　　　唐诗晋字汉文章

春云夏雨秋夜月　　　　　　　　彝鼎图书自典重
唐诗晋字汉文章　　　　　　　　艺茗翡翠相新鲜

连城价值龙泉剑　　　　　　　　三代鼎彝昭日月
倾国钱财金缕衣　　　　　　　　一堂图画灿云霞

满堂鼎彝列秦汉　　　　　　　　夏鼎商彝陈列满室
数窗图画灿云霞　　　　　　　　隋珠如璧价值连城

夏鼎商彝传流千古
秦砖汉瓦罗列一堂

乐器店联

琴瑟在御
笙磐同声

韵出高山流水
曲追白雪阳春

阳律阴吕
玉振金声

琴奏瑟和留古调
客来商往尽知音

弦中参妙理
曲里寄幽情

阳春白雪皆雅乐
一唱三叹有遗音

和声鸣盛世
雅乐协元音

不遇知音众声俱寂
偶然雅集百乐齐鸣

和声鸣盛世
鼓乐庆升平

乐奏钧天凭兹叠韵
声同掷地发为清音

闻声齐合律
欣赏即知音

流水高山俟诸知已
金声玉振集其大成

曲奏阳春白雪
音知流水高山

盛世鸣和五韶并奏
钧天雅乐八音克谐

玩具店联

费他工匠巧
博吾小子欢

团沙巧捏侏儒相
剪纸新糊傀儡人

具中藏智慧
玩里长精神

助宝宝聪明灵巧
育娃娃活泼健康

玩具藏智慧
娱乐长精神

博得儿童大家欢喜
造成物具小巧玲珑

吹吹打打般般妙
绿绿红红样样精

工妙团沙制传合土
欢增绕膝乐助含饴

恩物最宜开智慧
神工尽力作精裁

物本无知供人玩弄
翁真不倒勉力支持

剪纸团纱多智慧
肖形像物巧心思

吹吹打打敲敲般般好玩
白白红红绿绿色色精工

看巧匠无双手段
博儿童整日心欢

花鸟店联

春城欣百业
花市拥群芳

花房避初旭
帘影弄新晴

山中无岁月
花草有春秋

松柏藏本性
园林涤俗情

题鸟门留字
求凰曲弄琴

吻花真活泼
戏水惯浮沉

闲作来禽帖
为求招鹤歌

有歌皆招鹤
无帖亦来禽

语传鹦鹉架
词谱鹧鸪天

种植花草环境美
绿化神州锦绣春

有色有香都入妙
予求予取总无妨

一池碧水映圆月
九州花木沐春风

笑看秋菊心田广
乐对冬梅胆气豪

芍药红含三径雨
芭蕉绿浸一溪云

剪月裁云花四季
穿林叠石景千盆

花迎酒客容先醉
草见诗人色更青

一花独放不成锦
万紫千红总是春

花迎酒客容先醉
草见诗人色更青

世多庄子知鱼乐
人慕陶公获利多

水清石出鱼能数
竹密花深鸟自鸣

仙禽可以乐晨夕
凡鸟不敢说文章

笑看秋菊心田广
乐对冬梅胆气豪

碧水一泓清心养目
金鳞数尾在藻依蒲

姹紫嫣红花迎旭日
鹅黄淡绿草沐东风

翠木枝枝无穷雅韵
鲜花朵朵占尽风流

凤凰来仪和声鸣盛
仙禽作市宜籁嬉春

267

凤翥鸾翔光华相映　　　　　　　异草奇花装成春色
鹊啼鸠舞喜庆大来　　　　　　　幽兰雅菊美化市容

绿绿红红一年皆秀　　　　　　　翠木枝枝无穷雅韵
娉娉袅袅四季如春　　　　　　　鲜花朵朵占尽风流

鸟语花香青春鹦鹉　　　　　　　巧手一双塑活名山奇景
箫声琴韵绿绮凤凰　　　　　　　柜台三尺藏满天下春色

色香俱全花草风度　　　　　　　菊竹兰荷凡人间所应有斯间尽有
形神兼备松柏精神　　　　　　　秋冬春夏虽它处难久留此处常留

茶馆联

清音盈客座　　　　　　　　　　一天无空座
和气透茶杯　　　　　　　　　　四时有香茶

香分花上露　　　　　　　　　　清泉烹雀舌
水汲石中泉　　　　　　　　　　活水煮龙团

酒醉英雄汉　　　　　　　　　　七度卢仝碗
茶引博士文　　　　　　　　　　三篇陆羽经

羹香怀帝德　　　　　　　　　　淡酒邀明月
茶色虑民灾　　　　　　　　　　香茶迎故人

芳香清意府　　　　　　　　　　客上天然居
碧绿净心源　　　　　　　　　　居然天上客

相如聊解渴　　　　　　　　　　识得此中滋味
谢朓喜凝眸　　　　　　　　　　觅来无上清凉

第九章 行业对联

煮酒放言世事
烹茶细味人生

龙井泉多奇味
武夷茶发异香

竹炉汤沸邀清客
茗婉风生遣睡魔

玉碗光含仙掌露
金芽香带玉溪云

香茶一杯解乏力
吉语三句暖人心

茶亦醉人何必酒
书能香我不须花

为品清香频入座
欢同知心细谈心

瓦罐煎茶烧树叶
石泉流水洗椰瓢

水流清影通茶灶
风递幽香入酒筵

柳井有泉好作饮
君山无处不宜茶

壶在心中天在壶
心在壶中地在心

喝口清茶方解渴
吃些糕点又充饥

淡中有味茶偏好
清茗一杯情更真

茶敬客来茶当酒
云山云去云作车

山径摘花春酿酒
竹窗留月夜品茶

碧螺壶中香扑面
绿茶盏内味如春

春满壶中留客醉
茶香座上待君来

只缘清香成清趣
全因浓酽有浓情

翠叶烟腾冰碗碧
绿芽光照玉瓯青

松涛烹雪醒诗梦
竹院浮香荡文思

九曲夷山采雀舌
一溪活水煮龙团

北汲百泉池中水
南采龙井山上茶

瓦壶水沸邀清客
茗碗香腾遣睡魔

德必有邻邀陆羽
园经涉足学卢仝

269

客来能解相如渴　　　　　　四大皆空坐片刻无分你我
火候闲评坡老诗　　　　　　两头是路吃一盏各自西东

石鼎煎香俗肠尽洗　　　　　忙什么喝我这雀舌茶百文一碗
松涛烹雪诗梦初灵　　　　　走哪里听他摆龙门阵再饮三盅

喜报捷音一壶春暖　　　　　来不请去不辞无束无拘方便地
畅谈国事两腋生风　　　　　烟自抽茶自酌说长说短自由天

看水浒想喝大碗酒　　　　　最宜茶梦同圆海上壶天容小隐
读红楼举杯思品茶　　　　　休碍酒家借问座中春色亦长留

天下有情人都成眷属　　　　楼上一层看塔院朝暾湖天夜月
心头无限事齐上眉梢　　　　客来两地话武林山水泸渎莺花

来路可数歇一刻知味　　　　山好好水好好开门一笑无烦恼
前途无量品一杯何妨　　　　来匆匆去匆匆饮茶几杯各西东

空袭无常盅客茶资先付　　　赞龙井赏茉莉一品观音也得有点苦丁
官方有令国防秘密休谈　　　谈琴棋论书画三味人生哪能全是甘甜

砖瓦厂联

一砖一瓦　　　　　　　　　垒起高楼大厦
大厦大楼　　　　　　　　　造福城市乡村

虽是红砖青瓦　　　　　　　炼尽阴阳出火坑
能建大厦高楼　　　　　　　留将青白在人间

垒起高楼大厦　　　　　　　如琢如磨砌成碧玉
安居商贾工农　　　　　　　一砖一瓦垒起高楼

我侪虽说泥砖土瓦
君等却能遮雨避风

石灰厂联

黑乌在火里
清白留人间

全部黑身留窑里
一片冰心在世间

不舍一身粉碎
何来白壁无限

石坚似铁窑中脆
灰白如银室内光

矗立高山惟我等
装成玉宇又其谁

服务人民何异一身粉碎
装成玉宇堪夸白壁无瑕

哪堪碎骨在窑里
何异粉身为世人

包装厂联

四周佳人面
内中才子心

四面装璜多艳丽
常年存贮保新鲜

周围云彩丽
五色月华新

运送长途无损破
馈赠佳宾增美光

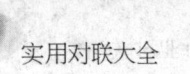

纺织厂联

白疑叠雪
朱若含春

直线曲线都开眼
中装西装总入时

轻裘被服
罗绮生香

财源来自剪刀口
生意兴于针线头

紫白红黄皆悦目
麻棉毛葛总因时

服式新颖称你意
装头秀丽乐君心

丝线浸透辛勤汗
锦缎缀满智慧花

金剪裁成丹凤舞
银针绣出彩鸾飞

一纬须为仙女恤
半生常与布衣交

论质论优来我店
选红选绿任君挑

凤吐丝纶成五彩
龙蟠锦绣灿千花

哪让衣冠趋势利
敢将服饰领时髦

愿将天上云霞服
裁作人间锦绣衣

三尺冰弦弹夜月
一天飞絮舞春风

男添庄重女添俏
夏透凉风冬御寒

锦绣回文机上织
丹青尺幅袖中藏

时装任我精心制
美服凭君着意挑

南国云丝辉黼黻
中天蜀锦焕文章

新装艳丽招顾客
笑语殷勤送友情

新花雪白晴能舞
古调琴声静可弹

第九章 行业对联

于今已掌丝纶美
他日还看黼黻奇

浓比堆云洁疑叠雪
暖增挟纩寒解衣芦

愿为群众经纶业
特著顾客衣被功

蜀锦吴绫改良产品
云罗霞绮表异天章

云锦七襄供组织
华绸五色焕文章

纬地经天丝纶事业
五光十色黼黻文章

运筹欲展经纶业
组织还成锦绣文

易事通工抱无余布
经天纬地具有大材

轧轧机声听巷里
花花世界说人间

组织经纶生财有道
纷披锦绣为彰于天

志在经纶承少伯
情耽湖海效元龙

巧手度处天衣无缝
匠心裁来长短合身

雾谷云巢文君意趣
月华日彩织女心梭

绸缎绫罗历尽炎凉世态
麻棉葛络领教冷暖人情

花样翻新服装重任
霓裳绚彩时代精神

种类多颜色花样都艳丽
匹幅阔价钱质量合要求

欢送亲朋巾翻蛱蝶
情联姊妹印出鸳鸯

掌握千丝织就中天美锦
胸罗万象绣成上苑奇葩

茧织细纹别成佳制
丝抽余绪饶有古风

衣料齐全请看琳琅满目
款式咸备都说艋雅称心

乱扑晴云相资弓率
静弹长日如听琴声

洗洗染染胜似西施浣纱
缝缝织织赛过晴雯补裘

美富文章云蒸霞蔚
经纶事业锦簇花团

缎软绸柔老少女男均可用
裘轻葛细春夏秋冬尽相宜

273

宫锦夺奇满架光明齐日月
物华绚彩盈笥灿烂艳云霞

时泰年丰四季霓裳添异彩
河清海晏九州风物换新颜

瑞气盈门凤吐经纶成七彩
祥光洒地龙盘锦绣灿千花

春夏秋冬四季服装皆溢彩
东南西北八方顾客尽开颜

为公子裳锦带细裁均合度
称佳人体凌霞曳绮倍增研

利剪频挥巧裁天上云霞彩
飞轮急转精制人间锦绣衣

印刷厂联

迹搜秦汉
法备晋唐

万言日出生花笔
四海风行传惠书

涛听东浙
印话西泠

印出华文歌盛世
刷成锦翰赞新风

天机活泼
大块文章

云苑喜栽新著稿
风帘闲校旧抄书

不失本来面目
依然如此葫芦

鏊金映出千行锦
点石刻成五彩文

笔底能出千样彩
机中可绽万般花

仿古于今尚留本色
聚零为整尤贵洋装

绘声绘色真姿出
有彩有光巧技呈

光彩鲜明丝毫不爽
神情活泼巨细无遗

几次修玩为散佚
一经装订便成编

心机相印奇文鉴赏
精神振刷大雅扶轮

植字抽芽文明播种
校书分页著作成林

排比精工莫笑葫芦依样
流传迅速须教机械从心

沥血呕心笃志印行事业
鞠躬尽瘁不求自我功名

石亦能言笑诸公文章印版
铁堪作笔有众手大雅扶轮

筑数椽在柏堂竹阁之西讲艺论文岂仅湖山供眺览
树一帜于文苑词坛而外，抗心希古更欣风雨共摩挲

酿酒厂联

松江好水，酿飘香玉露
塞外雄风，送古堡甘霖

酒味冲天，飞鸟闻香化凤
糟粕落地，游鱼得味成龙

炼月为精，陶冰为色，调春华秋实为玉液
挹松之韵，掬嫩之魂，原冬绵夏烈之琼浆

制药厂联

选材详百草
饮片配良方

消忧去疾身长健
除害逐邪品自高

休赞老君炉火旺
喜看新手技称精

科研桂露金成液
香溅桔泉玉作丸

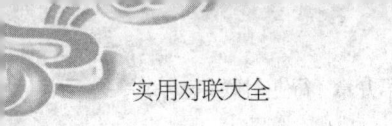

发电厂联

雄风鼓四化
温暖送千家

百般伟业人为主
各种能源电最佳

红日照万里
电灯亮千家

千家万户得温暖
万国九州沐光辉

银灯光禹甸
朗月照神州

造福为民取水火
腾飞建国赖能源

锦绣江山添色泽
光明世界增辉煌

掌万家灯火为江山生色
看一派光明让日月增辉

逢夜不愁红日去
到明自有电光来

明珠颗颗照亮千村万户
电厂家家送来火光能源

灯光千家同白昼
银光万里似晴天

电镀厂联

青龙进海
白马出山

光泽如冰雪
亮度赛银光

春风翻雪浪
炉火荡金波

进门乌头黑脸
出厂雪肤银身

第九章　行业对联

能教黑铁变雪白
可使乌物现银光

投胎时包公翼德
出生后贵妃昭君

铁件镀来成银件
东施打扮变西施

玻璃厂联

春风初识面
明月本无心

一尘无所染
万里亦能光

当窗尘不染
出匣月同明

乍来清净地
如履水晶宫

当窗明似镜
出厂洁如冰

当镜秋毫明察
临窗日月重光

光明无障碍
渣滓尽消融

但愿得来心共照
自然看去眼共明

看天尘不染
在匣水常清

光明铸出千秋鉴
气冷凝出一片冰

秋毫无所碍
天地点不留

岂止佳人施粉黛
还宜学子整衣裳

台上冰华澈
窗前月影清

入户观春花秋月
隔窗望山色湖光

悬将小户牖
亮彻大乾坤

似月停空眉写翠
如珠出匣脸传红

277

瑶台未必如斯洁
玉宇何尝若此明

水月镜花别开生面
山川草木蔚为大观

镜花水月别开生面
草木山川蔚为大观

珠玉腾辉琉璃焕彩
天中皓月海外明星

秋水为神寒冰作骨
春风识面明月当身

水泥厂联

水之坚韧
泥的执着

建筑乃艺术首功当推水泥
管理为科学头条还看人心

吸纳国际最新技术
生产世界更好水泥

身居水泥厂情系共和国大厦
足立本行业心连老百姓命运

凝聚力粘合万块砖
坚定性筑起千幢楼

屹立珠峰看世界完善崭新理念
沉入海底摸商情驾驭市场经济

纵使高耸云天不骄傲
尽管践踏脚地尚乐观

居豪华住宅当思水泥人之崇高
观艺术建筑恒念劳动者之伟大

建筑三大材水泥为首
工地万件料洋灰当家

烈火焚烧若等闲造就铮铮铁骨
雷霆震荡不改色尽显堂堂风采

凝聚力向心力应受礼赞
坚贞性永久性当蒙嘉奖

领导考虑生活送温暖到职工心头
同志献身生产发光热为国家利税

与钢筋骨肉相连宛如兄弟
和砖瓦风雨同舟更像夫妻

高楼万丈从地起无水泥寸步难行
长虹百米跨河飞有洋灰千里畅通

第九章 行业对联

千锤万击出深山自有山岩之刚健
十里百家进高楼谁无水泥之恩泽

应对挑战创新名牌增进用户满意度
提高效益改善生活调动职工积极性

人品决定产品人性化管理并非无原则
思路开辟出路市场化决策肯定有效益

社会资源综合利用变废为宝发展循环经济
产品质量不断提高点石成金净化人居氛围

品为众众之口水泥出厂人人负责当奖奖当罚罚
质乃斤斤计较原料进厂个个把关应纳纳应退退

钢铁厂联

电灯守岁
炉火迎春

钢花喷四海
铁水流九州

钢花飞溅
铁水奔流

钢花照地灿
炉火耀天红

钢花赛日
马达迎春

火能化铜铁
人可创乾坤

一炉鼓响
万吨钢成

销溶归大冶
锻炼出洪炉

创业为四化
炼钢乐千秋

眼前炉火正旺
胸中热血沸腾

钢花除旧貌
铁水接新春

东风吹绿三春草
铁水浇红四化花

风鼓声声传捷报
钢花朵朵织春色

铁哨唤来千吨矿
金钩送走万吨钢

鼓风吹绿炉边柳
钢火映红心上花

铁水奔流红喜报
钢花灿烂耀春光

红心赤胆夕朝炼
铁骨钢筋日夜锤

铁水千炉汇大海
高炉万丈耸云天

虎跃龙腾奔四化
钢花铁水献三春

团捏泥沙堪作范
销融炉火自成型

炉火冲天照日月
锤声震地响雷霆

万道铁水汇成海
百丈钢炉耸入天

煤山高耸穿云雾
铁水奔流映彩虹

豪情催沸千炉铁水
汗水浇开万吨钢花

汽笛长鸣歌禹甸
钢花飞溅饰神州

炉火熊熊钢花飞舞
红星闪闪铁水奔流

热汗高温化硬铁
高炉烈火炼红心

一派薪传焰光不黑
十分火候技艺纯青

人与钢花同灿烂
心随铁水共奔流

炉火通红红光辉笑脸
钢花飞彩彩气耀年华

天空云彩钢花织
祖国宏图大众描

努力增收甘挥千滴汗
厉行节约珍惜一斤钢

天空云彩钢花织
华夏春光大众沐

铁水奔流给神州织锦
火龙飞舞为华夏迎春

铁锤声声除旧岁
钢花朵朵接新春

钢花耀彩云给山河织锦
铁水腾红火为宇宙争春

第九章　行业对联

夕铸朝熔成就红心赤胆　　　　　阵阵春风十里钢城传捷报
千锤百炼献出铁骨钢筋　　　　　声声锣鼓三江豪杰谱新篇

创伟业奋起群英争光古国　　　　座座平炉风花飞溅传捷报
接新春盛开百卉斗艳新城　　　　排排井架油浪翻腾奏凯歌

炼钢炉前钢花心花齐怒放　　　　汗水洒炉前力夺优质和高产
出铁槽内铁水汗水共奔流　　　　铁肩挑重担争当模范与英雄

闪烁钢花前程眼看年年好　　　　千百座钢炉要使神州除旧貌
频传捷报春意心中日日浓　　　　亿万双铁臂敢教大地换新颜

亿万高炉华夏天天除旧貌　　　　投入革命熔炉铸出钢筋铁骨
百千铁汉神州日日换新颜　　　　参加科学实验炼成赤胆红心

机械厂联

炉火冲霄汉　　　　　　　　　　机器好顾客满意
春光添异彩　　　　　　　　　　信誉高工厂兴隆

锤声震天地　　　　　　　　　　富路新招惟科技
科技改乾坤　　　　　　　　　　技术革新当闯将

设计匠心独运
铸机妙手成春

汽修厂联

千雨万雪千家同乐　　　　　　　东奔西走华夏车场
和谐消防万户平安　　　　　　　南来北往此处开张

进来皆带三分问题　　　　　　给我一个展示技能的机会
此去绝无半点担忧　　　　　　还你一路驾驭安全的诚信

发动机一响黄金万两　　　　　敲敲打打，破烂常能改旧颜
车轱辘一转黄金两万　　　　　来来往往，进出总要变新货

一进一出旧貌换新颜　　　　　轱辘转的都修飞机坦克不算
六平六顺安全有保证　　　　　不喝油的别来电动气动除外

开好车好开车好好开车　　　　行万里路读万卷书稍事休息
今平安明平安天天平安　　　　游五洲山饮五岳泉快马加鞭

南来地、北往地，汽车快要下岗地
冒烟地、放炮地，到我这就不走地

银行联

投保一次　　　　　　　　　　夺标常有望
得利长年　　　　　　　　　　积款自成多

广开财路　　　　　　　　　　花小钱保险
巧管资金　　　　　　　　　　遇大祸无忧

聚沙为塔　　　　　　　　　　节资须刻苦
滴水成河　　　　　　　　　　储蓄莫无恒

一年保险　　　　　　　　　　小费君莫惜
四季无忧　　　　　　　　　　后顾自无忧

常存小额款　　　　　　　　　投保利公利己
可聚大盘金　　　　　　　　　防灾为国为民

第九章　行业对联

存款有备无患
保险转危为安

家有千金宜防患
腰缠万贯保为安

保险防灾防害
公司为国为民

金融富似春初草
事业繁如锦上花

保君年年满意
让您事事顺心

聚财兴国安黎庶
存款便民秉赤心

保来四面八方泰
险去千家万户欢

鸟向青山春光好
人投保险好处多

财产有价快保险
水火无情早防灾

人人保险人人乐
户户平安户户歌

参加保险防灾患
存款银行备急需

社会交流凭货币
财源命脉系金融

常将有日思无日
每到取时想储时

四季保险千般好
一家受灾万户帮

储存余款心常乐
蓄得良书读更勤

投保得保保无虑
防险抢险险化夷

储蓄为盆能聚宝
勤劳如树可摇钱

信贷无私为建设
资金周转利民生

广辟财源成大业
巧用资金奔小康

幸福皆因政策好
财源恰是储存多

集少成多储为本
化零为整蓄当先

银行存款年年长
社会储蓄节节高

集资为九州四化
保险帮万户千家

迎春歌唱九州乐
保险花开万户欢

283

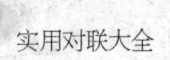

自古辛勤能造福
从来集腋可成裘

一折风行生财有道
万商云集获利无涯

随来随保为民着想
防险防灾替国分忧

管建设资金尽心尽力
办人民储蓄任怨任劳

水火无情公司有义
工农有难保险无私

财神不到懒户财神有眼
福星偏爱勤人福星多情

户户家家人人保险
年年月月日日平安

集资金储银行行行锦绣
开富路支农业业业辉煌

扶危济困雪中送炭
保险保安锦上添花

能不花便不花储蓄为国
可节省就节省结余利家

风云不测您能免祸
水火无情我可救灾

千百万户户户皆是储户
七十二行行行不离银行

防止天灾常备不懈
参加保险居安思危

去去来来人人欢欢喜喜
多多少少日日取取存存

出入角分尤当任怨
收支千万更要留神

营业室中颗颗红心竞艳
收钱台上张张笑脸迎春

计划用钱量入为出
坚持储蓄积少成多

改革增活力四季生机勃勃
储存创新路九州喜气盈盈

节约多储支援建设
勤劳增产有利国家

广辟财源财似造山千簣少
畅通物道物随人意四方流

尽力开源资财不竭
厉行节约周转有余

积少成多储蓄乃持家美德
戒奢崇俭勤劳是建国根基

日异月新与年俱进
流长源远效益无涯

为国守库纵使有钱难买义
替民理财须知无物可填贪

正气一身服务上门千户喜 为国家理财一颗红心千家暖
清风两袖收储到家万人欣 替用户积资两袖清风万户欢

储钱待急需总将富日思穷日 来来去去攘攘熙熙个个亲亲热热
蓄款为常备莫道无时叨有时 取取存存方方便便人人喜喜欢欢

建行连各业各业连建行建行活各业兴旺
国家为全民全民为国家国家昌全民幸福

年年月月勤勤俭俭积积攒攒家家富富裕裕
去去来来取取存存角角元元户户欢欢欣欣

信用社联

开源辟财路 信合网络联通百业兴旺
储蓄积资金 农业科学发展千家发达

农家小院丰收满 集资金储信合前程锦绣
信合支农喜讯多 开富路支农业经济腾飞

为国理财功在国 联社上下齐心协力抓改革
代民储蓄利于民 城乡内外锐意进取创新天

积少成多节约为本 信合架金桥支农雨露八方润
集零为整储蓄当先 联社展新姿改革春潮四面来

春满人间百花吐艳
福临小院四季常安

庆祝国庆年年好景
合谐信合步步登高

股票公司联

四川美丰百花村
酒钢宏兴商业城

上海三毛三爱富
北京化二两面针

东方航空飞亚达
西藏天路深大通

大族激光赤天化
山西焦化黑牡丹

中国联通大西洋
厦门信达京东方

南京中商金陵药
西安饮食健康元

电广传媒美欣达
飞乐音响新和成

华润锦华美尔雅
龙净环保深康佳

海南椰岛望春花
天山纺织圣雪绒

四川金顶苏福马
中国武夷七匹狼

金丰投资五粮液
玉源控股九芝堂

东风汽车煤气化
长春燃气动力源

一汽夏利深振业
万向钱潮陕国投

佛山照明万家乐
东信和平深宝安

福成五丰深华发
赛格三星宝利来

世纪光华新世界
华夏建通陕民生

光明乳业草原发
烟台万华天地源

东方明珠新黄浦
上海贝岭圣雪绒

久联发展秦发展
力诺太阳红太阳

佛山照明陕解放
天房发展甬成功

聚友网络鹏博士　　　　　大族激光王府井
赛迪传媒马应龙　　　　　中水渔业牡丹江

青岛双星新希望　　　　　明天科技新世界
锦州六陆雅戈尔　　　　　古越龙山华侨城

四川金顶湘火炬　　　　　草原兴发苏福马
福建水泥深赤湾　　　　　洞庭水殖武昌鱼

信托公司联

一言九鼎　　　　　　　　九州委托凭忠信
允诺千金　　　　　　　　千里交游存义诚

交易自古存公道　　　　　一言九鼎为大信
信托从来不负人　　　　　允诺千金是致诚

木材公司联

高山须厚土　　　　　　　凤凰自古栖大梧
大厦要良材　　　　　　　良木由来作栋梁

有材已入选　　　　　　　择居仁里和为贵
无地不育林　　　　　　　善与人同德有邻

大厦落成工匠巧　　　　　和谐进千家家家和谐
雄文草就秀才灵　　　　　平安入万户户户平安

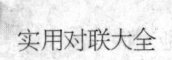

平安古都再创复兴伟业
和谐菊城重现盛世梦华

大梁通八方构建东西南北和谐
神州绘四季铸就春夏秋冬平安

竹影舞窗前方报平安岁
喜鹊登梅梢又唱和谐年

布谷声声报一岁平安一岁祝福
雪花片片添十分喜庆十分和谐

春之韵国之声合奏和谐曲
世所期民所愿同书平安篇

外贸公司联

好货销海外
盛誉满国中

广播银屏传宝号
乡村城市播芳名

海味山珍销世界
富商巨贾来中华

广而告之销路好
闻者来矣财源多

出口山珍供世界
挣来财富建中华

街头眉黛丹青力
世上声名广告功

贸易五洲赢大利
交游四海结高朋

商品信息四处播
财源利润五湖来

要使大地商客晓
莫做深闺人未知

广告公司联

凭借现代媒体
为君远播声名

一经广告声屏里
顷刻名闻宇宙间

宝号芳名四海播
商家顾客九州来

第九章 行业对联

信息公司联

通八方信息
聚四海财源

信息为财富
时间是金钱

智能伴信息
财源托春风

收听四海信息
聚积八方财源

储信息以方寸
添欢乐于万家

千家踏上科学路
万户敲开信息门

情通宇宙信息外
志在改革事业中

无边信息频频至
不尽财源滚滚来

信息生财财路广
科学致富富源宽

丰产多于肥田里
发财全在信息中

市场动态靠信息
群众需求看行情

条条信息为财富
刻刻时间是金钱

无边信息天天至
不尽财源日日来

信息灵通财源广
人才开发效益高

信息灵通财源广进
人才兴旺成效倍增

勤劳智慧是生财法宝
科学信息为致富良方

煦煦春风吹暖五湖四海
霏霏细雨润滋万户千家

创业兴家刻刻时间莫放过
发财致富行行信息要灵通

289

石油公司联

占天时地利人和
取九州四海财宝

民安国泰逢盛世
风调雨顺颂华年

高居宝地财兴旺
福照家门富生辉

精耕细作丰收岁
勤俭持家有余年

天地和顺家添财
平安如意人多福

发愤图强兴大业
勤劳致富建小康

春归大地人间暖
福降神州喜临门

欢天喜地度佳节
张灯结彩迎新春

内外平安好运来
合家欢乐财源进

迎新春事事如意
接鸿福步步高升

日日财源顺意来
年年福禄随春到

万事如意展宏图
心想事成兴伟业

迎喜迎春迎富贵
接财接福接平安

和顺门第增百福
合家欢乐纳千祥

创大业千秋昌盛
展宏图再就辉煌

冬去山川齐秀丽
喜来桃李共芬芳

一帆风顺年年好
万事如意步步高

第九章　行业对联

电力公司联

搔首弄姿假正经
电眼迷人真芙蓉

银线千条天作网
明珠万颗地生辉

一线悬空千业振
万杆竖地九州兴

千盏彩灯增美景
万条银线起宏图

承载百万人民厚待
服务万家灯火通明

给寰球洒一层珠光宝气
为人类开万代致富甘泉

座座铁杆气壮三山五岳
条条银线福连万户千家

铁塔抖缰，电掣神州骏马
铜闸送爱，力开市场新天

电网传情，情洒穷乡僻壤
职工献爱，爱驰万水千山

志卷风云，率先百业改天换地
心挟雷电，温暖千家强国康民

塔林遍河东，电如春笋茁三晋
线网连市镇，灯似银河落九天

电业启国光，百业诚依一业旺
银花冠市秀，一花更引百花香

电业先行，兴百业，促繁荣，为龙添翼
东风又起，挂云帆，济沧海，举凤骞天

千年欣喜，银丝布锦，沟壑三千织电网
万众欢呼，铁塔成排，旱垣万亩变金仓

英姿飞峡谷，不畏艰险，牵来几条银线
胸怀装四化，排除万难，奉献一片光明

争分夺秒，须知创业艰难，时不我待架银线
协力同心，莫道强区非易，事在人为通电源

点亮城乡，照亮山川，当任九州社稷光明使者
轰鸣机器，共鸣车辆，堪为国民经济力量源泉

年年年夜难以团圆，为一年四季，季季光明世界
周周周末不能聚首，盼每周七日，日日亮丽神州

线网经天，天开景运，凭能热，巧夺造化振兴千业
塔杆柱地，地转新机，靠赤诚，力易时风泽惠万民

爬杆登塔，摘满天星斗，洒一片银辉，万家通明亮灿灿
拉线布局，采寰宇阳光，输无穷能量，百业兴旺热腾腾

汽车公司联

飞穿平原芳草绿
奔驰山野落花红

道路畅通千里马
班组团结一盘棋

平地四轮急似电
都城十里快如风

飞穿平原芳草绿
奔驰山野万花红

高低不平汽车路
左右圆熟驾驶员

文明行车争先进
礼貌服务似亲人

靠靠停停汽车好
和和气气服务周

缩千里成为咫尺
联两地变成一家

正道修通邪道废
曲弦驰后直弦张

飞轮滚滚歌一路
马达声声传万家

客车满载满车客
山货运输运货山

人民铁路通四海
祖国资源利八方

车轮滚滚描长卷
公路条条奔小康

消息可通万里外
往来不过须臾间

梅花点点新春到
汽笛声声旅客来

道路畅通，车如流水
班组养护，人似春风

载运千钧如虎跃
奔驰万里似龙腾

万里纵横，叠叠关山难阻隔
四方联络，条条车路任通行

车轮滚滚传喜讯
汽笛声声奏凯歌

礼让三分，三分笑脸七分暖
情牵一路，一路春风九路歌

车窗似轴屏,摄进满眼诗情画意
公路如玉带,牵来万里绿水青山

轮船公司联

船中渡日月
水上看风光

夕阳桂楫寻诗客
运水兰槎载酒人

货走百川顺利
船行千里安全

迎来送往越天堑
破浪乘风渡险滩

几经风雨几经浪
一路平安一路歌

木材公司联

封山培大树
造屋要良材

有材已入选
无地不育林

高山须厚土
大厦要良材

冲天大厦山河秀
拔地华堂景色新

建筑公司联

经营大厦
建造高楼

高楼手中建
重担肩上挑

经营有大志
建造集良工

矗立摘星脚手架
建成顶日摩天楼

大厦高楼能手盖
南枝北屋凤凰栖

建成大厦高华宅
留与后人久远居

铺砖盖瓦为能手
落户安家是福人

替国增光修大厦
为人造福建高楼

添瓦加砖筑大厦
安居乐业住新楼

万丈高楼平地起
千幢大厦手中兴

为国为民修大厦
保质保量竣工程

热汗千滴夜以继日
高楼万栋遮雨避风

双手盖起高楼大厦
两足踏遍地北天南

江山多娇放开千里目
大厦有阶更上一层楼

大厦落成到处欢天喜地
福人迁入满堂金碧辉煌

华堂入云大好江山添一景
广厦拔地四华英杰乐三春

铁路联

同时间赛跑
为人民立功

万里路程同轨迹
九州旅客共心声

攘往熙来长途无阻
风驰电掣缩地有方

道辟康庄无往不利
车同轨辙到处皆宜

安全正点畅通无阻
风驰电掣服务有方

乡镇企业联

通商为物畅
集贸利农家

油盐布匹天天有
农具肥料日日全

聚四面八方产品
供千家万户需求

分配按劳公平合理
交流等价无欺经商

繁荣市场财源旺
礼貌经商客自多

搞活流通加深改革
繁荣经济稳定市场

搞好供销生意好
提高生产赞声多

货物流通繁荣经济
物资齐备保证供给

集市繁荣财路广
通商无欺物公平

携手城乡购销两旺
同心富裕市场繁荣

集市繁荣物价稳
人心安定世风新

促进购销方方皆顺畅
繁荣市场处处有兴隆

克俭克勤能致富
有知有识定成才

山水间到处献来金树
乡村地刹时腾起钢龙

流通贸易经营活
团结工农情谊长

村办厂户办厂厂兴民富
山生财水生财财茂国强

南北货任君挑选
工农渠凭我沟通

集市繁荣城乡生意活跃
政策兑现工农经济复兴

无穷生意赖乡土
有志农民是栋材

利国利民广辟生财道路
兴家兴业多寻富裕楼门

第九章 行业对联

企业兴为四化添砖加瓦
农村富奔小康跃马扬鞭

购土产收山珍为农民着想
促产销卖农具供生产所需

生产所需保证企业供应
日常杂货满足人民要求

顾客盈门买卖活经营有路
供销皆旺生意好聚财有方

实行因地制宜生财得道
发展多头经济致富有门

礼貌经商衡量度公平交易
文明待客老中青一视同仁

务农务副务工行行兴旺
富国富乡富县户户小康

信息灵通产供销三方顺畅
人才荟萃农工商百业兴隆

博物馆联

文章追古迹
博物溯源宗

文游尽属斯文辈
物理还寻故物源

蝶舞乍疑唐库出
燕裁还认汉宫来

彝鼎图书当典重
兰苕翡翠共新鲜

千岁龙潭蒸琥珀
万载仙桥起云霞

东壁藏珍遗书秘籍
西清古鉴列说绘图

商彝夏鼎传千古
汉瓦秦砖萃一堂

汉瓦秦砖世之所宝
汤盘孔鼎识者宜珍

石刻六朝传百本
风流九代仰千秋

价重连城隋珍和璧
光腾满室夏鼎商彝

玩物岂真能丧志
居奇原只为陶情

金石画图前人所尚
陆离斑剥古气盎然

小门面正朝三公之府
大斧头专打万石之家

报社联

纵谈中外事
洞彻古今情

替祖国呼号呐喊
为英雄写传立碑

报道中外事
议论是非情

版面扬独家优势
文章汇天下精华

锐眼观天下
妙笔写春秋

公月旦评见闻悉备
执春秋笔褒贬无私

新闻顷刻传万里
信息弹指到千家

数千年治乱兴衰都归大手笔
几万里见闻考核颇费小才华

为三通振臂呐喊
替两制引吭高歌

工商部门联

风清气正民康乐
法严纪肃国太平

热心耐心细心用心服务
公平公正公开秉公执法

严格执法敢碰硬
热情服务促发展

职责法定学法守法执法
公仆义务拥民爱民为民

第九章 行业对联

服务理念强化服务责任
科学监管助推科学发展

廉勤立身本为红盾增辉
砥柱中流方显英雄本色

虎去仍留监管执法猛劲
兔来更显服务维权捷才

立足工商，加强市场监管
跳出工商，搞好经济服务

仁政惠民服务转型腾热浪
春风化雨工商监管谱新篇

丹心铸红盾心系食品安全
忠诚促监管志在消费和谐

勤政为民为工商企业服务
执法如山融市场经济大局

一身正气两袖清风拒诱惑
秉公执法敢于碰硬为民生

消费维权为民服务树形象
依法行政执法严明铸权威

清正廉洁，当视名利淡如水
执法为民，应看事业重如山

廉洁自律视个人得失淡如水
勤政为民看工商形象重如山

工商卫士亮剑虚假广告无处藏身
红盾尖兵护航商标侵权隐匿逃遁

立潮头为经济腾飞增翅添翼
搏风浪壮地域经济保驾护航

非法传销危害大应坚决抵制
无照网吧违法重要从严查处

红盾卫士扎实工作奋力拼搏
工商事业日新月异前程似锦

围绕党委政府服务发展是要务
围绕企业群众高效办事是宗旨

抓规范提效能服务发展赢地位
明责任强落实监管执法铸权威

打假冒治伪劣深入调查不徇情
讲和谐树新风廉洁文明做公仆

抓好食品监管，确保群众健康
强化红盾护农，促使农业丰收

推进依法行政，建设法治工商
严格锤炼队伍，提升工商形象

把握四个重在，助推科学发展
坚持五个更加，实现工商跨越

勤政为民难得两袖清风香如故
执法如山志在一身正气腰不折

行风政风风气好怀兴工商兴衰
勤政廉政政绩优劣导国家存亡

邮政局联

日送千家信
时通万户情

送佳音飞骑连万户
报喜讯银线达九州

平安劳远报
消息赖沟通

涉长江波传边塞话
跨黄河信寄岭南情

能传千里话
可通万种情

邮传喜讯，万里如咫尺
电报佳音，九州若毗邻

消息从天降
音书逐电来

一路铃声，捎去丰收喜讯
万家笔语，带来富裕佳音

电信九州枢纽
邮局四化桥梁

邮局鸿雁，一声喜讯三春暖
绿色红娘，千里姻缘一线牵

消息可通九万里
往来像是一须臾

鸿雁来宾，破雾穿云传捷报
绿衣使者，翻山越岭沐春风

电波远送千里讯
绿衣传递万家书

九围风和，一寸邮花开万里
三胞韵美，八行笺月照双心

万里飞鸿书致意
五洲通报电呈情

绿影鸿飞，邮路春风播四海
清音雁递，电波喜讯报千家

电波银线传情意
鸿雁绿衣报好音

邮路惠春风，片片邮花飞万里
电波传喜讯，声声电讯印双心

照相馆联

何方能作假
此处最传真

现出庐山真面目
留住秋水旧丰神

悟得幻中幻
现来身外身

个个镜头凝厚意
张张笑脸带春风

摄将真影去
幻出化身来

时光冉冉春长驻
风度翩翩笑永存

照像于今日
留念在百年

显真容惟妙惟肖
观雅态活影活神

认真选择心灵美
如实反映成貌新

瞬间摄取真容貌
转眼勾留好笑颜

须眉男子形依旧
面目庐山影见真

绘色绘香绘声绘影
有水有山有物有人

若把端身临宝镜
自然真相摄莲池

秦镜高悬须眉毕现
庐山在此面目留真

常留俊美春风面
聊解蒹葭秋水思

今日留影取姿随便
他年再看其乐无穷

雅度翩翩辉玉照
威仪棣棣见佳容

岁月峥嵘应留纪念
精神焕发莫负春秋

现出须眉都活泼
看来毫发不参差

形态仪容飘飘欲活
须眉巾帼色色俱彰

301

亦庄亦谐传神佳照
惟妙惟肖写真芳容

一艺认真，还你本来面目
诸君体谅，非吾好作妍媸

毫发无遗须眉入画
风姿比玉声价论金

彩色调和，卷卷图文并茂
心机相印，天天技术革新

几幅风姿，证三生面目
一身倩影，显百倍精神

善取仪容，无改庐山面目
长摄倩影，倍添秋水丰神

常驻青春，镜头韶风采
永存神韵，相纸相俏容

并蒂合欢，二姓联姻笑不住
全家同照，一门和睦福无穷

画外得形神，惟妙惟肖
镜中留印证，即色即空

一代风流，倩影英姿皆入画
九州芳泽，春兰秋菊尽呈姿

何须换骨灵丹，但修镜里机关，活泼丰神传尺幅
讵有分身奇术，不待画中点缀，完全面目证三生

医疗通用联

杏林三月景
桔井四时春

喜有药材称道地
更看医术可回天

药圃无凡草
松窗有秘方

架上丹丸能济世
壶中日月可回春

杏林春意暖
桔井活人多

金丹益气增长寿
国药养神保健康

独活灵芝草
当归何首乌

春暖杏林花吐锦
泉流桔井水生香

除三山五岳病痛
收四海九州精华

身体弱多锻炼便好
药品精少服用为佳

黄润紫团，功殊高妙
玉兰金井，品重杏林

桔井香流，散作万家甘雨
铁炉火旺，烧成济世金丹

一药一性，岂能指鹿为马
百病百方，焉敢以牛易羊

医有秘方，可使万民增寿
药无凡草，能教百病回春

试问诸君，活一生谁不需药
莫轻本草，医百病它能建功

药物药材，味分寒热辛甘苦
医生医德，面向工农商学兵

不是本店铺，扁鹊难医徽恙
若非此效药，华佗无奈小虫

天下药治天下病，是病能治
世上人除世上灾，有灾便除

防疫站联

防控艾滋病
康健高密人

高人妙手生白玉
密地沃土出黄金

笔底一诗可撼世
书前半卷能容天

健民有方，除氟改水无黑牙
致远无碍，防疫灭病有白衣

讲究卫生延年益寿
尊重科学怯病去灾

计划免疫保儿童无病
合作医疗让村民有药

走千家裹秋风防疫怯病
进万户沥春雨保健为民

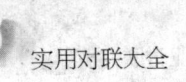

医院联

一点灵心通素问
满腔医术为人民

耿耿丹心医伤解痛
双双妙手起死回生

医德无私诊禹甸
神农有术治中州

济世良方祛邪扶正
回春妙术固本清源

银针刺开云千里
妙药驱散雾万重

救死扶伤丹心献党
消灾祛病妙手回春

愿四化健儿康健
祈九州患者平安

桔井泉香杏林春暖
芝田露润蓬岛花浓

愿作善人行善事
不为良相作良医

绿水青山华佗有术
春风杨柳扁鹊重生

越岭翻山适医药
走村串户探病人

炮制药材尝甘尝苦
推敲医理如琢如磨

志在活人施妙药
心为济世挽沉疴

起死回生华佗再世
逢凶化吉扁鹊重生

治疗周到医风好
护理精心痊愈多

涉水跋山寻方采药
走村串户治病医伤

草药银针针来痛止
丹心妙手起死回生

寿世寿人杏林春满
为医为药桔井泉香

发掘祖国医药宝库
保障人民身体健康

术体天心虔修有法
功齐相业调剂多方

第九章 行业对联

问切望闻回春素手
热寒表内济世丹心

学贯中西活人无数
术精内外济世良多

业继神农仙丹起死
才奇扁鹊妙术回春

救死扶伤如春风拂面
除疴疗疾似扁鹊显神

良相良医丹心垂史册
济人济世妙手起沉疴

妙炙神针治群黎疾病
琴心剑胆保万众健康

手有高招请君张虎口
身怀巧技看我拔龙牙

树雄心探索人身奥秘
立壮志攀登医学高峰

问切望闻乃临床真诀
膏丹丸散为除病妙方

学贯中西精心疗百病
医精内外热情暖千家

医护合作一心为病友
中西团结协力创良功

医护同工一心除病痛
中西团结协力保安康

中西医结合同攻痼疾
新老手并肩共上高峰

明察脏腑除去病人苦痛
巧理骨肌夺来患者春回

起死回生不独当年扁鹊
扶伤救危请看今日华佗

医有秘方可使万民益寿
药无凡草能救百病回春

忧尔忧精心治病功德好
急人急妙手回春医术高

朝夕炼丹百草枯藤皆是宝
慈悲济世千家痼疾得回春

春夏秋冬辛苦采得山中药
东西南北勤恳为医世上人

对症开方下灵药除瘟治病
酌情疗疾有神医起死回生

尽力医疗已超扁鹊回生术
精心解剖常具华佗刮骨功

救死扶伤回春妙手臻奇迹
驱邪保健济世丹心献至诚

救死逐瘟红十字精神常在
疗伤祛病白求恩风范永存

妙手丹心白衣战士除疴疾
银针草药赤脚医生显奇才

305

术擅歧黄妙药扫开千里雾
艺传卢扁金针点破一天云

业擅歧黄利泽百年三世业
学参中外流源一贯万家春

望闻问切四法善辨百样病
草木虫鱼一笺妙除十年忧

医德无私常愿寰球占勿药
神农有术故教人世脱沉疴

药物药材味分辛酸甘咸苦
医生医德面向工农兵学商

图书馆联

翻书益智
阅史清心

书林须漫步
学海要遨游

馆藏万卷
史证千年

书山勤觅宝
学海苦行舟

书山觅宝
学海泛舟

书中天地大
笔下空间宽

行千里路
读万卷书

文章似江海
书籍如林泉

藏书千万卷
增智九州人

学海宽千里
书山高万寻

读书破万卷
落笔超群英

邺侯新插架
曹氏旧营仓

读书破万卷
下笔如有神

友古今名士
读中外益书

第九章 行业对联

欲知天下事　　　　　　　　万卷书中寻好句
须读古今书　　　　　　　　五线谱上觅强音

广藏古典名著　　　　　　　万卷书中寻妙语
欣读现代益书　　　　　　　千张笑脸觅知音

藏古今文章瑰宝　　　　　　学海寻珍累也喜
聚中外学术精华　　　　　　书山探宝苦亦甜

藏书楼上百花放　　　　　　致富终须罗科技
借阅窗台四时春　　　　　　腾飞还得读良书

长留天地无穷趣　　　　　　中外名书藏满架
最爱书田不老春　　　　　　古今精品聚一楼

常阅报刊开眼界　　　　　　诸子千家罗万卷
深研科技扩胸襟　　　　　　百科四库集三秦

春秋日月光今古　　　　　　乐接勤人遨游学海
马列文章盖圣贤　　　　　　欢迎读者攀越书山

欢迎读者游学海　　　　　　中外良书皆多文采
爱接仁人攀书山　　　　　　古今名著俱备精华

架集古今书万卷　　　　　　聚典籍精华惠嘉后进
柜藏中外帖千函　　　　　　汇中西学术乐育新民

莫说架中皆白纸　　　　　　文海泛舟健儿要敢乘风上
须知文内尽黄金　　　　　　书山探宝志士怎能空手归

千里学海志士渡　　　　　　钟情学海海里神游清俗气
万仞书山勤者攀　　　　　　偏爱奇书书中寻觅得真知

书画同源扬国艺　　　　　　书似长梯送我攀登知识峰顶
图文并茂益书生　　　　　　学如航船带人漫步真理海洋

学海阔千寻绝无缺志人敢渡
书山高万仞唯有勤奋者能攀

不懈不松古今硕士皆由学时起
宜勤宜勉中外专家都从苦中来

追求翰海精华促进神州建设
学习书中道理聪明志士天心

上下万千年翰海精华尽藏书内
纵横千万里神州春色咸集门中

学校联

效苏秦之刺股折桂还需苦战
学陶侃之惜时付出必有回报

十载求学纵苦三伏三九无悔无怨
一朝成就再忆全心全力有苦有乐

乘风踏浪我欲搏击沧海横流
飞鞭催马吾将痛饮黄龙美酒

向名校进军百炼成钢唱出青春无悔
圆人生梦想半载奋斗笑吟三年等待

拼十年寒窗挑灯苦读不畏难
携双亲期盼背水勇战定夺魁

淡淡墨梅凌寒独开今岁瑞雪兆丰年
莘莘学子壮志凌云明年金秋送喜来

立足现代面向未来桃李满天下
脚踏实地瞩目千里栋梁遍九州

时光如梭看我少年学子六月追风去
云帆直挂令那美丽人生明朝入眼来

滴水穿石战高考如歌岁月应无悔
乘风破浪展雄才折桂蟾宫当有时

览前贤思己任铁杵磨针只求前程似锦
念亲情感师恩悬梁刺股但愿无愧我心

卧虎藏龙地豪气干云秣马砺兵锋芒尽露
披星戴月时书香盈耳含英咀华学业必成

知天文通地理莘莘学子携手共进鱼跃龙门
培栋梁育英才代代园丁含辛茹苦花香桃林

政协联

无难无险无恼找　　　　　政治协商共砺兴国大业
无多无少无指标　　　　　参政议政齐建美好家园

有为有位有指标　　　　　肝胆相照同谋祖国发展
有情有义有人找　　　　　荣辱与共齐建社会和谐

有朋有友无烦恼　　　　　建真言民主进步建设社会和谐
无忧无虑有欢笑　　　　　献良策科学发展实现中华复兴

水利电力联

绿水长流进田地　　　　　建水库修水堤护佑江河
青山永驻出栋梁　　　　　兴水利治水害润泽民生

农户时时无苦水　　　　　建闸坝固水库保经济发展
荔乡处处有甘泉　　　　　管河湖控市场促人水和谐

政府协助千户乐　　　　　高山细流汇大海留下清洁能源
清流引得万灯明　　　　　农村水电送万家带去光明一片

农田作墅系千墅
水库为家连万家

出版社联

交流信息
编印文章

才能伴信息显现
理想随事业腾飞

事中写趣
海外扬名

欧风美雨通消息
国事民情备见闻

精研中外史
出版古今书

片纸能传天下意
一笔可写古今情

精研中外事
洞察古今情

日出万言生花笔
风行四海动人书

愧无大手笔
煞费苦心思

日试万言无宿稿
风行四海尽新闻

平心观世界
放手写春秋

文价岂能钱计算
功绩难以数衡量

热心歌四化
彩笔颂群英

振聋发聩多机警
观俗采风备见闻

神州新气象
华国大文章

治乱兴衰君有责
呼号提倡我无辞

心连四化业
笔绘九州春

认真发掘文学宝库
积极扶植艺苑新花

远求海外珍本
精印人间好书

大地拂春风江山如画
宏图挥彩笔家国日新

群功群策创千秋大业　　　　　　　　不吝重金搜罗往昔无传本
同德同心绘四化宏图　　　　　　　　藉资攻玉出版中西有用书

爱伟大山川歌壮丽事业　　　　　　　数千年治乱兴衰都归大手笔
颂英雄民众赞光辉功绩　　　　　　　几万里见闻考核收入小范围

乘四化春风开千秋伟业　　　　　　　写华章为振兴中华助威鼓劲
绘九州美景展万里宏图　　　　　　　歌英业给建设精英立传树碑

耳听八方分析市场动态　　　　　　　彩笔传情高歌神州土地风光好
眼观六路看清群众要求　　　　　　　丹霞达意赞扬中国人民俊杰多

沥血哎心笃志出版事业　　　　　　　写九州大好春光赞英雄创千秋伟业
鞠躬尽瘁无心自我功名　　　　　　　画万里多娇江山歌盛世绘万代宏图

汇天下精华为祖国振兴传佳音献妙计
扬独家优势促城乡改革鼓实劲写新篇

信息关企业盈亏荟萃四海佳音唯能趋时自趋利
舆论系政策得失采编五洲大事不仅报喜也报忧

婚姻介绍所联

可结交佳伴侣　　　　　　　　　　　觅觅寻寻韶华转眼飞逝
莫错过好姻缘　　　　　　　　　　　犹犹豫豫知音再度难逢

欣当月老牵红线　　　　　　　　　　旧俗除何必强求门当户对
乐作良媒搭鹊桥　　　　　　　　　　新风立更应废弃女贱男尊

愿有情人终成眷属　　　　　　　　　勤奋钻研红专道上手拉手
办婚介所巧作红娘　　　　　　　　　互相激励四化途中肩并肩

设法想方帮她找到意中侣
穿针引线助你觅得心上人

白玉犹有暇求人十全十美何处觅
青春岂无限择偶千挑千拣几时休

劝女说男莫在爱情十字路口徘徊不定
穿针引线喜看鸾凤四化途中比翼齐飞

择新娘择绿择红择乱心心要追求真情感
挑女婿挑前挑后挑花眼眼看错过好年华

第十章 文艺场所对联

职工俱乐部联

耑飞逸兴　　　　　　　　　　开卷有知知今知古
畅舒幽情　　　　　　　　　　寓教于乐乐外乐中

弹拉说唱欢周末　　　　　　　练舞习歌欢娱生活
影视书刊度闲暇　　　　　　　读书看报丰富真知

歌飞六合诗声美　　　　　　　阅好书深探人生真谛
画漫九州春色新　　　　　　　读日报遍知天下新闻

画印诗书娱远志　　　　　　　小说诗歌戏剧百花斗艳
琴棋箫笛养精神　　　　　　　弦琴管竹鼓锣万乐争鸣

今人能为古人曲　　　　　　　弹唱吹拉豪气满怀歌盛世
听者当知弹者情　　　　　　　墨吟书画壮怀凝笔写春秋

金谷园中罗锦绣　　　　　　　欢乐歌欢乐舞歌舞皆欢乐
玉楼天半起笙歌　　　　　　　丰收诗丰收画诗画尽丰收

似锦河山连片画　　　　　　　可喜可观草木鸟鱼增见识
如花生活满园诗　　　　　　　一觞一咏管弦丝竹寄情怀

雅怀深得花中趣　　　　　　　非关修禊兰亭也许我幽怀畅叙
妙虑时闻笔里香　　　　　　　疑是藏身竹院好教人乐事和同

弹唱吹拉欢歌阵阵　　　　　　陶冶情操琴棋书画集几室人人俱乐
琴棋书画笑语声声　　　　　　崇文尚武德才学识聚一身个个添欢

说书场联

胸中具成竹　　　　　　　　是是非非前世事
舌底翻莲花　　　　　　　　冤冤屈屈古今情

悲欢离合人间事　　　　　　说尽人间烦恼事
喜怒哀乐世上情　　　　　　唱出天上太平歌

讽世文章宜雅静　　　　　　西游记驱妖捉怪
感人情性在形容　　　　　　水浒传除恶锄奸

滑稽诙谐为雄辩　　　　　　演戏楼台谈美丑
嬉笑怒骂皆文章　　　　　　说书场里论忠奸

秦桧贼说者切齿　　　　　　把古往今来重新说起
杨家将听众欢颜　　　　　　将悲欢离合从头再叙

游艺园联

戏游一席地　　　　　　　　现代娱身夸电子
艺趣万人心　　　　　　　　如今益智合人心

纳须弥于芥子　　　　　　　真真假假调情理
观世界之莲花　　　　　　　假假真真劝世人

超出乾坤为物外　　　　　　秉烛出游良有以也
到来天地是人间　　　　　　逢场作戏盍往观之

艺苑乐池五光十色　　　　　　　月月风风世界一周何足尽
歌台舞榭万紫千红　　　　　　　形形色色围场百戏杂然陈

戏台联

天然图画　　　　　　　　　　　此曲只应天上有
一曲阳春　　　　　　　　　　　斯人莫道世间无

古今真乐府　　　　　　　　　　古往今来只如此
天地大梨园　　　　　　　　　　淡妆浓沫总相宜

传神真宝镜　　　　　　　　　　逝者如斯未尝往
写意大文章　　　　　　　　　　后之视昔亦犹今

明月临歌扇　　　　　　　　　　声为律吕身为度
新花艳舞衣　　　　　　　　　　云想衣裳花想容

清歌凝白雪　　　　　　　　　　优孟衣冠启后人
妙舞散红霞　　　　　　　　　　新笙歌里古衣冠

舞台小天地　　　　　　　　　　假笑啼中真面目
天地大舞台　　　　　　　　　　新歌舞里旧衣冠

玉楼天半笙歌起　　　　　　　　能令公喜能令公怒
蓬岛仙班笑语和　　　　　　　　歌也有怀歌也有思

借虚事指点实事　　　　　　　　古今人何遽不相见
托古人提醒今人　　　　　　　　天下事当作如是观

有声画谱描人物　　　　　　　　把往事今朝重提起
无字文章写古今　　　　　　　　破工夫明夜早些来

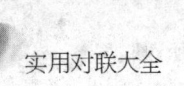

一曲阳春唤醒千秋梦
两样面容演尽仟种情

你也挤我也挤此处几天立足地
好且看坏且看大家都有下场时

台上六七人雄兵百万
出门三四步走遍天下

酉春瑞雪知时一片雪花一粒粮
盛时妙法契机万个众生万尊佛

是耶，非耶，其信然耶
秦欤，汉欤，将近代欤

看不真莫吵，请问前头高见者
站得住便罢，须留余地后来人

想当年那假情由未必为真
看今日这般光景或者有之

乾坤大戏场，请君更看戏中戏
俯仰皆身鉴，对影休推身外身

文成武就金榜题名虚富贵
男婚女配洞房花烛假夫妻

声调杂庄谐，其间应有关心处
祸福多倚伏，就是谁将冷眼看

不大场地可国可家可天下
平常人物为将为相为宦臣

凡事莫当前，看戏何如听戏好
为人须顾后，上台终有下台时

文艺演因说果善恶终有报
戏曲唱古道今忠奸始分明

应作如是观，古人今人若流水
谁能为此曲，大珠小珠落玉盘

演离合悲欢当代富无前代事
欢柳杨褒贬座场常有剧中人

匹马斩颜良，河北英雄皆丧胆
单刀会鲁肃，江南文武尽寒心

遇事强出头，此中大有人在
登场便抽脚，天下其谓公何

人物借身装，装出来千形万状
车骑凭步走，走遍了四海九州

东西汉，南北宋，人物备考
山海经，水浒传，今古奇观

台上笑台下笑台上台下笑惹笑
看古人看今人看古看今人比人

顾曲小聪明，当日可怜公瑾
挝鼓大豪杰，至今犹骂曹瞒

严持佛制律义谱出精神文明曲
提倡人向佛教唱好四化建设歌

日近长安，凤骞鸾翔仙众下
风流千古，铜琶铁板大江东

红脸关公爷忠勇节义千古流传
黑脸包青天刚正不阿万世颂扬

第十章 文艺场所对联

曲是曲也，曲尽人情，愈曲愈妙　　说东道西公侯将相才子佳人随意演
戏其戏乎，戏推物理，越戏越真　　走南闯北士工农商三教九流都是你

你看我非我，我看我，我亦非我
他装谁像谁，谁装谁，谁就像谁

称员外称老爷思功就看成究竟非富贵
呼夫人呼娘子看郎才女貌到底假夫妻

或为君子小人或为才子佳人登场便是
有时欢天喜地有时惊天动地转眼皆空

你看这般人以假作真才上台就变脸色
他因那件事非名即利未出脚煞费心机

历代壮奇观，睹胜败兴衰，千古英雄收眼底
高台欣共赏，听管弦丝竹，数声雅调拓胸襟

文中有戏戏中有文识文者看文不识文者看戏
音里藏调调里藏音懂音者听音不懂音者听调

窦娥冤黛玉葬花孔雀东南飞自古女子多薄命
休疑这出戏没有来由似幻似真不过劝人为善

试看上得场谁非脚色何今何古还须问我翻新
文昭关苏武牧羊关羽走麦城从来男儿怀悲愤

别馆接莲池，谱来杨柳双声，古乐府翻新乐府
故乡忆梅市，听到鹧鸪一曲，燕王台作越王台

滚滚江山，只为大花脸争权，国老无能终散局
纷纷世界，怎得正式生揸印，奸臣尽杀始收场

尧舜生，汤武净，恒文末丑，古今来多少角色
日月灯，云霞彩，风雷鼓板，天地间大小舞台

319

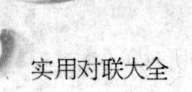

人情到底好排场，耀武扬威，任你放开眉眼做
世事原来多假局，装模作样，凭吾脚踏实地看

台上莫漫夸，纵做到厚爵高官，得意无非俄顷事
眼前何足算，且看他抛盔弃甲，下场还是普通人

美女不尽是红颜，抹来几点胭脂，便教那辈销魂魄
奸臣何尝皆白鼻，借得半斤铅粉，好赠斯人画面皮

此间花鸟本亲人，难得他社鼓多情，招游客来添热闹
半日笙歌兼卜夜，况又有茶棚歇脚，从开场看到团圆

旧雨尽来游，破些些忙里工夫，休说乡村四月闲人少
浮去俄过了，看出出空中楼阁，须知世上千官似此多

一部廿四史，演来古今传奇，英雄事业，儿女情怀，都付与红牙檀板
百年三万场，乐此春秋佳日，酒座簪缨，歌弦丝竹，问何如绿野平原

第十一章　横批集萃

第十一章 横批集萃

春联横批

一代风流	一心耕耘	一尘不染	春满人间	公仆之家	美满幸福
一帆风顺	一心一德	一身正气	团结奋进	满院生辉	艰苦创业
二人同心	两袖清风	三十而立	安定团结	养车致富	勤政为民
三元及第	三阳开泰	四时如意	百业兴旺	采煤光荣	拥军爱民
四季呈祥	四海升平	四季平安	国富民强	荣华富贵	拥政爱民
四世同堂	四海同春	五世其昌	实事求是	吉祥如意	惩腐肃贪
五谷丰登	五福临门	门盈五福	春满校园	莺歌燕舞	见义勇为
六合同春	六事修治	六脉调鸷	欣欣向荣	保驾护航	春光明媚
十年生聚	百年树人	百事大吉	福地洞天	勤俭建国	祥云北至
恩泽千秋	向阳门第	积德人家	人才辈出	克勤克俭	紫气东来
幸福人家	春意盎然	鹏程万里	人文荟萃	克己奉公	招财进宝
万象更新	国泰民安	钟灵毓秀	人心思治	纳福迎祥	人定胜天
勤劳致富	深化改革	人杰地灵	科教兴农	和气生财	建功立业
万事大吉	大展宏图	物华天宝	开拓市场	繁荣经济	股市沙龙
万事如意	松风竹韵	门臻百福	儿童乐园	欢度新春	音乐茶座
壮志凌云	柏翠梅香	户纳千祥	科技之家	喜庆丰年	文明商城
丹凤朝阳	春色满园	万事亨通	文化园林	光荣乡镇	求实进取
龙凤呈祥	政通人和	煤海云蒸	人民奋发	和睦家庭	封山育林
凤骞龙骧	福积泰来	宝山霞蔚	祖国昌盛	勤劳门第	护林防火
振兴中华	福如东海	云蒸霞蔚	风调雨顺	建设祖国	牛肥马壮
奋发图强	时和岁好	人寿年丰	经济繁荣	尊师重教	鸡鸭成群
繁荣昌盛	民生在勤	江山如画	腾飞事业	希望大成	康乐所在
团结奋斗	心系庶民	喜气盈门	人民功臣	金融实体	

婚联横批

爱河永浴	爱情永笃	白头偕老	比翼双飞	冰心洁意	常伦念笃
百年好合	百年佳偶	百年偕老	赤绳永结	春光无限	春暖璇闺

323

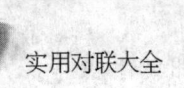

椿萱含笑	椿萱开颜	丹桂生香	金声玉振	金石之盟	金屋同春
东床袒腹	二南之美	凤凰来仪	举案齐眉	君子好逑	奎壁联辉
凤吉熊祥	凤麟起舞	凤祉麟祥	兰馨一室	蓝田种玉	郎才女貌
凤鸾鸾翔	奉迓金莲	福缘鸳鸯	礼开奠雁	礼尚平等	莲结同心
高朋赐驾	关睢乐事	桂馨兰芳	莲开并蒂	良辰美景	梁孟高风
海盟山誓	合卺之喜	互敬互爱	麟吐玉书	龙腾凤翔	鸾凤和鸣
户拱三星	花好月圆	婚姻自主	梅柳迎春	美满婚姻	鸟乐同林
吉庆祺祥	佳偶天成	建国齐家	蓬门始开	乾坤交泰	

喜 幛

喜幛和对联是我国传统礼仪中较常用的祝贺人婚娶的形式之一，最早为帝王所用，后来逐渐发展到民间，现已成为一种文雅的交际手段。

喜幛以竖写为多见，称贺在右上，落款在左下，当中为幛语，祝贺的年、月、日则竖写在落款左边。对联的书写不用标点符号。对联的排法为上联挂右边、下联挂左边（如有横额，横挂在两联正中的上沿。）

喜幛和贺联的语言非常精练，概括性极强，几个字至十数个字要表达许多祝贺的内容，且文字优美，对伏工整。

由于幛语和联语多为旧时文人所拟，因此就显得较为陈旧，自然也有一些为现代化新人所作的喜幛贺联，下面举一些例子，供读者欣赏、选用。

花开并蒂　万年好合

同心同德　恩爱夫妻

幸福家庭　珠联璧合

志同道合　永结同心

但愿人长久
千里共婵娟

在天愿作比翼鸟
在地原为连理枝

孔雀台前锁二乔
洞房金床叙一生

学梁祝彩蝶齐飞
仿周邓风雨同舟

姻缘之花开不败
爱情之树永长青

世上瑰宝虽难得

人间知音更难觅

青梅竹马情深笃厚
风华正茂花香果硕

风雨征程携手共进
夫妻恩爱白头偕老

除旧俗节俭办婚事
树新风共度好时光

燕尔新婚蜜月抒怀
洞房早春孕育英才

喜结良缘龙凤呈祥
才佳配偶鸾凤合鸣

郎才女貌鸳鸯成双
锦羽俊鸟比翼齐飞

久热恋赢来良辰美景
长相思共赏花好月圆

志同道合配成好伴侣
协力齐心建设新家园

喜期办喜事皆大欢喜
新春结新婚焕然一新

七夕良宵天上人间共乐
三秋美景新婚喜事同欢

洞房春暖不忘立功四化
燕尔新婚堪羡好合百年

男尊女女尊男男女平等
夫敬妻妻敬夫夫妻相亲

有情人双双对对皆成眷属
善美者家家户户充满挚爱

寿联横批

鸠杖熙春	共颂期颐	榴花献瑞
古柏长春	甲第增辉	蟠桃献寿
星辉宝婺	金萱焕彩	璇阁大喜
婺宿腾辉	萱庭日丽	椿萱并茂
天上双星	庚婺同明	柏翠松青
盘献双桃		

大门横批

喜迎新春	欢度春节	万象更新
吉星高照	国泰民安	辞旧迎春
财源广进	春回大地	鸟语花香
五福四海	四季兴隆	山河壮丽
春风化雨	人心欢畅	形势喜人

挽联横批

福寿全归	典型宛在	典范长存
风木悲伤	松柏风凋	挥泪含悲
苦雨凄风	五夜风凄	音容宛在

325

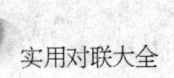

返魂无术	夜月鹃啼	驾鹤西天	燕贻恩深	无母何恃	慈爱难忘
碧落黄泉	含笑九泉	痛切五中	孙枝洒泪	含饴难再	陈情无地
俭朴家风	德集梓里	千古流芳	忍泣桐孙	风荡慈云	慈竹霜摧
骑鲸西归	宝婺星沉	淑德可风	严训难忘	椿庭日黯	父魂何之
名留后世	教子有方	永垂不朽	母仪千古	女史流芳	慈颜难再
松柏长青	风落长空	楷模宛在	椿难傲雪	风摧椿萎	云掩大椿
驾返蓬莱	鹤归华表	驾返瑶池	白云望断	萱堂风冷	
祖德难忘	风凋祖竹	哀号王父			

第十二章　军用对联

第十二章 军用对联

部队通用联

春满长征路　　　　　　　　归田不失疆场志
花繁民主枝　　　　　　　　解甲犹怀战士情

社会主义好　　　　　　　　军属门上光荣匾
人民军队亲　　　　　　　　战士胸前英雄花

为人民服务　　　　　　　　五洲风云收眼底
替祖国争光　　　　　　　　万家苦乐在心头

发扬革命传统　　　　　　　兴邦有策儿孙福
争取更大光荣　　　　　　　报国无私赤子心

彩笔传情歌四化　　　　　　兄弟感情手挽手
丹霞达意颂长征　　　　　　民族团结心连心

长征踏出阳关道　　　　　　雄关似铁天天越
四化绽开幸福花　　　　　　捷报如潮日日来

赤胆忠心为祖国　　　　　　祖国山河无限好
赴汤蹈火干革命　　　　　　人民天下万年青

春风南国来新燕　　　　　　保家卫国全民有责
旭日东方起大鹏　　　　　　当兵服役满院增光

春风终解千层雪　　　　　　国家兴亡匹夫有责
海水还连两岸心　　　　　　民族盛衰兵民相关

光荣传统光荣史　　　　　　劳武结合常备不懈
英雄阵地英雄兵　　　　　　军民团结鱼水相连

民拥军意比泰山重
军爱民情似东海深

民族正气山川增色
功臣喜报门第生辉

人民军队所向无敌
钢铁长城坚不可摧

伟大祖国光芒万丈
英雄人民幸福无疆

看祖国前程信心百倍
望世界未来豪情满怀

无欲无求子弟兵肝胆
有勇有谋人民军气节

学修养办事一丝不苟
守准则执法铁面无私

爆竹声中听到隆隆战鼓
梅花香里迎来滚滚春潮

常备不懈苦练过硬本领
紧握钢枪守卫大好河山

豪情满怀确保和平建设
正义在胸严防敌人入侵

四化宏图辉映五湖四海
政策落实调动万马千军

喜迎春念台胞天涯咫尺
盼回归寄祖国无限深情

共建花常开哪管春夏秋冬
双拥情本长不论子丑寅卯

军民一家铁壁长城千里固
党政协力锦绣江山万年春

立山巅岩石八方风云收眼底
听耳畔松涛万家忧乐在心头

上下几千年历史过客匆匆去
纵横数万里人民江山日日新

五业并举八方奋进到底人民政府好
四处祝捷万马奔腾还是社会主义强

日月潭碧波凝翠台湾骨肉日日思归盼统一
扬子江热浪含情大陆同胞天天翘首望团圆

第十二章　军用对联

海军联

踏渤海浪，蹈黄海波，到南海揽月摘星
斩台独头，断交趾腰，去扶桑抓贼灭妖

舰辑森森，舟橹列阵，大洋练精兵悍将
枪炮威威，鹰隼巡天，长空铸铁血军魂

兰州舰，海口舰，乘风破浪，练精兵固疆拓海
台湾岛，钓鱼岛，翘首西归，盼明朝携手团圆

从黄水到蓝水，走向大洋，扬威四海，铸钢铁之师文明之师
化平面为立体，鹰击长空，震慑全球，圆炎黄梦想华夏心愿

通信兵联

上阵整军装军姿飒爽
归营换红妆红颜暗香

飞鸽传书远逊我卫星定位
绣阁弄舞怎敌君沙场提枪

巾帼木兰不让须眉秦皇
女兵通信更上铁血男儿

集五湖，会四海，自成一家
通千里，为信息，苦中有乐

烈士联

青山有幸埋忠骨
白铁无辜铸佞臣

一寸丹心图报国
两行清泪为思亲

江河不洗古今恨
天地能知忠义心

松间明月长如此
身外浮云何足论

誓志为国不为家
涉江渡海走天涯

未惜头颅新故国
甘将热血沃中华

白山黑水除敌寇
笑看旌旗红似花

风声雨声读书声声声入耳
家事国事天下事事事关心

国破家亡，千古英雄千古恨
身歼名在，万年史记万年春

白眼观天下
丹心报国家

——宋教仁赠冯心侠

开辟荆榛，千秋功业
驱除荷虏，一代英雄
　　——郭沫若题厦门郑成功纪念馆

七十二健儿，酣战春云湛碧血
四百兆国子，愁看秋雨湿黄花
　　——黄兴挽黄花岗七十二烈士

为民族解放，为阶级翻身，事业垂成，公胡遽死
有云水襟怀，有松柏气节，典型顿失，人尽含悲
　　——毛泽东挽续范亭

两卷新诗，廿年旧友，相逢同是天涯，只为佳人难再寻
一声河满，九点齐烟，化鹤重归华表，应愁高处不胜寒
　　——郁达夫挽徐志摩

民族主义历元清鼎革，始达完全，如神有知，稍解生前遗恨
圣湖风景得祠墓点缀，差不寂寞，兹地之胜，允宜庙貌重新
　　——蔡元培题杭州西湖岳王祠

和平大业犹赊，贤芝正赖，何竟中

道损弃，碧血长天永留恨
　　民主曙光初吐，瞻望方殷，难堪噩耗惊传，苍山在地尽含悲
　　　　——宋庆龄挽四·八烈士

　　痛吾父幼小困空厄，尝备炎凉，劬芝七十又六龄，到老来只剩一身孤苦，易箦呼儿难瞑目
　　感不孝早岁事戎机，历尽艰危，转战二万五千里，看今日挥戈大江面北，誓歼倭寇奠先灵
　　　　——罗炳辉挽父

拥军优属通用联

祖国铁龙阵
人民子弟兵

热血洒疆土
铁臂筑长城

山河金汤固
官兵铁铠寒

秉丹心报国
举赤手擎天

不怕流血汗
但求安家邦

八一军旗红大地
万千劲旅壮河山

壮士诗言志
沙场夜枕戈

一颗红心唯保国
万里边陲筑长城

宏谋抒虎啸
士气奋鹰扬

神州十亿共明月
铁军一支振雄风

苦战兵犹乐
功高将不骄

光荣传统光荣史
钢铁长城钢铁兵

钢枪慑敌胆
炮火振国威

英雄肝胆男儿血
祖国疆土母亲心

钢铁长城固
英雄军队坚

千军砺志卫祖国
万众齐心拥长城

天地有情留正气
江山无恙慰忠魂

心贴人民军威壮
胸怀祖国胆气豪

白云丹桂边关色
明月清风将士心

战士血热融冰雪
哨所威高镇边关

保和平有理才打
为正义无战不赢

一片丹心九州报捷
三军浩气四海扬威

百万雄师铜墙铁壁
十亿人民纬地经天

山下清泉饱含爱民意
村头脆果尽结拥军情

战士忠心铸作铜墙铁壁
英雄虎胆化为彩练红霞

跨骏马保边疆高山列队
握钢枪守国土青松结屏

握钢枪保边疆保家卫国
穿林莽挂晨露戴月披星

为国为民英模奇迹惊天宇
可歌可泣时代乐章动人寰

风云动鼙鼓巩固金汤祖国
星火燎原野毋忘钢铁长城

安邦报国荣耀一身雄气锐
演武习文人才两用蓝天高

红星绿甲人民军队猛似虎
金城汤池祖国屏障坚如钢

第十三章　风景对联

日月联

寒塘渡鹤影　　　　　　　　　　九州日月开春景
冷月葬花魂　　　　　　　　　　四海笙歌颂狗年

烽火连三月　　　　　　　　　　屈平辞赋悬日月
家书抵万金　　　　　　　　　　楚王台榭空山丘

月上柳梢头　　　　　　　　　　天若有情天亦老
人约黄昏后　　　　　　　　　　月如无恨月长圆

明月松间照　　　　　　　　　　清风有意难留我
清泉石上流　　　　　　　　　　明月无心自照人

鸡声茅店月　　　　　　　　　　三十功名尘与土
人迹板桥霜　　　　　　　　　　八千里路云和月

星垂平野阔　　　　　　　　　　水中有月原无月
月涌大江流　　　　　　　　　　云后无日本有日

画眉生新月　　　　　　　　　　楼高窗小可储月
靓妆似婵娟　　　　　　　　　　峰平径长难藏景

水清鱼读月　　　　　　　　　　箫声遥呼关山月
山翠林沐光　　　　　　　　　　笛韵震破水底天

明月别枝惊鹊　　　　　　　　　圆月照方窗，有规有矩
清风半夜鸣蝉　　　　　　　　　长笺写短诗，无方无圆

日月两轮天地眼　　　　　　　　橹梢拨破江心月，水定还圆
诗书万卷女人心　　　　　　　　浣纱激起湖面波，浪平仍无

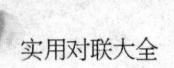

月缺月圆，缺似梳子圆似镜
潮起潮伏，起如花朵伏如町

异代不同时，问如此江山，龙腾虎跃几诗容
先生亦流寓，有长留天地，月白风清一草堂

栏杆外滚滚波涛，任千古英雄，挽不住大江东去
窗户间堂堂日月，尽四时凭眺，几曾见黄鹤西来

四时联

一月梅花因雪艳
千丝杨柳弄风柔

二月春风裁细柳
三更夜雨浣微尘

三月斜风织细雨
永春弱柳隐轻烟

四月花香飞入墨
三春柳影画成图

五月池荷牵柳袖
初春素雪醉疏梅

六月骄阳红似火
三更晓月淡如眉

七月莺飞幽草醉
三秋雁啸韵华殇

八月桂香扶月影
三更烛泪数更深

九月重阳温菊酒
中旬端午品竹香

十月霜寒红叶舞
三更风紧苇蝉鸣

冬月红梅妆素裹
秋时弱柳黛清描

腊月迎新辞旧岁
芳春吐绿配红颜

四季如春，春来春去春又春
人生似花，花落花开花香花

四季如春，春来春去春又春
人生如梦，梦迷梦醒梦中梦

第十三章　风景对联

四季如春，春来春去春又春
往事如烟，烟飘烟散烟中烟

四季如春，春来春去春又春
六欲如酒，酒醉酒醒酒烧酒

四季如春，春来春去春又春
两袖清风，风言风语风更风

一夜风情，情里情外情无情
一夜风流，流水流汗流白流

四季如春，春来春去春又春
三生有幸，幸福幸远幸加幸

四季如春，春来春去春又春
雾里看花，花散花飘花非花

四季如春，春来春去春又春
雨中看云，云起云落云绕云

四季如春，春来春去春又春
水中望月，月圆月残月映月

四季如春，春来春去春又春
人皆有请，情深情薄情胜情

四季如春，春来春去春又春
千岁似梦，梦迷梦醒梦中梦

四季如春，春来春去春又春
网友联对，对上对下对中对

四季如春，春来春去春又春
新月如钩，钩鱼钩人钩情钩

四季如春，春来春去春又春
江山如画，画山画水画中画

大小子，上下街，走南到北买东西
少老头，坐睡椅，由冬至夏读春秋

南来北往，货物流通，遂成东镇西市
春耕夏锄，禾苗生长，才有秋收冬藏

四面灯，单层纸，辉辉煌煌，照遍东南西北
一年学，八吊钱，辛辛苦苦，历尽春夏秋冬

月圆月缺，月缺月圆，年年岁岁，暮暮朝朝，黑夜尽头方见日
花开花落，花落花开，夏夏秋秋，暑暑凉凉，严冬过后始逢春

翘首望仙踪，白也仙，林也仙，苏也仙，我今买醉湖山里，非仙也仙
及时行乐地，春亦乐，夏亦乐，秋亦乐，冬来寻雪风雪中，不乐亦乐

山水联

山趣溪梅鹤
水闻院柳莺

山酒菊花做
水茶龙井成

山僧枯坐老
水袖激扬新

山云青欲雨
水墨赤飞虹

山燕学飞早
水蛙习跳迟

山径朝天去
水波漫地来

山钟归远棹
水镜照来人

山冷得秋早
水寒迎夏迟

山草逼人绿
水莲映日红

山醉扶云立
水酣助涌平

山秋昨夜露
水暮昔时风

山悬一月朗
水挂半池清

山禽不惧客
水母敢蜇人

山影接云绿
水容映火红

山雨酬春秀
水帘爽夏清

枝摇鸟语惊甜梦
风遣梅香入翠楼

八面峤峰四面画
半江绣水满江春

户外春风催柳绿
园中花蕊吐诗红

涧边杨柳枝枝坠
天上云霞朵朵飘

高山既得赏枫叶
深谷无妨听瀑声

春来百草闹芳意
冬去万溪弹妙琴

流水轻牵堤上柳
落花香柒石边泉

第十三章　风景对联

月缺月圆星眼底　　　　　　　　清风暗抱东西岭
花开花落树心间　　　　　　　　明月轻敲远近门

春风作彩染千树　　　　　　　　高低岭逗春风闹
流水为弦弹万溪　　　　　　　　大小溪牵云彩飞

风吹云彩花齐放　　　　　　　　岭上飘霞霞似岭
水泻山崖雪乱飞　　　　　　　　堤边拂柳柳如堤

四岭八峰摇路转　　　　　　　　未发岭前鲜嫩草
三溪百瀑抱云流　　　　　　　　哪流谷底透明泉

斜阳染树满山锦　　　　　　　　浮游薄雾笼芳意
绿水飞崖一幅帘　　　　　　　　长短新枝着翠装

牧笛一吹春柳韵　　　　　　　　一生情注山河景
杜鹃齐放火山云　　　　　　　　四季联吟日月歌

动物拟景联

东鸟西飞，满地凤凰难下足　　　白鹤立平原，疑是蓝田种玉
南龙北跃，一江鱼鳖尽低头　　　黄莺啼别院，错闻楚馆调笙

喜鹊成桥，织女约郎初七渡　　　字格若端庄，可比龙跳虎卧
玉兔捣药，嫦娥许我十五圆　　　文章如小巧，即如狗吠驴鸣

巧手良工，锦缎剪开鸳鹤翅　　　汉水澄清，象眼与鸭头并秀
伤心怨女，玉钗敲断凤凰头　　　蜀山峭拔，峨眉并熊耳俱高

白犬当门，两眼睁睁唯顾主　　　老蚌生珠，夜浸寒潭光射斗
黄蜂出洞，一心耿耿只从王　　　乱莺奏曲，昼鸣春树乐宣天

花草拟景联

雪默花不见
篱疏草未匀

天涯碧草斜阳外
月近繁花明镜中

金风黄草紫燕远
血阳红花粉蝶轻

风强草逾劲
露重花更娇

草色入帘陋室景
花身吹雪北陂春

紫燕衔春舒碧草
玉龙吐唾润繁花

花田人成个
草塘雁寄双

崎山一径花覆路
平水两岸草漫堤

玉露才饮花仙醉
东风乍到草色微

秋草黄金一地
春花彩石满坡

芳草风中伊人立
仙花山外神女羞

离人泣泪草间露
游子思情花底根

连天草色推思远
映日花容惹梦悠

玉带清河分草色
素手熏风束花身

离离原草愁不尽
点点山花韵无涯

关中汉家解花语
塞外胡天闻草香

心爱春情花盈面
门无车马草映阶

花织锦缎，蜂蝶作杼
草铺碧玉，牛羊为瑕

流花枝前起舞剑
芳草原上坐品茗

应怜足下草势弱
可赞枝头花开奇

霞飞草色半金半翡翠
雪入花帘几冬几春秋

第十四章　名胜对联

第十四章 名胜对联

名人故居联

天津饮冰室梁启超的故居联:"献身甘作万矢的,著论求为百世师。"简约地概括了这位大学问家的革命牺牲精神和对学术的远大追求。

忻州公孙杵臼祠堂联:"打开生死路,生也在赵,死也在赵;识破难易关,难亦存孤,易亦存孤。"在历经劫难的赵氏孤儿存活的危难关头,映现出公孙杵臼和程婴两位晋国大臣深明大义、视死如归的无私精神。

上海邹韬奋故居的郭沫若题联:"韬略终须建新国,奋飞还得读良书。"既高扬其理想旗帜,又紧扣书店事业,还巧妙地嵌名,堪称完美。

上海黄炎培故居联:"笑倾牛斗一腔血,傲尽风霜两鬓丝。"则形象生动地概括出这位一手开创中国职业教育、却两度拒任国民政府教育总长的教育家,如何在事业上义无反顾,在立身上啸傲风霜。

南京曹雪芹故居联:"几番成败兴衰,引来笔下幽思,心中血泪;多少悲欢离合,写出人间青史,梦里红楼。"完整地概括了作者创作《红楼梦》的背景和艰辛。

常熟翁同龢故居联:"一代完人,风烟乔木长留,忧国当初,谣诼到蛾眉,零雨东归龙阙变;九州硕望,日月新天临照,升堂此际,精灵通胙鬲,大云西仰鸽峰高。"追溯了翁同龢帝党领袖的坎坷历程,写出了后人对中国维新第一导师的怀念和景仰之情。

淮安吴承恩故居联:"搜百代阙文,采千秋遗韵,艺苑久推北斗;姑假托神魔,敢直抒胸臆,奇篇演出西游。"点评了这部神话名著的成书过程和在中国小说史上的显著地位。

淮安梁红玉祠联:"也是红妆翠袖,然而青史丹心。"寥寥数语便简练地塑造出抗金的巾帼英雄的绰约风姿和义胆侠肝。

济南李清照故居:"金石录有几页闲情好梦,漱玉词集多年国恨难愁。"这是反差很大的两组词汇,既闻丽曲妙词,又见战乱硝烟,才女的坎坷人生一语述尽。

北京茅盾故居联:"青松寒不落,云鹤高其翔。"描绘出宅主冰清玉洁的人格和崇高的志向。

冰心燕园故居联:"文藻传春水,冰心归玉壶。"冯友兰题赠的这副贺婚联既嵌入了吴文藻与冰心的名字,也赞美了二人高尚的情操。

天津李叔同故居联:"惜食惜衣,非为惜财缘惜福;求名求利,当思求己胜求人。"则概括了感恩生活、珍惜幸福的做人态度，强调了要靠自强自立改变命运。

上海孙中山故居联："满堂花醉三千客，一剑霜寒四十州。"抒发了孙中山驱除鞑虏，振兴中华的宏大志向。

上海张大千故居联："立脚莫从流俗走，置身宜与古人争。"显示了大千先生特立独行、不媚世俗、承古开新的宏大气魄和高远追求。

山西阎锡山故居："有大需要时来，始能成大事业；无大把握而去，终难得大机缘。"吐露的是一种气度，又有一种无奈，非经沧桑历练之人难有如此深沉的感触。

南京李鸿章故居联："享清福不在为官，只要囊有钱，仓有粟，即是山中宰相；祈新年无须用果，但愿月无满，心无忧，便称地上神仙。"则体现了大人物随遇而安、知足常乐的处世态度，让人充分理解了这位始终处于矛盾旋涡中心的达官贵人的平和心境。

南京徐悲鸿故居联："独持偏见，一意孤行。"表达的是这位著名画家在艺术领域里的真知灼见和顽强追求的执着精神。

南京傅抱石故居联："左壁观图，右壁观史；无酒学佛，有酒学仙。"传达的是画家日常生活的生动写照和放荡不羁的处世方式。

江阴徐霞客故居联："春随香草千年艳，人与梅花一样清。"用香草、梅花衬托旅行家独立寒风、不屈不挠的高洁品格。

蒋庄马一浮故居联："胸中泛滥五千卷，足下纵横十二州。"渲染的是一种吞古涵今的博大气势。

济南李苦禅纪念馆："未曾出土便有节，乃至凌云尚虚心。"赞颂的是一种虚怀若谷的治学态度。

海宁王国维故居郭沫若题联："发前人所未能发，言腐儒所不敢言。"褒扬的是一代学人的卓越见识和振聋发聩的雄才胆略。

南京吴敬梓故居联："儒冠不保千金产，稗说长传一部书。"强调了一部讽刺小说《儒林外史》在民间的深远影响。

扬州絜园魏源故居联："才堪救世方英杰，学可垂人始圣贤。"强调了一个心胸开阔的学者才学垂世的巨大影响。

常州金坛段玉裁纪念馆周祖谟题联："说字解经，功超许郑；审音辨韵，名震乾嘉。"宏观上肯定了段玉裁学术方面的建树和在学林的影响。

杭州虎跑寺李叔同故居赵朴初题联："无尽奇珍供世眼，一轮圆月耀天心。"形象地展现了这位在现代艺术史上创下多个"第一"的大艺术家、大哲学家的思想艺术光辉。

杭州龚自珍故居联:"气寒西北何人剑,声满东南几处箫。"用形象生动的诗句揭示了一代奇才的宏阔气度和深远影响。

修水汤显祖纪念馆:"近千年诗派无二主,七百里修江第一山。"用"千年无二主"对这位戏剧家的历史地位做了很高的评价。

海宁徐志摩故居流沙河题联:"天空一片白云,先生你在;海上几声清韵,后学我思。"虽未具体罗列其成就影响,但是读来极富有诗情画意,且很有韵味。

长城联

功盖三分国　　　　　　　长城一面溶溶水
人当万里城　　　　　　　大野东头点点山

辽海吞边月　　　　　　　长城一砖皆为贵
长城锁乱云　　　　　　　华夏九鼎总是尊

赏画钟米芾　　　　　　　陈乐饮马载芳润
读诗爱随州　　　　　　　周南关雎成瑟琴

蛇舞长城雪　　　　　　　二崤虎口夸天险
马嘶北国风　　　　　　　九折羊肠确在雄

弯月梳柳发　　　　　　　钢铁长城千里固
长城咬天颜　　　　　　　丝萝佳偶百年春

不到长城非好汉　　　　　钢铁长城千载固
敢教日月换新天　　　　　辉煌大业万年兴

沧海横流磐石固　　　　　两京锁钥无双地
长城高耸画图殊　　　　　万里长城第一关

长城万里今犹在　　　　　妙句咏蛙抒浩气
帝王千年早已枯　　　　　长城吟雪振雄风

实用对联大全

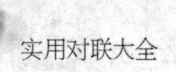

七窍侧吹鸣细调
六邦横扫筑长城

诗若长城四境独守
学如大海百流兼归

三峡大坝雄天下
万里长城冠古今

古国数千年伟乎鼎盛
长城一万里壮哉更新

时代精神凝大坝
民族魂魄筑长城

小即刻初成遐哉皇古
长城攻不克突起异军

霜惊庚岭南归雁
雪镇长城北上春

光荣人家继承光荣传统
钢铁战士铸就钢铁长城

饕口狼牙严垛堞
刀山戟岭插云霄

经百战浴血功洗清汉水
留一片伤心地还我长城

完璧归赵云相胆
按步就班固长城

军民团结共筑万里长城
鱼水情深同绘四化宏图

一城万里千秋屹
两水源远亘古流

民国将兴生此擎天玉柱
彼苍何意殄我万里长城

鱼水情深同大海
军民意重若长城

北望幽燕长城万里金汤固
东流沧海故国千年雾瘴开

榆塞屏藩回虏骑
桂林山水漾歌声

博学宏才俊逸诗名传奕世
老年豪气清新雅韵破长城

长城雄姿松柏体魄
钢铁意志龙马精神

国泰民安千秋大业千秋颂
河清海晏万里长城万里歌

春雷唤醒长城内外
瑞雨淋滋大地东西

华夏龙腾长城内外皆春色
神州虎跃大江南北尽朝晖

人民军队所向无敌
钢铁长城坚不可摧

军民一家铁壁长城千里固
党政协力锦绣江山万年春

第十四章 名胜对联

奇迹逢春紫塞金城横异伐
英才济世香笺玉管谱新章

秦皇安在哉万里长城筑怨
姜女未亡也千秋片石铭贞

神舟奔月乘渡嫦娥归故里
长城破宇载送后羿游寒宫

天命有归万里长城宜自坏
人心不死千秋直道任公评

香山香水香花香果迎香港
长城长江长歌长舞乘长风

有杏须媒幸到长城成好汉
邀莲对偶联游玉渡度良辰

长城内外欢天喜地喜庆国庆
大江南北敲锣打鼓笑迎澳门

砥柱峙中流终仗威棱慑骄虏
星芒寒五丈不堪珍瘁恸元良

皎月白如银辽浪海淘天外月
乱山蹲似虎长城围锁塞边山

酿酒寿公我所思多收数斛麦
提刀杀贼儿之功隐若一长城

十思疏四维张九惩李固金汤
三为鉴保家邦修长城至为上

水木荣春晖柳外东风花外雨
江山留胜迹秦时明月汉时关

万里失长城五更鼓角声悲壮
千军同一哭三峡星河影动摇

信息潮流涌中华网易鼓新浪
数据钢铁铸长城联想骋奔腾

旗红花红秋叶红红透大江南北
国欢民欢合家欢欢遍长城内外

忍教此地为戎片石护存完我责
正值中原多故长城宛在缅公灵

砥柱溯中流正持节河源乘槎天上
阳关歌一曲看驱车绝塞饮马长城

丰功伟业著边疆勇冠千军称无敌
浩气英风留古塞声威万代俪长城

万里长城应为世界人类文化瑰宝
千年旧迹反映中华儿女智慧无穷

回归雅典圣火燃情梦想与光荣共聚
奔向北京长城招手繁荣和发展同行

四序更新巍巍乎万里长城三春不老
一元复始灿灿兮千年古国九鼎生光

锁连紫塞泥封一丸雄关曾照秦时月
指顾苍山云起千叠雉堞犹吟易水风

349

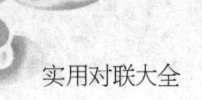

万里长城穿云入海汉代江山留胜迹
千秋大国铁壁金汤秦时日月照雄关

逶迤万里跌宕千年雄踞关山连大漠
感应三心浑圆一象敬承雨露降福田

逶迤万里跌宕千年雄踞关山连大漠
汹涌十分蜿蜒九曲直倾霄汉下中原

逶迤万里跌宕千年雄踞关山连大漠
统定十方融合一脉静观河水向中原

一代风流振九洲盛世赤县又添异彩
八方倜傥扬五岳神威长城更耀新华

救国有心嗟壮志未酬捷报频传身竟死
回天无力恨权柄构陷长城自毁罪难逃

宋尚书未到妫川怎知红杏枝头春意闹
潇湘子频来延庆只为长城脚下美人多

听令即行冲锋陷阵建立空中赈灾防线
闻风而动抢险救民组成水上护堤长城

万里失长城日月减光后土苍天何太急
寰球同一哭风云变色梅花白雪也含哀

众志奏奇功古迹重光碑树北陲铭睿智
冰原开伟业新春初度誉驰南极领风流

长城东自鸭绿西至嘉峪天际卫星首见你
赤县北起长白南达海角地上好汉先叩君

独力挽乾坤经百战余生正冀长城资健将
只身除残暴忽中途逝世却从三岛起悲风

佛地本无边看排闼层层紫塞千峰平槛立
清泉不能浊笑出山滚滚黄河九曲抱城来

自许长城心忧北地南天扶桑魂带一帆月
诗吟横槊躬瘁金戈铁马护国碑辉九宇云

登危楼百尺忆往事千年雄襟万里观山海
仰绝壁九天叹长城三道冷月一鞭惊鬼神

崇山西越沧海东临明月雄关犹想当年鼙鼓
晓色晴开春风漫度柳枝清笛还听今日笙歌

第十四章 名胜对联

长城儿女怀河岳戴月星驭万古沧桑金戈铁马
华夏子孙爱人民兴邦国开千秋岁月杨柳春风

武略统三军人皆仰镜共道中夏长城北门锁钥
英风留千古天不假年徒教岘山堕泪赤水兴悲
登万里长城览万里江山欲乘万里东风破万里浪
访千秋胜迹温千年历史当创千秋大业立千秋功

破坏可为建设可为沈毅有方非华盛顿难赓同调
排满不死去袁不死共和复活胡檀道济遽夺长城

淮上哀音痛毁长城忆杀敌中原革故鼎新解放人民三千万
全军素缟永识典型念服从群众出生入死致力革命二十年

附公者不皆君子间公者必是小人忧国如家二百余年遗直在
庙堂倚之为长城草野望之若时雨出师未捷八千里路大星颓

衔千年日月吐万里云烟筑怨不究君敢称世间第一雄深气度
幻万国风情壮千秋史籍铭贞当勖我能写天下无双雅健文章

修我长城荡荡焉非怀柔安边乃举十亿神州欲驾云龙奔旭日
爱予故国拳拳也诚居庸望远定开四化伟业当招彩凤伴春光

予唯命夺唯命进退唯命三字冤狱摧坏长城堪恨枢廷无切谏
歌于斯哭于斯聚族于斯一角残山尚留旧第应知柏树有余馨

草泽识英雄忆当年探虎穴入龙潭交订杯酒席得志书生夸只眼
梓邦资保障叹此日厉豺牙吹虺毒图穷匕首现惊心巨蠹坏长城

凭几载青春踏几遍青山地完成远征以后吟几句诗词天之骄子
捧一把黄土喝一口黄河水站立长城之上吼一声京腔龙的传人

嘉峪关居庸关山海关关连关东渡西经西经东渡东西相距五千里
喜峰口独石口张家口口接口南来北往北往南来南北同登四化程
臣魁已殄民幸更生仰讨贼先声实同钦湘楚产英雄力转乾坤资保障
祸首犹存公何遽去恨苍天罔顾竟不为中原留豪杰心伤风雨坏长城

秋毫无犯匹马先登十日内大捷者三真义胆忠肝问江北诸公何如此老
本是通儒权为名将两载间立功无数忽捐躯报国痛淮南一帅顿失长城

倘许我作愤激语谓神州将与先生毅魄俱讫号哭范巨卿白马素车无地赴
便降格就利害观何国人忍把万里长城自坏从容来君叔抽刀移笔向谁言

世纪坛上视际六合侍祭列祖试寄情思示计春秋事记历史誓继先烈势济中华
长城脚下场成八达尝承诸贤肠盛荣辱徜程古今嫦乘未来常澄后代偿呈大同

辛亥除专制丙辰讨元凶两番驰驱国事艰苦备尝衡湘产伟人鼎鼎名垂国史馆
三岛大星沉中原长城坏今日追悼殊勋哀荣兼至滇云留遗爱年年泪洒岘山碑

胡天不吊忍使五龄幼稚共和国痛革命巨子护法元勋旬日顷鬼篆同登栋折榱崩悲大厦
而我无能惨将万里暌违后死人听黄埔哀音东瀛噩耗一周间长城再坏桃风椰雨泣遐乡

采连横抗合纵平六国吞二周称始皇以图万代铸长城欲威镇四海却落得百年宗庙化灰烬
对北魏联东吴入八闽抚百越辅先帝不惜一身出祁山怀恩泽九州曾写下三卷兵书留汗青

楼阁殿堂联

心宽忘地窄
亭小得山多
　　——聚卉园明秀亭

有鹤松皆古
无花地亦香
　　——山东济南历下亭

来时觉幽奥
到此豁心胸
　　——江苏镇江挹江亭

泉自几时冷起
峰从何处飞来
　　——浙江西湖冷泉亭

野烟千叠石在水
渔唱一声人过桥
　　——上海豫园湖心亭

清风明月本无价
近水遥山皆有情
　　——江苏苏州沧浪亭

千朵红莲三尺水
一弯明月半亭风
　　——江苏苏州闲吟亭

水青石出鱼可数
人去山空鹤不归
　　——浙江杭州放鹤亭

第十四章 名胜对联

三千里外一条水
十二时中两度潮
　　——浙江杭州碧波亭

到此处才进一步
愿诸君勿废半途
　　——广东鼎湖山半山亭

一弹流水一弹月
半入江风半入云
　　——福建乌山琵琶亭

大江东去千峰翠
爽气西来两袖青
　　——湖北黄鹤楼一览亭

云带钟声穿树出
风摇塔影过江来
　　——湖南宝庆双清亭

倚槛苍茫千古事
过江多少六朝山
　　——安徽安庆大观亭

烟笼古寺无人到
树倚深堂有月来
　　——北京陶然亭

满地花阴风弄影
一亭山色月窥人
　　——台湾阿里山古月亭

楼观沧海日
门对浙江潮
　　——浙江西湖韬光楼

客中客入画中画
楼外楼看山外山
　　——浙江西湖楼外楼

世间无此酒
天下有名楼
　　——江西九江浔阳酒楼

楼高但任云飞过
池小能将月送来
　　——上海豫园得月楼

盈手水光寒不湿
入帘花气梦难忘
　　——江苏扬州水明楼

对江楼阁参天立
全楚山河缩地来
　　——方维新

洞庭西下八百里
淮海南来第一楼
　　——湖南岳阳岳阳楼

四面湖山归眼底
万家忧乐到心头
　　——湖南岳阳岳阳楼

四面荷花三面柳
一城山色半城湖
　　——山东大明湖薛荔楼

花笺茗椀香千载
云影波光活一楼
　　——四川望江楼吟诗楼

353

古井平涵修竹影
新诗快写薛涛笺
　　——四川望江楼薛涛井

万山不隔中秋月
千年复见黄河清
　　——甘肃兰州望河楼

四面云山都到眼
万家灯火最关心
　　——湖南长沙城心阁

华岳三峰凭槛立
黄河九曲抱关来
　　——陕西潼关

绕寺千嶂，松苍竹翠
出门一笑，海阔天空
　　——云南华亭寺钟楼

有亭翼然，纤尘不染
高山仰止，清光大来
　　——山东济南历下亭

王孙不归，芳草何曾歇
城郭犹是，白云无尽时
　　——安徽凤阳谯楼

螺黛一痕，平铺明月镜
虹光百尺，横映水晶帘
　　——北京颐和园玉带桥

天外是银河，烟波婉转
云中开翠幕，山雨霏微
　　——北京颐和园养云轩

八百里湖山，知是何人图画
十万家灯火，尽归此处亭台
　　——山东蓬莱阁

爽气西来，云雾扫开天地憾
大江东去，波涛洗尽古今愁
　　——湖北武汉黄鹤楼

一水绕当门滚滚浪分岷岭雪
双扉开对郭熙熙人乐锦楼春
　　——四川成都望江楼

白水如棉，不用弓弹花自散
红霞似锦，何需梭织天生成
　　——贵州黄果树观瀑亭

拔地擎天，四面云山拱一柱
乘风步月，万家烟火接层霄
　　——山西应县木塔

爽气抱西山，窗外峰峦挑笔阵
文光凌北斗，花间楼阁接天梯
　　——北京陶然亭文昌阁

揽胜我长吟，碧落此时吹玉笛
学仙人渐老，白头何处觅金丹
　　——湖北黄鹤楼太白亭

登高望远，四面云山，千家烟树
长啸临风，一川星月，万里江天
　　——吉林北山旷观亭

一楼萃三楚精神，云鹤俱空横笛在
二水汇百川支派，古今无尽大江流
　　——湖北武汉黄鹤楼

身在九霄，看月印长江，千斛明珠涌出

眼空万里，望浮云孤岳，半天玉尺平来

　　——湖北武汉黄鹤楼

龙潭倒映十三峰，潜龙在天，飞龙在地

玉水纵横半里许，墨玉为体，苍玉为神

　　——云南丽江得月楼

楼傍三秦，看岳色苍苍，久矣扩开眼界

地邻九曲，听河声浩浩，诚哉荡涤胸襟

　　——山西芮城门楼

酒后高歌，听一曲铁板铜琶，唱大江东去

茶边话旧，看几番星韶露冕，从淮海南来

　　——江苏镇江第一楼

台榭漫芳塘，柳浪莲房，曲曲层层皆入画

烟霞笼别墅，莺歌蛙鼓，晴晴雨雨总宜人

　　——浙江西湖湖心亭

请看世事如棋，天演竞争，万国人情同剧里

好向湖亭举酒，烟波浩渺，双峰剑影落樽前

　　——江西九江烟水亭

胜地据淮南，看云影当空，与水平分秋一色

扁舟过桥下，闻箫声何处，有人吹到月三更

　　——江苏扬州二十四桥

千万劫危楼尚存，问谁摘斗摩天，目空今古

五百年故侯安在，愧我倚栏看剑，泪洒英雄

　　——广东越秀山镇海楼

一上高楼，缅当年江汉风流，多少千秋人物

双持使节，喜此日荆衡形胜，纵横万里金汤

　　——湖北武汉黄鹤楼

何时黄鹤重来，且自把金樽，看洲渚千年芳草

今日白云尚在，问谁吹玉笛，落江城五月梅花

　　——湖北武汉黄鹤楼

引袖拂寒星，古意苍茫，看四面云山春来剑外

停琴伫冷月，予怀浩渺，送一篙春水绿到江南

　　——四川成都望江楼

一湾水曲似月宫，仙境涤尘心，顿起烟霞泉石念

五色沙堆成山岳，晴天传逸响，恍闻丝竹管弦声

　　——甘肃月牙泉月泉阁

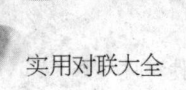

说一声去也，送别河头，叹万里长驱，过桥便入天涯路

盼今日归哉，迎来道左，喜故人见面，握手还疑梦里人
——贵州贵阳关头桥

兴废总关情，看落霞孤鹜，秋水长天，幸此地湖山无恙

古今才一瞬，问江上才人，阁中帝子，比当年风景何如
——江西南昌滕王阁

滕王何在，剩高阁千秋，剧怜画栋珠帘，都化作空潭云影

阁公能传，仗书生一序，寄语东南宾主，莫轻看过路才人
——江西南昌滕王阁

望江楼，望江流，望江楼上望江流，江楼千古，江流千古

印月井，印月影，印月井中印月影，月井万年，月影万年
——四川成都望江楼

汉水接苍茫，看滚滚江涛，流不尽云影天光，万里朝宗东入海

锦城通咫尺，听纷纷丝管，送来些鸟声花气，四时引兴此登楼
——四川成都望江楼

水凭冷暖，溪间休寻何处来源，咏曲驻斜晖，湖边风景随人可

月自圆缺，亭畔莫问当年初照，举杯邀今夕，天上嫦娥认我不
——浙江西湖水月亭

地以人传，溯自周郎习战，苏子题词，仙吏将才，千古各成奇迹

天留我住，放教彭蠡风帆，匡庐瀑布，水光山色，一时都入壮观
——江西吴城望湖亭

栋宇逼层霄，忆几番仙人解佩，词客题襟，风日最佳时，坐倒金樽，却喜青山排闼至

川原揽全省，看不尽鄂渚烟光，汉阳树色，楼台如画里，卧吹玉笛，还随明月过江来
——湖北汉阳晴川阁

半壁起危楼，岭如屏，海如镜，舟如叶，城郭村落如画，况四时风月，朝暮晴阴，试问古今游人，谁领略万千气象

九天临绝顶，洞有云，崖有泉，松有涛，花鸟林壑有情，忆八载星霜，关河奔走，难得栖迟故里，来啸傲金碧湖山
——云南昆明飞云阁

名寺名庙联

护国万年寺钦赐百岁宫
——九华山百岁宫

掩泪悲千古破涕笑一瞬
——九华山下禅堂

寻奇出后径览胜倚前檐
——九华山上禅堂

养浩然正气为大法而生
——九华山甘露寺

昆仑伯仲地 震旦第一山
——峨眉山极乐寺

妙手生白玉沃土出黄金
——九华山化城寺

洗钵泉初暖焚香晚更清
——峨眉山大峨寺

春秋多佳日山水有清音
——峨眉山清音阁

有客曾歌凤无人解濯缨
——峨眉山神水阁

挂衲云林静翻经石榻凉
——峨眉山万年寺

欲弄峨眉月先登解脱坡
——峨眉山雷音寺

绝壑晴雷舞深山乱石春
——峨眉山雷洞坪

无畏力寻声救苦
人间微雨结浮云
——九华山立庵

非名山不留仙住
是真佛只说家常
——九华山九华寺

心同佛定香烟直
日极天高海月深
——九华山月身宝殿

祇树荣光盈宇宙
园林春色满乾坤
——九华山祇园寺

到此已非门外客
过来便是个中人
——九华山一天门

三眼能观天下事
一鞭惊醒世间人
——九华山正天门

一尘不染三千界
万法皆空十二因
　　——峨眉山萝峰庵

人世大难开口笑
肚皮终不合时宜
　　——陈宝琛撰大同华严寺观音阁

万籁无声心自息
一身非我物同春
　　——峨眉山息心所

夜听水流庵后竹
昼看云起面前山
　　——峨眉山中锋寺

四周烟绕山腰寺
一面窗收谷口云
　　——峨眉山华严顶

求福求慧求生净土
为人为法为证菩提
　　——九华山天台寺

不独峨眉幻银色
从教大地变黄金
　　——峨眉山金顶

林下相逢，只谈因果
山中作伴，莫负烟霞
　　——九华山旃檀林

台榭花飞绿树稠
石桥水隔红尘香
　　——峨眉山洗象池

寺号仙峰　洞邻九老
门迎佛顶　台栖三皇
　　——峨眉山仙峰寺

漫扫白云寻鸟迹
自锄明月种梅花
　　——峨眉山白龙寺

大肚能容天下难容之事
开颜便笑世间可笑之人
　　——北京潭柘寺

紫竹林中观自在
白莲台上现如来
　　——峨眉山牛心寺

大肚包容，了却人间多少事
满腔欢喜，笑开天下古今愁
　　——凤阳龙兴寺、台中宝觉寺

石床润极琴丝静
玉座尘消砚水清
　　——峨眉山广福寺

净土莲花，一花一佛一世界
牟尼珠献，三摩三藐三菩提
　　——台湾台中慈善寺

笑到几时方合口
坐来无日不开怀
　　——济南千佛寺

大千世界，弥勒笑来闲放眼
不二法门，济颠醉去猛回头
　　——枣庄龙泉寺

此处既非灵山，毕竟什么世界
其中如无活佛，何用这样庄严
　　——张大千题绍兴戒珠寺

一觉睡西天，谁知梦里乾坤大
只身眠净土，只道其中日月长
　　——张掖大佛寺

峰峦或再有飞来，坐山门老等
泉水已渐生暖意，放笑脸相迎
　　——杭州灵隐寺

念念不离心，要念而无念，无念而
念，始算得打成一片
佛佛原同道，知佛亦非佛，非佛亦
佛，即此是坐断十方
　　——应县净土寺

尔来礼拜乎？须摩着心头，干过多
少罪行，向此处鞠躬叩首
谁是讲经者？必破出情面，说些警
赫话语，好叫人入耳悚神
　　——宁夏同心清真大寺

笑古笑今，笑东笑西笑南笑北，笑
来笑去，笑自己原来无知无识
观事观物，观天观地观日观月，观
上观下，观他人总是有高有低
　　——乐山凌云寺

墓碑联

一身不自保千载有英名
　　——秋瑾

在山泉水清出山泉水浊
　　——和绅

复生不复生矣有为安有为哉
　　——谭嗣同

犹留正气参天地
永剩丹心照古今
　　—— 文天祥

青山有幸埋忠骨

白铁无辜铸佞臣
　　——岳飞

挥泪继承先烈志，
誓将遗愿化宏图
　　——杨虎城

是处青山可埋骨
他年夜雨独伤神
　　——苏轼

出师未捷身先死
长使英雄泪满襟
　　——诸葛亮

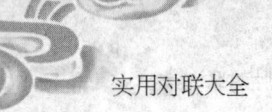

人自宋后少名桧
我到墓前愧姓秦
　　——秦桧

扶帝烛曹奸，所见在荀彧上
侍吴亲汉胄，此心与武侯同
　　——鲁肃

匹马斩颜良河北英雄皆丧胆
单刀会鲁肃江南文武尽寒心
　　——关羽

殉社稷只江北孤城，剩水残山，尚留得风中劲草
葬花冠有淮南掊土，冰心铁骨，好伴取岭上梅花
　　——史可法

第十五章　妙趣对联

人名联

夜览诗文寻佳句　晓看明月比山高（高晓明）

晓凭明月赏桃李　伏探源流作文章（李晓明，章伏源）

王孙公子，年轻英俊，结交天下豪杰
吴侬软语，家底充裕，说话口含天宪（王俊杰）（吴裕宪）

郑重其事，一门心思想成仙
白手起家，光天化日占人田（郑一仙）（白光田）

刘备托孤，占尽先机称仁义
苏武牧羊，达人自娱是老夫（刘占义）（苏达夫）

王侯将相，小试牛刀天下平
武林高手，佩金戴银质则斌（王小平）（武佩斌）

书磊写字，三石多乎
学山唱戏，半出足矣（李书磊，杨学山）

华人自古重道德陈德　更新需智勇（华人德，陈德勇）

吴丕胡诌世无匹矣　吴晞全对恐无戏乎（吴丕，吴晞）

地名联

我国历来集地名而成联者甚多，然联中所集，大都为某一省、地、县、市境内之名。

1963年，郭沫若曾为云南丽江新落成的黑龙潭得月楼填写过一联，联曰："龙潭倒映十三峰，潜龙在天飞龙在地；玉山纵横半里许，墨玉为体苍玉为神。"

联中，龙潭、玉山均为当地山水之名，龙潭即为丽江的黑龙潭，潭水清澈见底，水面上可见玉龙雪山十三峰之倒影。玉龙山静止不动，而龙潭水则川流不息，故有潜龙和飞龙之谓。上下联气韵相贯，极为流畅，读后即可臆想出黑龙潭和玉龙山之形态及动静特色，不失为地名联中的佳作。

据传，董其昌在游杭州西湖时，曾为飞来峰及冷泉撰写过一联："泉自何时冷起，峰从何处飞来？"

此联之妙在于：以设问形式出现，让观者自行作答或探索。所嵌地名（景点名）并非直接明写，而是从问句中让读者自行看出，泉即为冷泉，而峰当然就是飞来峰了。

抗战胜利的那年夏日，上海某报纸上曾有一副地名联，把中国六个地名嵌入联中，却又各含双关，具有全国军民经过共同奋斗、艰苦抗战取得胜利的伟大含义。联曰："六合大同保定旧山河，四川成都重庆新中国。"

此地名联的绝妙之处在于：上联中的六合、大同、保定都是地名，六合在安徽、大同属山西、保定是河北，但同时又含有全国军民坚持共同抗日才能保住（保定）全国山河的涵义。下联中，成都和重庆（当时还属于四川省）是两大城市的地名，但同时又表明这样的含义：国民政府迁到四川，将重庆作为抗战时期的陪都，领导全国军民抗战，终至全国胜利。全联短短十八个字，却包含了丰富的意义，称得上是地名联中的绝妙好联了。

鸬鹚埠　鹦鹉州

此联上联的地名位于河南省，下联的地名位于湖北省。

癸辛街　子午谷

（明代）名臣于谦少年时即才华出众，文思敏捷，出口成章。一次于谦和父亲、叔父路过一条街，街上人来人往，车水马龙十分繁华热闹。父亲抬头望望巷口，原来这条街名叫癸辛街。叔父对父亲说："作对子最怕用干支字，若眼前这条街名癸辛街，如以此街名为上联，下联则很难应答，你试试便知我所说不虚。"于是，父亲吟道："癸辛街。"

于谦马上想到三国演义中魏延给诸葛亮讲过的地名，于是答道："子午谷。"

父亲和叔父惊喜交集，不约而同地赞道："这孩子长大后必能光宗耀祖。"

缺口虾蟆地　湾头壁虎桥

联串扬州缺口、虾蟆地、湾头、壁虎桥四地名。

龙藏流水井　马站清风桥

联串广州龙藏一地名，流水井、马站、清风桥三街名。

八角亭高栖喜鹊　四方塘阔集天鹅

此联嵌八角亭、四方塘、喜鹊桥、天鹅塘四处长沙地名。

青石白沙红墙巷　黄泥蓝粉赤岗冲

此联嵌青石井、白沙井、红墙巷、黄泥坑、蓝粉墙、赤岗冲六处长沙地名。

山石叠岩，黄山黄石黄岩　田木生果，青田青木青果

此联嵌黄山、黄石、黄岩、青田、青木、青果六个县市名。

妙法因果寺，金轮金刚　中和丰乐楼，银勺银瓮

上下联分嵌（宋代）杭州妙法、法因、因果三佛寺，中和、和丰、丰乐三酒楼名。

澄海姑娘，脚踏青山，手捧莲花朝南海
云霄公子，头顶金门，身随鼓浪上东山

上下联分嵌广东澄海、青山、莲花、南海、福建云霄、金门、鼓浪、东山八地名。

走马起潮音，蔡锷修文经武　衔书驰古道，黄兴正义光华

此联嵌走马楼、潮音里、蔡锷路、修文街、经武门、衔书楼、驰古道巷、黄兴路、正义里、光华里十长沙地名。

一仓二府三角四端五家岭　六铺七里八方九尾十间头

此联嵌一仓里、二府坪、三角洲、四端里、五家岭、六铺街、七里庙、八方亭、九尾冲、十间头十处长沙地名。

石婆婆磨刀劈竹竿，万家箍桶　范公公拖板搭浮桥，千秋太平

联串江苏镇江石婆婆、磨刀、劈竹竿、万家、箍桶、范公公、拖板、搭浮桥、千秋、太平十处地名。

四川成都，重庆新政府　江苏无锡，宜兴泥茶壶

此联为抗日时《重庆日报》为拍国民党政府马屁而出征联。下联为一无名氏所对。

密云布雨，引三河，灌玉田，万年丰润

平谷移山，填静海，建乐亭，百世兴隆

此联嵌地名密云、三河、玉田、丰润、平谷、静海、乐亭、兴隆。

密云不雨旱三河，纵玉田亦难丰润

怀柔有道皆遵化，知顺义便是良乡

联串河北及北京密云、三河、玉田、丰润、怀柔、遵化、顺义、良乡八地名。

金线吊灯笼，老照四方八角　玉带缠如意，连升一步三台

此联共用十条长沙街道名，依次为金线街、灯笼街、老照壁、四方塘、八角亭、玉带桥、如意街、连升街、一步两搭桥、位列三台。

金川银川铜川富川，四川兴国　玉山铅山锡山乐山，万山裕民

此联嵌金川、银川、铜川、富川、四川、兴国、玉山、铅山、锡山、乐山、万山、裕民十二个县市名。

昆山县、山阳县、阳湖县，湖南从九，做过四五年知县
铁宝臣、宝瑞臣、瑞鼎臣，鼎足而三，都是一二品大臣

此联上联各县为李渔所轮流就任处，下联为当时大臣名。

东牌楼，西牌楼，红牌楼，木牌楼，东西红木四牌楼，楼前走马
南正街，北正街，县正街，府正街，南北县府都正街，街上登龙

此联用了十二条街名，走马楼、登隆街用倒装谐音巧对。

桂省府数次搬迁，宜山不宜，都安不安，百色百变，从此凌云直上，安居乐业
四战区再度撤退，向华失向，夏威不威，云淞云散，盼望龙光返照，气煞健生

此联上联嵌地名宜山、都安、百色、凌云、乐业，下联嵌人名向华（第四战区司令官张发奎）、夏威（桂系将领）、云淞（桂林卫戍司令韦云淞）、龙光（驻防钦州、防城一线的邓龙光）、健生（白崇禧）。

药名联

药名对联是劳动人民群众消遣娱乐、活跃文化生活的方式。他们将中药名嵌入对联中，水乳交融，别有韵味。

西滑石　北防风

西滑石、北防风，中药名是也。

两面针八角　三筒管六芝

两面针、八角、三筒管、六芝，中药名。

马麝香蘘草　牛含水泽兰

　　马麝香、蘘草、牛含水、泽兰,中药名是也。

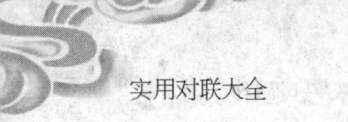

大花飞燕草　老汉背娃娃

　　大花、飞燕草、老汉、背娃娃中药名是也。

生肌藤九节　延寿果千层

　　生肌藤、九节、延寿果、千层,中药名。

黑胆香花菜　红皮苦力芽

　　黑胆、香花菜、红皮、苦力芽,中药名。

欧洲七叶树　朝鲜蒲公英

　　七叶树、蒲公英,中药名是也。

鹧鸪茶八角　糯米果三元

　　鹧鸪茶、八角、糯米果、三元,中药名是也。

千层拦路虎　半夏宿田翁

　　千层、拦路虎、半夏、宿田翁,均属中药名,合平仄,富诗意。

赤脚马兰七叶胆　青皮树子四方根

　　赤脚马兰、七叶胆、青皮树子、四方根,乃中药名。

春莲夏柳珊瑚树　青地黄瓜栗豆藤

　　春莲夏柳、珊瑚树、青地黄瓜、栗豆藤,均属中药名。

胡王使者光知母　红面将军可爱花

　　胡王使者、光知母、红面将军、可爱花,均属中药名,合平仄,富诗意。

九头草半边风药　千岁芝八角寄生
　　九头草、半边风药、千岁芝、八角寄生，均属中药名。

白面姑金鸡落地　赤牙郎大夜关门
　　白面姑、金鸡落地、赤牙郎、大夜关门，均属中药名，合平仄，富诗意。

大火草根拦路虎　半枫荷叶顶冰花
　　大火草根、拦路虎、半枫荷叶、顶冰花，中药名是也。

红花蕊木三升米　大叶金牛一柱香
　　红花蕊木、三升米、大叶金牛、一柱香，中药名是也。

黑老头疏松卷柏　青娘子齿叶玄参
　　黑老头、疏松卷柏、青娘子、齿叶玄参，中药名是也。

南蛇藤叶猴揪树　老鼠吹箫鬼点灯
　　南蛇藤叶、猴揪树、老鼠吹箫、鬼点灯，中药名是也。

臭大姐多头苦荬　勤娘子遍地金钱
　　臭大姐、多头苦荬、勤娘子、遍地金钱，乃中药名。

青桐翠木千斤重　白菊花根九步香
　　青桐翠木、千斤重、白菊花根、九步香，中药名是也。

吊竹良枝驳骨草　映山红果断肠花
　　吊竹良枝、驳骨草、映山红果、断肠花，乃中药名。

赤足蜈蚣千里急　光栓果菊七层兰
　　赤足蜈蚣、千里急、光栓果菊、七层兰，乃中药名。

飞天道者三叉苦　落地杨梅一口红

飞天道者、三叉苦、落地杨梅、一口红，乃中药名。

破闷将军三姐妹　兴安鹿药二花藤

　　破闷将军、三姐妹、兴安鹿药、二花藤，中药名是也。

巡山虎夜呼香菜　钻地风天斗苦瓜

　　巡山虎、夜呼、香菜、钻地风、天斗、苦瓜，中药名是也。

长花豆蔻疏风草　大叶芙蓉转日莲

　　长花豆蔻、疏风草、大叶芙蓉、转日莲，中药名是也。

白观音扇三张叶　紫茉莉根一串钱

　　白观音扇、三张叶、紫茉莉根、一串钱，中药名是也。

梅花刺骨金刚杵　杏叶防风大力王

　　梅花刺骨、金刚杵、杏叶防风、大力王，中药名是也。

望江南，野鹿衔花，大叶钩藤，黄瓜绿草千层喜
生半夏，仙鹅抱蛋，金鸡落地，白米茹粮九里香

　　望江南、野鹿衔花、大叶钩藤、黄瓜绿草、千层喜、生半夏、仙鹅抱蛋、金鸡落地、白米茹粮、九里香，乃中药名。

嵌名联

大雨洗星海　长虹穆木天

　　此联为吴组缃对老舍，嵌四人人名。

云间陆士龙　日下荀鸣鹤

　　此联出自《世说新语》，为（晋）陆云（字士龙）对荀隐（字鸣鹤），本非对联，是二人的清谈。

人从宋后无名桧　我到坟前愧姓秦

此联出自《素月楼联语》。乾隆状元秦涧泉学士,江宁(今南京)人,秦桧亦江宁人,人以为涧泉为桧后。一日涧泉至西湖,人故请其瞻拜岳坟并题联,涧泉无奈,题了此联。

史鉴流传真可法　洪恩未报反成仇

此联为(明末)史可法,坚守扬州,城破,不屈而死。又崇祯时兵部尚书洪承畴,降清苟且,朝野不齿。时人撰一联以讽刺:"成仇"谐"承畴",语带双关。联嵌史可法与洪承畴之名,此联后被扩展为:

史笔流芳,虽未成功终可法

洪恩浩荡,不能报国反成仇

论书谁似陈公博　娶妇当如宋子良

此为(民国)时陈布雷酒宴上游戏之作。

陈公博:日寇侵华时期为汉奸,联中可断为"陈公博"。

宋子良:宋子文之字,字面系取于《诗经》"岂其食于,必河之鲤。岂其取妻,必宋之子"(当时宋国女子以美丽、善良著称),所以亦断为"宋子良"。

此虽为游戏之作,但信手拈来,颇具巧思。

山中落日沈于涧　楼上看花都见心

此联为沈于涧、都见心戏对。

此地有凤毛麟爪　是人为仙露玉珠

此联为(民国)蔡锷将军赠"小凤仙",内嵌凤、仙。

莫学芙蓉空有面　应笑芬芳发自心

这是1940年,郭沫若写给侄媳魏蓉芳的楹联。联语巧嵌蓉、芳二字,并富有哲理。

371

匪盗项藏水道巷　京腔刘改清香留

  这副长沙地名联是在说明街名形成的传说。水道巷内原来住着一个姓项的阔佬，后来了解到他是一名绿林大盗，遂称他住地为匪盗项，年久谐音为现名水道巷 有一位北京移住长沙的捕快，住在现清香留。他一口京腔，本地人听觉有味，遂呼他住地为京腔刘，后谐音为清香留。这种体裁称释名联。

宰相合肥天下瘦　司农常熟世间荒

  （清末）常熟人翁同和曾任户部尚书（相当于古代大司农之职），在任期间与合肥人李鸿章不和，李在八国联军侵占北京后被任为军机大臣，等于过去的宰相。一次，翁同和出上联讥讽李鸿章，李以下联反唇相讥。

三国谋臣巴夏礼　八门提督瑞芝山

  此联为讽八国联军入侵时瑞芝山弃守城门而逃。

樊孔周周身是孔　刘存厚厚脸犹存

  此联为斥（民国）刘存厚刺杀樊孔周一事。

露花倒影柳三变　桂子飘香张九成

  此联为李清照戏评柳永、张九成。

孟春季春惟少仲　夏鼎周鼎独无商

  此联嵌（明）弘治时丙辰科四进士之名。

王伯舆终当为情死　孟东野只以其诗鸣

  此联为陈豹章题安徽庐江小砾山庄。上联出自《世说新语》。

孟光轧姘头，梁鸿志短　宋江吃败仗，吴用威消

  （敌伪时期）梁鸿志和吴用威是出名的大汉奸，有人嵌他们二人的名字成此联。

井底孤蛙，小天小地，自高自大　厕中怪石，不中不正，又臭又硬

　　此联为蒋介石（字中正）竞选总统时，续范亭戏作此联。

顺泰康宁雍然乾德嘉千古　治平熙世正是隆恩庆万年

　　此联为（清）嘉庆年间状元李绍仿所作。当时恰逢嘉庆生辰，要求每个大臣都交上一副对联。人人都交好唯李绍仿未交，嘉庆问其故，李绍仿说："臣如交，定夺第一。"群臣都笑他轻狂。李绍仿此联一出，嘉庆龙颜大悦。

　　此联的第一、三、五、七、九字巧妙地把顺治、康熙、雍正、乾隆、嘉庆嵌入联中，对偶工整，文通字顺，不见斧痕，当为嵌名联里的第一。

桓温一世之雄，尚有枋头之败　项羽万人之敌，难逃垓下之诛

　　（明）姜垓、徐枋互谑，上下联分嵌枋、垓二字。

修禊继兰亭，韵事莫忘王逸少　去冠怀栗里，高风不减陶渊明

　　此联为王焕藻题江苏武进聊园。

季子有何高，与余意见竟相左　藩臣徒误国，问尔经济有何曾

　　（清）曾国藩和左宗棠（字子高）不合。一日曾对左说："我有一联，请你属对：季子有何高？与余意见竟相左。"左略一思索，便出下联，予以回骂。

史春元整席宴柴行，且救燃眉之急　蒋孝廉演剧邀屠户，遂成刎颈之交

　　此联为嘲史某、蒋某，二人曾邀请柴行、肉铺掌柜赴宴看戏以抵所欠柴肉钱。

恭亲王去，德亲王来，见新鬼应思故鬼
夏同龢兴，翁同龢败，愿贵人莫学常人

　　恭亲王：奕欣，道光第六子，人号"六鬼子"。德亲王：德国亨利亲王。夏同龢：（清代）贵州人。翁同龢：（清代）常熟人。

小住为佳，小楼春暖，得小住，且小住
如何是好，如君爱怜，要如何，便如何

（清）纪晓岚赠名妓小如联。

小翠花，小翠喜，一文一武，一京一汉
马连良，马连昆，同乡同姓，同教同科
　　此联嵌入四位（清末）京剧表演艺术家的名字。小翠花：京剧演员于连泉的艺名，北京人。小翠喜：汉剧演员，武汉人。马连良：回族。马连昆：亦是回族，且与马连良同为北京人。同教：同信回教。同科：同习老生。

齐白石，傅抱石，老石少石，两石画坛同凸凹
许地山，欧阳山，前山后山，双山文苑互峥嵘
　　上下联分嵌画坛、文坛两名人。

蒋百里、英千里、屈万里，相去不可以道里计
曾伯相、李少相、左季相，合观都无愧将相才
　　此联为（清）余立时对袁守谦。

顾宗孟、姚希孟、文震孟，三孟俱亡，莫非命也
董思白、陈古白、范长白，一白虽存，岂不殆哉
　　联嵌六位明代人名，上联三人以文章称世，下联三人以书法驰名。

东方朔，西门豹；南郭生，北宫黝；东西南北之人也
前朱雀，后玄武；左青龙，右白虎；前后左右其神乎
　　东方朔：汉武帝时名士。西门豹：战国末年魏邺郡太守。南郭生：齐宣王时人。北宫黝：战国齐人，以勇气著称。

左舜生，姓左不左；易君左，名左不左；两君胡适，其于右任乎
梅兰芳，伶梅之梅；陈玉梅，影梅之梅；双玉徐来，是言菊朋也
　　此联为（解放前）熊一鸥应对《大公报》征联。左舜生：青年党头目。易君左：报界名记者。胡适：著名学者，双关"往哪里走"。于右任：国民党元老。梅兰芳：著名京剧演员。陈玉梅：著名电影演员。徐来：电影演员，双关"姗姗

来迟"。言菊朋：著名京剧演员。

章士钊，王世昭，姓不同，名不同，韵相同，音相同，同是文人分左右
仇硕父，易实甫，时难并，地难并，诗能并，词能并，并为才子别明清
　　　五十年代香港报刊载联。

花名联

　　　并蒂莲　合欢花

　　　观音柳　罗汉松

　　　君子竹　美人蕉

　　　金茉莉　木芙蓉

　　　木贼草　水仙花

闽香玉女　吴会星郎
　　　上下联分别为荔枝、杨梅的别称。

帝女合欢，水仙含笑　牵牛迎辇，翠雀凌霄
　　　此联为许宾衢所作，嵌八花名，又暗喻七夕的典故。

方位联

　　　方位联是指在联的出句、对句的相同位置嵌入方位词的对联。方位词是表示

方向或位置的词，常用的方位词主要是东、西、南、北、中、上、下、左、右、前、后、里、外、内等。

在古代，方位也有另外一种表示，即：东的方位是龙，用春季表示；西的方位是白虎，用秋季表示；南的方位是朱雀，用夏季表示；北的方位是玄武，用冬季表示。

在对联创作中引入方位词，或题景，或抒情，或馈赠，或自娱，或豪迈，或儒雅等，增添了描写空间上的特殊效果，使对联构思更巧妙，寓意更深刻，更具有想象力和创造力，也更富有趣味性。

光依东壁图书府　心在西湖山水间

窗含西岭千秋雪　门泊东吴万里船

儒修南渡承东汉　名胜西湖在北山

两浙东西十年薄宦　大江南北一个闲人

铜琶铁板，大江东去　月明星稀，乌鹊南飞

南海慈航，渡来北楚　西方法雨，洒遍东山

烛剪西窗，梅开东阁　樽飞北海，月满南楼

坐南朝北吃西瓜，皮向东甩　思前想后观《左传》，书往右翻

水部火灾，金司空大兴土木　北人南相，中书君不是东西

柳线莺梭，织就江南三月景　云笺雁字，传来塞北九秋书

北斗在当头，帘箔开时应挂斗　南山来对面，春秋阅罢且看山

铁板铜琶，继东坡高唱大江东去　美芹悲黍，冀南宋莫随鸿雁南飞

东启明，西长庚，南箕北斗，朕乃摘星汉
春牡丹，夏芍药，秋菊冬梅，臣为探花郎

短棉花，纺长线，织大布，包小脚，走南走北
弯竹子，划端篾，打圆圈，箍扁桶，装东装西

数字联

三才天地人　四诗风雅颂

三千里外一条水　十二时中两度潮

十八年前未谋面　二三更后便知心

半醉半醒过半夜　三更三点到三河

三竺六桥九溪十八涧　一茶四碟二粉五千文

万瓦千砖百日造成十字庙　一舟二橹三人摇过四通桥

一掌擎天，五指三长两短　六合插地，七层四面八方

小村店三杯五盏无有东西　大明国一统万方不分南北

尺蛇入谷量量九寸零十分　七鸭浮江数数三双多一只

孤山独庙，一将军横刀匹马　两岸夹河，二渔叟对钓双钩

北斗七星，水底连天十四点　南楼孤雁，月中带影一双飞

有三分水二分竹添一分明月　从五步楼十步阁望百步大江

一岁二春双八月，人间两度春秋　六旬花甲再周天，世上重逢甲子

童子看橼一二三四五六七八九十　先生讲命甲乙丙丁戊己庚辛壬癸

持三字帖，见一品官，儒生妄敢称兄弟
行千里路，读万卷书，布衣亦可傲王侯

拆字联

　　拆字联是对联的一种别具一格的形式。拆字，也称析字，离合，是将汉字的字形各部分拆离开，使之成为另几个字（或形），并赋予各字（或形）以新的意义。拆字联和组合联恰恰相反，拆字联是把某个字拆开，组合联是把某个字拆后再组合。

闲看门中木　思间心上田

少水沙即现　是土堤方成

蚕为天下虫　鸿是江边鸟

踏破磊桥三块石　分开出路两重山

妙人儿倪家少女　大言者诸葛一人

第十五章 妙趣对联

古木枯，此木成柴　女子好，少女更妙

人曾是僧人弗能成佛　女卑为婢女又可称奴

冻雨洒人东两点西三点　切瓜分客横七刀竖八刀

一目不明，开口便成两片　廿头割断，此身应受八刀

三女为奸，二女皆从一女起　五人共伞，小人全靠大人遮

十口心思，思国思家思社稷　八目尚赏，赏风赏月赏秋香

天下口，天上口，志在吞吾　人中王，人边王，意图全任

张长弓，骑奇马，单戈作战　嫁家女，孕乃子，生男曰甥

冯二马驯三马冯驯五马诸侯　伊有人尹无人伊尹一人元宰

乔女自然娇，深恶胭脂胶肖脸　止戈才是武，何劳铜铁铸镖锋

竹寺等僧归，双手拜四维罗汉　木门闲可至，两山出大小尖峰

山石岩前古木枯，此木为柴　长巾帐内女子好，少女更妙

日在东，月在西，天上生成明字　子居右，女居左，世间配定好人

四维罗，马各骆，罗上骆下罗骑骆　言者诸，豕者猪，诸前猪后诸牵猪

寸土为寺，寺旁言诗，诗曰：明月送僧归古寺

双木为林，林下示禁，禁云：斧斤以时入山林

水有虫则浊，水有鱼则渔，水水水，江河湖淼淼
木之下为本，木之上为末，木木木，松柏樟森森

日月明朝昏，山风岚自起，石皮破仍坚，古木枯不死
可人何当来，千里重意若，永言咏黄鹤，士心志未已

晶字三个日，时将有日思无日，日日日，百年三万六千日
品字三个口，宜当张口且张口，口口口，劝君更尽一杯酒

偏旁联

汉字除少量的独体字外，绝大部分都是由两个或两个以上的偏旁组合而成的合体字。有些对联，将相同偏旁的字入对，给人一种妙趣横生的感觉。如：

寄寓客家，牢守寒窗空寂寞；
迷途远逝，返迎达道遊逍遥。

明代洛阳才子文必正在名门霍家寓居时，与小姐霍定金偶然相遇而倾心，遂出上句，十一个字全有一相同偏旁"宝盖头"，向小姐表达了一种爱慕之意：我住在你家，遇见了心爱的人儿，但还不知她意下如何，只好寂寞孤独地待在这房中。小姐也心领神会，也用了偏旁都是"走之儿"的十一个字来联对，表达了自己的接纳之意：你已找到了正确的道路，只要你大胆地往前走，就一定会心想事成，一定会成功的。就因这幅对联，使二人后来结为秦晋之好。

宠宰宿寒家，穷窗寂寞；
客官寓宦宫，富室宽容。

明宰相叶向高巡视福建时，顺便看望新科状元翁正春，并在翁家留宿，翁道："宠宰宿寒家，穷窗寂寞。"对叶宰相的到来表示热烈的欢迎，您的到来使"寒家""穷窗"生辉，倍感荣幸。叶道："客官寓宦宫，富室宽容。"用"宝盖头"对"宝盖头"，可谓富贵之人，富贵之文，富贵之居也。

第十五章 妙趣对联

寂寞寒窗空守寡，

艰难叠叙取双欢。

传说有一貌美如花多才的尼姑，人们劝她还俗出嫁，她说："我出一上联，谁能对得此联，我即嫁他，否则，终身事佛。"表达了自己的决心："寂寞寒窗空守寡。"七个字都是"宝盖头"。当时许多自诩为文墨满腹的学士纷纷应对，均不符合要求。

后来，终于有一人对了一联："艰难叠叙取双欢。"每个字都有"又"部，意为：我这样反复跟你攀谈，为的是我们共同的幸福，你还是还俗吧！

泪滴湘江流满海，

嗟叹嚎啕哽咽喉。

传说有一文人怀才不遇，报国无门，流落湘江之滨，在端午悼念屈原时作此联。

烟锁池塘柳　炮镇海城楼

逢迎远近逍遥过　进退连还运道通

荷花茎藕蓬莲苔　芙蓉芍药蕊芬芳

湛江港清波滚滚　渤海湾浊浪滔滔

泪滴湘江流满海　嗟叹嚎啕哽咽喉

宠宰宿寒家，穷窗寂寞　客官寓宫宦，富室宽容

冰冷酒，一点二点三点　丁香花，百头千头万头

大木森森，松柏梧桐杨柳　细水淼淼，江河溪流湖海

寄宿客家牢守寒窗空寂寞　远避迷途退回莲迳返逍遥

叠字联

　　叠字联又可分为叠字联、复字联等。在联中分别有一个或数个同样的字相继重叠出现，为"叠字联"而将一个或几个字按照某种规律，重复出现多次，称为"复字联"。

家家户户人人和和气气　　时时事事处处文文明明

秀秀明明处处山山水水　　奇奇好好时时雨雨晴晴

海水朝朝朝朝朝朝朝落　　浮云长长长长长长长消

绿绿红红处处莺莺燕燕　　花花草草年年暮暮朝朝

重重叠叠山，曲曲环环路　　高高下下树，叮叮咚咚泉

水水山山，处处明明秀秀　　晴晴雨雨，时时好好奇奇

天近山头行到山腰天更远　　月浮水面捞到水底月还沉

月月月明，八月月明明分外　　岁岁岁安，幕岁岁安安始终

风竹绿竹，风翻绿竹竹翻风　　雪里白梅，雪映白梅梅映雪

风扇扇风，风出扇，扇动风生　　水车车水，水随车，车停水止

山山海海山海关，雄关镇山海　　日日月月日月潭，秀潭映日月

第十五章 妙趣对联

是是非非，非非是是，是非不分　正正反反，反反正正，反正一样

重重喜事，重重喜，喜年年获丰收
盈盈笑语，盈盈笑，笑频频传捷报

佛脚清泉飘，飘飘飘，飘下两条玉带
源头活水冒，冒冒冒，冒出一串珍珠

风风雨雨，暖暖寒寒，处处寻寻觅觅
莺莺燕燕，花花叶叶，卿卿暮暮朝朝

扒扒扒，扒扒扒，扒扒扒，扒到龙门叁级浪
唱唱唱，唱唱唱，唱唱唱，唱出仙姬七姐歌

上司开口才半句，早已是"是是是，对对对"
下级陈辞达万言，始终是"嗯嗯嗯，噢噢噢"

风风雨雨，寒寒暑暑，满满潺潺，潇潇洒洒
岁岁年年，朝朝暮暮，恩恩怨怨，憩憩悠悠

南南北北，文文武武，争争斗斗，时时杀杀砍砍，搜搜刮刮，看看干干净净
家家户户，女女男男，孤孤寡寡，处处惊惊慌慌，哭哭啼啼，真真惨惨凄凄

谐音双关联

　　谐音双关联又称谐声双关联。字词的音相同或相近叫谐音；用词造句时，表面上是一个意思，而暗中隐藏着另外一种意思的叫双联。由二者配合起来构成的对仗叫谐音双关联。

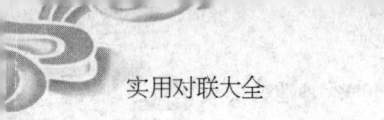

莲子心中苦　梨儿腹内酸

　　此联为（清）金圣叹临刑前自叹。"莲"谐"怜"，"梨"谐"离"。

因荷而得藕　有杏不须梅

　　上联可谐音为"因何而得偶"，下联可谐音为"有幸不须媒"。

栗绽缝黄见　藕断露丝飞

　　"缝黄见"谐"凤凰现"，"露丝飞"谐"鹭鸶飞"。

狗啃河上骨　水流东坡诗

　　此为苏轼、佛印互嘲。上联"河上"谐音"和尚"，下联"诗"谐音"尸"。

孔子生于舟末　光舞起自汉中

　　舟末：谐周末，即东周后期。光舞：闪电，谐"光武"，即光武帝刘秀。汉中：天空。

向阳门第春常在　积善人家庆有余

　　传说苏轼访佛印，印藏鱼磬中，苏出上联，印对下联。"庆、余"谐"磬、鱼"。

清风满地难容我　明月何时再照人

　　"清"暗寓清朝统治，"明月"怀念明代。

昨夜敲棋寻子路　今朝对镜见颜回

　　子路，孔子的弟子，又可解为棋子的路数。颜回，孔子的弟子，又指面颜的真容。

宝塔七八层，中容大鹤　通书十二页，里记春秋

　　此为罗万藻对知府。"中容大鹤"谐"《中庸》《大学》"，"里记春秋"谐"《礼记》《春秋》"。

两舟竞渡，橹速不如帆快　百管争鸣，笛清难比萧和
　　橹速、帆快、笛清、萧和，分别谐音历史人物"鲁肃、樊哙、狄青、萧何"。

灯笼笼灯，纸壳原来只防风　鼓架架鼓，陈皮不能敲半下
　　纸壳：谐"枳壳"。半下：谐"半夏"。

山童采栗用箱承，劈栗扑簏　野老卖菱将担倒，倾菱空笼
　　上、下联末四字既关含义，又是象声。

塔内点灯层层孔明诸角亮　池中栽藕节节太白理长根
　　诸葛亮字孔明，李太白字长庚。

二猿断木深山中，小猴子也敢对锯
一马陷足污泥内，老畜生怎能出蹄
　　清代解缙、李调元互嘲。"锯、蹄"谐"句、题"。

身居宝塔，眼望孔明，怨江围实难旅步
鸟处笼中，心思槽巢，恨关羽不得张飞
　　此为四川内江三元塔楹联。"孔明、江围、旅步、槽巢"谐"诸葛亮、姜维、吕布、曹操"，此外还含有人名：关羽，张飞。

歇后语联

　　歇后语是熟语的一种，多用群众熟悉、诙谐而形象的语句，运用时可隐去后文，以前文示义，也可以前后文并列，采用这种手法制作的联语就是"歇后联"。
　　歇后语，是人们在日常生活中创造出来的一种独特的语言形式。它以特殊的结构，生动的表现形式和妙趣横生的表达效果，为广大群众所喜爱。它具有鲜明的民主特色，浓郁的生活气息，结构巧妙，幽默风趣。

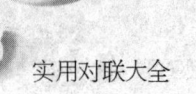

歇后语内容丰富，含义深刻，有助于加强人们的语言表达，提高人们的道德修养。

三连冠　一对红

上联为"川"字，下联为"赫"字。

龙点睛　蛇添足

隐"画"字。

将相和　兄弟亲

为谜联，谜底为"斌"。

二三四五　六七八九

横额为"南北"。含缺衣（一）少食（十）、没有东西之意。

士为知己　卿本佳人

嘲墨吏革职隐字联。所嘲者为双富，字士卿。联隐"死""贼"二字。《战国策》："士为知己者死。"《北史》："卿本佳人，何为作贼。"

天开文运　地发杀机

清末，有人在广东巡抚署内安放了炸弹，被发现清除。此时，正值省中科举考试，考棚灯笼上书"天开文运"。遂成隐语时事的妙对。

老欲依僧　急来抱佛

出句为王安石诗"投老欲依僧"去了"投（头）"，对句为俗语"急来抱佛脚"去了"脚"。

如苗得雨　似花欲开

此为字谜联，谜底为"蕾"。

朝辞白帝　暮到江陵

此为成语谜联，谜底为"一日千里"。李白诗："朝辞白帝彩云间，千里江陵一日还。"

几生修得到　一日不可无

贺陈竹士、王梅卿婚联。上联取古诗"几生修得到梅花"，隐一"梅"字。下联取咏竹诗中的"一日不可无此君"，隐一"竹"字。

未必逢凶化　何曾起死回

嘲庸医吉生。上下联分别隐"吉""生"二字。

未若贫而乐　谁能出不由

嘲富户。隐"富""户"二字。《论语·学而》："未若贫而乐，富而好礼"。《论语·雍也》："谁能出不由户？"。

竹疏宜入画　树少不成村

谜底为"彭"。

抚琴退魏兵　挥泪斩马谡

上联谜底为"空城计"，下联谜底为"失街亭"。

但取心中正　无愁眼下迟

王禹偁题石磨。"心中"，指石磨下盘的中轴；"眼下"，指石磨上盘下谷物之孔道。借物言志。

灵隐寺失火　帅老爷丢巾

为谜联，谜底为"归"字。

陆地称提督　家风是轿夫

嘲陆宗舆（亲日派），下联隐"宗舆"。

厕中秦宰相　胯下汉将军

　　出句隐指战国范睢。范在魏受诬陷，被打昏置于厕所中，后逃入秦国，更名张禄而为丞相。对句隐指汉韩信胯下受辱之事。

浅草遮牛角　疏篱露马蹄

　　谜底为"芜"。

挥去身常动　摇来手不停

　　此为谜联，谜底是"扇子"。原为诗中的两句。

虽有十张口　只同一颗心

　　此为谜联，谜底是"思"字。

野火烧不尽　春风吹又生

　　以白居易《赋得古原草送别》中的诗句成一谜联，谜底为托尔斯泰的长篇小说《复活》。

浸道此之谓　谁知恶在其

　　嘲某邑令。某邑令为政不仁，却又题"民之父母"匾。《礼记》有"此之谓民之父母"句，故知上联隐去"民之父母"，下联隐去"中"字。

影动半轮月　香生一握风

　　题扇子店。上下联分别指扇子。

落花人独立　微雨燕双飞

　　谜面为晏几道句，谜底是"俩"字。

与尔同消万古　问君能有几多

　　挽五十年代香港影星莫愁（因情自杀）。上联取李白名句"与尔同消万古愁"，下联取李煜名句"问君能有几多愁"，各隐去"愁"字。

388

户外两竿竹叶　室内一片阳光

　　此为谜联，谜底是"简"字。

君子之交淡如　醉翁之意不在

　　古时一读书人，家贫，拿一瓶白水为朋友祝寿，并撰联。上下联分别隐去"水""酒"二字。

脱去凡心一点　了却俗身半边

　　为出家人话语，上联为几，下联为谷。

膝下明珠一颗　堂前活佛两尊

　　明珠，隐指"子"；活佛，隐指"父母"。

一二三四五六七　孝悌忠信礼义廉

　　讽刺联，隐含"亡八""无耻"之意。

一心只念波罗蜜　三祝难忘福寿男

　　朱昌颐藏字题"多多"联。波罗蜜多，佛家语，度引之意。三祝，即古人所言之"多福多寿多男子"。

一桅白帆挂两片　三颗寒星映孤秀

　　此为谜联，谜底是"患"字。

二汉心高能跨日　三人力大可骑天

　　此为谜联，谜底分别是"替""奏"字。

人生不满公今满　世上难逢我独逢

　　此为清代一位老人百岁大寿的寿联。上联出自汉代《古诗十九首》第十五首"人生不满百，常怀千岁忧"，下联取俗语"世上难逢百岁人"。上下联均隐去

"百"字。

六秀才只通六窍　万景楼遗臭万年
　　人有七窍，上联隐切"一窍不通"。清末嘉定中学堂有六位不学无术的秀才教师，一日同游万景楼，凑成一副对联"六秀才同游一日，万景楼从此千秋"，贴在楼上。当地名士王畏岩作联讽之。

半边林靠半边地　一头牛同一卷文
　　此为人名字谜联，谜底为唐代诗人"杜牧"。

此去定然成佛果　从今不忍过君门
　　戏赠某屠户出身者。上联隐"放下屠刀，立地成佛"之意，下联隐"过屠门而大嚼"之意。

此即牧童遥指处　何寻太白醉吟楼
　　上下联中典故都隐有"酒"字。

远树两行山倒立　轻舟一叶水横流
　　此为谜联，谜底是"慧"字。

明月半倚云脚下　残花双落马蹄前
　　此为谜联，谜底是"熊"字。

姓名疑入红楼梦　夫婿曾烧赤壁兵
　　戏赠贾瑚（字小乔）。

莫将不才论君子　能得虚心是我师
　　此为物谜联，谜底为"竹"。

晓日斜穿校尉头　秋风正贯先生耳

联虽写实，但出句隐傅瀚绰号"江西校尉"，对句依俗语"秋风贯驴耳"之说，隐指焦芳为驴（其面黑而长）。

唐苑衔花倾社稷　传岩作雨愧民主
嘲鹿传霖。上联指鹿，传说唐玄宗时，野鹿衔去牡丹，后有安史之乱。下联以"雨"代"霖"。

绣阁团圞同望月　香闺静好对弹琴
贺牛某婚联。上联隐"犀牛望月"之"牛"，下联隐"对牛弹琴"之"牛"。

黍稷稻粱歌岁稔　椅桐梓漆庆年丰
嘲"四木头"。"四木头"为某人绰号。上联隐喻"杂种"，而下联隐喻"四木头"。

尊姓原来貂不足　大名倒转豕而啼
嘲县令续立人。貂不足，出自《晋书·赵王伦传》"貂不足，狗尾续"之语，隐其姓"续"字；《左传·庄公八年》中有"豕人立而啼"之语，"人立"倒转即为"立人"。全联暗射"续立人"之名，隐刺其为人如猪狗一般。

输我腰间三寸白——北京京官　多君头上两重青——南京京官
出句隐指朝官的牙牌，对句隐指青伞。明代起初只有考试入场、状元及第可用伞，后南京京官也可用，故有对句。

掩口而语，倾耳而听　但闻其声，不见其人
此为物谜联，谜底是"电话"。

意寄三松，何止于米　心怀四化，相期以茶
三松，冯友兰室名。米，代指八十八岁。茶，代指一百零八岁。

中圣人之清，有如此水　取醉翁之意，以名吾亭

题甘肃酒泉励清楼。圣人，代指清酒。上联意为"酒泉之水如醉人的清酒"。下联亦隐"酒"字。

白首穷经，少伏生八岁　青云得路，多太公二年
　　此为82岁老人自指。伏生，即西汉伏胜，90岁曾任秦博士。太公，即吕尚（姜子牙），传他80岁遇文王，封太师。

种数盆花，探春秋消息——朱太守
蓄一池水，测天地盈亏——熊希龄
　　清末湖南沅州（今芷江）府朱太守于府署后院亭柱上题上联，为妹妹朱庭琪择婿。熊以下联，得与其成婚。

白蛇过江，头戴一轮红日　青龙挂壁，身披万点金星
　　谜语趣联，上联猜作"灯芯"，下联猜作"秤"。

路上行人，无雨无风常打伞　林间飞鸟，有朝有暮不归巢
　　此为文物联，谜底为"画卷"。

樱桃小口齿楞楞，吞粗吐细　杨柳纤腰星闪闪，识重知轻
此为物谜联，谜底分别为"石磨""杆秤"。

八面威风，弯进去私心一点　尸模大样，勾入内有口难言
　　解放前，有人讽其公局联。上联为"公"，下联为"局"。

大可伤心，此老竟无千载寿　何以报德，从今不画四灵图
　　挽龟奴（在妓院中任职）。龟为"四灵"之一，上下联均隐一"龟"字。

问生意如何？打得开，收得拢　看世情怎样？醒的少，醉的多
　　湖南湘潭有兄弟二人共建双合铺面，兄营伞店，弟开酒店。开张时，名士吴超联题此门联。

第十五章 妙趣对联

八哨勇同行，幸免头颅葬冀北　半文钱不值，有何面目见江东
　　嘲吴大澄兵败。以江东指代"父老"，属隐喻之格。

两手剖开舟两叶，内载黄金白玉　一拳打破坛一个，中藏玛瑙珍珠
　　此为物谜联，谜底分别为"咸蛋"、"石榴"。

一点、二点、十二点，点点成星座
七人，十人、七十人，人人在龙乡
　　上联谜底为"斗"字，下联谜底为"华"字。

用之则行，舍之则藏，唯我与尔有是夫
危而不持，颠而不扶，则将焉用彼相矣
　　手杖铭文。上联摘自《论语·述而》，下联摘自《论语·季氏》。

本非正人，装作雷公模样，却少三分面目
惯开瓜卯，会打银子主意，绝无一点良心
　　清同治年间，川中某县官李儒卿，盘剥民财，时人恶之，以此联讽。上联为"儒"，下联为"卿"。

认余杭为本家，灰子灰孙，东鲁武夫充地主
是悟空之转世，三月三日，西湖贺客闹天宫
　　嘲孙传芳大宴。

俨然铁拐仙临风，对影相怜，只是扭头摆脚
何怕克虏伯发响，瞠目不语，竟能化灰成烟
　　嘲荣禄、王文韶、鹿传霖。三人为庚子事变侍慈禧太后的三位大臣，荣禄有足疾，王、鹿二人失聪。克虏伯：一种德制大炮。

借我一朵花，既能收拢也能张，头把花朵戴，手把花根拿——友人

393

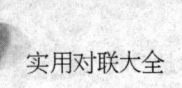

给你一座亭，全没窗户又没门，水在亭上流，人在亭下行——李清照

　　传说南宋女词人李清照的朋友来借物，戏出上联，李对下联。此物为雨伞。

黑不是，白不是，红黄更不是，和狐狼猫狗仿佛，既非家畜，又非野兽
诗也有，词也有，论语上也有，对东西南北模糊，虽是短文，亦是妙文——纪昀

　　猜谜趣联。上联隐一"猜"字，下联隐一"谜"字。

第十六章　修养对联

治学联

笔力千军阵　　　　　勤是摇钱树　　　　　藤根揉就充书架
词源万马兵　　　　　俭为聚宝盆　　　　　蕉叶斜分作砚田

把酒时看剑　　　　　养心莫如寡欲　　　　帘外五更风雨冷
焚香夜读书　　　　　温故乃能知新　　　　案头三尺笔墨浓

闻鸡晨舞剑　　　　　万卷古今消永昼　　　学海无涯勤是岸
借萤夜著书　　　　　一窗昏晓送流年　　　云程有路志为梯

靖光依日月　　　　　两脚踏中西文化　　　少年不经勤学苦
逸思绕风云　　　　　一心评宇宙文章　　　老来方悔读书迟

花心起墨晕　　　　　浮沉宦海为鸥鸟　　　脚下行程千里远
春色散毫端　　　　　生死书丛似蠹虫　　　腹中贮书万卷多

无言先立意　　　　　家少楼台无地起　　　临老常有身健日
未啸已生风　　　　　案余灯火有天知　　　读书偏爱夜长时

落笔撼五岳　　　　　书山有路勤为径　　　胸藏万汇凭吞吐
成诗凌九洲　　　　　学海无涯苦作舟　　　笔有千钧任翕张

立品同白玉　　　　　才知源海文始为　　　笔底一诗可撼世
读书到青云　　　　　腹有诗书气自华　　　中庭半弓能容天

道德为原本　　　　　书到用时方恨少　　　白菊开时习作画
知识极诚明　　　　　事非经过不知难　　　黄鹂啭后效吟诗

立德齐今古　　　　　挥笔应书民心愿　　　虽云智慧生灵府
藏书教子孙　　　　　凝神当思国前程　　　更须功夫在笔端

传家有道惟存厚　　　有关家国书常读　　　贫不学吝，默无过言
处世无奇但率真　　　无益身心事莫为　　　解经以理，校字如仇

黑发不知勤学早　　　与有肝胆人共事　　　催笋成竹，润花著果
白头方悔读书迟　　　从无字句处读书　　　功深百炼，才具千钧

立志不随流俗转　　　妙墨悬漏，雄才吐珠　　　何物动人二月杏花八月桂
留心学到古人难　　　砚磨雾起，笺染云生　　　有谁催我三更灯火五更鸡

宝剑锋从磨砺出　　　杯浮梅蕊，诗凝雪花　　　贵有恒何必三更眠五更起
梅花香自苦寒来　　　词近愈远，意浅偏深　　　最无益莫过一日曝十日寒

板凳要坐十年冷　　　韵耐春风，清宜夜雨
文章不写半句空　　　学知不足，业精于勤

治家联

持家须勤俭　　　一生勤为本　　　爱子先当训子
学习贵有恒　　　万代诚作基　　　起家应念保家

家世留清白　　　德从宽处积　　　课子课孙先课己
子弟成奢华　　　福向俭中求　　　成仙成佛且成人

勤俭是美德　　　子孙贤族乃大　　　兄弟和其中自乐
劳动最光荣　　　兄弟睦家之肥　　　子孙贤此外何求

勤俭黄金本　　　观寝兴于早晚　　　忍而和齐家善策
诗书丹桂根　　　识家世之隆衰　　　勤与俭创业良图

谦心皆乐事　　　万事惟求和气　　　举家肃穆天伦乐
容膝即安居　　　一家共乐春风　　　同室龃龉外侮乘

第十六章　修养对联

入世须才更须节　　　修德不矜官位重　　　敬胜怠吉怠胜敬灭
传家积德还积书　　　克家惟在子孙贤　　　俭入奢易奢入俭难

创业维艰崇节俭　　　创业艰辛须勤俭　　　康乐合亲皆大欢喜
守成不易戒奢华　　　求知深广要谦虚　　　富贵寿考长宜子孙

有无不争家之乐　　　兴家犹如针挑土　　　德树心田家常种福
上下相亲国乃康　　　败家好似浪淘沙　　　香浮学圃人尽锄经

教子教孙须教义　　　成家勿谓立家难　　　摇钱树出自勤劳者
积善积德胜积钱　　　养子应知教子严　　　聚宝盆归于节俭家

教子课孙定我分　　　有品德方有威信　　　相见以诚相率无敬
读书为善做人家　　　能节约才能富裕　　　毋蔽于溺毋刻于微

贫不卖书留子读　　　自有图书生计足　　　民生在勤勤则不匮
老犹栽竹与人看　　　长留风雨举家清　　　善虑以动动维厥时

雍容合度百为礼　　　传家有道惟存厚　　　道德一经首重在俭
姑息存心不是恩　　　处事无奇但率真　　　损益诸义无大于谦

藏书万卷可教子　　　天地间勤俭最贵　　　家有常业虽饥不饿
买地十亩皆种松　　　家庭中教爱为先　　　心无偏见既和且平

勤俭承先人懿范　　　争端悉泯多因让　　　心术不可得罪于天地
耕读立后辈良图　　　和气流行自致祥　　　言行要留好样于儿孙

长令子孙亲有德　　　祖考贻谋惟勤与俭　　　勤劳节俭乃治家上策
自耽诗酒乐生平　　　天伦乐事既翕且耽　　　礼貌谦让为处世良规

浪费犹如河决口　　　处事无奇唯忠唯恕　　　德为至宝一生用不尽
节约好比燕衔泥　　　治家有道克俭克勤　　　心作良田百世耕有余

何须田宅新编甲　　　百事清平无非令德
但愿儿孙惯识丁　　　一家和乐即是大年

399

处世联

世途惊险诚为马
人海迷茫善作舟

月无贫富家家有
燕不炎凉岁岁来

结友交朋冰心慧眼
做人处世霁月光风

世道难行须谨慎
情关可渡莫轻浮

做人谦恭持骨气
处世踏实摈虚伪

静气得兰清风引竹
朗怀映日和气当春

嘴贱行偏难处事
心宽性善可容人

龙游浅滩遭虾戏
虎落平阳被犬欺

静以养性俭以树德
入则笃行出则友贤

与人最宜宽一丈
用权且须留三分

马行无力皆因瘦
人不风流只为贫

酒能成事酒能败事
水可载舟水可覆舟

用心计较般般易
退步思量事事难

人恶人怕天不怕
人善人欺天不欺

酒能弄性仙家饮之
酒也乱性佛家戒之

渔樵以外清景少
松竹之间风骨多

好大喜功终为怨府
贪多务得哪有闲时

乐此幽闲与年无尽
化其躁妄得气之利

与世不言人所短
临文期集古之长

护体面不如重廉耻
求医药莫若养性情

莲出绿波有君子德
兰生幽谷为众人香

欲无后悔须修己
各有前因莫羡人

既动复止初念不及
自昧而明群疑尽除

片言九鼎源于智慧
一诺千金始自信诚

欲知世味须尝胆
不识人情且卧薪

俭可助廉勤可补拙
恭以持己恕以待人

清品犹兰虚怀若竹
澄襟似水朗抱凝冰

喻义自无非理事
爱名常葆不贪心

见人之过若己有失
于理既得即心所安

事后扪心，常思己过
众前闭口，莫论人非

第十六章 修养对联

交友交心，岂可图名抛大义
见仁见智，莫因逆耳拒良言

养性修心，莫行害理伤天事
循规守矩，应做通情重义人

乐道安贫，喜同君子谈今古
亲贤近善，羞与小人论是非

励志联

病贫知朋友
乱离识爱情

唇齿相依关共运
戚欣与共胜天伦

人间岁月闲难得
天下知交老更深

朋友千个少
冤家一个多

得意客来情不厌
知心人到话投机

万两黄金容易得
一个知心最难寻

守道不封己
择交如求师

观人不可以貌取
治学岂能无心为

少壮不经勤学苦
老来方悔读书迟

岁寒知松柏
患难见交情

好书如酒益心性
良友似镜正言行

满屋诗书添丽景
盈门桃李笑春风

交以诚接以礼
近者悦远者来

交情深重金相似
诗韵铿锵玉不如

学海千秋勤汲取
心田万亩好耕耘

交友应学人长
处事当克己短

良友如书时须读
知己似酒常宜醉

赤诚招来飞鸿落
深情激得玉石开

情深宁任肝肠断
义重何惜头颅折

学海心航万里鹏程千里马
书山志上三更灯火五更鸡

401

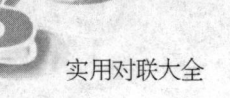

劝人休藐视书生一院春风真事业
诸公已大偿宿愿万间广厦亦经纶

寒柳初芽看阵阵和风吹发枝枝桃李
白驹过隙愿莘莘学子珍惜寸寸光阴

天下事不难为且登玉峰巅打开新世界
人之大莫如耻要从诗书里做个好男儿

气节联

少时饱经雪雨
老来不畏风霜

创业维艰崇节俭
守成不易戒奢华

见飞絮落花莫愁春残色褪
仰苍松翠柏当效亮节高风

梦想本是心中想
无奈文章表出来

人情间劳动为贵
世事经多蜀道平

万事莫如为善乐
百花争比读书香

不求金玉重重贵
但教儿孙个个贤

自古磨难成才女
历来纨绔少奇男

心地光明千丈霁
家庭和睦四时春

修身联

秉心真实
矢口贞诚

把酒知今是
观书悟昨非

心平欲不侵
气和意自安

海量由船荡
宽怀任马驰

长笑对高柳
贞心比古松

待人胜待己
推腹更推心

第十六章 修养对联

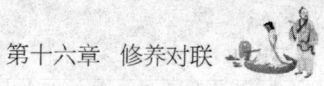

心在水晶域
直如朱丝绳

君子善饮贵斟酌
酒徒贪杯贱名节

学不自满可言博
修而无我能达道

不息身方健
无私心自宽

胸阔千愁似粟粒
心轻万事如鸿毛

利人时出平常语
修己常存改过心

心静笔墨老
人闲字句工

开怀一笑天下事
闭口不论世上人

学浅自知能事少
礼疏常觉慢人多

无欲而名立
理得则心安

修身岂为名传世
作事唯思利及人

利刀割体痕易合
恶语伤人恨难消

不矜威益重
无私功自高

得失一笑任之乎
成败静观随其然

学当自发不为名
善应心甘非图报

心淡神如水
恩重义是天

为人应怀度人志
处世当持济世心

文当以精神贯古今
人须凭道义擎天地

不俗即仙骨
多情乃佛心

坎坷人生作笑骂
鬼狐文章写春秋

知事晓事不多事太平无事
忍人让人不欺人方可为人

心净得真趣
意闲识安乐

虚心竹有低头叶
傲骨梅无仰面花

酌酒杜烟八秩老翁无芥疾
清心寡欲四时佳兴乐松年

鄙帚尝自珍
糟糠多相惜

苦海有浪随欲起
清心无痕共岸生

笑则喜颜回
忍而宽子路

虚竹幽兰生静气
和风朗月喻天怀

气忌躁言忌浮才忌满学忌浅

不随时俯仰
自得古风流

了去烦恼即正果
忘却生死是菩提

胆欲大心欲细智欲圆行欲方

心净知雪白
意淡识松青

旷心将江海齐远
宏量与宇宙同宽

杯中酒滴滴均醇美酌量而饮

403

盘中餐粒粒皆辛苦弃　生在勤
之可惜

醴泉无源芝草无根人　为何事
贵自立

流水不腐户枢不蠹民　遇好人

百折不回头遇事虚怀
且静坐抚良心今日所　观一是

三思方举步与人和气
莫乱行从正道前途自　察群言

附　录

一、中国传统节日

春　节

春节，即农历新年，是我国最盛大、最热闹的一个古老传统节日。俗称"过年"。一般指除夕和正月初一。按照我国农历，正月初一是"岁之元，月之元，时之元"，是一年的开始。传统的庆祝活动则从除夕一直持续到正月十五元宵节。

每到除夕，家家户户阖家欢聚，一起吃年夜饭，称"团年"。然后一起守岁，叙旧话新，互相祝贺鼓励。当新年来临时，爆竹烟花将节日的喜庆气氛推向高潮。

我国北方地区在此时有吃饺子的习俗，取"更岁交子"之意。而南方有吃年糕的习惯，象征生活步步高。守岁达旦，喜贴春联，敲锣打鼓，张灯结彩，送旧迎新的活动热闹非凡。另外，各地还有互相登门拜年，舞狮子，耍龙灯，演社火，逛花市，赏灯会等习俗。

扫　尘

"腊月二十四，掸尘扫房子"。据《吕氏春秋》记载，我国在尧舜时代就有春节扫尘的风俗。按民间的说法：因"尘"与"陈"谐音，新春扫尘有"除陈布新"的含义，其用意是要把一切穷运、晦气统统扫出门。这一习俗寄托着人们破旧立新的愿望和辞旧迎新的祈求。

每逢春节来临，家家户户都要打扫屋子，清洗各种器具，拆洗被褥窗帘，洒扫六闾庭院，掸拂尘垢蛛网，疏浚明渠暗沟。到处洋溢着欢欢喜喜搞卫生、干干净净迎新春的欢乐气氛。

贴春联

春联也叫门对、春贴、对联、对子、桃符等，它以工整、对偶、简洁、精巧的文字描绘时代背景，抒发美好愿望，是我国特有的文学形式。每逢春节，无论城市还是农村，家家户户都要精选一幅大红春联贴于门上，为节日增加喜庆气氛。

这一习俗起于宋代，在明代开始盛行，到了清代，春联的思想性和艺术性都有了很大的提高，梁章钜编写的春联专著《楹联丛话》对楹联的起源及各类作品的特色都作了论述。

春联的种类比较多，依其使用场所，可分为门心、框对、横批、春条、斗斤等。"门心"贴于门板上端中心部位；"框对"贴于左右两个门框上；"横批"贴于门楣的横木上；"春条"根据不同的内容，贴于相应的地方；"斗斤"也叫"门叶"，为正方菱形，多贴在家俱、影壁中。

贴窗花和倒贴"福"字

在民间人们还喜欢在窗户上贴上各种剪纸——窗花。窗花不仅烘托了喜庆的节日气氛，也集装饰性、欣赏性和实用性于一体。剪纸在我国是一种很普及的民间艺术，千百年来深受人们的喜爱，因它大多是贴在窗户上的，所以也被称为"窗花"。窗花以其特有的概括和夸张手法将吉事祥物、美好愿望表现得淋漓尽致，将节日装点得红火富丽。

在贴春联的同时，一些人家要在屋门上、墙壁上、门楣上贴上大大小小的"福"字。春节贴"福"字，是我国民间由来已久的风俗。"福"字指福气、福运，寄托了人们对幸福生活的向往，对美好未来的祝愿。为了更充分地体现这种向往和祝愿，有的人干脆将"福"字倒过来贴，表示"幸福已到""福气已到"。民间还有将"福"字精描细做成各种图案的，图案有寿星、寿桃、鲤鱼跳龙门、五谷丰登、龙凤呈祥等。

年　画

　　春节挂贴年画在城乡也很普遍，浓墨重彩的年画给千家万户平添了许多兴旺欢乐的喜庆气氛。年画是我国的一种古老的民间艺术，反映了人民朴素的风俗和信仰，寄托着他们对未来的希望。年画，也和春联一样，起源于"门神"。

　　随着木板印刷术的兴起，年画的内容已不仅限于门神之类单调的主题，变得丰富多彩，在一些年画作坊中产生了《福禄寿三星图》《天官赐福》《五谷丰登》《六畜兴旺》《迎春接福》等精典的彩色年画，以满足人们喜庆祈年的美好愿望。我国出现了年画三个重要产地——苏州桃花坞，天津杨柳青和山东潍坊，形成了中国年画的三大流派，各具特色。

　　现今我国收藏最早的年画是南宋《随朝窈窕呈倾国之芳容》的木刻年画，画的是王昭君、赵飞燕、班姬和绿珠四位古代美人。民间流传最广的是一幅《老鼠娶亲》的年画。描绘了老鼠依照人间的风俗迎娶新娘的有趣场面。民国初年，上海郑曼陀将月历和年画二者结合起来，这是年画的一种新形式。这种合二而一的年画，以后发展成挂历，至今风靡全国。

守　岁

　　除夕守岁是最重要的年俗活动之一，守岁之俗由来已久。最早记载见于西晋周处的《风土志》：除夕之夜，各相与赠送，称为"馈岁"；酒食相邀，称为"别岁"；长幼聚饮，祝颂完备，称为"分岁"；大家终夜不眠，以待天明，称为"守岁"。

　　"一夜连双岁，五更分二天"，除夕之夜，全家团聚在一起，吃过年夜饭，点起蜡烛或油灯，围坐炉旁闲聊，等着辞旧迎新的时刻。通宵守夜，象征着把一切邪瘟病疫照跑驱走，期待着新的一年吉祥如意。这种习俗后来逐渐盛行，到唐朝初期，唐太宗李世民写有"守岁"诗："寒辞去冬雪，暖带入春风"。直到今天，人们还习惯在除夕之夜守岁迎新。

　　古时守岁有两种含义：年长者守岁为"辞旧岁"，有珍爱光阴的意思；年轻人守岁，是为延长父母寿命。自汉代以来，新旧年交替的时刻一般为夜半时分。

爆　竹

　　中国民间有"开门爆竹"一说。即在新的一年到来之际，家家户户开门的第一件事就是燃放爆竹，以哔哔叭叭的爆竹声除旧迎新。爆竹是中国特产，亦称"爆仗""炮仗""鞭炮"。其起源很早，至今已有两千多年的历史。

放爆竹可以制造出喜庆热闹的气氛，是节日的一种娱乐活动，可以给人们带来欢愉和吉利。随着时间的推移，爆竹的应用越来越广泛，品种花色也日见繁多，每逢重大节日及喜事庆典，以及婚嫁、建房、开业等，都要燃放爆竹以示庆贺，图个吉利。现在，湖南浏阳、广东佛山和东尧、江西的宜春和萍乡、浙江温州等地区是我国著名的花炮之乡，生产的爆竹花色多、品质高，不仅畅销全国，而且远销海外。

拜 年

新年的初一，人们都早早起来，穿上最漂亮的衣服，打扮得整整齐齐，出门去走亲访友，相互拜年，恭祝新的一年大吉大利。拜年的方式多种多样，有的是族长带领若干人挨家挨户地拜年；有的是同事相邀几个人去拜年；也有大家聚在一起相互祝贺，称为"团拜"。由于登门拜年费时费力，后来一些上层人物和士大夫便使用名贴相互投贺，由此发展出来后来的"贺年片"。

春节拜年时，晚辈要先给长辈拜年，祝长辈人长寿安康，长辈可将事先准备好的压岁钱分给晚辈，据说压岁钱可以压住邪祟，因为"岁"与"祟"谐音，晚辈得到压岁钱就可以平平安安度过一岁。

压岁钱有两种，一种是以彩绳穿线编作龙形，置于床脚，此记载见于《燕京岁时记》；另一种是最常见的，即由家长用红纸包裹分给孩子的钱。压岁钱可在晚辈拜年后当众赏给，亦可在除夕夜孩子睡着时，由家长偷偷地放在孩子的枕头底下。现在长辈为晚辈分送压岁钱的习俗仍然盛行。

春节食俗

在古代的农业社会里，大约自腊月初八以后，家庭主妇们就要忙着张罗过年的食品了。因为腌制腊味所需的时间较长，所以必须尽早准备，我国许多省份都有腌腊味的习俗，其中又以广东省的腊味最为著名。

蒸年糕，年糕因为谐音"年高"，再加上有着变化多端的口味，几乎成了家家必备的应景食品。年糕的式样有方块状的黄、白年糕，象征着黄金、白银，寄寓新年发财的意思。

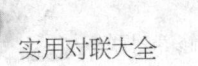

年糕的口味因地而异。北京人喜食江米或黄米制成的红枣年糕、百果年糕和白年糕。河北人则喜欢在年糕中加入大枣、小红豆及绿豆等一起蒸食。山西北部及内蒙古等地，过年时习惯吃黄米粉油炸年糕，有的还包上豆沙、枣泥等馅，山东人则用黄米、红枣蒸年糕。北方的年糕以甜为主，或蒸或炸，也有人干脆蘸糖吃。南方的年糕则甜咸兼具，例如苏州及宁波的年糕，以粳米制作，味道清淡。除了蒸、炸以外，还可以切片炒食或是煮汤。甜味的年糕以糯米粉加白糖、猪油、玫瑰、桂花、薄荷、素蓉等配料，做工精细，可以直接蒸食或是沾上蛋清油炸。

真正过年的前一夜叫团圆夜，离家在外的游子都要不远千里万里赶回家来，全家人要围坐在一起包饺子过年，饺子的做法是先和面做成饺子皮，再用皮包上馅，馅的种类五花八门，各种肉、蛋、海鲜、时令蔬菜等都可入馅，正统的饺子吃法，是清水煮熟，捞起后以调有醋、蒜末、香油的酱油为佐料蘸着吃。也有炸饺子、烙饺子（锅贴）等吃法。因为和面的"和"字就是"合"的意思，饺子的"饺"和"交"谐音，"合"和"交"又有相聚之意，所以用饺子象征团聚合欢，又取更岁交子之意，非常吉利。此外，饺子因为形似元宝，过年时吃饺子，也带有"招财进宝"的吉祥含义。一家大小聚在一起包饺子，话新春，其乐融融。

元宵节

农历正月十五元宵节，又称为上元节、春灯节，是中国汉族民俗传统节日。正月是农历的元月，古人称夜为"宵"，而十五日又是一年中第一个月圆之夜，所以称正月十五为元宵节。元宵之夜，大街小巷张灯结彩，人们赏灯，猜灯谜，吃元宵，成为世代相沿的习俗。

二月二

民间传说，二月二，龙抬头。每逢农历二月初二，是天上主管云雨的龙王抬头的日子。从此以后，雨水会逐渐增多起来。因此，这天就叫"春龙节"。我国北方广泛地流传着"二月二，龙抬头；大仓满，小仓流"的民谚。

第十六章 修养对联

清明节

清明节是中国民间传统节日,是重要的"八节"(上元、清明、立夏、端午、中元、中秋、冬至、除夕)之一。清明的前一天或两天称寒食节。两节恰逢阳春三月,春光明媚,桃红柳绿。寒食节的设立是为了纪念春秋时代晋朝"士甘焚死不公侯"的介子推。清明寒食期间,民间有禁火寒食、祭祖扫墓、踏青郊游等习俗。另外还有荡秋千、放风筝、拔河、斗鸡、戴柳、斗草、打球等传统活动。

端午节

端午节是中国民间的传统节日,在农历五月初五,也叫"端阳""蒲节""天中节""大长节""沐兰节""女儿节""小儿节"。

它是汉族的传统节日之一。此外,端午节还有许多别称,如午日节、重五节、五月节、浴兰节、女儿节、天中节、地腊、诗人节、龙日、艾节、端五、夏节、重午、午日,等等。虽然名称不同,但总体上说,各地人民过节的习俗还是同多于异的。时至今日,端午节仍是中国民间一个十分盛行的隆重节日。

端午节是全年四大节之一。五月是毒月,五日是毒日,五日的中午又是毒时,居三毒之端。端午节又叫"五月端"。五月是整个热天的开端,五毒蛇开始活跃,魑魅魍魉也会猖獗,这些都会给人,特别是无所顾忌又无抵抗能力的孩子带来灾难,必须在五月端这天集中地为孩子消灾防毒,因此,人们又把五月端午节说成"小孩节"或"娃娃节"。

过端午节,是中国人二千多年来的传统习惯,由于地域广大,民族众多,部分蒙古、回、藏、苗、彝、壮、布依、朝鲜、侗、瑶、白、土家、哈尼、畲、拉祜、水、纳西族、达斡尔、仫佬、羌、仡佬、锡伯、普米、鄂温克、裕固、鄂伦春等少数民族也过此节,加上许多故事传说,于是不仅产生了众多相异的节名,而且各地也有着不尽相同的习俗。其内容主要有:女儿回娘家,挂钟馗像,迎鬼船、躲午,贴午叶符,悬挂菖蒲、艾草,游百病,佩香囊,备牲醴,赛龙舟,比武,击球,荡秋千,给小孩涂雄黄,饮用雄黄酒、菖蒲酒,吃五毒饼、咸蛋、粽子和时令鲜果等,除了有迷信色彩的活动渐已消失外,其余至今流传中国各地及邻近诸国。有些活动,如赛龙舟等,已得到新的发展,突破了时间、地域界限,成为国际性的体育赛事。

端午节正式被韩国申请为非物质文化遗产，并已获得成功，这对我们中国人本国文化遗产的保护也是一次深刻的教训。

【端午节由来】

端午节是古老的传统节日，始于中国的春秋战国时期，至今已有2000多年历史。端午节的由来与传说很多，这里仅介绍以下四种。

1. 源于纪念屈原

据《史记》"屈原贾生列传"记载，屈原，是战国时期楚怀王的大臣。他倡导举贤授能，富国强兵，力主联齐抗秦，遭到贵族子兰等人的强烈反对，屈原遭谗去职，被赶出都城，流放到沅、湘流域。他在流放中，写下了忧国忧民的《离骚》《天问》《九歌》等不朽诗篇，独具风貌，影响深远（因而，端午节也称诗人节）。公元前278年，秦军攻破楚国京都。屈原眼看自己的祖国被侵略，心如刀割，但是始终不忍舍弃自己的祖国，于五月五日，在写下了绝笔作《怀沙》之后，抱石投汨罗江身死，以自己的生命谱写了一曲壮丽的爱国主义乐章。

传说屈原死后，楚国百姓哀痛异常，纷纷拥到汨罗江边去凭吊屈原。渔夫们划起船只，在江上来回打捞他的尸身。有位渔夫拿出为屈原准备的饭团、鸡蛋等食物，"扑通、扑通"地丢进江里，说是让鱼龙虾蟹吃饱了，就不会去咬屈大夫的身体了。人们见后纷纷仿效。一位老医师则拿来一坛雄黄酒倒进江里，说是要药晕蛟龙水兽，以免伤害屈大夫。后来为怕饭团为蛟龙所食，人们想出用楝树叶包饭、外缠彩丝的办法，后来发展成粽子。

以后，在每年的五月初五，就有了龙舟竞渡、吃粽子、喝雄黄酒的风俗，以此来纪念爱国诗人屈原。

2. 源于纪念伍子胥

端午节的第二个传说，在江浙一带流传很广，是纪念春秋时期（公元前770—前476年）的伍子胥。伍子胥名员，楚国人，父兄均为楚王所杀，后来子胥投奔吴国，助吴伐楚，五战而入楚都郢城。当时楚平王已死，子胥掘墓鞭尸三百，以报杀父兄之仇。吴王阖闾死后，其子夫差即位，吴军士气高昂，百战百胜，越国大败，越王勾践请和，夫差许之。子胥建议应彻底消灭越国，夫差不听，吴国太宰受越国贿赂，谗言陷害子胥，夫差信之，赐子胥宝剑，子胥以此死。子胥本为忠良，视死如归，在死前对门客说："我死后，将我眼睛挖出悬挂在吴京之东门上，以看越国军队入城灭吴。"便自刎而死，夫差闻言大怒，令取子胥之尸体装在皮革里于五月五日投入大江。因此相传端午节亦为纪念伍子胥之日。

3. 源于纪念孝女曹娥

端午节的第三个传说，是为纪念东汉（公元23—220年）孝女曹娥救父投江。曹娥是东汉上虞人，父亲溺于江中，数日不见尸体，当时孝女曹娥年仅十四岁，昼夜沿江号哭。过了十七天，在五月五日投江，五日后抱出父尸。就此传为神话，继而相传至县府知事，令度尚为之立碑，让他的弟子邯郸淳作诔辞颂扬。

孝女曹娥之墓，在今浙江绍兴，后传曹娥碑为晋王义所书。后人为纪念曹娥的孝节，在曹娥投江之处兴建曹娥庙，她所居住的村镇改名为曹娥镇，曹娥殉父之处定名为曹娥江。

4. 源于古越民族图腾祭

近代大量出土文物和考古研究证实：长江中下游广大地区，在新石器时代，有一种以几何印纹陶为特征的文化遗存。该遗存的族属，据专家推断是一个崇拜龙的图腾的部族——史称百越族。出土陶器上的纹饰和历史传说示明，他们有断发文身的习俗，生活于水乡，自比是龙的子孙。其生产工具，大量的还是石器，也有铲、凿等小件的青铜器。作为生活用品的坛坛罐罐中，烧煮食物的印纹陶鼎是他们所特有的，是他们族群的标志之一。直到秦汉时代尚有百越人，端午节就是他们创立用于祭祖的节日。在数千年的历史发展中，大部分百越人已经融合到汉族中了，其余部分则演变为南方许多少数民族，因此，端午节成了全中华民族的节日。

【端午节习俗】

我国民间过端午节是较为隆重的，庆祝的活动也很丰富，从早晨天蒙蒙亮开始，一直持续到正午才结束。比较普遍的活动有以下形式。

1. 赛龙舟

赛龙舟，是端午节的主要习俗。相传起源于古时楚国人因舍不得贤臣屈原投江死去，许多人划船追赶拯救。他们争先恐后，追至洞庭湖时不见踪迹。之后每年五月五日划龙舟以纪念之。借划龙舟驱散江中之鱼，以免鱼吃掉屈原的身体。竞渡之习，盛行于吴、越、楚。

其实，"龙舟竞渡"早在战国时代就有了。在急鼓声中划刻成龙形的独木舟，

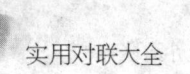

做竞渡游戏，以娱神与乐人，是祭仪中半宗教性、半娱乐性的节目。

后来，赛龙舟除纪念屈原之外，在各地人们还赋予了不同的寓意。

江浙地区划龙舟，兼有纪念当地出生的近代女民主革命家秋瑾的意义。龙船上，张灯结彩，来往穿梭，水上水下，情景动人，别具情趣。贵州苗族人民在农历五月二十五日至二十八日举行"龙船节"，以庆祝插秧胜利和预祝五谷丰登。云南傣族同胞则在泼水节赛龙舟，纪念古代英雄岩红窝。不同民族、不同地区，划龙舟的传说有所不同。直到今天在南方的不少临江河湖海的地区，每年端节都要举行富有自己特色的龙舟竞赛活动。

清乾隆二十九年（1736年），台湾开始举行龙舟竞渡。当时台湾知府蒋元君曾在台南市法华寺半月池主持友谊赛。现在台湾每年五月五日都举行龙舟竞赛。在香港，也举行竞渡。

此外，划龙舟也先后传入邻国日本、越南等及英国。1980年，赛龙舟被列入中国国家体育比赛项目，并每年举行"屈原杯"龙舟赛。1991年6月16日（农历五月初五），在屈原的第二故乡中国湖南岳阳市，举行首届国际龙舟节。在竞渡前，举行了既保存传统仪式又注入新的现代因素的"龙头祭"。"龙头"被抬入屈子祠内，由运动员给龙头"上红"（披红带）后，主祭人宣读祭文，并为龙头"开光"（即点睛）。然后，参加祭龙的全体人员三鞠躬，龙头即被抬去汨罗江，奔向龙舟赛场。此次参加比赛、交易会和联欢活动的多达60余万人，可谓盛况空前。尔后，湖南便定期举办国际龙舟节。赛龙舟将盛传于世。

2. 端午食粽

端午节吃粽子，这是中国人民的又一传统习俗。粽子，又叫"角黍""筒粽"。其由来已久，花样繁多。

据记载，早在春秋时期，用菰叶（茭白叶）包黍米成牛角状，称"角黍"；用竹筒装米密封烤熟，称"筒粽"。东汉末年，以草木灰水浸泡黍米，因水中含碱，用菰叶包黍米成四角形，煮熟，成为广东碱水粽。

晋代，粽子被正式定为端午节食品。这时，包粽子的原料除糯米外，还添加了中药益智仁，煮熟的粽子称"益智粽"。时人周处《岳阳风土记》记载："俗以菰叶裹黍米……煮之，合烂熟，于五月五日至夏至啖之，一名粽，一名黍。"南北朝时期，出现杂粽，米中掺杂禽兽肉、板栗、红枣、赤豆等，品种增多。粽子还用作交往的礼品。

到了唐代，粽子的用米，已"白莹如玉"，其形状出现锥形、菱形。日本文献中就记载有"大唐粽子"。宋朝时，已有"蜜饯粽"，即果品入粽。诗人苏东坡有"时于粽里见杨梅"的诗句。这时还出现用粽子堆成楼台亭阁、木车牛马作的广告，说明宋代吃粽子已很时尚。元、明时期，粽子的包裹料已从菰叶变革为箬叶，后来又出现用芦苇叶包的粽子，附加料已出现豆沙、猪肉、松子仁、枣子、胡桃等等品种更加丰富多彩。

端午节的早晨家家吃粽子纪念屈原，一般是前一天把粽子包好，夜间煮熟，早晨食用。包粽子主要是用河塘边盛产的嫩芦苇叶，也有用竹叶的，统称粽叶。粽子的传统形式为三角形，一般根据内瓤命名，包糯米的叫米粽，米中掺小豆的叫小豆粽，掺红枣的叫枣粽——枣粽谐音为"早中"，所以吃枣粽的最多，意在读书的孩子吃了可以早中状元。过去读书人参加科举考试的当天，早晨都要吃枣粽，至今中学、大学入学考试日的早晨，家长亦要做枣粽给考生吃。

煮粽子的锅里一定要煮鸡蛋，有条件的还要再煮些鸭蛋、鹅蛋，吃过蘸糖的甜粽之后，要再吃蘸盐的鸡蛋"压顶"。据说吃五月端午节粽锅里的煮鸡蛋，主夏天不生疮；把粽子锅里煮的鸭蛋、鹅蛋放在正午时的阳光下晒一会再吃，整个夏天不头痛。

一直到今天，每年五月初，中国百姓家家都要浸糯米、洗粽叶、包粽子，其花色品种更为繁多。从馅料看，北方有多包小枣的北京枣粽，南方则有豆沙、鲜肉、火腿、蛋黄等多种馅料，其中以浙江嘉兴粽子为代表。吃粽子的风俗，千百年来，在中国盛行不衰，而且流传到朝鲜、日本及东南亚诸国。

3. 佩香囊

端午节小孩佩香囊，传说有避邪驱瘟之意，实际是用于襟头点缀装饰。香囊内有朱砂、雄黄、香药，外包以丝布，清香四溢，再以五色丝线弦扣成索，作各种不同形状，结成一串，形形色色，玲珑可爱。在中国某些南方城市，青年男女还用香囊来表达爱意。

4. 悬艾叶菖蒲

民谚说："清明插柳，端午插艾"。在端午节，人们把插艾和菖蒲作为重要内容之一。家家都洒扫庭院，以菖蒲、艾条插于门楣，悬于堂中。并用菖蒲、艾叶、

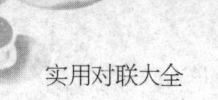

榴花、蒜头、龙船花，制成人形或虎形，称为艾人、艾虎；制成花环、佩饰，美丽芬芳，妇人争相佩戴，用以驱瘴。

艾，又名家艾、艾蒿。它的茎、叶都含有挥发性芳香油。它所产生的奇特芳香，可驱蚊蝇、虫蚁，净化空气。中医学上以艾入药，有理气血、暖子宫、祛寒湿的功能。将艾叶加工成"艾绒"，是灸法治病的重要药材。

菖蒲是多年生水生草本植物，它狭长的叶片也含有挥发性芳香油，是提神通窍、健骨消滞、杀虫灭菌的药物。

可见，古人插艾和菖蒲是有一定防病作用的。端午节也是自古相传的"卫生节"，人们在这一天洒扫庭院，挂艾枝，悬菖蒲，洒雄黄水，饮雄黄酒，激浊除腐，杀菌防病。这些活动也反映了中华民族的优良传统。端午节上山采药，则是我国各国个民族共同的习俗。

5. 悬钟馗像

钟馗捉鬼，是端午节习俗。在江淮地区，家家都悬钟馗像，用以镇宅驱邪。唐明皇开元，自骊山讲武回宫，疟疾大发，梦见二鬼，一大一小，小鬼穿大红无裆裤，偷杨贵妃之香囊和明皇的玉笛，绕殿而跑。大鬼则穿蓝袍戴帽，捉住小鬼，挖掉其眼睛，一口吞下。明皇喝问，大鬼奏曰：臣姓钟馗，即武举不第，愿为陛下除妖魔，明皇醒后，疟疾痊愈，于是令画工吴道子照梦中所见画成钟馗捉鬼之画像，通令天下于端午时，一律张贴，以驱邪魔。

6. 挂荷包和拴五色丝线

应劭《风俗通》记载："五月五日，以五彩丝系臂，一名长命缕，一名续命缕，一名辟兵缯，一名五色缕，一名朱索，辟兵及鬼，令人不病瘟"。

中国古代崇拜五色，以五色为吉祥色。因而，节日清晨，各家大人起床后第一件大事便是在孩子手腕、脚腕、脖子上拴五色线。系线时，禁忌儿童开口说话。五色线不可任意扯断或丢弃，只能在夏季第一场大雨或第一次洗澡时，抛到河里。据说，戴五色线的儿童可以避开蛇蝎类毒虫的伤害；扔到河里，意味着让河水将瘟疫、疾病冲走，儿童由此可以保安康。

孟元老的《东京梦华录》卷八记载：端午节物，百索、艾花、银样鼓儿、花花巧画扇，香糖果子、粽小、白团。紫苏、菖蒲、木瓜、并皆茸切，以香药相和，用梅红匣子盛裹。自五月一日及端午前一日，卖桃、柳、葵花、蒲叶、佛道艾。

次日家家铺陈于门首，与五色水团、茶酒供养。又钉艾人于门上，士庶递相宴赏。

陈示靓的《岁时广记》引《岁时杂记》提及一种"端五以赤白彩造如囊，以彩线贯之，搐使如花形，或戴或钉门上，以禳赤口白舌，又谓之搐钱"。以及另一种"蚌粉铃"："端五日以蚌粉纳帛中，缀之以绵，若数珠。令小儿带之以吸汗也。"这些随身携带的袋囊内容物几经变化，从吸汗的蚌粉、驱邪的灵符、铜钱，辟虫的雄黄粉，发展成装有香料的香囊，制作也日趋精致，成为端午节特有的民间工艺品。

类似还有饮雄黄酒：此种习俗，在长江流域地区的人家很盛行。游百病：此种习俗，盛行于贵州地区的端午习俗。

7. 躲五

农历五月，酷暑将临，瘟疫毒虫滋生，古时称五月为"恶月"。并认为五月初五日是不吉利的日子。这一天父母要将未满周岁的儿童带到外婆家躲藏，以避不吉。

8. 送时

中原地区端阳节到来之际，凡新嫁姑娘之娘家，在节前或节日里要给男方送草帽、雨伞扇子、凉席等物以备防热防雨，故端阳节又称作"送时节"。

9. 驱五毒

五毒是指蝎子、蜈蚣、毒蛇、虾蟆、壁虎五种毒虫。"端阳节，天气热，五毒醒、不安宁。"所以到端阳节这天人们便在门上贴上纸剪的五毒图像，以避其毒。有些地方还要把五毒图的头上再扎上一根针，表示要把它们钉死除掉。驱五毒反映了人们除害防病的良好愿望。

10. 滚吃鸡鸭鹅蛋

全国各地均为流行。端午早晨，东北一带是由长者将煮熟的鸡鸭鹅蛋放在儿童的肚皮上滚动，然后剥皮让儿童吃下，据说这样做可免去儿童的肚子疼，实则为节日的一种嬉儿游戏。其他地区均以煮食为主，据说原为投入河水中饲喂鱼虾而拯救屈原，以免其尸骨为鱼虾所害，后演化为煮食纪念。

11. 煮大蒜

大蒜是一种中药，味辛甘，能杀毒灭菌，熟食能清肠胃毒素，疏通血脉。端阳节早晨，全国大部分地区的习俗是煮食新蒜头，以疏通血脉。

12. 破火眼

江苏南京一带端午节习俗。是日，在一碗清水里放适量雄黄，丢进两枚铜钱，全家人用此水洗眼，据说可以防治眼病。雄黄有杀菌灭毒的功效，这样做有一定的好处。

13. 游百病

贵州地区端午风俗。端阳节这天男女老幼都要穿上新衣、带上食品到外面游玩一天，并在山间田野采集野花香草，晚上带回用水煮后洗澡。当地人称此举为游百病或洗百病，并认为这样做会使一年内吉利平安。

14. 剪彩葫芦

用彩色纸剪成葫芦状，于端阳节倒贴于门首，取将毒气倒出之意。

15. 悬钟馗像

相传钟馗为唐代人，到长安应试考中状元，因其貌不扬而被废，愤而触殿阶而亡。后来托梦给唐明皇，决心歼除天下魔鬼。当时皇宫内正闹鬼邪，唐明皇召大画家吴道子依梦中所见，画《钟馗捉鬼图》，并将此画悬挂后宰门用以驱妖镇邪，宫中遂得安宁。唐明皇加封钟馗为"驱魔大神"，钟馗像因此遍行天下，剪除鬼魅，立下大功，后神话传说被玉帝封为"驱魔帝君"。人们在端阳节悬挂钟馗像，用来镇鬼避邪，希求家庭平安。

16. 饮雄黄酒

雄黄是一种中药材，中医药书籍说雄黄能治百虫毒、虫兽伤，故民间有"饮了雄黄酒，百病都远走""五月五日饮雄黄菖蒲酒，可除百疾而禁百虫""带雄黄进山不怕蛇"等俗言。在碘酒未发明的年代，我国人民就是用白酒调配雄黄和白矾水来涂抹毒虫蜇伤和蚊叮虫咬的。人们熟悉的《白蛇传》曾描绘：端阳节，许仙听信了法海的话，让白娘子饮了雄黄酒而显露出了原形。现在不少地方在端阳节还要在屋内外喷洒雄黄水，并在儿童的耳、鼻、额头上涂抹雄黄。不过据现代科学分析，雄黄有毒，不宜内服。

七夕节

每年农历七月初七这一天是我国汉族的传统节日七夕节。传说在这天，天下的喜鹊在银河上搭成一座鹊桥，牛郎和织女才能相见。这个美好的传说始于汉朝，经过千余年的代代相传，已深入人心。

这一天，民间有向织女乞巧的习俗。一般是比赛穿针引线，看谁更心灵手巧。因此，七夕又叫乞巧节或女儿节。每到七夕将至，牵牛和织女二星都竟夜经天，直至太阳升起才隐退，因而又被喻为人间离别的夫妻相会。

中秋节

中秋节，中国传统节日，为每年农历八月十五。中秋之夜，除了赏月、祭月、吃月饼，有些地方还有舞草龙、砌宝塔等活动。

除月饼外，各种时令鲜果干果也是中秋夜的美食。此夜，人们仰望如玉如盘的明月，自然会期盼家人团聚。远在他乡的游子，也借此寄托自己对故乡和亲人的思念之情。所以，中秋又称"团圆节"。

【中秋节简介】

每年农历八月十五日，是传统的中秋佳节。这时是一年秋季的中期，所以被称为中秋。在中国的农历里，一年分为四季，每季又分为孟、仲、季三个部分，因而中秋也称"仲秋"。八月十五的月亮比其他几个月的满月更圆、更明亮，所以又叫作"月夕""八月节"。此夜，人们仰望天空如玉如盘的朗朗明月，自然会期盼家人团聚。远在他乡的游子，也借此寄托自己对故乡和亲人的思念之情。所以，中秋又称"团圆节"。

我国人民在古代就有"秋暮夕月"的习俗。夕月，即祭拜月神。到了周代，每逢中秋夜都要举行迎寒和祭月。设大香案，摆上月饼、西瓜、苹果、红枣、李子、葡萄等祭品，其中月饼和西瓜是绝对不能少的。西瓜还要切成莲花状。在月下，将月亮神像放在月亮的那个方向，红烛高燃，全家人依次拜祭月亮，然后由当家主妇切开团圆月饼。切的人预先算好全家共有多少人，在家的，在外地的，都要算在一起，不能切多也不能切少，大小要一样。

相传古代齐国丑女无盐，幼年时曾虔诚拜月，长大后，以超群品德入宫，但未被宠幸。某年八月十五赏月，天子在月光下见到她，觉得她美丽出众，后立她为皇后，中秋拜月由此而来。月中嫦娥，以美貌著称，故少女拜月，愿"貌似嫦娥，面如皓月"。

在唐代，中秋赏月、玩月颇为盛行。在北宋京师。八月十五夜，满城人家，不论贫富老小，都要穿上成人的衣服，焚香拜月说出心愿，祈求月亮神的保佑。南宋，民间以月饼相赠，取团圆之义。有些地方还有舞草龙、砌宝塔等活动。明清以来，中秋节的风俗更加盛行，许多地方形成了烧斗香、树中秋、点塔灯、放天灯、走月亮、舞火龙等特殊风俗。

今天，月下游玩的习俗，已远没有旧时盛行。但设宴赏月仍很盛行，人们把酒问月，庆贺美好的生活，或祝远方的亲人健康快乐，和家人"千里共婵娟"。

中秋节的习俗很多，形式也各不相同，但都寄托着人们对生活无限的热爱和对美好生活的向往。

【中秋节的习俗】

中秋佳节，人们最主要的活动是赏月和吃月饼了。

1. 赏　月

在唐代，中秋赏月、玩月颇为盛行。在宋代，中秋赏月之风更盛，据《东京梦华录》记载："中秋夜，贵家结饰台榭，民间争占酒楼玩月"。每逢这一日，京城的所有店家、酒楼都要重新装饰门面，牌楼上扎绸挂彩，出售新鲜佳果和精制食品，夜市热闹非凡，百姓们多登上楼台，一些富户人家在自己的楼台亭阁上赏月，并摆上食品或安排家宴，团圆子女，共同赏月叙谈。

明清以后，中秋节赏月风俗依旧，许多地方形成了烧斗香、树中秋、点塔灯、放天灯、走月亮、舞火龙等特殊风俗。

2. 吃月饼

我国城乡群众过中秋都有吃月饼的习俗，俗话有"八月十五月正圆，中秋月饼香又甜"。月饼最初是用来祭奉月神的祭品，"月饼"一词，最早见于南宋吴自牧的《梦粱录》，那时，它也只是像菱花饼一样的饼形食品。后来人们逐渐把中秋赏月与品尝月饼结合在一起，寓意家人团圆的象征。

月饼最初是在家庭制作的，清袁枚在《隋园食单》中就记载有月饼的做法。到了近代，有了专门制作月饼的作坊，月饼的制作越越来越精细，馅料考究，外型美观，在月饼的外面还印有各种精美的图案，如"嫦娥奔月""银河夜月""三潭印月"等。以月之圆兆人之团圆，以饼之圆兆人之常生，用月饼寄托思念故乡，思念亲人之情，祈盼丰收、幸福，都成为天下人们的心愿，月饼还被用来当做礼品送亲赠友，联络感情。

3. 观　潮

"定知玉兔十分圆，已作霜风九月寒。寄语重门休上钥，夜潮留向月中看。"这是宋代大诗人苏轼写的《八月十五日看潮》诗。在古代浙江一带，除中秋赏月外，观潮可谓是又一中秋盛事。中秋观潮的风俗由来以久，早在汉代枚乘的《七发》大赋中就有了相当详尽的记述。汉以后，中秋观潮之风更盛。明朱廷焕《增补武林旧事》和宋吴自牧《梦粱录》也有观潮条记载。这两书所记述的观潮盛况，说明在宋代的时候中秋观潮之事达到了空前绝后的巅峰。

4. 燃　灯

中秋之夜，天清如水，月明如镜，可谓良辰之美景，然而对此人们并未满足，于是便有燃灯以助月色的风俗。在湖广一带有用瓦片叠塔于塔上燃灯的节俗。在江南一带则有制灯船的节俗。在近代中秋燃灯之俗更盛。今人周云锦、何湘妃《闲情试说时节事》一文说："广东张灯最盛，各家于节前十几天，就用竹条扎灯笼。作果品、鸟兽、鱼虫形及"庆贺中秋"等字样，上糊色纸绘各种颜色。中秋夜灯内燃烛用绳系于竹竿上，高树于瓦檐或露台上，或用小灯砌成字形或种种形状，挂于家屋高处，俗称"树中秋"或"竖中秋"。富贵之家所悬之灯，高可数丈，家人聚于灯下欢饮为乐，平常百姓则竖一旗竿，灯笼两颗，也自取其乐。满城灯火不啻琉璃世界。"看来从古至今中秋燃灯之俗其规模似乎仅次于元宵灯节。

5. 玩兔儿爷

近人金易、沈义羚所著的《宫女谈往录》中，记述了一位叫荣儿的宫女讲述的故事。当时正是八国联军进北京的那一年，慈禧太后逃出了京都，在逃亡的路上恰逢中秋，这位太后慌乱之中亦未忘旧礼古俗，便在寄寓的忻州贡院中举行了祭月之礼。故事说，"晚饭后按着宫里的习惯，要由皇后去祭祀"太阴君"。这大概是沿着东北的习惯"男不拜兔，女不祭灶"，"太阴君"是由每家的主妇来祭的。在庭院的东南角上，摆上供桌，请出神码来（一张纸上印一个大兔子在月宫里捣药），插在香坛里。香坛是一个方斗，晋北的斗不是圆的，是方的。街上有时偶然听到晋北人唱"圆不过月亮方不过斗，甜不过尕妹妹的温柔。"可见，晋

北的斗全是方的了。斗里盛满新高粱，斗口糊上黄纸，供桌上四碟水果，四盘月饼，月饼叠起来有半尺高。另外，中间一个大木盘，放着直径有一尺长的圆月饼，这是专给祭兔时做的。还有两枝新毛豆角。四碗清茶，是把茶叶放在碗里用凉水冲一下。就这样，由皇后带着妃子、格格和我们大家行完礼，就算礼成。我们都是逃跑在外的，非常迷信，唯恐有一点礼仪不周，得罪了神鬼，给自己降下灾难。所以一有给神鬼磕头的机会，都是争着参加，没有一个人敢拉后的！我和娟子是替换着来磕的头。"这个故事讲的是清代宫廷中祭拜月兔的规矩，虽说是在逃难之中，香坛只好用晋北的方斗来替代，但从心理角度说，因为在难中，所以对神则更为敬畏而虔诚。从这个故事看，清代宫廷是把月中的玉兔称作太阴君的。然而民间则不同，百姓们称它为玉兔儿爷，这种称呼虽不如称太阴君严肃庄重，但却显得更为亲切。而在北京一带的民俗中，中秋节祭兔儿爷实是庄重不足而游戏有余，尽管略显得对神不大尊敬，但却反映了民间敬神心理的异化。中秋自从由祭月的礼俗转化成民间节日后就淡化了礼俗色彩，而游赏性质越来越突出，玩兔儿爷的风俗，可以说是这一现象的有力佐证。

重阳节

农历九月初九的重阳佳节活动极为丰富，有登高、赏菊、喝菊花酒、吃重阳糕、插茱萸等。重阳节又是"老人节"，老人们在这一天或赏菊以陶冶情操，或登高以锻炼体魄，给桑榆晚景增添了无限乐趣。

冬至节

冬至在我国古代是一个很隆重的节日。至今我国台湾还保存着冬至用九层糕祭祖的传统，以示不忘更本，祝福阖家团圆。北方地区冬至有宰羊、吃饺子的习俗，南方的传统食品有冬至米团、冬至长线面，等等。

腊八节

腊八节是佛教的节日。这一天是释迦牟尼成佛的日子，又称"成道节"。这一天最重要的活动是吃腊八粥。最早的腊八粥只是在米粥中加入红小豆，后来演变得极为复杂考究，主料有白米、黄米、江米、小米、菱角米等数十种，添加核桃、杏仁、瓜子、花生、松仁、葡萄干、桂圆肉、百合、莲子等，通宵熬煮，香飘十里。

除 夕

除夕是一年中最后一天，这一天，普通人家尽量争取团圆，全家围炉而聚，喝酒吃美食以辞旧岁，迎新年之意，而户外则是爆竹声声。一家大小在一起度过一个温馨的一年中最后一个夜晚。

二、农历二十四节气

由 来

二十四节气起源于黄河流域，远在春秋时期，中国古代先贤就定出仲春、仲夏、仲秋和仲冬等四个节气，以后不断地改进和完善，到秦汉年间，二十四节气已完全确立。公元前104年，由邓平等制订的《太初历》正式把二十四节气定于历法，明确了二十四节气的天文位置。二十四节气是我国劳动人民独创的文化遗产，它能反映季节的变化，指导农事活动，影响着千家万户的衣食住行。

早在春秋战国时期，中国就已经能用土圭（在平面上竖一根杆子）来测量正午太阳影子的长短，以确定冬至、夏至、春分、秋分四个节气。一年中，土圭在正午时分影子最短的一天为夏至，最长的一天为冬至，影子长度适中的为春分或秋分。春秋时期的著作《尚书》中就对节气有所记述。西汉刘安著的《淮南子》一书里就有完整的二十四节气记载了。我国古代用农历（月亮历）记时，用阳历（太阳历）划分春夏秋冬二十四节气。我们祖先把五天叫一候，三候为一气，称节气，全年分为七十二候二十四节气。

二十四节气

春雨惊春清谷天，夏满芒夏暑相连，秋处露秋寒霜降，冬雪雪冬小大寒。立春、雨水、惊蛰、春分、清明、谷雨、立夏、小满、芒种、夏至、小暑、大暑、立秋、处暑、白露、秋分、寒露、霜降、立冬、小雪、大雪、冬至、小寒、大寒。

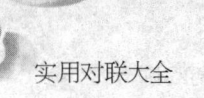

每个节气约间隔半个月的时间，分列在十二个月里面。在月首的叫作节气，在月中的叫作"中气"，所谓"气"就是气象、气候的意思。

我国是世界上最早研究物候学的国家，《诗经》记载："四月秀葽、五月鸣蜩、八月剥枣、十月获稻"。西汉初期的《夏小正》是我国最早的物候专著，按一年十二个月的顺序分别记载了物候、气象、天象及重要的政事、农事活动，如农耕、养蚕、养马等。此后，《吕氏春秋》、《礼记》中都记载了有关物候的内容，并逐渐发展成一年二十四节气和七十二候。我国古代以五日为一候，三候为一节气。冬去春来，从小寒到谷雨这八个节气里共有二十四候，每一候都有一种花卉绽蕾开放，人们把花开时吹来的风叫作"花信风"（意思是带来开花音讯的风候）。于是便有了"二十四番花信风"之说法。为了准确形容，人们在二十四候每一候内开花的植物中，挑选一种花期最准确的植物为代表，将其称为这一候的花信风。

立 春

立春，又称"打春"每年的公历 2 月 4 日左右为立春，此时太阳达到黄经 315 度。

立春位居二十四节气之首，人们十分重视这个节气。3000 年前我国就有迎春仪式，至今已形成了许多固定的风俗习惯。

俗语说："立春一年端，种地早盘算。"立春后，随着气温的回升，春耕大忙季节将在全国大部分地区陆续开始。立春作为春季的开始，"律回岁晚冰霜少，春到人间草木知"，形象地反映了立春时节的自然景象。时至立春，人们会明显感觉到白天变长了，太阳也暖和多了，气温、日照、降水趋于上升或增多。我国古代将立春分为三候："一候东风解冻，二候蛰虫始振，三候鱼陟负冰。"三候所对应的花信为"一候迎春，二候樱桃，三候望春"，说的是东风送暖，大地开始解冻。立春五日后，蛰居的虫类慢慢在洞中苏醒，再过五日，河里的冰开始融化，鱼开始到水面上游动，此时水面上还有没完全融解的碎冰片，如同被鱼负着一般浮在水面。

春天已经到来，然而冬天的寒冷还未消失殆尽，它需要经过很长的时间才能慢慢消融，大地解冻才能使万物复苏，才能有万物生长的土壤，所以三候的说法十分准确地把立春这个阶段的特征和预兆形象地表现出来。

立春这天，一项重要习俗就是"咬春"。北方吃的食品是春饼，而南方则流行吃春卷。吃春饼和春卷，是人们对"一年之计在于春"的美好祝福。因此，这一习俗一直延续至今。

雨 水

公历每年2月18日前后为雨水节气，此时太阳到达黄经330度，为交"雨水"节气。此时，气温回升、冰雪融化、降水增多，故取名为雨水。雨水节气一般从2月18日或19日开始，到3月4日或5日结束。雨水和谷雨、小雪、大雪一样，都是反映降水现象的节气。

《月令七十二候集解》："正月中，天一生水。春始属木，然生木者必水也，故立春后继之雨水。且东风既解冻，则散而为雨矣。"意思是说，雨水节气前后，万物开始萌动，春天就要到了。如在《逸周书》中就有雨水节后"鸿雁来""草木萌动"等物候记载。

古代将雨水分为三候："一候獭祭鱼，二候鸿雁来，三候草木萌动。"雨水三候对应的花信为"一候菜花，二候棠棣，三候李花"。此节气，水獭开始捕鱼了，将鱼摆在岸边如同先祭后食的样子；五天过后，大雁开始从南方飞回北方；再过五天，在"润物细无声"的春雨中，草木随地中阳气的上腾而开始抽出嫩芽。从此，大地渐渐开始呈现出一派欣欣向荣的景象。

惊 蛰

惊蛰，是二十四节气中的第三个节气。每年3月5日或6日，太阳到达黄经345度时即为惊蛰，这时气温回升较快，渐有春雷萌动。惊蛰的意思是天气回暖，春雷始鸣，惊醒蛰伏于地下冬眠的昆虫。蛰是藏的意思。古代分惊蛰为三候：一候桃始华，二候仓庚（黄鹂）鸣，三候鹰化为鸠。花信为"一候桃花，二候杏花，三候蔷薇。"

春雷初响，惊醒了蛰伏在泥土中冬眠的各种昆虫，此时过冬的虫卵也将开始孵化，由此可见"惊蛰"是反映自然物候现象的一个节气。然而真正使冬眠动物苏醒出土的，并不是隆隆的雷声，而是气温回升到一定程度时地中的温度。

有谚语云："惊蛰过，暖和和，蛤蟆老角唱山歌"，"雷打惊蛰谷米贱，惊蛰

闻雷米如泥"。这是说惊蛰日或惊蛰日后听到雷声是正常的，风调雨顺，是个好年景。

春 分

春分，一年中第四个节气。这时昼夜平分，即太阳在黄经上自 0°—15° 的一段时间（约 15.2 天），从每年 3 月 20 日（或 21 日）开始至 4 月 4 日（或 5 日）结束。

狭义上指春分开始，太阳在天上经过黄经 0 度与赤道交点（升交点）的时刻，即在 3 月 20 日（或 21 日）。因这个时刻处于春季的中点，这个交点也称为春分点。春分点和秋分点，合称为二分点。春分点系天文学名词，全球通用，但南半球的春分点指东经 180 度与赤道的交点，太阳在 9 月 23 日（或 24 日）经过此点。我国文献中的春分点，通常指黄经 0 度与赤道的交点。春分点的确定，始于商代。

清 明

清明，夏历二十四节气之一。太阳位于黄经 15 度，4 月 4—6 日交节。在春分之后，谷雨之前。《历书》："春分后十五日，斗指丁，为清明，时万物皆洁齐而清明，盖时当，（气温上升，中国南部雾气少，北部风沙消失，空气通透性好），因此得名。"

中国广大地区有在清明之日进行祭祖、扫墓、踏青的习俗，逐渐演变为华人以扫墓、祭拜等形式纪念祖先的一个中国传统节日。

立 夏

5 月 5 日是农历的立夏。此时，"斗指东南，维为立夏，万物至此皆长大，故名立夏也。"此时太阳黄经为 45 度，在天文学上，立夏表示即将告别春天，是夏日天的开始。

农谚："立夏不下，犁耙高挂。""立夏无雨，碓头无米。"民间还有畏忌夏季炎热而称体重的习俗，这一天称了体重之后，就不怕夏季炎热，不会消瘦，否则会有病灾缠身。

人们习惯上都把立夏当作温度明显升高，炎暑将临，雷雨增多，农作物进入旺季生长的一个重要节气。立夏后，是早稻大面积栽插的关键时期，而且这时期雨水来临的迟早和雨量的多少，与日后收成关系密切。

芒 种

芒种，每年6月6日前后太阳到达黄经75度时开始。《通纬·孝经援神契》："小满后十五日，斗指丙，为芒种，五月节。言有芒之谷可播种也。"我国长江中下游地区将进入多雨的黄梅时节。

芒种——麦类等有芒作物成熟，夏种开始。《月令七十二候集解》："五月节，谓有芒之种谷可稼种矣"。意指大麦、小麦等有芒作物种子已经成熟，抢收十分急迫。晚谷、黍、稷等夏播作物也正是播种最忙的季节，故又称"芒种"。春争日，夏争时，"争时"即指这个时节的收种农忙。人们常说"三夏"大忙季节，即指忙于夏收、夏种和春播作物的夏管。

夏 至

夏至每年的6月21日或22日，为夏至日，此时太阳直射北回归线，是北半球一年中白昼最长的一天，南方各地从日出到日没大多为十四小时左右。

古时又称"夏节""夏至节"。古时夏至日，人们通过祭神以祈求灾消年丰。《周礼·春官》载："以夏日至，致地方物魅。"周代夏至祭神，意为清除疫疠、荒年与饥饿死亡。

《史记·封禅书》记载："夏至日，祭地，皆用乐舞。"夏至作为古代节日，宋朝在夏至之日始，百官放假三天，辽代则是"夏至日谓之"朝节"，妇女进彩扇，以粉脂囊相赠遗"

小 暑

我国二十四节气之一小暑节气，传统上为夏季第五个节气。即视太阳在黄道上自黄经105°—120°的一段时间，约15.7天。

大 暑

大暑，二十四节气之一。在每年的7月23日或24日，太阳到达黄经120°。《月令七十二候集解》："六月中……暑，热也，就热之中分为大小，月初为小，

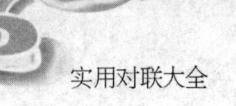

月中为大,今则热气犹大也。"这时正值"中伏"前后,是一年中最热的时期,气温最高,农作物生长最快,大部分地区的旱、涝、风灾也最为频繁,抢收抢种,抗旱排涝防台和田间管理等任务很重。民间有饮伏茶、晒伏姜、烧伏香等习俗。

立 秋

中国农历二十四节气之一,在8月7、8日或9日。我国以立秋为秋季的开始。每年8月7日或8日视太阳到达黄经135度时为立秋。

《月令七十二候集解》:"七月节,立字解见春(立春)。秋,揪也,物于此而揪敛也。"立秋一般预示着炎热的夏天即将过去,秋天即将来临。立秋后虽然一时暑气难消,还有"秋老虎"的余威,立秋又称交秋,但总的趋势是天气逐渐凉爽。

由于全国各地气候不同,秋季开始时间也不一致。气候学上以每五天的日平均气温稳定下降到22℃以下的始日作为秋季开始,这种划分方法比较符合各地实际,但与黄河中下游立秋日期相差较大。立秋以后,我国中部地区早稻收割,晚稻移栽,大秋作物进入重要生长发育时期。秋的意思是暑去凉来,秋天开始。古人把立秋当作夏秋之交的重要时刻,一直很重视这个节气。

处 暑

处暑节气在每年8月23日左右。此时太阳到达黄经150度。

据《月令七十二候集解》说:"处,去也,暑气至此而止矣。"意思是炎热的夏天即将过去了。虽然,处暑前后我国北京、太原、西安、成都和贵阳一线以东及以南的广大地区和新疆塔里木盆地地区日平均气温仍在22℃以上,处于夏季,但是这时冷空气南下次数增多,气温下降逐渐明显。

白 露

白露是二十四节气之一,此时气温开始下降,天气转凉,早晨草木上有了露水。每年公历的9月7日前后是白露。我国古代将白露分为三候:"一候鸿雁来,二候玄鸟归,三候群鸟养羞。"可见白露实际上是天气转凉的象征。

秋 分

时间一般为每年的9月22日或23日。南方的气候由这一节气起才始入秋。

一是太阳在这一天到达黄经 180 度，直射地球赤道，因此这一天二十四小时昼夜均分，各十二小时，全球无极昼极夜现象。秋分之后，北极附近极夜范围渐大，南极附近极昼范围渐大。

寒 露

寒露在二十四节气中排列十七，于每年的 10 月 8 日至 9 日交节。古代把露作为天气转凉变冷的表征。仲秋白露节气"露凝而白"，至季秋寒露时已是露气寒冷，将凝为霜了。这时，气温继续下降。

寒露时节，南岭及以北的广大地区均已进入秋季，东北和西北地区已进入或即将进入冬季。

霜 降

霜降二十四节气之一，天气渐冷，开始有霜。霜降一般是在每年公历的 10 月 23 日。

《月令七十二候集解》中说："九月中，气肃而凝，露结为霜矣。"此时气温降至 0 度以下，空气中的水汽在地面凝结成白色结晶体，称为霜。这时中国黄河流域一般出现初霜，大部分地区多忙于播种三麦等作物，不耐寒的植物将停止生长，呈现一片深秋景象，为欣赏枫叶的好时机。

立 冬

"立冬"节气在每年的 11 月 7 日或 8 日，我国古时民间习惯以立冬为冬季的开始。"立，建始也"，表示冬季自此开始。"立冬之日，水始冰，地始冻"。现在，人们常以凛冽北风，寒冷的霜雪，作为冬天的象征。

农历十月，作为时气点的立冬，就在这个月份。它不仅是收获祭祀与丰年宴会隆重举行的时间，也是寒风乍起的季节。有"十月朔""秦岁首""寒衣节""丰收节"等习俗活动。

小 雪

每年 11 月 22 日 23 日，视太阳到达黄经 240 度时为小雪，也是天蝎宫和人马宫的分界点。

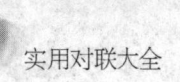

《月令七十二候集解》曰："10月中，雨下而为寒气所薄，故凝而为雪。小者未盛之辞。"

"小雪"是反映天气现象的节令。古籍《群芳谱》中说："小雪气寒而将雪矣，地寒未甚而雪未大也。"《二十四节气解》中说："雨为寒气所薄，故凝而为雪，小者未盛之辞。"

大 雪

"大雪"节气，在每年的12月7日或8日，其时视太阳到达黄经255度。"大雪"表明这时降雪开始大起来了。

大雪，顾名思义，雪量大。古人云："大者，盛也，至此而雪盛也"。到了这个时段，雪往往下得大、范围也广，故名大雪。

冬 至

冬至为二十四节气之一，并且是最重要的节气之一。冬至前是大雪（12月7—9日交节），冬至后是小寒（翌年1月4—6日交节），冬至是12月21日至12月23日交节。

中国农历中一个非常重要的节气，也是中华民族的一个传统节日，冬至俗称"冬节""长至节""亚岁"等，早在二千五百多年前的春秋时代，中国就已经用土圭观测太阳，测定出了冬至，它是二十四节气中最早制订出的一个，时间在每年的阳历12月21日至23日之间，这一天是北半球全年中白天最短、夜晚最长的一天。中国北方大部分地区在这一天还有吃饺子、南方吃汤圆的习俗，谚语：冬至到，吃水饺。

小 寒

小寒是第二十三个节气，在1月5—7日之间，太阳位于黄经285度。寒即寒冷，小寒表示寒冷的程度。俗话说"冷在三九"，"三九"多在1月9日至17日，也恰在小寒节气内。但这只是一般规律，少数年份大寒也可能比小寒冷。

大 寒

大寒是二十四节气之一。每年1月20日前后太阳到达黄经300度时为大寒。

与小寒一样，大寒也是表征天气寒冷程度的节气。

近代气象观测几记录虽然表明，在中国绝大部分地区，大寒不如小寒冷，但是，在某些年份和沿海少数地方，全年最低气温仍然会出现在大寒节气内。

三、二十四节气的气候及健康提醒

二十四节气是我国劳动人民独创的文化遗产和智慧结晶，它能反映季节的变化，指导农事活动，影响着千家万户的衣食住行。人与自然界是统一的整体，二十四节气的变经随时影响着人体健康，顺应二十四节气变化的规律和特点，调节人体、防病健身，可以达到健康长寿的目的。

立春气候特征：白昼逐渐变长，气温回暖，人体血液代谢旺盛。
健康提醒：少吃酸性食物，养生以养肝护肝为主。

雨水气候特征：降水增多，气温回升快容易导致春困。
健康提醒：注意调养脾胃，增加运动缓解春困。

惊蛰气候特征：天气回暖，雨水增多，气候变化大。
健康提醒：补充水分，防寒保暖应付多变天气。

春分气候特征：昼夜平分，气候温暖潮湿，关节炎进入多发期。
健康提醒：多食用清热解毒、温补阳气的食物。

清明气候特征：气温回暖，阳气升腾，高血压进入多发期。
健康提醒：不宜进补，低盐饮食缓解高血压。

谷雨气候特征：气候以晴暖为主，早晚时冷时热，易发生神经痛。
健康提醒：适度保暖，多食蔬菜调理肠胃降火气。

立夏气候特征：连续五天日均气温达22℃以上，标志着夏季到来。
健康提醒：多喝水以退热降火滋养阴液。

小满气候特征：气温明显升高，气候潮湿容易发生皮肤病。
健康提醒：清爽清淡饮食为主，注意清利湿热。

芒种气候特征：天气湿热，是一年中人最懒散的时候。
健康提醒：清热降火，充足睡眠，运动提高活力。

夏至气候特征：天气炎热，人体阳气最旺，适合治疗冬季疾病。
健康提醒：补充水分和维生素，增加盐分的摄入。

小暑气候特征：热浪袭人，时有暴雨光顾，消化道疾病多发。
健康提醒：肠胃吸收力下降，注意饮食卫生。

大暑气候特征：酷热多雨，容易中暑，暑热夹湿常使人食欲不振。
健康提醒：充分休息，避免暴晒，清淡饮食。

立秋气候特征：气候渐变，人体仍感觉燥热难忍。
健康提醒：多食酸味果蔬，养胃润肺以备秋凉。

处暑气候特征：暑热余威明显，但气温开始慢慢转凉。
健康提醒：调整睡眠时间，饮食偏向清热安神。

白露气候特征：暑气渐消，白天气温适宜，夜间气温较低。
健康提醒：滋阴益气的食品对身体大有益处。

秋分气候特征：逐渐昼短夜长，每场秋雨都会带来明显降温。
健康提醒：运动保健，针对性地治疗冬病。

寒露气候特征：热冷交替明显，人体阳气渐退，阴气渐生。
健康提醒：饮食清淡柔润，起居注意保暖。

霜降气候特征：天气时有反复，人体逐渐感觉季节的肃杀和萧瑟。
健康提醒：以平补为原则，注意肺的保养。

立冬气候特征：气温迅速下降，人体需要消耗大量的热能来维持体温。
健康提醒：多食用热量较高的膳食，增加维生素。

小雪气候特征：天气常是阴冷晦暗，抑郁症病情容易加重。
健康提醒：增加户外活动调节心态，饮食多果蔬。

大雪气候特征：气温持续降低，哮喘进入高发期。
健康提醒：进补的好时节，辅以适当锻炼增强体质。

冬至气候特征：冷空气活动频繁，人体阴气较重。
健康提醒：防寒保暖，及时补充高热量食物。

小寒气候特征：常有寒潮暴发，会带来剧烈降温，易发生冻疮。
健康提醒：三九补一冬，来年无病痛。

大寒气候特征：冷空气刺骨，气候相当寒冷，心血管疾病高发。
健康提醒：冬不藏精，夏必病温，注意节欲养脏。

四、二十四节气表

立春	02月04日 00：13：25	雨水	02月18日 20：01：35	惊蛰	03月05日 18：14：51
春分	03月20日 19：01：55	清明	04月04日 23：02：27	谷雨	04月20日 06：03：18
立夏	05月05日 16：18：09	小满	05月21日 05：09：30	芒种	06月05日 20：23：19
夏至	06月21日 13：03：56	小暑	07月07日 06：34：36	大暑	07月22日 23：55：58
立秋	08月07日 16：20：21	处暑	08月23日 07：01：41	白露	09月07日 19：16：16
秋分	09月23日 04：44：08	寒露	10月08日 10：58：29	霜降	10月23日 14：09：48
立冬	11月07日 14：13：52	小雪	11月22日 11：48：06	大雪	12月07日 07：08：31
冬至	12月22日 01：10：59	小寒	01月05日 12：33：37	大寒	01月20日 05：51：42